辉 光

董常生　著

作家出版社

父辈的过去，

　　　　让你心潮澎湃！

父辈的活法，

　　　　让你困惑……

父辈的爱恨，

　　　　让你……

人　物

常圣桀　　世界物理量子力学科学家

李晓轩　　转业军人，领导干部

张家成　　知识分子

王万佳　　农民，村干部

柳七录　　农民，村干部

陈雅琴（女）农村青年

赵　婕（女）民办教师

陈宏右　　农村青年

汪萧瑶（女）青年教师

陈老三　　农民

赵国庆　　大学教师

陈　轩　　领导干部

柳　彰　　农民

序言

"辉光"里的人性"光辉"

张　平

这本名为《辉光》的长篇，经朋友之手辗转至我案头已经近一个月了，今天才算认真看完。

清新脱俗，构思独特，一部难得的好作品。掩卷沉思，不禁对作者刮目相看，对朋友的赏识和推荐也同样肃然起敬。

作者董常生其实我们是熟悉的，虽然我们见面不多。他是山西农大的一位德高望重的老校长，一位在高教界干了一辈子的老教育家。

董常生在山西农大当校长时，我正好在山西省政府工作。因为分管教育，所以对农大在国内高校系统的位置和影响也逐步有了进一步的认识和了解。

山西农大其实很早就属于国内有重要影响的一批高等学府。那些年，由于山西经济发展的速度规模渐渐被其它省份超越，山西其它领域的发展也渐渐深受影响，像山西厚重灿烂的传统文化，博大精深的古代文物，流光溢彩的中医世家，其中也包括源远流长的山西农业。

山西是一个被大山大河合围而成的省份，这种天然版图，被称之为表里山河，一直被公认为是中华文明发祥地之一。山西特殊的地理环境，造就了山西独特而又丰富的农业资源。山西的红枣有六百多种，山西的面食有三百多个花样，山西的沁州黄小米，晋祠大米，稷山红枣，绛州白莲，忻州柏籽羊等等，数千年来一直是皇家贡品，山西的农作物品种几乎囊括了中国长江以北所有的农业品种……

因此，山西农业大学从建国之初到如今，始终在国内外具有重大影响，也一直是国家重点院校之一。

董常生就是这所院校的教授，博士生导师，校长，中国畜牧兽医学会副理事长，中国羊驼养殖的创始人，全国人大代表，山西省特级劳模，山西省十大新闻人物等等，他的头衔和荣誉可以写满整整两大张 A4 纸。

然而，就是这样一位驰名国内外自然科学领域的专家人物，居然写出了一部长篇小说，着实令人惊诧莫名，而又充满期待。

对一部作品的认识，如同一个人，粗鄙地轮上一眼，是瞥；略微细致地一端，是打量；若是再回头一望，那便是欣赏了。我对小说《辉光》的认识便是如此。这个二十五万字作品带给我的惊奇，除了最初作者是个理工科退休教授，一生从事自然科学研究外，更重要的是充满整个作品的人性光芒——对理想信念的坚定和追求，对正义和善良的推崇。而这，恰恰是一部作品成功的灵魂。

小说通过"虫洞"理论，以作者虚拟的"屏幕"为窗口，向读者展示了一个名为"河西庄"的小村，从新中国成立后到改革开放前，三十年历史背景下的社会变迁史。通过这一幅波澜壮阔的历史图画，作者饱含深情，塑造了李晓轩、赵国庆、常圣桀、张家成这些身处逆境而不改初心、坚守正义、痴心为民的共产党员形象。而在他们当中，村党支部书记李晓轩的遭遇尤其让人痛心刺骨而又印象深刻。他作为火线入党的抗美援朝志愿军英雄，自愿放弃国家干部的身份，回到河西庄任村党支部书记，带领群众为改变家乡的面貌而忘我牺牲，因为触碰到村里的传统家族势力利益，在农村社会主义运动中蒙受不白之冤。从此，批斗游街成了家常便饭，还被勒令与"四类分子"一起扫大街，甚至被错误地开除党籍，戴上了"坏分子"的帽子。就是在这样的条件下，他没有抱怨，没有自暴自弃，毅然接受了村里最苦最难的沙滩植树绿化工作。他的品质，甚至连他的对手柳七录都认为"说他反社会主义，他为什么要反？他自己参过军，流过血？他就是共产党员，他自己反自己？"这一句问，真是惊世骇俗之问，披肝沥胆之问，真正是"疾风知劲草，板荡识诚臣"。

为了使这一艺术形象更加丰满，对李晓轩这个人物的塑造，作者采取全景式的描写，这既有作者直接的描述，又有通过他的女儿的作文《我的爸爸》的外形刻画，还有反对他的人对他人格的折服；既把人物放进矛盾和冲突中显现，又对人物的内心世界进行理性的揭示。这种戏剧化、多角度的人物塑造，使人物形象更加丰满，也更加具有烟火气。对于第一次涉猎长篇小说创作的作者来讲，能如此炉火纯青地把握、运用这一艺术表现形式，这不能不让人感到文化艺术和农学理工其实在某个层次是相通相合的，并不存在所谓的专业界限。

除了人物塑造方面的特点外，小说在众多线索的处理上，也就是对结构把控也是十分成功的。主人公李晓轩的命运起伏是贯穿全部作品的一条主线索，中间穿插了张家成、常圣桀等人物的爱情故事、生活遭遇等，都起到了烘托主线、丰满主线的作用，让读者始终"身陷"其中而与人物共鸣，这便是小说的成功之处，也是文学的力量所在。

文艺是时代的号角。新时代新征程是当代中国文艺的历史方位。

心系民族复兴伟业，坚守人民立场，坚持守正创新，用讲好中国故事，坚持弘扬正道，这是时代对广大文艺工作者提出的崭新要求。

为时代服务，为大众服务，永远是文学的生命，更是作家的使命和担当。

我们相信，这个时代必将产生无愧于这个时代的黄钟大吕，精品力作。

在此，谨与作者董常生共勉！

是为序。

（张平：全国人大常委会常务委员，全国人大教科文卫副主任，历任民盟中央副主席，山西省作家协会主席，山西省副省长，中国作家协会第六、七、八届副主席，中国文联第十届副主席）

目录

引　　子 　　　　　　　　　　　　　　　　　　　　　　001

第 一 回　张家成爱情撞腰　　厄运梦就此缠身　　006

第 二 回　可怜天下父女情　　望女成凤自醉杯　　019

第 三 回　圣桀农田度年华　　雅琴豆蔻单思恋　　030

第 四 回　摸爬滚打春和夏　　倍尝艰辛秋与冬　　041

第 五 回　陈宏右善于算计　　圣桀志向在远方　　052

第 六 回　为女操劳父母心　　天下只有爸妈好　　064

第 七 回　抗美援朝热血男　　建设农村返家乡　　074

第 八 回　李晓轩大展宏图　　柳七录种下仇恨　　087

第 九 回　破迷信改造"龙水"　讲科学拓土造田　　098

第 十 回　锤炼于深山险境　　危难中舍己救人　　108

第十一回　隧道内险象环生　　凭意志战胜死神　　120

第十二回　圣桀昏迷生命危　　人间心态显端倪　　130

第十三回　拼毅力身体康复　　修品德铸造灵魂　　141

第十四回　人生路乘风破浪　　返乡村爱情起航　　153

第十五回　清贫简朴教书人　　蜡烛燃烧为哪般　　164

第 十 六 回　尊师长振兴教育　使伎俩釜底抽薪　　175

第 十 七 回　晓轩编织菜篮子　七录险留阎王殿　　187

第 十 八 回　张家成才高八斗　返河西千灾百难　　197

第 十 九 回　柳七录运筹大盘　陈宏右技高一筹　　208

第 二 十 回　李晓轩力挽窘境　河西庄社员致富　　219

第二十一回　圣桀感悟君子言　家成惨遭夹板罪　　229

第二十二回　赤胆忠心为家乡　怨我一人又何妨　　239

第二十三回　李晓轩惨遭折磨　村支书沦为"敌人"　　249

第二十四回　看校园风平浪静　"民转公"暗流涌动　　259

第二十五回　晓轩人生大变迁　刚毅男儿不信邪　　269

第二十六回　万佳设计新蓝图　圈子文化立权威　　278

第二十七回　家成梦想找伴侣　寡妇门前翻了车　　288

第二十八回　张家成屡屡遭难　天行健自强不息　　299

第二十九回　李晓轩荒岭创业　年半百悲痛失家　　309

第 三 十 回　柳七录东山再起　陈宏右重返仕途　　319

第三十一回　万佳巧使连环计　赵婕砸了自己脚　　331

第三十二回　遭陷害圣桀入狱　汪萧瑶显露真情　　341

第三十三回　李晓轩创业成功　获平反荣居七品　　351

第三十四回　萧瑶艰辛救圣桀　万佳施计保自己　　361

第三十五回　圣桀返村再创业　雅琴自酿苦酒吃　　371

第三十六回　"虫洞"阅尽人间情　辉光堪比照妖镜　　381

后　　记　　393

引 子

2000年对于人类来说笃定是一个惊心动魄的、无法忘记的年代。

一个地球纪年夜晚零点，太平洋一个小岛上，世界物理量子力学研究中心实验室主任常圣桀，正和他的"虫洞"研究团队整理一天研究的资料。突然，发现计算机主屏上出现了异常信号。

这台计算机是目前世界上精度最高、内存最大、计算速度最快的全天候值班的仪器，它的任何一点变化都预示着太空宇宙间超常规现象的发生，或出现了奇特的数据规律。从而，引发注意力高度集中研究人员快速反应，并及时做出结论性的决定。这个决定也许将会对当今世界的生物生存，人类价值观和经济发展方向产生巨大的影响。

世界物理量子力学研究中心实验室是世界上研究宇宙量子力学的顶级实验室。它聚集了当前世界上最具权威的物理量子学领域和生物物理学领域的科学家，该领域的诺贝尔奖得主，同一领域的院士以及欧美日的科学家们都被邀请在这个实验中心参加全日制或半日制的研究和指导工作。

实验室不属于某一国家或某一政治和社会组织，其雄厚的科研资金全部来源于民间。

"虫洞"研究实验团队是物理量子力学研究中心实验室的主力团队之一，由来自二十多个国家的高级研究人员组成。他们年富力强，研究经历丰富，成果卓著。

> 虫洞时空洞（Wormhole）又称爱因斯坦－罗森桥，也译作蛀孔，是宇宙中可能存在的连接两个不同时空的狭窄隧道。虫洞是 1916 年由奥地利物理学家路德维希·弗莱姆首次提出的概念，1930 年由爱因斯坦及纳森·罗森在研究引力场方程时假设的，认为透过虫洞可以做瞬时的空间转移或者做时间旅行。【引自百度百科】

常圣桀，教授。来自中国北方，五十多岁，能在这样的研究中心出任主任一职，可见他的方方面面是令人钦佩和羡慕的。

他将把我们带入某一个年代，认识那些似曾相识的人和熟悉的环境以及经历的事。

常圣桀教授看到了实验室计算机主屏上出现的异常信号，立马回到了计算机操作指导位置上，并示意操作手小心手动操作，然后自己两眼紧紧地盯住计算机屏幕上陆续出现的每个信号点的变化。不知为什么，常圣桀教授全身发热，心跳加快，而且能清楚地听到自己心跳的声音。瞬间，大汗淋漓，全身衣裳都湿透了。

突然，整个实验室的计算机显示屏开始了快速的跳屏，扬声器发出"嘟嘟嘟"的警报声，这种情况大约持续了一分钟，计算机显示屏中央出现了耀眼的光芒点。光芒点呈赤橙黄绿青蓝紫七色变化，并逐渐扩大，很快所有的光芒点连在了一起，整个实验室处在无法控制的状态，好像世界末日来临，实验室的工作人员陷入恐慌之中……

常圣桀教授全神贯注地凝视着主屏信号的变化，对周围环境的突变毫无觉察。慢慢地，自己觉得自己的灵魂融入了计算机信号，他飘逸在信号间隙，随着信号发出的节奏跳跃，渐渐地自己的身心和信号得到了完全的融合，心灵觉得无比舒坦和愉悦。

接着像是坐上了舒适的空中飞行器，悠悠晃晃飘飘然快速移行，眼前隐隐约约出现了模模糊糊的画面，渐渐地画面变得清晰生动，像是电影，又比电影画面立体感强。定神专注地观测："这不是生活中的现实画面吗！"常圣桀教授不由自主地自言自语。

"他们的衣着好像在哪儿见过？"

"这不是我们年轻时候的穿衣打扮吗？"

这时迎面走来一个人，是个姑娘，芳龄妙女。再仔细看看："你是雅琴吧？"常圣桀教授迎上去和来人打了个招呼。莫名其妙的是那人像是什么也没有听到，也没有看到他的存在，没有任何一丁点儿的反应。

常圣桀教授很是惊讶，这时看见又来了一个青年小伙子，英俊潇洒，走路快捷，身板直而挺胸仰头，一头黑黝黝留成寸头的时髦发型，配以白净焕红的脸色，显得那么精干和时尚。

"这不是我……我吗！我年轻的时候。"常圣桀教授诧异地自己问自己。

猛然，常圣桀教授才觉得自己是置身于这一环境之外之人。他虽然看到了许多自己熟悉的场景和人们，但和他们仍然是分别存在于两个世界。见到的人不仅仅是熟悉的陌生人，而且是画中人；所见的事是过去发生的事，也是过去进行时。

多年的实验室工作经历使他遇事比较谨慎，不轻易相信突然显示的现象，而是捕捉特异性信号，予以重点观察。于是他继续盯着屏幕：

可以看到几十年前，他所经历过的一些事件。而且，他对这些事件的细节还记忆犹新。

他更感兴趣的是这些他非常熟悉的事件，和现在时空发生变化后，在屏幕上显示出来同一事件的画面是否一致，或完全一致（即同一事件的重合度完全一致）。重合度越高越可以证明现在的自己是由于某种因素被动地进入了虫洞，使自己从现在穿越回到了过去。

他仔细观察发现呈现在自己面前的是很久以前发生在自己身边的事件。看着看着他不知不觉地随着画面回到了过去。

哦！这不是上世纪 70 年代的情景吗？是的，您仔细看，他们穿的都是灰颜色的衣服，男人着灰色的中山装，女人也是。

再仔细看，更奇怪了，这就是河西庄啊！这环境，这建筑，还有这些人……

多么熟悉的过去！

好像是昨天！

突然，仪器发出了"嘟嘟"的提醒声，荧屏上飘出了"预览结束，请按需求设置"的字样。

这时的常圣桀教授思维已恢复了正常，觉得非常清醒，他立刻按照实验室工作规程，启动实验室诸多仪器的程序。各种不同仪器屏幕马上出现了实时的数据和信号源，虫洞运行频率、扫描宽度，虫洞持续时间、扫描时空手动设置、扫描时空自动设置……

常圣桀在仪器设置指南的引导下，将时空参数设置成：

三十年前……河西庄……全方位人群

顿时，设施按时空人群，事件地点，虫洞直径和时间跨度，全方位合成了进行性全天候历史事件画面……

第一回

张家成爱情撞腰　厄运梦就此缠身

改革开放的年代，中国大地孕育着希望。

北方的清晨，谁家的老资格的雄鸡使足了一夜积攒的精气神，"喔喔——喔——"由低到高再优雅地慢慢地轻轻地拖下了尾声。这美妙绝伦的声音，划破还处于静悄悄中村落的寂静，飘荡在被黑纱帐覆盖，天空则微微泛蓝，星星一个个悄悄躲藏起来的上空。

这鸡鸣声与乡村一大早起来挑水时，站在井台上高亢一句梆子腔的声韵相和，显示了出奇动听的音效。

在雄鸡一唱的引领下，众鸡升颈展喉，拉开了一天的大幕。

阳光从东南方的山顶徐徐升起，晨晖慢慢洒向山顶、树木和大地。

清晨，阳光的愉悦元素启动了人们舒畅的快乐心情。

被复杂心情缠绕的人起得额外地早。

这一天，虽然阳光明媚，万里晴空，但毕竟是冬天。看不见的西北风扑面而来，迎面而至，吹入领口和袖口。冷气给一大早就出门，争取在上午十点前赶到县信访办公室的张家成一个下马威。他打了一个冷战，但没有丝毫停步的念头，抬着重重的脚步出发了。

张家成照直出了自家门，走在了河西庄去往汾东县城的大路上。寒风吹在了他不太厚实的过冬衣帽间，毫不留情地往里钻。奇怪的是进入衣帽的冷气却慢慢地变成了热气，使得身上慢慢地暖和了起来。

今天，张家成已记不清近一个月内，多少次进城找县里的领导平反。

起初，他多次找过公安、法院，又找政府办公室、教育局，到处碰壁都没有结果。

他高兴过，他期望过，他愤怒过，他迷茫过，他绝望过……

然而，他依然坚持着找文件，找领导，找有关部门。

就这样日复一日，年复一年，颠簸在告状和祈求平反的漫漫路途上。

这些时候，大形势好像朝着对他有利的方向发展。慢慢地给他枯萎的心田注入了一点点清泉之水，又给他的希望增添了些信心。

心情沉重的他，依然是踌躇满志地出发，垂头丧气地返回。但是，时空和事件的变迁悄无声息地消磨着他的信心和决心。

他太纳闷儿了。他想了又想，百思不得其解，为什么？为什么他这一生被无形的手撂在了如此坎坷的人生路上？

他清楚地记得，那一年，他被组织上派了两个人送回河西庄村，口头传达了上级组织对他的处分决定，确定他为"右派分子",指示河西庄党组织和大队"管委会"对自己按照敌我矛盾性质严加管教并进行劳动改造。

就这么简单的移交,把自己的身份变成了全河西庄村民的敌对分子,被管制专政了年复一年。到现在上级明确指示对所有被打成"右派分子"的人全部重新审查,对大部分予以平反,恢复工作,补偿损失和安排子女就业等等。

他想起最初,因为自己申诉平反的事,找到河西庄党组织时的情景:

现任村支书竟然对他说:

"我们支部没有见过有关把你打成'右派分子'的任何资料啊。"

"管制了我这么多年,你不知道啊?!"

张家成被气疯了一样,大声地说。

支书不紧不慢地说:

"支书换了好多个,有资料也丢了。更何况你压根就没有什么资料,这是我所知道的。要平反你找上级部门告状去呀!我们没有任何权力和办法给你平反,再说给你平反我们也没有任何意见。冤有头债有主,你去上级找人办啊!"

张家成走上了告状、诉求平反的艰难旅程。

了解政策的朋友告诉他,像他这样被冤的事情应该找县里的政府落实政策办公室。于是,他把自己写的申诉材料重新修改了一下,誊写了一遍,藏入内衣兜中就启程了。

中央关于全部摘掉"右派分子"帽子决定的实施方案文件下达足足有半年以后的一个下午,生产队的大喇叭,一个嗓音粗犷的叫声,灌入张家成的耳底,这声音既熟悉又急切,使得张家成心跳加速,一下子将手头的活计停下,又不知接下来该做什么，竟是愣在那儿不动了。

因为，这喇叭声和他生活的关联度太高了，也许一条广播就会让他一天吃不上饭，被捆着游街；也许，又一条广播他会被强迫劳动一天。

这一次，他仔细听才弄明白是通知他到村大队部拿什么通知书。

张家成马上撂下手头的活，三步并作两步小跑到了村大队部，看到有一小群人围在那里说着什么。有人看见张家成到了，说了一声："支书，张家成到了。"

村支书马上回过头来，面无表情地说：

"张家成，你这人还挺犟的，但是跑平反可不是一件简单的事。看看你的结果，能跑成？"

"县里给村大队来信了，找不到你被打成'右派'的原始资料，说你就不需要平反，因为你压根没有被打成'右派分子'。"

"现在，我代表村党支部和村委会正式通知你，你不是'右派分子'。以后，你也不是村里的专政对象了。"

"邮递员一并还送来给你的一封信，我看同给大队的发信地址一样，觉得内容也应该是相同的，就帮你收了。"

村支书将手里拿着的信给张家成，说："这是你的，给！"

张家成不知所措，迟疑了一下。然后，马上伸手从村支书手中搋过了那信封，急速地打了开来。信的内容不多，仅仅一张纸。张家成此时只看清了县落实政策办公室的大红印章和"不需要平反"五个清晰印刷体字，甚至连自己的名字也是飘过去的。

"张家成不用平反"，这信息像飘在空中的味道一样，以飞快的速度在河西庄村的村民中传播开了……

"这么多年了，"张家成从大队部拿着信在回家的路上想着，并自言自语地说，"我不是'右派'？我不是'右派'？

"河西庄人，男女老少谁不知道我张家成是'右派'？

"到平反的时候了，我变得不是'右派分子'了，你们以为我愿意当'右派分子'？

"二十多年了，失掉的青春谁来赔付？流离失所遭受的苦难谁来负责？

"我张家成上辈子是不是做过别人烧香我绊香炉的事情了？造孽得上天惩罚我这一生，男女老少大人小孩都欺负，丧失人格没有自尊没有尊严。"

张家成一路走一路想，一路自问自答，思绪万千，想笑笑不出声来，想哭流不出眼泪，真是百感交集，欲哭无泪，不由得想起许多年前的那段难以忘怀的岁月……

"张家成！"一个熟悉的声音从耳边轻轻叫了一声他的名字，说，"在想什么呢？"

"没……没……想什么呀！"

张家成被惊了一下，被这突如其来的声音吓了一大跳，无防备地本能地回了一句，定神一看，原来是李晓轩。这才镇定了下来，不自然地笑着说：

"老李，是你呀！把我吓了一跳。"

李晓轩也笑着说：

"你不用被平反了，恭喜呀！

"今天晚上开个反省会，地点还在文庙的门房，一来宣布一下有关你不用平反的事，二来你和大家道个别。

"我们大伙儿都被叫作'黑帮'，在一起被管制，一起学习政策，一起劳动改造，一起打扫街道做义务工，一起被批斗，一起被审查，一起……

"一起被改造了好多年，没有交情也有感情嘛，是吧？"

张家成还没有回过神来，李晓轩一转眼已经不见了。张家成又摇了摇头，说：

"这个人做事真够呛，'积极、进步！'"

"能怎样？还不是落下个自身难保。"

张家成自言自语地说：

"记得那一年，我被送回河西庄时，李晓轩你就是村支书，我的冤有你一份。"

晚上八点多，村子里已是一片寂静。寒风又刮起一阵阵黄土，扑向屋顶，吹着干树枝，发出"嚓啦，嚓啦"的响声。风的肆虐一阵阵加大，刮起的沙石敲击着建筑物和空中的高压电线，发出"呼呼"的尖叫声。

在一片漆黑的夜空中，星星凌乱无序地点缀在远方。有几盏昏暗的路灯挂在电线杆上，被疾风吹得摆来摆去，失去了照明的功能，倒像是茫茫大海中摇曳的航标灯。

张家成穿一件老皮袄，没有布面，白色皮板露在外面，因为年久磨损，外面的白色皮板变成了一块黑一块黄。走近他跟前，羊臊味一股股散发出来，熏得人缓不过气来。

张家成本来不想再到这个群体参加任何活动，但又想到自己不是"右派分子"这事，就是村支部书记当面给他轻描淡写地说了一下，有些太草率了。

他想："是不是村里安排今晚在'五类分子'会上宣布。"

他又想："不管咋的，反正今天晚上就让这些家伙们知道，我张家成不受管制了，你们别再像鬼一样地欺负我了。"

张家成第一个到了村文庙门房，门房的门还锁着。他站在门口等了不一会就有人开了门。不到几分钟，参加会的人就到齐了。

他们是河西庄的全部"五类分子"。现在的他们一个个比绵羊胆子还小，让说什么就说什么，让批判谁就批判谁，让表扬谁就表扬谁，他们简直变成了一群木偶人，完全没有了当年驰骋沙场的英雄气概和在政府办公室里发号施令的威严形象了。这就是"无产阶级专政"和"人民群众专政"的巨大威力。

在今天的反省会上，和往常一样，召集人李晓轩说："张家成到县城告状……"话音刚落，好像过去反省会惯性作祟似的，三十五个人都抢着发言，群情激愤地又一次批判了张家成，张家成静静地听着，耐着性子听完他们的声讨。不等召集人说话，他噌地站起来，说：

"谢谢大家的声讨，我还想咱们在同一战壕里战斗了好多年，相互声讨得够多了。今天应该和气一点对我，没想到火药味更浓了。不过，我不怪你们，因为你们已经不是你们了。我担待你们。我就说这么多。以后我就不来了，你们互相批吧！"

"可笑！"

"再见！"

张家成不等任何人再说什么，走到门前，用力"啪"地把门推开，快步跨过门槛，使出全身力气"叭"的一声闭上了门，头也不回地扬长而去，回家了。

张家成回到家，没有心境洗漱，一头撞进被窝睡下了。

他肯定不能入睡，陷入了深深的回忆……

好多年前的张家成，年轻才俊，意气风发，傲气十足。他师范大学文学专业毕业，被分配到专署秘书处，试用期一年。他志气比天高，心比海阔，言论见解"不输"专业评论家。

才貌双全的他深受年轻姑娘们的追捧，和他同一办公室的王霞就是暗恋他的追捧者之一。

王霞，中专学历，一米六二的身高，漂亮白净，左脸有一酒窝，甜美的笑容衬上酒窝迷住了遇到她的所有男士。特别是她标准的普通话和发音声线更是倾倒男女一片。张家成被安排和王霞一个办公室，又是面对面而坐，可把张家成惊坏了。

他记得，报到后的第二天上午一上班总务科的李干事就带着他来到王霞的办公室。李干事先敲了一下门，立即听到一声"请进"传出。银铃般的声音非常好听，使张家成头皮一紧。正想问怎么能安排我和一位女同志一起在一个办公室办公？可步子已进入王霞的办公室。

"小王，你好！"

"我给你带来一位同事，他和你在同一个办公室工作。座位嘛，就坐在你的对面。"

李干事对着王霞说，"这位是刚刚分配到咱们单位的同志，叫张家成，大学生，学的是文学专业，以后你们可以相互学习。"

接着李干事身体转向张家成，说：

"家成，这是王霞，你的同室同事。你的座位。"

他用手指了指王霞对面的座位。又带着开玩笑的口吻说：

"你们是最佳搭配，都年轻，又是男女搭配模式，嗨！干活不累。哈哈！开个玩笑。"

说完转身走出了办公室。张家成急忙跟了出去，说：

"李干事，慢走！"

李干事招了招手，快步走远了。

张家成和王霞在同一个办公室办公，一开始他们彼此生疏，很少说话和聊天。因为王霞比张家成早一年入职，所以她了解的情况比较多。因而，她主动向张家成提供了许多机关内的工作要求和与同志们相处的话题。

"您比我年长两岁，我就叫您哥，好吗？"王霞主动出击，对张家成提出了他必须接受的要求。

"好吧！"张家成爽快地答应了，并说，"我以后就叫你小王，同意吗？"

"同意！"

两个人很快就达成了共识，相互很有眼缘，话题慢慢地多了起来。

实际上，王霞第一次见到张家成是在人事处，张家成第一天报到时。当时，王霞第一眼看到张家成就被他的帅气吸引住了。张家成当时穿一件米黄色夹克，敞着，没系纽扣。裤子紧紧地裹着下身，灰色，年轻人的体形被着装映衬得标致而具活力。王霞不敢再看下去，脸一红赶紧退了出来。没想到这小伙自己送上门来了。

相处不到半年，两个人就出双入对，一起上下班，一起散步，很快这对金童玉女便成了地委大院的一道风景线。

时钟的指针移行到了仲夏，地委大院热气腾腾，几棵杨树的叶子零零散散地挂在树梢上，无精打采地往下垂落。柏油路面上可以烤熟鸡蛋，干热干热的太阳照射在水泥墙上，建筑物四周墙面反射出的热浪，把整个院子围成了无火但比火炉更热的桑拿房。人们把能脱的衣衫都脱掉了。白天热得无处躲藏，夜间无法找到稍稍凉快可以入睡的地方。

天气的热度搞得人们像热锅上的蚂蚁，焦急地无头绪地到处爬行，而社会生活中的人们更躲不过慢慢降临的政治灾难。

全国的"反右运动"在各地以及各行各业中搞得热火朝天，如火如荼。

张家成和王霞的热恋不亚于仲夏的燥热，这一对成了专署大院里的俊男靓女，老同志翘首称赞，年轻人投以欣赏的眼光；有的人飘来异样的眼神。羡慕嫉妒恨以说不明道不清的表现形式悄悄地在大院内蔓延开来。

张家成渐渐成了八卦平台上的主要议论对象，然而可悲的是他竟然丝毫没有觉察，继续"展示"着他"演说家"的辩才，仍然活跃在大庭广众之中。

好不容易盼来了初秋的凉爽。

好多年不遇的气象状况打乱了人们正常生活的规律，凉风仅仅给人们带来了瞬时的舒适感。一夜的西北风提前给人们送来了寒意，今年的秋天十分短暂，短得让人们没有一点点准备。

来自俄罗斯贝加尔湖上空的寒流强而持久，在中国北方上空与东南方向的暖湿气流相交，制造了华北区的阴雨绵绵。

秋分刮走了肆虐人间的热浪，带来了阴湿的时月。人们来不及增添衣衫，不速之客的寒气已迅速地钻入来不及闭锁的毛孔中，制造了许许多多的流感病员。

秋天的长夜漫漫，阴冷的天气，像是闷在人们心头的湿布，压抑着人们的情绪，使人心情消沉，闷闷不乐。整个社会处于不安和焦虑的悲催之中。

张家成和王霞的热恋让他们对天气环境的变化丝毫没有感

知，他们编织着美妙的爱情，忘掉了对周围动和静的感知，失掉了应激反应的能力，失掉了自我。

又是一个礼拜天。照例他俩都没有休息，和往常一样，如常上班，他俩不约而同几乎是同时来到办公室。自他俩谈恋爱起，每个周日几乎没有不到办公室的，因为，他俩都住集体宿舍，见面都不方便，何况一起聊天。办公室成了他们爱情发芽和成长的沃土。

张家成翻着办公桌上的日历，王霞正在完成一篇通讯报道的新闻稿编辑工作。

"霞，今天有何安排？"

张家成笑着期待王霞抬起头并回答，王霞没有立即抬头，而是聚精会神地改着手中的稿子。几分钟后，王霞抬起头来，含情脉脉地问张家成：

"张哥，你认为'反右运动'何时结束？"

张家成没有立刻回答王霞的提问，而是笑眯眯地对王霞说："你真好看，真漂亮。"

"别没正经，我问你严肃的问题。"王霞的两眼饱含温情却认真地说。

张家成接着说："我这是爱你，情人眼里出西施嘛！

"你问我'反右运动'何时结束？我可以肯定地告诉你：很快就结束。结束后我们就可以领证，可以结婚生娃了啊！"

"你有什么根据能那么肯定地说很快结束？"王霞反问了一句。

张家成略为思索了一下，接下来既清楚又生动地开始了讲解。他从中央下达在全国开展新闻界"反右派斗争"说起，认为这场运动到今年夏季可以结束。

他自我发挥地说着，并且越说越激动，声音越来越高，讲到最后，全院子的人都能听到。

"……后来中央一看，这还了得，于是果断做出决定，对这些人和言论进行反击。中共中央发出了《关于组织力量准备反击右派分子进攻的指示》。在全国开展反'右派斗争'。现在已抓起五十多万。应该是都抓完了，所以运动就该结束了。"

王霞静静地听着。直到张家成讲完了，她还两眼直勾勾地看着张家成的眼睛，沉浸在张家成的演讲之中。张家成也一直面向王霞演讲，王霞的每一个面部表情他都欣赏。他趁王霞还沉醉在他的演讲中的机会，随手就把王霞抱在了怀里，随即给她一吻。王霞也就坡下驴舒展地迎合着，两人紧紧地抱在了一起，深深地吻了起来……

两颗火热跳动的心"怦怦，怦！"的跳动声，他们相互都能够听到，伴随着两人急促的呼吸声他们抱得更紧了。张家成看着自己怀里的王霞，漂亮的眼睛微微地合着，脸上露出幸福的笑容。

恋爱中，女孩和男孩身体的接触使得他们的爱情迅速升温。

张家成使劲抱着王霞，始终处于主动出击的姿态，他的口和两只手加上两条大腿，始终在王霞的身体上寻找着突破口，想创造点什么！王霞浑身上下感受到被男人巨大力量挤压着的舒坦，但心存顾虑怕男人给她送来早到的"礼物"，不由得半推半就地被动迎合着张家成的进攻，巧妙地回避其锋芒，始终让张家成叼不着到嘴边的肉。

张家成越是得不到"战利品"，心里越是急不可耐得发痒，这种欲望顺其自然地转变成了浓浓的爱。

张家成轻声地说："咱们结婚吧！"王霞睁开眼，先是摇一摇头，马上又调皮地笑一笑，轻轻地点了点头。

"咳咳！"院子里传来了咳嗽的声音。

周一，下午四点许，秋雨带着冷风飘落着。突然，两个穿制服的公安人员来到了他俩的办公室，非常严肃地问道：

"你是张家成吧？"

其中一个指了指张家成问道，张家成惊讶地点了点头。那个人接着说："你跟我们走。"这样就把张家成带走了。

第二回

可怜天下父女情　望女成凤自醉杯

张家成想起了过往，件件心酸史，汩汩血泪流，让他刻骨铭心，彻夜无眠。自从那个秋雨冰冷的下午，他被两个公安人员带到至今都弄不清叫什么地方的大院以后，他和王霞的人生轨迹就发生了重大的变化。非人般的日月陪伴了他们许多年。

至今，仍然没有个明确的结论。

常圣桀在"虫洞"中仔仔细细地看到了这些，他很感兴趣，因为他和张家成是同村的，熟悉他，知道他是"右派分子"，但不知道为什么他被打成"右派分子"。今天的所见揭示了多年来埋在他心头的疑团。

常圣桀怀着浓厚的兴趣等待着往事的重现……

然而，实时画面自动切换到了另外场景。

清晨，河西庄平静如水。

陈雅琴，河西庄的村花。漂亮，精明能干，她是常圣桀的初恋。

自从和陈雅琴挥泪无言而别后，这是他又一次见到活泼可爱的她。但时过境迁，一切都归于回忆……

陈雅琴的父亲，叫陈老三，祖宗三代都是斗大的字不识几个的纯朴农民。所以，他的父母给他起了个这样的名字，小名叫狗剩。狗剩两口子四十岁老来得女。

狗剩，性格开朗，暴躁，满脸胡须，中等身材，神似《三国演义》中的猛张飞。然而，多数人不一定真正地了解他。

他虽然是个文盲，实际上是一个粗中有细的汉子。他是河西庄周围方圆十多里有名的厨子。因此，他是个百家用，熟百家的人物。那个时候，张家建房，李家办喜事，东家有白事，都要请厨子帮忙，为热情的帮忙人和来祝贺的亲朋好友们做饭。但是，无论给谁家帮忙都不收钱，真是纯粹的帮忙。

他不是科班出身的厨师，而是地道的土生土长的土厨子。但他能结合当地的蔬菜种植品种和特色，针对人们的口味做出许多廉价却可口的美味佳肴。村里的男女老少都亲切地尊称他为狗剩师傅。

无狗剩师傅不成席，他帮过的人家无数，所以，他有非常好的人缘。因而，他的大名慢慢地就被人们忘记了，或者压根就不知道他还有大名。

狗剩师傅有本事，又是个热心肠。他这一生最佩服的就是文化人。他非常喜欢读书人。所以，有一个愿望就是想把自己的独生女儿培养成文化人。

狗剩师傅见过的世面非常繁多，他比河西庄的同龄人见多识广，他通晓识字的人管人，不识字的人被人管的道理，他确实是大江边的小雀——见过些风浪。

这么多年，他慢慢地琢磨到了农家子女如何才能摘掉"受苦人"这顶帽子，那就是要好好上学，取得"功名"。很现实的就是考上大学或者考上中专，把户口变成吃供应粮的城里人。只有这样，庄稼人才能让祖宗有脸面，才能够让父母不受欺负，活出尊严，自己活得幸福，活得有意义。

他仅有一个孩子，又是女孩。但他一点儿都不封建，没有男尊女卑的思想。他心中算计着如何让他的小雅琴有文化，甚至梦想过女儿嫁一个有文化的如意郎君。

陈雅琴年龄很小的时候，狗剩师傅就花钱请过几位先生和当地的中学生辅导陈雅琴学习幼年文化。

他暗暗下定决心，要竭尽全力攒钱，努力供她上学，一直到大学毕业。

一天，教书先生来家辅导雅琴认字后刚走，狗剩师傅趁着老师刚离开，想借雅琴刚念过书的热度，对着雅琴问：

"宝贝，老师今天教了几个字，怎么念？"

"老师教的那几个字，我都不会念。"

雅琴答道，声音很高，无任何顾忌。

狗剩师傅又说：

"老师教过的要学会啊！"

"爹，我想玩丢沙包。"雅琴嚷着。

很明显，她已把念字的事抛到九霄云外去了。当狗剩师傅再一次把眼睛转到她这边时，她人已跑出了她爹爹的视线，找小伙伴们玩去了。狗剩师傅无奈但还有点儿娇惯的神情在他的脸上晃了一下，摇摇头自言自语地说：

"唉！真是个孩子。"

"以后年龄大了就会懂了。"他自我安慰。

狗剩师傅心心念念想给小雅琴请个稳定的好老师，他多方留意，很长时间没有发现。

一次，狗剩师傅帮邻村一户姓钱的村民家建房，了解到钱家的男主人在村小学教书，而且这位钱老师是好老师。狗剩师傅趁这个时候提出请钱老师给雅琴做家教，钱老师满口答应。狗剩师傅承诺给予钱老师丰厚的报酬，但钱老师始终拒绝接受狗剩师傅的报酬。

钱老师以家教的身份教了雅琴一年多，狗剩师傅费了好多劲，想了好多法子才勉强给了钱老师一点点报酬。

狗剩师傅特别想约雅琴的钱老师吃饭，钱老师好说歹说不答应。

这一次，好不容易说得钱老师答应某天下午应邀来吃饭。

狗剩师傅非常高兴，很重视这次的款待。他在自家院子里，摆了一张八仙桌，将两把太师椅面对面放着，既正规又排场，还便于说话。

他自己亲手做了四盘菜，两荤两素。一盘过油肉，一盘麻辣鸡丁。狗剩师傅知道钱老师的老家是四川，喜欢麻辣味道。一盘黄豆芽，一盘炒花生米，都是喝酒人喜欢的下酒菜。招待钱老师的酒是狗剩师傅特制的。

十多年前，狗剩师傅从民间艺人那里获得了储藏白酒的秘方。按照秘方的要求，他暗暗在自家院子里自制了藏酒的设施。

这种设施可以确保藏酒虽然被深置于地下，却能获得阳光雨露的滋润，日月星辰的伴随，大地灵气的孕育和春夏秋冬四季的熏养。

这一秘方的奥秘之处就是利用藏酒的设施，巧妙地运用日月星光和风霜雨雪的条件，人工不断地调整藏酒的摆放位置，使得储入的白酒能够最大限度地接受到大自然的陶融。

放入这一设施的上乘白酒至少得经过十多年的精心养护才可以取用。

请到钱老师的前一天，狗剩师傅取出一瓶，以此来表达他的心意。

与此同时，他发现酒的颜色变成了淡黄色，酒的黏稠度变得很高。打开后，满屋喷香，很快听到隔壁邻居有人在问：这是谁家的酒？真香！

依约，钱老师来到了狗剩师傅家。按当时农村请客习俗，两人分主宾落座，客气一番。氛围显得那么正式，那么严肃，更体现出了主人的虔诚与实意。

狗剩师傅给钱老师满满斟了一杯酒，然后自斟一杯，双手捧着酒杯伸到钱老师面前，两臂略向下让自己的酒杯口轻轻地触及对方酒杯的杯体，以示对对方的敬意。

狗剩师傅豪爽而一本正经地说：

"钱老师，请！我姓陈的叫你喝酒，是想表达表达心意，因为你教我女子雅琴认字。

"太想说谢谢你了！俺是个受苦人，没文化，拙嘴笨舌的不会说话，也不好意思把虚头巴脑的话挂嘴边！

"我这个人虽然是给人做饭伺候人的，文盲，但我知道世间的仁义礼智信和高低贵贱之分的道理。我没念书不是我父母的过，是我从小不懂事，不爱读书，从小不听大人的话造成的。当知道了读书好的时候已经晚了。嗨！天底下没有卖后悔药的，我不能把我的遗憾和教训在我女儿身上重复下去了。我要把我吃奶的力气都使上，供我女子上学。"

狗剩师傅生怕冷场，滔滔不绝地说着："所以，这第二杯酒就是请您帮助我实现这个梦。"

说罢，将自己的酒杯高高一举，口对着杯口，接着脖子一伸头往后一仰，满满一杯酒一饮而尽，说："钱老师，我先干为敬，您随意！"

钱老师还没有回过神来，有点儿不知所以然，但闻到了这特殊的酒香，忙说："这酒真香，我喝。"狗剩师傅一听钱老师称赞酒香，顿感自豪，话语更多了，说："您来，咱俩好好喝两盅。"

还没有等他说完，狗剩师傅又满满地斟了一杯，几乎是嚷着："这第三杯是想让你对我那女子多担待些，因为这孩子是我们从小惯出来的，脾气不好，但对她要严加管教，把字认好。

"我敬你，钱老师小兄弟！"

连着喝了三杯喷香而酒力超强的秘方藏酒，加上院子里微风一吹，狗剩师傅好像有一点醉意，对钱老师的称呼不由自主地也变了。

酒后吐真言，狗剩师傅就趁着酒劲，打开了话匣子："老弟，我晓得，我不公平。

"老婆和女儿都是女人，但是，我就不愿意我的老婆有什么文化！她能给我收拾家，做好饭就行；对我家女子雅琴的要求那就不一样了。我想让她多读书，今后不要只能靠男人活，要有能力自己养活了自己……

"嘿嘿，都是对女人，要求和对待不一样，不公平吧！是不是呀？"

突然，他觉得不对劲了，马上深深吸了一口气，自我镇定了一下，哈哈哈大笑一下，对钱老师说："喝得有点快了，请担待！今天，请您吃饭，有点高兴，喝快了。"

随着两臂轻轻地将两手合起呈不标准的作揖状："担待，担待！"

"谢谢，谢谢！"

钱老师被这热情的款待给搞蒙了，不知如何应对，只是用不停的点头连说谢谢来应付这种场面，并说："陈师傅，我们先吃点菜，慢慢喝……"

双方都静了下来，几秒钟，一分钟……狗剩师傅平心静气地说："没控制住，喝得有点猛，这酒劲有点大。别见笑，我是第一次单独和有文化的人喝酒，太激动了。"

吃饭间，狗剩师傅时不时提到雅琴的学习情况，钱老师都巧妙地转移了话题。

临近饭局尾声时，钱老师站了起来，从他的手提包里拿出一个用手绢包着的小包，小心地打开几层包裹，很认真地递到了狗剩师傅的面前。

"你这是做什么？嗯？"

狗剩师傅莫名其妙地急着问。

钱老师平平和和地一字一句地说着："这是您的钱，我给您保管了好一段时间了。"

"这是我给你为雅琴教书识字的学费啊！这是……怎么了？"狗剩师傅瞪大眼睛高声说。

钱老师说：

"我怎么能要您的钱？您给我们帮了无数的忙，我感谢都来不及。"

他有点急，语速不由得快了起来："再说，教几个字是我的本分，一天才个把小时，真的不算个啥！"

"这是咱们说好的啊！你这怎么能……"狗剩师傅抢着回了一句。

两人递来推去了好一阵子。最后，钱老师还是没有把钱放下，一脸难堪又很不情愿地把钱给收了回去。接着两人又喝了一会酒。钱老师对狗剩师傅说：

"雅琴这孩子也该上小学了。以后，我也就完成了您交给我的任务了。"

继而，文绉绉地说，"读书是人生最美好的事，也是人生寻找幸福的一条路子。但这路不是人人都愿意走的，得因材施教。"

狗剩师傅瞪着大眼睛，似懂非懂地点了点头又摇了摇头，没说出一个字来，本能地拿起酒杯对钱老师说："来，我们接着喝！"

两人你一杯我一盅，一直喝到十点来钟，都有些醉意。这时，钱老师的意识突然有些清醒，趁着狗剩师傅不注意，随手把那一沓钱掏出，熟练地塞在了一个靠近他的盘子下面。

他俩又聊了一会，钱老师就告辞了。

"独生女"这个词在当时的 60 年代虽然还没有产生，可陈雅琴却在家庭里已经享受着"独生女"这一待遇了。

雅琴还是孩子的时候，父亲带着她在村子里的饭场玩耍，孩提时的陈雅琴看着天上飘飞过薄薄飞逝的彩霞，认为那是彩色丝巾，硬是要爹爹给她从天空中将丝巾取下来。晚间的彩霞转瞬即逝。小雅琴眼瞧着自己喜欢的漂亮"丝巾"在眼前飘走了。那可不得了啰，连叫带哭一屁股坐在地上，两个小腿乱蹬一气。继而，往地上一躺，打起了滚，小嘴叫着要让爹爹把天上的"丝巾"找回来。七邻八舍的阿姨叔叔，奶奶爷爷看到此情此景都围过来哄抱。没想到像农村人常说的一句口头禅：男孩的小鸟鸟——越扑棱越硬，大家越哄她越闹得起劲。人群里的一些年轻人一边凑热闹一边逗小雅琴，说丝巾没有了，别饶你爹爹。又有一年轻媳妇嚷着说："我们小时候，想问爹爹要玩具如果没有，我就骑到爹爹脖颈儿上，让他学驴叫。小雅琴，快让你爹爹载上你学毛驴叫玩，多好啊！"在场的人们一听大多数拍手呼应，齐声叫了起来，慢慢地叫嚷声趋于一致，齐声喊着："雅琴，雅琴，快坐毛驴！"

雅琴随着叫声的此起彼伏，慢慢地停下了哭闹声，先是茫然，后突然对着爹爹说："我要骑毛驴。"她的爹爹二话不说，两腿往土地上一跪，一弯腰，两手一踏地，学驴"嗷嗷"叫了两声，说："爹的宝贝，快上驴！"逗得在场邻居哄堂大笑，骑在爹爹脖颈儿上的小雅琴也破涕为笑了。有几个站在人群外围的婆娘们叽里咕噜地咬耳朵，隐隐约约地听到，说："这'猛张飞'太惯女儿啦，以后可没有好果子吃！"

后来，爱开玩笑的邻居们常常以爱慕和善的亲昵声叫小雅琴骑驴姑娘，一些年轻人也将这款事情作为和雅琴开玩笑的由头。但随着时间的推移，雅琴渐渐长成了亭亭玉立的大姑娘，人们慢慢地就不开这样的玩笑了。

陈雅琴越长越漂亮了，不瘦不胖。她成熟得早，十二岁就长成少女的姿色，丰满的胸脯上小丘似的两个乳房挺在上面，随着她的走姿富有弹性地摆动。特别是春夏季节，穿着得体的夏衣，身姿曲线美如天仙。她站立在那里，挺胸收腹翘臀伸颈，少女"S"形魔鬼身材倾倒了许多青少年。

她虽然生在农家长在农村，但皮肤净白细嫩，白里透红红中溢白，红白相宜。一头黝黑的头发，经常梳着两个小辫，小辫远端扎着红头绳，绕着好多整齐的圈，把辫子编成了"锅刷"似的小橛子，末梢剪得齐齐整整，显得年轻而活力四射。

她的笑声腼腆而自然，平常少笑言谨，一旦遇着开心事，就会发出爽朗而短暂的欢快声，这声音成了她的标志性特色，和她相处一段的人一听到她的这笑声，就会不自觉地将目光聚焦到她的身上。

陈雅琴虽然没上几年学，生活在农村这不算什么缺点，她却成了河西庄年轻后生们娶媳妇的标杆。她水汪汪的大眼睛，好似会说话，密而长长的眼睫毛，扑闪扑闪地上下翻动，特别是在看人的时候，很自然地表露出她的可爱与强势。

雅琴记得很清楚，上学时，老师经常把男生和女生调到一个课桌坐。因为，那时农村小学的男女生相互不敢说话，说话时马上就脸红。农村的老师就以此分配座位的方法，来确保老师上课或上自习时安安静静的课堂秩序。

陈雅琴上小学时，全班共二十五个男同学，她的同桌换了十五个。都不愿和陈雅琴坐同桌，原因就是惹不起陈雅琴。而陈雅琴却不以为意，她懵懵懂懂地想，不想和我坐同桌真好，我一个人坐，好宽敞。

陈雅琴漂亮的外表，娇生惯养的脾气和我行我素的性格，使得她在学校与同学们间的相处慢慢地产生了距离。她很霸道很自信，想法又很简单。感觉上学很不好，受约束，不自由，向往社会。这样，她和同学、老师经常发生矛盾，导致了厌学和辍学的想法和动机。让陈雅琴辍学的导火索是和一位带语文的李老师产生了激烈的争吵。李老师对她没办法，学校对她没办法，他的父母对她也没办法。

陈雅琴上完三年级后就离开了学校。

然而，陈雅琴从孩提时期就显露出来的意志力特强和超常的做事能量，以及豪爽义气的性格，在一定程度上稀释了她"独生女"脾气大带来的劣势。

陈雅琴人生起步的路是自己铺设的，她将如何走下去呢？

第三回
圣桀农田度年华　雅琴豆蔻单思恋

　　常圣桀教授在"虫洞"全神贯注地看着屏幕，注视着屏幕上出现的每一个人，发生的每一件事。都是那么地贴近自己，是那么倍感亲切，那么温馨。更好像是昨天，慢慢地自己又进入了事件之中，随悲而哀随喜而乐。

　　"啊哦！"

　　常圣桀教授醒悟地发出来一声莫名其妙的声音，又沉默了。过了几分钟，常圣桀教授又自言自语地说：

　　"嗨！怎么从每一个人和每一个动物身上，都可以发现有光发出？"

　　常圣桀教授补充说："再仔细看，发出光的强弱程度不同，有强些的，有弱些的。

　　"啊！发出光的颜色也不一样。

　　"发出的光有很淡很淡的颜色，有的是艳红艳红的，有的是淡淡的绿或淡淡的黄。"

　　"虫洞"中的科学家们都把注意力集中到自己操控的计算机屏幕上，他们都对常圣桀教授的发现给予了呼应和肯定，说：

"是这样的。"

"而且同一发光体发出光的强弱在不停地变化，有时强有时弱。"

有人发现：

"动物体上发出的光要比植物体上的强。"

沉默，整个实验室内都静悄悄的，每个人都在想，这种从物体上发出来的光是不是物理学上所说的辉光？

> 人体辉光就是认为人体会发光。这一现象在20世纪逐渐引起众多科学家的注意，并相继对"人体辉光"现象作了探索和研究，各国科学家正试图将对"人体辉光"的研究应用到健康保健、疾病治疗、体育竞技、刑事侦查等众多领域。【引自百度百科】

"在中国佛教名山，如五台山和峨眉山上人们有时可以看到佛光，在大的寺庙内的塑像和壁画上都有多彩的光环罩着佛身，这些现象或表现形式都说明了人的周身应该存在着某种光环。"刘博士推断说。

常圣桀教授也把自己的想法说出："人的身体周围存在着光环，这应该是没有争论的，现在我们要探索的是光环与人品，与健康，与心理等要素的关系。这是一个未知的课题，是我们研究的重点。"

常圣桀教授一边观察一边想，思路随着故事情节的变化而起伏。不过，现在观察和前面的观察注意点有所不同。原来只观察事件的发生和发展，现在变成了既观察事件还要观察每一发光体呈现出光要素的变化规律。

常圣桀教授和同行科学家们继续在"虫洞"中看着屏幕中的画面。

河西庄的村南头，坐落着一幢二进的四合院楼房，内院三间坐北朝南宽敞明亮的正房，为二层楼。楼房的北墙和左右两侧墙体为清一色的砖封结构，正面全部为木质结构，偌大的窗户设计精巧，雕工细腻。大大的玻璃窗户使正房获得了极佳的采光效果。雕梁画栋的木刻画由一段段民间故事组成。

走出正房便进入与其连接的抱厦厅，抱厦厅两边前缘左右各矗立着的通天明柱从两个石鼓鼓基直通屋顶，足足有十米高。正房正中央的房间叫门道，平常在门道的北墙正中央供奉着文昌帝君，这里是过年过节主人祭奠的最主要场所，平常家里接待贵尊客人也在此进行，儿娶女嫁时在这里设宴宴请贵客，显得排场大气。正房东西两侧厢房各两间二层楼，前脸都是上好木材全部由榫卯结构连接而成。南面是二门，建筑格局高大宏伟。

走出二门是另一幢四合院，正北房是坐北朝南的三间瓦房，住着未婚年轻孙子辈男孩们，东西各有两间厢房是客房，南面的两间房，据说过去是长工们的住所。院子的大门位于整个院落的东南向，门楼高大建筑风格奇特考究。砖雕图案以梅兰竹菊为主调，辅以南方的亭台楼阁和小桥流水。大门的建筑格调让主人的南国情怀显而易见。

从整个宅院的正南面俯视，里外院的青瓦房围成了两个"口"字，北面的小，南面的大，看上去呈一"吕"字。"吕"，象形字，是脊的本字，本为两个脊骨相连的形状，直直的脊梁骨，寓意不言而喻。

这幢院子是乾隆四十六年间修建的，常圣桀家住进这个院子里已经过五代人。其中有两代男主人在湖北沙市和汉口做掌柜。河西庄人以书香门第和窗明几净来形容常家。

奇特得很，常家每一代只有一个男丁，即人们所说的单传。除了常圣桀的父亲外，每一代都是有文化的。

在里院正房二楼的后墙外正中央，镶嵌有一幅精美的二品官石雕像，给这个院子罩上了一层神秘感。

人们叫常圣桀家为楼房院的人。大家都羡慕这幢院子的好风水。

楼房院的东西两侧分别住着两大户人家。西侧住着柳姓人家，和常圣桀父亲同辈人弟兄五人，与常圣桀一辈的堂弟兄就有二十几个。东侧一大户人家，姓陈，和常圣桀父亲一辈的亲弟兄八个，他们的男孩子与常圣桀同一辈分，有堂兄弟四十多人。

常姓宅院位居正中，整体建筑高出东西两家有数米，看着雄伟壮观，高深莫测。其对于东西两大家族的压抑感可想而知，犹如肉中扎了根刺，欲拔不能欲动不可，代代无可奈何！

常家虽然人丁不旺，但辈辈都是文化人。然而，常圣桀的父亲没念几年书，不得已在家务农。这一辈，东西两家常常滋事生非、挑起事端，使得相邻左右面和心不和。今天陈家的孩子被常家的狗吓着了，明天柳家的孩子把玩具掉到常家院子里了。总之，天天闹事情，日日找麻烦，搞得常家心神不宁。真是秀才遇到兵有理说不清。

尤其常圣桀的父亲对东西两家颇有不爽，无有好感，同柳陈两家不甚往来。

陈雅琴的父亲出生在常家大院的东侧院内，当然和陈家弟兄是亲兄弟，排行老三。陈老三娶过媳妇成家后就在前街另起炉灶新立人家了。陈雅琴也没有在常宅的隔壁陈家大院住过。但是，在陈家大院的同辈人都是她的堂兄妹，来往还是挺密切。

常圣桀从河西庄六年级小学毕业，直接进入县城中学上学，是这个村近几年来惟一的一个考上县城中学的男孩子。上了五年中学后，面临那时全国大学停止招生的大形势，常圣桀只好以返乡知识青年的身份回到了河西庄，开始参加生产队的集体劳动。

然而，常家东西两侧的两大户人家，由于人口多，经济收入少，日月过得愈来愈紧巴。

可能是因为常圣桀的气场和形象使然，他从来没有遇到过被柳陈两个家族挑事和欺负的情况。

常圣桀从汾东中学回到河西庄，他既熟悉又陌生。熟悉的是他就出生在此，并在这里度过了他的童年和少年。生疏的是他自从到了县城上学，很少回到村子里来。星期天和假期他都和同学们到县城的机关厂矿做临时工，以此赚取微薄的劳务费来补贴生活费的缺口。更重要的是从考取县城中学的那一天起，他就由农业户口变成了非农业户口，成了地地道道的城里人，这是他从小立志高远振翼起飞的第一愿望。

常圣桀和陈雅琴是一个生产小队，常圣桀回乡后的第一天参加务农劳动，就被小队长安排随着大群劳力给棉花整枝。这对于一直在农村劳动的人来说，是考量体力和干农活是否有巧劲的活计，而常圣桀却两头都不咋的。

在棉田里，他蹲着并慢慢向前移动着身体，双手按要求给棉花株修整枝条。大太阳下，将自己的身体折成三折蹲着，脚得往前走，手还得干活儿。常圣桀不但没有蹲爬行走的功夫，也没有给棉花苗整枝的知识和技术。

回乡的第一天就遭遇实实在在的下马威。这个难题并不是某人或特定的事给的，而是知识青年到农村去给的。

人生的又一阶段旅程开始了，而且，其结果是人人皆晓的，确实是僧人不解数甲子，一叶落知天下秋。

常圣桀在农田里的窘样被陈雅琴看到了，想笑又笑不出来，想去帮他又不好意思，何况不可能也不允许啊！她不知自己心房的哪一根弦被拨动了，时不时地老想瞅他一眼，听他和别人说笑的声音。

她想和他搭腔，打声招呼，可就是没有机会。时间过了半个多月，她揣摩到常圣桀的一些劳作习惯，就是傍晚收了工后，他总要提着自己的箩筐打满满一筐羊草，才回家。于是，她上工的时候也带了个帆布包，收工时也不露声色地去打羊草。这样，会有机会"偶然遇到"常圣桀。可是，陈雅琴没有考虑到闺蜜秀兰这些天也割草。她看到雅琴去打羊草，很高兴，喜出望外地跑到雅琴面前，说：

"雅琴，我看到你拿着布袋子了，想你一定是等大家收工后去打羊草。我也一样，收工后去打羊草。正好，咱俩相跟着做个伴吧！"

"嗯，……行吧！"

雅琴迟疑了一下，但那种惊讶和不情愿的感觉转瞬即逝，接着说，"可以啊！走，咱们一起，去给羊打草去。"

这样，总有七七八八的事情干扰雅琴的计划，使得她计划靠近常圣桀的目的几次都落了空。

渐渐地，陈雅琴隐隐觉得自己在暗恋，暗恋常圣桀。常圣桀和陈雅琴同龄。常圣桀也是他们班惟一没有被雅琴欺负过的男生。他俩除了小学三年在一个班上学外，没有打过什么交道。可以说，在两个人的记忆中，他俩很少单独说过话。

为什么呢？其实没有什么大的实质性的障碍。仅有的就是两家在历史上存在的一些没有事实的情绪。常圣桀记得前些天父亲不知有意还是随便说：陈家的姑娘我们娶不起，因为他们难缠。

这话显然是从大人的口中说出。不管怎样，是特指还是无意，按照常家的家庭习俗"孩子一定要听大人的"，虽然没有哪位大人忠告过，但孩子们遇事第一反应就是想知道大人们是什么意见和建议。因为有这样的因素影响，常圣桀压根就没想和陈柳两家的姑娘处对象。

然而，陈雅琴的意识里却是另一境况。常圣桀的影子不知不觉地在陈雅琴脑海中时隐时现，挥之不去。少女的她性格和羞涩使然，这种心事从未向任何人表露过，只是把它深深地埋在心底的某个角落。

清晨，东方天边早早地出现了一条白线，慢慢地向上扩散泛白，白色再扩散再弥漫开来，天空从东方慢慢地显现出红色橘红淡红浅白浅蓝色蓝色的美丽色带，使早起的人们观之而心情愉悦。

美好的一天开始了。

仲夏的农村，是百花争艳，山林奇采，阳鸟吐清的季节。

七月的田间，烈日炎炎。

马上就要过端午节了，生产小队的菜园地里青年男女社员在麻利地摘收蒜薹和西葫芦，常圣桀和雅琴一组，一边摘菜一边聊天。

雅琴问常圣桀："队里一天给你开多少工分？"说到一天挣多少工分，常圣桀很不愉快，他最不愿意的就是提起这回事。

为什么呢？事情是这样的，常圣桀自从从学校回村参加了生产劳动，当地的农民都认为他没有经过体力劳动的历练，干农活不行，所以和他开玩笑，说他是秀才淘粪酸臭酸臭的。虽然是玩笑话一句，可常圣桀就不愿意人们用这样的玩笑取笑他，他觉得是对他人格的侮辱。

与此同时，小队长和记分员商定，给常圣桀记和女劳力一样的工分。这对常圣桀来说很不公平，因为他每天干活的强度同男强劳力一样。

对常圣桀来说，更重要的是精神因素，他自己害怕别人说他体力劳动不行，而给他定下这一挣工分的等级不是充分说明了这一点吗？他的自尊心受到了前所未有的挑战。

常圣桀心里想着小队长和记分员给他记工分的事，顺口回答陈雅琴的问话，说："和你一样！""怎么能和我一样，你干的可是强壮男劳力的活啊！"

正在这时，雅琴看到了地里有一个硕大的西葫芦，随手摘了下来，说："好大的瓜，是这批瓜中的领头羊。"雅琴说着，突然话题一转，对着常圣桀说："你识字多，在这个大瓜上刻几个字吧！"

常圣桀的思绪还停在记工分这档子事上，因此，随手就写下"吴家坏，平顶则赖，他俩都是一棵菜"。吴家是小队长，平顶则是记分员。

雅琴看得清清楚楚，抿着嘴笑了。

"你可不能说出去是我写的啊！"常圣桀叮嘱雅琴说。雅琴收了笑容，一本真经地回答："我始终忠于你，放心！"她一语双关。

农村的傍晚时分，是年轻人最惬意的时光。收工后，洗去了一天劳作灰尘，换上了干净的衣裳。晚饭后，中老年人三五成堆地坐在一起喝茶，聊天，打扑克。少男少女们三三两两在村子里转悠，一边打打闹闹，一边戏要，寻找自己心仪之伴。

生产小队门口聚集了许多人，他们等着生产队给社员们发放过端午节的蔬菜。突然，小队办公室的门开了，小队长领着小队干部如临大敌一样，都面无表情地站在那里。

队长吴家高声气愤地说："有人在西葫芦上写字谩骂队干部，是谁我们已经都知道了，现在当事人自己走出来坦白，我们可以从宽处理，知情揭发的人我们奖励。"

听了这话的人，有的交头接耳，有的窃窃私语，没有一个人承认的，也没有一个揭发他人的。

陈雅琴也坐在人群中，一言不发，不和任何人说话。常圣桀说话了："队长不是说已经找到了写反动标语的人嘛，把他抓起来就行了，还用大家在这里陪绑？"

这么一说，在场的人就大声呼叫："快发菜了，快发菜了！"

雅琴观察了好一阵，觉得队干部很狡猾，想诱导她揭发常圣桀，可是她对常圣桀的爱慕和忠心已埋藏心底，秘而不宣。

在农村，这种事只能是不了了之。

夏日的棉田地里，长得半人高的棉株，株体呈浅红色，油绿的叶子挂在枝条上，叶间冒出大大小小的花蕾，散布于绿叶和红枝条中。盛开在棉株上的花朵，有红色的，也有白色的，还有介于红白色间的粉红色和浅红色的。耀眼的各色花朵在微风吹拂和挑逗下摇曳起舞，花朵在阳光和雨露的服侍下变换着颜色。薄薄的花瓣像少女的裙子随风飘逸，有几分骄傲又有几分羞涩，花蕊呈黄色，飘出浓浓的蜂蜜香味，使人赏心悦目，心旷神怡。

收工后，常圣桀和往常一样，把发了点黄的单衣外套往肩上一搭，顺手拎起筐子，麻利地向他割草的目的地走去。陈雅琴已经非常熟悉常圣桀每天收工后惯性的行走路径。于是，收工后她整理好自己的东西，从容地抄小路走去，为的是制造一个和常圣桀在黄昏的傍晚单独见面的机会。

"雅琴，你也割草了？家里也喂养着羊？"

常圣桀离陈雅琴好几米远，他俩都在一截玉米田里割着草，常圣桀发现了雅琴，大声问道。顺着玉米株之间形成的缝隙，雅琴随即回话，答道：

"是桀哥啊！

"我以为是谁！把我吓一大跳。

"我家养的是小猪。

"吃得很少。"

他俩一边聊天一边割着草，不知不觉地越靠越近了。时间过得真快，一会太阳就落山了。

陈雅琴割草的技术比常圣桀的熟练多了，不一会她就将自己的布袋子填得满满的。之后，她自然而然地将自己割的草塞进了常圣桀的筐子。常圣桀一边和陈雅琴聊天一边用不甚熟练的手法割着草。竟没有留意陈雅琴往自己筐子里放入了好多的羊草。到了天色慢慢黑了下来，分辨不出羊草和杂草时，他们的聊兴还意犹未尽，无奈地停下了手中的镰刀，又聊了几句，常圣桀才发现陈雅琴一直往自己筐子里放草，又看陈雅琴的布袋已经鼓鼓囊囊的了。

常圣桀愣了一下，看看草筐子，瞥了一下布袋子和双方的镰刀，眼睛落到对方的脸上，眼神碰在了一起，浑身像电击了一般，两人瞬间全身发热，暖流直冲心头，欲言又止。两人生怕自己的"变态"反应被对方看出，不约而同地转了一下身体，可在夜色中身体的稳定性很低，反而，年轻的身体竟撞了个迎面，两人都生怕对方跌倒，急忙用双手去拉，由于用力过猛却意外地使两人抱在了一起，他俩赶忙松手，弄得十分地尴尬，谁都不敢看谁，迅速地分了开来，紧张地扛起筐子和布袋，相互没有说一句话便走在了回家的路上。

他们俩之间所发生的一切，都被离他们不远的陈宏右看到了。他没有惊动他们，默默地离开了。

第四回

摸爬滚打春和夏　倍尝艰辛秋与冬

自从那天在田间割草时和陈雅琴偶遇，俩人单独一起无拘无束地聊天以后，常圣桀体验到青年男女之间竟有如此大的吸引力。特别是俩人的无意拥抱，虽然时间如此地短暂，然而，这种初始的男女身体接触却让二人都产生了极大的心灵震撼。

年轻人肌肤的体香自然淳朴，至今缭绕心头，大可以醉倒对方，这种感觉对常圣桀来说是从来没有体会和尝试过，也万万想不到的。让他感到神秘而兴奋，甜蜜和舒服，且难以忘怀。

陈雅琴的感受却是她好像打了一仗，并取得了战斗的胜利，感觉到无比地高兴、自豪和充实。

常圣桀回乡劳动半年了，他从立夏节气开始在大田里干农活，一直干到霜降节气结束。一年的庄稼活基本经过了一遍。

半年来，常圣桀日落而息，日出而作，面朝黄土背朝天，和社员们一起平整田地，浇地上肥，耕田插秧，播撒种子，收麦打麦，晒粮食交公粮。什么季节该干什么农活就干什么。学会了许多干农活的技巧，也增进了与左邻右舍和社员们的关系。

和社员们一起在大田干农活，一起聊天一起发牢骚，一起劳作，一起摸爬滚打。

在民间，许多关于农时的谚语，常圣桀很感兴趣，比如：

"秋分糜黍割不得，寒露谷子等不得。"

预示在我国北方小秋作物该收获了，也就是说大田里的粮食作物在这个时间点全部收割完了，剩下地里的棉花和蔬菜。

"立冬不收菜，必定受伤害。"

节气告诉人们，该收获蔬菜了，储藏好，就等着过冬了！

这些谚语都是知识的体现，也是千百年来中华文化的积淀，它可以完完全全地去指导农民种田。

常圣桀读了不少的书，但书本知识和实际农业活计联系起来真的还是第一次。特别是二十四个节气，指导农民什么节气干什么农活，种什么庄稼在什么节令。

一个非常普通的农民都懂这些知识。

"惊蛰吹南风，秧苗迟下种。"

"谷雨前后，安瓜种豆。"

"芒种不种，再种无用。"

"夏至十日麦根烂。"

"处暑不出头，割了喂老牛。"

常圣桀自感惭愧，自责不如。特别是第一次参加农田劳动，给棉花株整枝自我感觉很不是滋味。这种惭愧心理很沉重。他觉得自己是农村出身，地地道道的农家子弟。虽然他的家庭在河西庄是富裕人家，但是，他有自己的理想，有一个基本的自我认同感，那就是他的根在农村的土壤里。他不会忘了农村，也不会忘记黄土地。

然而，自己却不会种地，不会干农活，甚至于五谷不分，玉米苗和高粱苗分不清楚。连二十四节气数都数不下来，更不用说根据二十四节气种庄稼和安排农活了。他的思想深处耻辱感油然而生。他自己否定了自己，他暗下决心，要练就一身农村后生强而有力的身板，潜心学习农活技能。走好自己给自己确定的道路：

　　　　人生路一程，程程连程程；
　　　　君若全程乐，志向装满箩。

经过半年强烈阳光的烤晒，常圣桀的皮肤被阳光晒得又黑又亮。脸部和两个臂膀以及露在阳光下的皮肤，被强烈的阳光晒得通红的。经验告诉人们发了红的部位不可以穿衣服或用什么遮盖物捂住，否则，被晒红地方的皮肤就一定会起水泡，搞不好会引发炎症，出现全身感染的症状。常圣桀经过了这一系列的过程，把他吓得够呛，痛苦万分。不过还好，一切都顺利正常。

　　然而，不正常的事情正一步步逼近他，给他带来灾难性的打击。

半年的历练，他的皮肤黑了，体魄壮了。二百斤重的一麻袋粮食，他不费多少劲就能独自扛到肩上，还能扛着走一百多米远的路。他的自行车骑术非常棒，骑自行车到离河西庄八十多华里的煤窑载炭块，一次载二百斤重，不用歇息，一鼓作气便可轻松搞定。

　　他先后在生产小队，随着大群劳动力在大田里做过农村最基本的农活，很快学会了全套农活的操作技能，挣工分的等级提升为强壮男劳动力。

河西庄位于晋阳盆地北端，南面一马平川，极目远眺是太岳山山脉。初夏的傍晚，晴空万里，太阳刚刚西下，薄暮还未降临大地，一眼向南望去，太岳山像是挂在蓝天与绿地间的一幅五彩山水画。

画的上部是蓝蓝的山脉，错落起伏，层层叠叠，宛如动人心弦的仙境，常常挑逗起青年男女们的童心，遐想着进山去寻找神仙。

画的下部金光灿灿，是刚刚落山的阳光余晖，将中条山脉的丘陵地带照射成了金黄色，像童话中的太阳山展现在了眼前，太阳山的黄金宝藏在向你招手。

夜幕在各种鸟语和青蛙的合唱声中慢慢地缓缓地拉上了。这时的空气甜甜的含着青草的芳香，你深深地吸一口，然后闭目品尝而缓缓地吐出，醉人的花香会沁透你的心扉。

鸟语虫鸣的合唱慢慢慢慢地落下了尾声……

河西庄的农业基本条件非常好，土地平整且全部是水肥地，村庄的北面是山西的母亲河汾河，东面是汾河的支流沙河，因为沙河是季节河，每年夏收后，中条山的山洪暴雨日渐增多，使得沙河河水猛涨。河西庄的大部分耕地都可得到富含营养和肥力河水的灌溉。历年来河西庄的百姓把山水灌溉视作来年是否丰产的金指标。所以，全村上下对做好洪水浇地的事看得很重，往往在夏收前一两个月就开始做紧张的准备工作。

洪水浇地就是在沙河的支流上横向建筑长四十米，宽二十五米，高十二米的拦河大坝，将洪水拦截在沙河的主道中，使沙河主道内的水位升高。在主河道侧面开一条河床显著高于主河道河床的导洪渠，由导洪渠将洪水引入农田灌溉系统，实现洪水浇地的目的。

河西庄人每年把需要浇的地都浇过后，再把土坝毁掉，以防沙河水猛涨时把庄稼淹没。

村子里的农田只要每年能浇到山洪水，来年的丰收就保证了百分之八十。

人们把每年建筑大坝和砍坝统称"龙水"，因为砍坝很简单所以一说"龙水"大家都知道就是建筑大坝。

"龙水"工程每年一次，年年如此。年轻人都不记得河西庄的"龙水"工程起始于何年某月。

每年的"龙水"工程开工日定在二十四节气之中"芒种"的这一天。整项工程进行十多天。工程竣工五天后就是夏至。夏至这天是夏收开镰的日子，就是开始收割小麦的那一天。从夏至日开始十五天左右这段日子是小麦的收获期。收获小麦后马上用河水浇地，然后，整地回茬种夏玉米、夏谷子或绿豆等作物。有的地水肥条件特别好就回茬种胡萝卜或种白菜。

这一段时间，对于河西庄的老百姓而言是最重要的日子。也是最忙的，当然也是最具希望的时节。一年四季在于此。因为，夏季秋冬季庄稼的播种收获和中耕以及来年庄稼的备种都聚集在这一时间段。

当然，对于河西庄的大农业来说重中之重的事就是搞好"龙水"工程。它是河西庄的"生命工程"和"希望工程"。

"龙水"工程在河西庄是一件严肃和神圣的事。所以，在整项工程的实施过程中充满了仪式感，并被蒙上了神秘的色彩。

按照历年的规矩，这项工作由村大队统一组织实施。首先，大队主持成立一个理事会。由村大队分管水利的副大队长出任理事会理事长，全权负责执行"龙水"工程的各项任务。

开工的前一天，首先要举行隆重的开工仪式。仪式在坐落于河西庄村东的河神庙内的大广场举行。

为了严肃起见，对参加人员要由"龙水"工程委员会进行严格控制并审核，被审核通过的人会收到很正式的邀请请柬，被邀请的人实行实名制，不可以顶替。进场人员凭邀请请柬入场，并要求衣冠整洁且对号入座。

常圣桀第一次参加这种活动，持观望和批判的态度而来。他既认真又谨慎，丝毫不敢露出审视观望的态度。因为，此项活动在河西庄举行的历史比自己的年龄还大。而且，事关全村来年的收成和生计。对于河西庄的村民来说，这条红线谁都不敢碰。近几十年，河西庄经历的大大小小的政治运动数不清，上级派的工作组也有十多个，可对每年举行的这项祭祀活动，很少干预！

前些年，河西庄村里的一些"文人"们，还给村大队提议将此项活动申报世界文化遗产保护。有意思的是，当时的村支部书记还真的组织了几个人来做这项工作。因为那一届的村领导班子认为这项工作在河西庄是开创历史的事，只要敢干就什么都能干成。根本不晓得世界文化遗产保护的究竟是什么，只是听了几个村里所谓的秀才们忽悠了一下，却以为是金点子。而这些秀才实际上仅仅是小学或初小文化程度，是由于他们在"山中无老虎，猴子成大王"的河西庄当过几天生产小队的会计，或者毛笔字写得不错，人们就把他们尊称为"秀才"，这样，村里的一些政务事，他们就当仁不让地发表意见，左右一二。

像张家成这样真正的秀才在河西庄村却吃不开，当然，这与张家成的性格有着直接关系。

> 会写毛笔字，当过小会计，
> 说话文绉绉，懂得小宇宙。
> 人称小诸葛，地位很奇特，
> 村事他都管，群众全不满。

祭奠仪式于中午十二点整开始。议程安排简单又明了，这是经过了很多年精炼而成的。

首先，是奏乐。音乐的风格具有佛教色彩，优雅而动听，意思是感谢河神大帝一年来对河西庄人的维护和赐福，祈祷来年顺顺利利平平安安！河西庄子民叩拜河神大帝万福！

第二项是上供点红。将摆放在供桌上的供品全部用红朱砂笔点上红，意思是请河神大帝将礼品收纳。如果朱砂笔点下的点是红色的，说明河神大帝愿意接受此礼。假如毛笔点在供品上的点是紫色的，说明河神大帝拒收。供品上红点多于别的颜色的点，预示来年收成很好。反之，来年收成不佳。听老年人说此种情况仅仅发生过很少的年份，究竟是哪年都记不清楚了。

大家对点红这一项议程是非常重视的，生怕出现问题。所以，进行这一项的时候全场的人肃穆庄严，屏着呼吸，等着点红仪式结束才敢长长地出口气，如释重负。

点红是由村里年龄最长，儿女双全的且身体健康的男性老者操笔。主持过点红的老人村里给予每年三百元的红包。

第三项是叩拜，由祭祀理事会从全村年轻人中未结婚的男性中间当场选出，目的是村里用这种方法来发现年轻人和培养人才。然后，由这位年轻男子领拜。领拜是要求领拜者领读备好的祭文，祭文不长，但对识字不多的村民真是个烫手山芋。现场的男性青年既想被选中又害怕，毕竟是要在大庭广众之下出头露面，农村人没有见过什么世面，又是突然的差事，生怕办砸了，对一生都不好。

常圣桀万万没想到，今年他被选到了。而且，他完成得非常出色。

这么多年，村南头仅有常圣桀家东侧陈家大院的男青年陈宏右被选中过，陈宏右是常圣桀的童年玩伴。

"龙水"工程开工祭祀仪式在河神庙举行后的第二天，筑坝工程正式开工。

十天的工期，一百个青壮年劳动力要搬运土方一万七千多立方米，人均十七立方米，平均每天运一点七立方米。繁重的任务是这些土地上的土都得从五十米外的地方取。更艰巨的是随着坝堤的增高，搬运每一筐土耗费的能量越来越大。没有机械化装备，没有畜力和电动设施。单凭两个肩膀两双手，一根扁担两只箩筐，另加一把铁锹。

有句不知道传了多久的格言：

> 河西男人两大怕，
> 割麦挑土筑水坝。

"龙水"工程的工地位于河西庄的东南方向，离村庄五华里。在沙河和温河的交叉处温河的起始端。在枯水期这里是一片开阔的沙滩，叫沙滩窝，足足有五百余亩地。

　　常圣桀被临时抽调到农村水利队，参加"龙水"工程。被抽调到农村水利队的人员，大多是各个生产小队的体力强壮的年轻人，他们绝大部分都是从小就在农村参加生产劳动，体力活是他们的强项。特别是肩膀的挑担功底一个比一个厉害。

　　常圣桀是比较弱的，无论体质还是内力他都不是这些后生的对手。常圣桀的优势仅仅是比他们文化高，但这次的活计和任务不是文化考试，而是比力气，比干农活的熟练程度。

　　"龙水"工程施工期间，这里顿时就热闹了起来。有搭起帐篷开始供应茶水的，还有的是供应大米和小米粥的；有医疗点和广播站，还有锣鼓队和演出队。除了服务队，还有一些辅助人员。他们负责"龙水"工程技术和质量方面的考核事宜。

　　"我猜今后你一定也会有机会参加咱们村的'龙水'工程的，没想到你今年就参加了，好啊！"

　　陈宏右挑着担子来到工地上，对着常圣桀笑嘻嘻地打着招呼，并说：

　　"咱俩一起干吧。"

　　常圣桀答应说：

　　"好啊。我啊！正发愁没人愿意和我这书呆子组合。"

　　"不会吧？后生们抢还抢不上。谁都想和你一起干活。

　　"年轻人都愿意和你一起合伙干。他们说你知道得多，和你一起听你说话有意思。

　　"说你干农活麻利。"

　　陈宏右边说边把工具放下，整理了一下他们将被分到的取土位置。

不到一会，在工地的工作人员过来了，问陈宏右："你们是谁和谁组成一组？"

"我和常圣桀。"

"我们俩一组。"

陈宏右用手指了指常圣桀，回答。

服务人员说：

"好！现在我们给你们丈量，……噢……好了。一共三十四立方米，这是你们两个人的任务，十天完成！"

"行。谢谢！"

陈宏右回话，然后，头立刻朝向常圣桀，说：

"常圣桀。"

陈宏右说：

"这就是说，我们俩一起在这十天内就要把这些土运到这坝上。"

"我们俩一人铲土，一个人运土。"

"我先挑吧。"常圣桀对陈宏右说："我累了的时候咱们再换。"

说着话，他已经挑起了一担土很快地向建筑大坝的方向走去。

第一天，常圣桀挑土，陈宏右装筐为合作形式，常圣桀有生第一次用扁担箩筐挑这么多东西，把肩膀都压红了，有个别地方压出了血泡。他咬紧牙关还是坚持下来了。想想第二天再继续挑一天的土，自己恐怕是坚持不下来的。下工后，草草洗漱后吃了点东西倒头便睡了。半夜噩梦惊醒了几次，加之肩膀痛得难受，实际才真正睡了五个钟头。一早醒来，忍住浑身难受，还是坚持去了工地上。

"昨天挑了一天的土，累坏了吧？"陈宏右一看到常圣桀便微笑着问。常圣桀如实地回答了昨夜肩膀痛没休息好的情况，一一对应地做了回答，并表示自己一定要坚持下去。

陈宏右又安慰常圣桀几句，说：

"好！今天我来挑，你给咱装筐吧！"

"行！我来装筐吧。"

这样，俩人交换了活计，圆满完成了第二天的目标任务。第三、四天，陈宏右看到常圣桀实在是坚持不下去了，就让他原地休息一会干一会。

到第五天、第六天常圣桀一开工还是坚持着，到了下午快下工时，他的背疼得厉害，有点支撑不住了，干脆坐在地上不动了。第六天到第九天常圣桀无奈采取了劳逸结合的方法，体力慢慢地有所恢复。常圣桀看到陈宏右对这种情况一点也不介意，没有一点点怨言。显然，进度明显比他人慢了好多啊，好像他一点都没有计较，只是默默地干着。

第十天，上午多数的组合基本完成了任务，常圣桀他们下午五点钟才交了差。在计工分时，常圣桀坚持给陈宏右计百分之六十的工分自己计百分之四十的，遭到了陈宏右的坚决反对。常圣桀坚持了几次都没用。这样，就按陈宏右的意见所挣工分各占百分之五十。常圣桀心中对陈宏右的看法不由得追溯到他们的童年……

第五回

陈宏右善于算计　圣桀志向在远方

　　陈宏右和常圣桀是一起听着故事长大的。他俩虽然不是同庚，陈宏右稍年长一点，然而，他们是小学一到五年级的同班同学。

　　"小学一年级全班仅有四个小同学加入少先队，两个男同学，两个女的。男同学就是常圣桀和我。"

　　几十年后，陈宏右还以此为豪，只要有合适的机会便拿出来炫耀一下。

　　小时候，他们俩经常在一起玩，很少打架吵嘴。五年级时，陈宏右因为和班主任老师发生纠纷，一赌气就辍学了。就这样，常圣桀还在礼拜天和节假日找他玩。后来，常圣桀考上了中学后，见面在一起玩的机会就不多了，渐渐地变成了大人们相处的模式。

　　常圣桀读书的启蒙是父亲从亲戚家带回来一本《孙悟空的故事》，他一看就入迷了。后来又陆续看了《艳阳天》《烈火金钢》和《红岩》等小说。到小学五年级开始看古典文学，如《西游记》《水浒传》和《三国演义》等书，已目下十行了。

过去，陈宏右经常到常圣桀家里一起玩。于是，他常带着陈宏右一起，到常家正院的正房二层楼上玩耍，这里是常圣桀在家里看小说的地方。

在农村要读书还真是不容易，你正拿着书聚精会神地读着，突然：

"桀桀，打猪草去！"

妈妈过来冲着常圣桀说：

"喂猪去！桀桀。"

一会父亲又布置任务：

"桀桀，快来帮我把粮食扛起来，家里没面粉了，我们一起磨面去。"

这种情况怎么能读书？况且那时的大人普遍认为小孩子除了在学校读书外，放学回到家后就应该帮大人做活计。如果在家里还看书，就被认为是在偷懒。所以，常圣桀就在正房二层楼上放了个小椅子，一有空他就偷偷摸摸地上楼看书去了。这个"书房"很宽敞也很安静。常圣桀经常蹑手蹑脚地来到这里，悄悄地拿着小说，一看就到天黑。

常圣桀和陈宏右在这里经常谈论书中的人物和历史情节，畅谈志向。陈宏右的志向是当一个指点江山的人。常圣桀则是想当一名自然科学研究人员。

陈宏右辍学后，汲取知识的兴趣爱好没有改变。然而，获得知识的途径变了。一是大量阅读，他读四书五经，读《论语》《易经》和四大名著；二是经常和村里有些文化的老年人聊天，聊天下大事，聊些街头巷尾的轶事，在聊天中学习课本上学不到的知识；三是辍学后就直接到大田里参加生产队劳动，从一个挑起担子还摇摇晃晃的少年劳力，锻炼成了会耙、会种、会锄地、会育秧苗的年轻壮劳动力。

在文化教育资料和书籍极度匮乏的年代，读书人很难找到自己感兴趣的读物。陈宏右常常从村子里年老的文化人处借来一些古线装书来阅读。但是，他看书的习惯是仔细看完书的前半部，走马观花地浏览中间的部分，最后仔细地阅读书的结尾。

常圣桀学习知识的途径和陈宏右的却是大相径庭。他接受了完整的国民教育体系的教育，获得了学校和社会契合教育的思想，初步认定了人生的意义，就是为自己寻找和搭建为社会为他人提供便利和服务。

一个偶然的傍晚，常圣桀悄悄地爬上了他读书的"书房"，正准备读《资本论》的后一部分，由于动作大了一点，惊动了一只正聚精会神捕鼠的猫，它躲藏在堆放杂物的一个角落。听到声音后，猛地一跑带倒了一个玻璃器皿，"啪"的一个响声把常圣桀吓了一大跳。

他顺着响声走过去看看究竟。因为，二楼很久很久都没人上来了，堆了半房的杂物上尘土满满。家里人都不愿意去动，以免沾染一身灰尘。

被带倒的器皿破碎了，碎片溅撒在楼板上。常圣桀生怕有人或孩子们过来时不小心被瓷皿碎片扎伤，于是找工具清扫楼面地板。突然，看到一个小箱子旁边有一小堆纸屑，读书人的直觉告诉他，箱子里装着书或是资料。

常圣桀先把碎瓷片收拾好，急切地想打开箱子。可箱子上锁着一把很结实的铜锁，他没有钥匙怎么也打不开。好奇心促使他再一次想办法把箱子打开，但收效甚微。眼见太阳慢慢落山了，常圣桀还是没有什么奏效的法子。

天马上就要黑了，落山的太阳光照射在飞舞着的云彩上，形成了五颜六色不断变化的彩纱，天光慢慢地谢幕了。在农村，黄昏中的流水声平稳而动听，青蛙的叫声婉转悠长，忽高忽低，忽近或远，鸟儿叽叽喳喳地叫着进窝去了，一切的一切都慢慢地静了下来。空中的彩霞愈来愈好看，变幻莫测，霞光万道，昭示着人们对今天的留恋和对明天的期盼。

　　余光渐渐消失在人们的视线中，常圣桀恋恋不舍地把书放在了椅子上，下楼了。

　　母亲刚刚做好晚饭，正准备喊他吃饭。

　　"妈！饭做好了？"常圣桀问他的妈妈。

　　妈妈说："好了，快吃吧。"

　　"我爹呢？"常圣桀问道。

　　母亲说他父亲到常圣桀的姑妈家去办事了，在那吃了晚饭回来。

　　"妈，我问你个事，咱楼上那个上锁的箱子放着什么？"

　　常圣桀问母亲，母亲说：

　　"上铜锁的那个箱子吧？

　　"哦！是你舅舅的书。说怕被抄家抄走，寄存到咱家的。"

　　"真是书啊！"

　　常圣桀一听，马上露出喜出望外的神色，提高了声音对妈妈说：

　　"我借着看看，行吗？"

　　"当然可以！"

　　母亲一本正经地说：

　　"借着看可以，但必须保证三点。"

　　"快说，哪三点？"

常圣桀紧催着妈妈，说道：

"别说三点，三十点都能做到。"

母亲说："第一，书只能在楼上看；第二，只能一人看；第三，不准给别人讲。这不是我的意思，是你舅舅提的要求。"

母亲继续说："那天，你舅舅搬来书时就猜到了，说你一定会知道这书的，也说你一定会提出看书要求的。"

"好！我一定遵守这三条规定。行吧?！"

常圣桀向妈妈诚恳地保证，并催促着：

"我的亲妈，请赐孩儿钥匙吧。嘿，嘿！"

妈妈从包袱里面把钥匙取出，交给了常圣桀。一再叮嘱他小心点。否则，会害了舅舅。常圣桀一再表示会信守诺言。

第二天，常圣桀收工后，回到家急匆匆地上了楼，用妈妈给他的钥匙打开了那个像是装书的箱子。果然不出所料，满满的一箱子书呈现在了眼前。常圣桀来不及找个座位坐下，立即站在箱子旁迫不及待地一本一本地翻看，如获至宝。就这样看到天黑，直到母亲喊他吃晚饭才罢休。

这一箱子书，有上百本之多，包括历史书，文学书和读书笔记。常圣桀最感兴趣的是司马光撰写的《资治通鉴》及其白话文、马克思和恩格斯的《资本论》，还有《易经》《汉书》等。可把常圣桀高兴坏了。然而，这么有价值的乐事与谁同享? 和谁讨论一些书中问题呢? 常圣桀苦思冥想始终找不到一个知音。

这批书足足陪伴了常圣桀半年多。

常圣桀看过的古装书还有一部分来自陈宏右。陈宏右是跟村子里的老年人借来的。但每次只借来一本线装书，看完一本还一本。

后来，陈宏右特意给常圣桀推荐《金瓶梅》《红楼梦》。当然，陈宏右也看过了这几部书。看完后，很感兴趣地专门找常圣桀谈论了一个下午。两个年轻人各抒己见，争得面红耳赤。

陈宏右虽然只念了五年小学，但他喜欢舞文弄墨，爱看古书，爱书法，爱对历史人物高谈阔论。

他对《金瓶梅》的看法是：

"我喜欢《金瓶梅》，因为作者写得真实。"

他对着常圣桀说：

"特别是涉及男女之间的事，写得惟妙惟肖，很吸引人，特别吸引年轻人。"

陈宏右侃侃而谈：

"我没有见过第二本书写性写得这么真。在这方面《红楼梦》也逊色多了。"他补充说。

常圣桀讲话平和，声音不高，一字一句地说道：

"《金瓶梅》这书我不喜欢看，虽然揭露了社会的腐败和对妇女的侮辱与不尊重，但是描写黑暗和糟粕的情节过多。反而，对糟粕起到了歌颂和展示的效果；批判的力度不够，也不够犀利。"

陈宏右接过话说："我们社会人最缺的是现实的和真实的东西。

"在人类生活中，你说！性生活是不是真正地存在着的？别的书从来没有也不敢像《金瓶梅》这样将性展示在读者面前。

"让大家了解性，这有什么不好？"

陈宏右高声说道。

常圣桀接话说："人类文明的重要元素之一就是懂羞耻。性是两个人的秘密事，叫幸福，是文明；成了三个人的就不是秘密了，也就不文明了；性变成公众的便是羞耻，不文明，与动物没什么区别。

《金瓶梅》就是把性变成公众的了，是对人的耻辱，对妇女的凌辱。"

常圣桀用带有总结的语气说道。陈宏右马上嬉笑着问常圣桀：

"你实事求是地回答：在你看到书中描写男女做那事的情节时，你的生理活动是不是活跃了？"

他做了个鬼脸，问道：

"跑马（遗精）了吗？"

然后哈哈大笑。

共同爱好——读书，好像一条无形的绳索紧紧地把常圣桀和陈宏右俩人捆绑到了一起，各自阅读，独立思考，共同讨论和分别理解。

读书使他们增长了知识，开阔了思路，锻炼了才干。同时也吸纳了一些不健康的东西。陈宏右的思想变化随着社会思潮起伏不定。常圣桀文化程度相对高一些，意志力和洞察力较高。两人的思想变化和意识形态渐渐产生了矛盾。矛盾随着时间的推移而发生着剧烈的碰撞。

陈宏右的敏感度是非常高的，在他俩谈论读书感想和事件内容时，陈宏右慢慢地意识到常圣桀读书涉猎的范围比较广泛。起初，陈宏右认为常圣桀毕竟比自己多读了好几年书，知道的书本知识肯定比自己要多，这一点陈宏右是承认的。可是，在这一段时间的切磋中，他明显地感到常圣桀掌握知识的宽度和深度有了质的飞跃。陈宏右断定常圣桀阅读的书肯定不仅仅是自己给他提供的那几本书。于是，就装着用不经意的口气试探性地对常圣桀说：

"常圣桀，你的理解能力进步好快啊！你的悟性真了不起，能把看过的书的知识扩展到闻所未闻和见所未见的事件中去，老兄我佩服。"

"不敢当，最近我抽时间多看了几本书。"

常圣桀连忙解释道："这些书是在我家二楼的一个箱子里放着，我偶然发现的，还来不及告诉你。"

"好啊！你搞知识封锁。"

陈宏右半开玩笑地说。常圣桀马上说：

"书不论是谁的，它的属性都具有公共性，大家都可以看。这些书大家如果喜欢都可以拿去阅读，不过还得还回来，物归原主嘛！"

"这就是物质两个属性的具体表现，一是利用价值，大家都可以看，从中获得知识；二是所有权的基本属性，就是这些书是谁的，这大家应该能理解。"

常圣桀的这种解释既科学又风趣，倒把陈宏右搞得很被动，无话可说。真是：

> 读书人与读书郎，
> 增长知识各奔忙。
> 你读圣贤为做官，
> 我为民生不做王。

至于妈妈一再叮嘱过的三条规定，常圣桀已经想过，他肯定地预测舅舅是会允许他人看这些书的。一来这几年的政治大环境比起前几年相对宽松了许多，二来自己刚刚给陈宏右说的那番话都是来自舅舅多年的教导和熏陶。

陈宏右是个心事很重的主儿。自从常圣桀考到城里上学，他就心怀猜忌，觉得作为发小的他们俩在竞赛的道路上他似乎被常圣桀淘汰了，心里不是滋味。

年纪轻轻的他心中有自己的人生筹划，在那个"读书无用论"猖獗的年代，他的思想受到的洗礼最彻底。他觉得成功者更注重的是实有本领。他常常对人说，古代的许多英雄豪杰识字并不多，成大事者却比比皆是。如，汉高祖刘邦没有多少文化，他却能驾驭得了很有文化的才子和智者。如，汉朝的张良和韩信都是才高八斗，学富五车之士，但能忠心耿耿地追随着刘邦打天下。

陈宏右的辍学表面上是同班主任老师发生矛盾引发的。然而，从深层次的缘由上来讲是不重视文化知识的学习。那个时期的农村，十二三岁退学学手艺的孩子们相当多，他们学木工，学泥瓦匠。这都是由于农村人眼界窄，目光浅造成的。

陈宏右凭着自己的能力和家族在河西庄的人脉关系，被村党支部定为青年干部培养对象。自从常圣桀返乡以来，目睹了他基础知识扎实，理论与实践融会贯通的现状，陈宏右一直在暗暗思考，年轻的他在今后的人生路上出现了个势均力敌的对手。他今后的路如何走？他的心理压力油然而生。他不由得暗暗把常圣桀当成了自己的竞争对手。但他清楚地知道他处于劣势。于是本能地筹划起了他今后的生存策略。

初夏的河西庄，清晨的甘露挂在了田野的翠草尖上，微风轻轻摇曳，露珠在晨曦的照耀下，珍珠般的亮光一闪一闪，在鸟语花香的农村中慢慢地消失。

一大早起来，陈雅琴来到陈家大院。虽然她随父母住在村子的前街，但是，她从小就在陈家大院长大，他们堂兄妹几十个孩子，常常围绕在一起做游戏，一起打闹，关系特别融洽。

陈雅琴一进院子就和陈宏右撞了个迎面。

"雅琴，起这么早？"陈宏右问道。

陈雅琴回话："今天，生产队里通知我们几个妇女和三个男劳力到菜园地里摘菜。我过来借下二娘的布袋子，摘豆角用。"

"哦！"陈宏右平静地接上了话，"哥想跟你说个事。"

平常时候，陈宏右和比他小几岁的人说话时，语音压得很低，语速也很慢，让听者不专心几乎就不知道他在说什么。

"你过来。"雅琴本来就离他不远，但还是往他跟前挪了一下，意思是表示对他的话很重视。

"雅琴，今天下午下了工来一下二伯家，想和你说个事，有空吗？"

"有啊！"雅琴痛快地答应。因为她晓得，她的这个堂兄虽然比她大不了几岁，平常说笑不多，但办事有板有眼。所以，兄弟姐妹们都听他的话，很尊重他。陈宏右在老陈家年轻这一辈中有一定的威信。

陈宏右"哼哼"了一声，就出门了。

大田的小麦已经泛黄，东南风吹来的暖湿气流与西北风带来的冷空气相碰，制造出了一场入夏以来的电闪雷鸣。然而，西北的冷空气占据了上风，将暖湿气流一扫而光。

夏至临近，傍晚阳光普照。这些天，人们最害怕天降雷阵雨，因为雷阵雨可以使大田里小麦的生长期缩短，颗粒饱满期也相应缩短，招致小麦大面积减产。

陈雅琴吃了晚饭，急忙来到陈家大院，说：

"二娘，吃饭了吗？"

陈雅琴对着刚从正房出来的陈家老二媳妇问道。"哦，吃了！你宏右哥哥在屋里正在等着你，来吧！"

陈雅琴随着声音进了屋。看见陈宏右正坐在椅子上喝着花茶。

"雅琴，来坐下。"

陈宏右压低了声音说：

"哥和你商量个事。"

他喝了一口茶，继续说：

"你觉得常圣桀这小伙咋样？"

"现在怎么问这个？"

陈雅琴惊讶地反问道：

"有事吗？"

"有啊！"

陈宏右面部表情少有地带着笑意，说：

"你们俩挺般配的，你愿意嫁他吗？"

陈雅琴脸色微微映红，说：

"俺配不上他。"

"别急，哥帮你问一问桀桀，我觉得他和你还是挺般配的。"

陈雅琴微红的脸上露出了腼腆地一笑，没有搭话，但陈宏右知道陈雅琴是答应了。

随后的半个月，常圣桀和生产队的社员们忙着夏收，生产队的全体男女老少都参加"龙口夺食"的大会战，对一些婚约嫁娶事大家都不提了。

这几年，陈宏右进入了村里的领导班子，成了班子成员。常圣桀经过两年的劳动锻炼，学会做农家饭，炒家乡菜。

农村家族关系，盘根错节，加之陈宏右的心机使然，在河西庄这片土地上他如鱼得水，人生之路走得顺风顺水。

常圣桀的志向在远方，植根于广阔天地，服务于人民大众；在一处守一方，干一行爱一行。

"虫洞"中的常圣桀看到陈宏右给他和陈雅琴牵线搭桥的情节时，马上想起了他与雅琴相处相恋的那段美好时光。

真是：

日月星辰，时光年轮，
过尽千帆，往事如烟；
点点依恋，心底珍藏，
偶拨情弦，思绪绵绵。

于是，常圣桀调整仪器的关注度，聚焦到了陈雅琴过去的生活圈内。

第六回
为女操劳父母心　天下只有爸妈好

常圣桀记忆很深刻的是雅琴和他第一次相伴进城。

那是一个冬天，俩人骑自行车到城里买年货，刚出村就不期而遇。俩人顺理成章地结伴而行。刚走不远，常圣桀"哎呀"一声，说：

"坏菜了！我的自行车轮胎跑气了，内胎破了。"

他急忙下了自行车，看了看自己自行车的后轮胎，顺手捏了捏，轮胎塌陷下去了，软软的。

"看来我今天是去不了啦。

"怎么会是这样？"他有点惊讶，说。

"我看看！"雅琴停好自己的自行车，走过去也捏了捏常圣桀的自行车后胎，说：

"车胎破了。"

她看看四周，想了一会，说：

"把这车子放咱们队里的菜园棚子里，你看！离这不远。你骑车带着我走吧！"

"行吗？"

常圣桀略微迟疑了一下，说：

"看来只能这样了，走吧。"于是，他俩把常圣桀的自行车寄放到生产队菜园李大爷处，常圣桀骑着陈雅琴的自行车，带着她朝着进城的方向骑去。

"雅琴，听说前两年你爸给你搞了个十三岁开锁礼仪式，很隆重。咱们农村的习俗是大人们给自己的男孩搞十三岁开锁礼，你爸给你搞，没有男尊女卑的思想，还挺开明的。"常圣桀提起了个话题，说。

陈雅琴接着说：

"嗨！我们都不愿意让我爹做这件事，可他很坚持，说这对我好，以后我会感觉到的。"

常圣桀说："十三岁开锁礼，以前多数人家都为自己的男孩搞，我国从古到今就有这一传统，只是这几年淡化了。"

"这个仪式是告诉孩子，你已长大了，十二属相的年都过了一遍，快成人了。"

他俩聊了一路，一个说一个听，一个问一个答，雅琴将他父亲为她办十三岁开锁礼生日礼的事前事后都说了个清清楚楚。

事情的原委是这样的。

狗剩师傅看着自己的宝贝女儿渐渐长大，心情格外舒坦和高兴。有时，在闲暇的时候心中常常出现一种隐隐的担忧。

女儿不仅是独生女，又没有学好文化，今后的人生将如何是好？有谁来照护她呢？

他苦思冥想，有时夜里失眠想这个事想到天亮。他虽然有许多朋友，但这种对女儿的亲情和担忧是不能和任何人讲的，因为都帮不上忙。他倒是也和老伴一起叨叨几句，可老伴更没主意，老伴是个老好人，这一生是一位忠实的夫唱妇随者，狗剩师傅说什么她就听什么，让她做什么她就做什么。

狗剩师傅经过一段时间的思考，最后决定还是为女儿举办十三岁开锁礼仪式。这是他在城里帮忙时见识到的，他很认同并很羡慕这种仪式。

他觉得用这种办法能把父母的爱传递给孩子。特别是在农村，父母亲和孩子的交流不像城市那么顺畅和生动，有些亲昵的话相互当面都说不出口来。而在仪式上就能讲出来。

重要的是通过仪式，孩子知道父母是自己的依靠，但是，十三岁以后自己就慢慢地成人了，像大人一样有了自己的义务和责任。

更重要的是从今以后要学会爱人，只有爱他人，别人才会爱自己。父亲的朋友就是你雅琴最大的依靠，这些朋友是父亲送给她的财富。

狗剩师傅为女儿办十三岁开锁礼仪式的初衷就是把他的人脉关系移植给自己的女儿，让女儿今后可以有所依靠。

为女儿举办的十三岁开锁礼仪式坚持"不张扬，重实效"，这是狗剩师傅坚持的原则。

首先，他把他这么多年帮衬过的亲朋好友名单按照亲疏远近排列出来。不列出来还没有从数量上衡量过，排出来一看吓人一跳，足足有几百号人。狗剩师傅精减成一百人左右，摆十桌。这样的规模既经济实效，也达到了他办宴的经济目标"不挣不赔"。

为把女儿的这个十三岁开锁礼仪式办好，狗剩师傅特意请了河西庄有名的人物——王万佳担任总管。

一来狗剩师傅和王万佳脾气相投，相互走动多；二来是他打心眼里佩服王万佳这个人，想借机会让女儿多学习王万佳的办事风格和与人相处之道，更重要的是王万佳有能力实现他为女儿办十三岁开锁礼仪式的意图。

　　王万佳提前一天就到了。身影还未见，脚步声和哈哈大笑声已经入了院子：

　　"老兄，看这阵仗是要给我侄女雅琴大办十三岁开锁礼仪式了吧！"

　　他称呼狗剩师傅为老兄，边走边说："也应该让我侄女好好亮亮相了，人长得漂亮又大方，小伙子们跟着一屁股。"

　　狗剩师傅听到了王万佳的声音：

　　"也让咱弟兄们沾沾光，创造个机会一起聚一聚，喝上它两盅。

　　"喝吧！万佳，还能缺了咱弟兄们的酒！"

　　狗剩师傅边走边说，急溜地半跑出堂屋来迎王万佳。

　　两人一起称兄道弟地就给雅琴办十三岁生日开锁礼仪式，你一句我一句商量了好大一阵子。

　　此时，雅琴从她大爷家借毛笔回来了。看见王万佳在自己家里，忙和他打了个招呼。随后，她放下借来的毛笔就忙着给王万佳沏茶倒水。她那沏茶倒水的动作优雅而标准，一看就知道这姑娘是大户人家出身。

　　实际上她对茶这种文化的理解是来自童年的耳濡目染，因为河西庄所在的汾东县以喜欢喝茶著称。有人统计过，这个县每年茶叶的销量，比南方同等人口数量的县的还要多，真称得上是北方茶乡。因此，茶文化渗透到每个家庭的方方面面。他们使用的茶具，泡茶的动作和要领是很讲究的。王万佳观赏到了陈雅琴泡茶的动作和泡茶的茶艺，加上她得体的衣衫打扮及俊秀体形相搭，给人以美的享受。他随口说："雅琴将来一定会找个精明能干的小伙儿。"雅琴听了，脸马上变得通红，半遮住脸跑开了。

王万佳答应给陈雅琴十三岁生日开锁礼担任总管，精心地进行了周全的思考，他心领神会了狗剩师傅为女儿做生日开锁礼仪式的目的，特意安排流程时突出了这方面的用意。

王万佳建议再请几个在这方面有经验的人成立一个理事会，统筹一致，分工实施。这一建议得到了狗剩师傅的同意，并由王万佳出面聘请。所请之人都欣然接受邀请，高兴地答应帮忙。

雅琴生日是农历八月十八日。狗剩师傅亲自请当地有名的乾坤山住持幽径和尚根据雅琴的生辰八字，择定了一个吉日。这一日子的确定既符合阴阳八卦又与雅琴生辰八字契合，狗剩师傅非常满意。

王万佳请了张家成，柳彰，赵婕和陈虎，征得狗剩师傅的同意后，组成了陈雅琴生日开锁礼理事会，王万佳任会长，陈虎担任财务理事，其他三人各司其职。

"说白了，首要办的事是先把被邀请的客人名单提供给我们。"

王万佳和人说话时常常把"说白了"作为开口的前置词，有人经常戏耍着叫他"白先生"。

他对狗剩师傅说：

"说白了，我们必须提前一周分头通知客人，是吧！"

狗剩师傅点头，立刻安排家里人把他预先拟好的名单拿出来，递给了王万佳。王万佳安排张家成办理此事。柳彰写得一手漂亮的毛笔字，他主动要求写副对联和处理文印方面的事。陈虎开始组织筹备礼房。

赵婕是理事会惟一一位女性，她二十五六岁，村学校民办教师，又是副校长。人长得气质高雅，口齿伶俐，做事雷厉风行，是位女强人。她负责和雅琴对接，主持雅琴服饰的选配，化妆和礼节辅导。

所有的工作人员在正日子的前三天全部到位。

为了活跃气氛，预热环境，吸引群众，用现代的做法来说就是打打广告。王万佳差人打听，找到了一个由二十多人组织起来的草台班子，能演出《沙家浜》《红灯记》和《白毛女》折子戏。前三天开戏，吸引来人山人海。

柳彰负责知客，就是通知亲朋好友来参加生日宴。这可是个技巧活和繁杂的差事。他人办这事可是项艰巨的任务，柳彰完成此项任务恰似小菜一碟。你看他召集了二十来个小伙子，先把需要请的客人以居住地址分类，相同地址和相邻地址的贵客分成一类，把归不进这类里的都整成其他类。再把每一类中的贵宾级别的客人找出来，指派专人通知，专人接待。这样，他把被邀请的嘉宾分成了十组，其中八组为大众宾客，约有八十位，分别分布在十个区域。根据对区域熟悉程度挑选出八位年轻人，每人到一个区域，负责通知该区域的宾客。剩余两组为重点嘉宾，大约有二十多位。

由挑选出来年长一点的有点文化的过来帮忙的亲戚负责通知。

柳彰为了把此事办得更漂亮，有档次，他拟定了凡是被邀请的贵客都会从去通知的那位工作人员手中获得一枚小小的礼品。这大大地增加了到客率，并给客人带去了温馨。

请柬的制作很讲究，柳彰亲自设计和制作并且自己书写。

请柬正面设计简约，大红底色配以黑色草书体"请柬"两个大字，素淡而庄重。请柬底面也是大红底色上一副对联：

上联为：吾家女儿一十三，亭亭玉立在人前

下联为：如花似玉容颜佳，十里八乡人人夸

横批为：天赐千金

柳彰花了一整天时间写出了一百余份请柬：

会场布置也很讲究，简单大气。

十三岁开锁礼仪式的现场设在常家楼房院东侧的陈家大院，这个院子宽敞平展。不知道哪位有头脸的人借来了大篷布，几个年轻后生将它搭了起来，给场地凌空搭起了个大大的屋顶，围成了一个严严实实的巨大的会场。会场的地面全部收拾得干干净净，彰显了陈家家大业旺，人丁兴旺的现状。干净的地面上摆放着红油黑漆的餐桌和座椅，古香古色地呈横平竖直地排列成方阵。

场地四周悬挂着十三个大大的红灯笼，寓意陈雅琴十三岁的芳龄。场地北侧铺了一层红地毯，算是发言席。台上摆着好多盆月季花和冬青，把环境衬托得优雅活泼。有人张罗着从县城借来了扩音器，当天安装好，扭开开关便播放起了山西梆子《红灯记》等唱段，吸引来了许多男男女女和儿童老人，场面热烈红火。

上午十时，十三岁开锁礼仪式正式开始，由王万佳主持。此时的王万佳穿戴非常正式。高挑的身材着一套灰黑色中山装内搭白色衬衣，显得精气神满满；标致的大背头黑发上了乌黑的头油，给人以老成持重，知晓万千的感觉；腰板挺直，动作麻利的做事风格令人折服；快人快语，掷地有声的语言天赋令人钦佩。然而，面部的皱褶遮掩不住他年轻而显老的容颜。

王万佳先招呼了声已到场的朋友和宾客，然后，高声宣布：

"乡亲们，请大家静一静。我们现在开始！

"有请陈先生和夫人胡女士，大家拍手恭喜，恭喜他们的千金雅琴十三岁生日。

"再请出我们今天的小姑娘陈雅琴。"

随着王万佳的话音声，陈雅琴在赵婕的作陪下来到了主持台正中央。站好后她稍稍弯腰，向大家微微点了点头。

"来，大家拍手欢呼，恭喜陈雅琴十三岁生日快乐！"

没有等他话音落下，人们就有拍手的，有吹口哨的，有欢呼的，还有高声尖叫的，热闹成了一片。

这时，场地左右两侧的乐队，敲起了锣鼓，奏起了乐曲。顿时，场地音乐欢快，鼓声锣声齐鸣，唢呐笙箫和馨，一派喜气热闹的欢乐气氛传遍河西庄街头巷尾，扩散到整个村落。

"请大家安静！让我来隆重地给大家介绍陈师傅的千金陈雅琴姑娘。"

"雅琴，来，到前面来！"

"各位，你们看，这就是狗剩师傅的掌上明珠，今天的主角陈雅琴姑娘，多么漂亮！"

王万佳声如洪钟，向大家介绍的同时，忘不了今天的活动主题是什么。

之前，狗剩师傅单独和他说过给雅琴办十三岁开锁礼就是要把自己这多年处的朋友介绍给雅琴。

"雅琴，你来看这几位是你爸的老交情。"

他用手指了指第一张桌子上就座的几位宾客，因为他们都是陈师傅最要好的朋友。陈雅琴和这几位大爷和大叔一一地打过了招呼。这几位都是河西庄的头面人物，他们对狗剩师傅的为人都交口称赞。所以，对雅琴也倍加宠爱。

农村办事就这样，再怎么筹划着按程序办，到时候随意性就很大了。

王万佳和赵婕张罗着对所有宾客介绍了一遍雅琴。

"下面我们进行第二项，说白了，就是请陈师傅讲两句！"

王万佳高声讲："来，大家拍手，请！"

"哈哈！我哪干过这营生，咋讲？噢，那就说两句吧！"

狗剩师傅脸上表情不由得紧张了起来，接过王万佳递来的麦克风也不知怎么个拿法，好像手里拿了个带线的手榴弹，说："我来说两句。第一句，谢谢大家！第二句，大家吃好喝好！"在场的宾客"哄"地笑了起来，场面很活跃。

"说得好，大家吃好喝好！"

王万佳说："乡亲们，其实，陈师傅和老伴有许多话想对自己的姑娘说。可是他们俩都想让对方先说，刚才还在争论。为什么呢？"

王万佳自问自答："因为我们农村人脸皮薄，不好意思在人多的场合说话，特别是自己的孩子也在场的时候。

"我们合计了一下，说白了，这个环节就省略啦！他们想说什么？大家都懂！

"意思都在酒里和饭菜里。大家吃好喝好！

"开饭了！

"大家吃好喝好！"

宾客们都大声附和起来，场内气氛又掀起一个高潮！

就在陈家大院热气腾腾，忘我地吃好喝好的时候，两辆大卡车载着几十个臂上带着"红卫兵团"袖章的人，停在了陈家大院的门口，这些穿戴像"战士"一样的年轻人一拥跳下了汽车，径直蹿入举行仪式的会场，噼里啪啦地就一顿砸。

　　领头的是一个看起来有二十岁左右的男孩，声嘶力竭地喊叫："我们是县'红卫兵团'的战士。你们胆敢在这光天化日之下搞什么十三岁开锁礼仪式，完全是复古，是'资产阶级复辟'！

　　"我们无产阶级战士绝不答应，一定要把它砸烂！"

　　砸了大约十多分钟，他们上了车一溜烟儿走了。

　　大家目瞪口呆地看着这群"战士"的打砸抢，胆怯地看着，无可奈何地都散了。

　　"不好了，陈师傅他……跌倒了！"

　　赵婕急匆匆跑过来，朝着正在指挥人们收拾被砸东西的王万佳叫着，在场的人听见后，问道："陈师傅在哪儿？"

　　这时，陈虎同一帮年轻人从主持台的西北角抬着陈师傅轻轻地走到主持台正中，将他平躺着放下。

　　"爹！你这是怎么了？"

　　陈雅琴像发疯似的跑了过来，她冲着陈虎问："虎叔，我爹咋啦？我爹咋啦？"

　　没有人回答……

第七回
抗美援朝热血男　建设农村返家乡

　　狗剩师傅中风偏瘫了。是因为那天雅琴生日礼仪式突然遭到县"红卫兵团"不速之客的骚扰，他们用打砸抢的手段，制造了河西庄村所谓的"第一个阶级斗争"的现场，恐吓了河西庄村的社员们。狗剩师傅倍感无助，又愤怒，又害怕。他一会感觉到一盆冷水突然浇在了他火热的头顶，一会又感觉到一盆滚烫的热水浇到了他冰冷的头上。他时而笑时而哭，情绪受到了高度刺激，精神失控，血压升高而引起了脑中风。

　　陈雅琴悲喜交加的讲述，使得常圣桀心情非常沉重，对陈雅琴说："伯父的身体还好吗？天底下父母的心最无私，无私奉献，无私舍弃。"

　　陈雅琴接着回答："身体一般，脾气很大。"

　　"父母是人生路上的阳光，雨露！

　　"父母是孩子的避风港湾！

　　经过了十三岁开锁礼仪式火与冰的洗礼，雅琴父亲付出了沉重的代价，这是大家都想不到的，不是天灾而是人祸。

　　这种人祸恰似恶咒，套在了谁的脖子上谁就倒霉，轻则一两年，重则几十年甚至一生，灾难将伴随你走过。

抗美援朝战争爆发了。

李晓轩正值血气方刚，踌躇满志的年华。他的家庭是贫农，是政府的依靠对象，小学毕业的他当时在河西庄就算高级知识分子了。征兵工作在全社会展开的当天，李晓轩在河西庄村第一个报名参加志愿军。

河西庄被征入伍当志愿军的有十多个人，他们都是在河西庄中被挑选出来的，都是贫下中农的子女，并且都有点文化。

那一年的冬天特别冷，干冷的西北风呼呼直扑人面，几十年的战乱给河西庄留下了千疮百孔，房屋被炮弹炸成了缺梁短瓦的危房，村里街道上的泥水被冻成黑色的沟壑，人只能是跳跃着在街上行走。老人们连自家的门都出不来，只能在自家的门缝探出头看看街上的状况。

当时村子里的告示，上级政府的规定和抗美援朝战争的形势，都是通过用铁皮制作的，形状像喇叭似的广播筒呼叫实施的。全村共有八个广播筒，由八个嗓门大的中年男子掌着，分别在村子的八个地方设了八个点，互不干扰互相映衬着。你别说，这样的传播效果很不错。

刚刚解放，百废待兴。抗美援朝战争是重中之重，村子里的八个广播筒在宣传政府政策和抗美援朝运动中起到了不可替代的作用。社员们就是从这里获知了中国人民志愿军在朝鲜战场上的表现。

"社员们，今天，通知大家两件事。第一，从中国人民志愿军部队传来好消息，咱们村的李大生和李晓轩在朝鲜立功了，李大生获得三等功，李晓轩获二等功。"河西庄的八个广播筒同时一次一次地广播着。

"年轻人真是了得，胆大灵活，不怕死。"社员们听了广播后议论，"李晓轩立的是二等功，听说他在战场上特别勇敢，他抓了二十多个敌军，有南朝鲜人，还有美国人和澳……什么亚人？"

广播的同时，远远传来了锣鼓声和唢呐声，人们都出了门，不管道路上冻泥的滑而险，也顾不了鞋子被弄成泥蛋蛋，尽量快步向村委会方向集中而去。因为，在村子里好久没有听到欢快的锣鼓声了。

从人们的传言和村委会门前聚集的人和他们的情绪来看，是县领导莅临李晓轩和李大生家慰问和赠挂战斗英雄牌匾来了，乡里的干部们陪同而来。

在河西庄村委干部的陪同下，汾东县和木古乡两级政府干部前行，前面是锣鼓队，一些小伙子打着旗子，后面是村干部和社员队伍，他们把皮带扎在腰上，在带队人员的带领下举着左臂喊着：

"打倒美帝国主义！"

"抗美援朝，保家卫国！"

"向战斗英雄李晓轩学习！向战斗英雄李大生学习！"

"中华人民共和国万岁！"

村委会门前的人越来越多，有听到广播来看英雄事迹的，有听到锣鼓声来看稀奇的，有看到人多来凑热闹的。街道上出现了好多年来都不曾见过的景象。

几十年来的社会不太平，连年战乱闹兵荒，像一块大石头压在了人们的心头，村子里深沉沉的，街道上的人零零星星，无精打采。街道两侧的墙壁，泥土零落，墙体横七竖八，泥巴到处涂抹，看上去脏兮兮的。

今天的情景给人的感觉是久违了的活泼而温馨的街道又回来了。

抗美援朝战争胜利结束，河西庄参军的几位志愿军战士除李大生牺牲成了革命烈士外，其他都平安回国。次年，他们都退伍回到了河西庄，除一人外都加入了中国共产党，充实了河西庄的党组织。

李晓轩升任志愿军营长，在部队又服役了几年后复员回到木古乡工作，任乡武装部部长。

李晓轩经过了入朝战争的锤炼，虽然多次受伤，但是，身体条件出奇地好，走起路来步子轻又快。说话也改掉了许多"土话"，语调变得沉稳了许多，语速虽然还是较快，但是说话语气抑扬顿挫铿锵有力，很有感染力和强大的气场。

河西庄是中国农村的一个微缩，经历了时间的磨砺和风雨的洗礼，进入了一个前所未有的社会形态——社会主义社会，这个社会制度的特色是人人平等，共同富裕。

这一崭新的社会制度给人民群众带来了好日子，人民当家做主，不受统治阶级和地主阶级的剥削和压榨。生活水平有了提高，人民群众的积极性被调动了起来，全社会建设社会主义的干劲空前高涨。社会风气比旧社会有了根本的改变，夜不闭户路不拾遗成了社会风气，旧社会的黄、赌、毒全部绝迹。

社会主义社会显示出了强大的优越性和生命力。

李晓轩复员后，经常深入到田间地头和家庭邻里之间。加之，他的家就在河西庄村，农民的疾苦和无奈他了然于心。

他出身农家，骨子里淌流着黄土地的血脉。农家每一季节播种什么？农民每天一大早起床想什么？他们日日盼什么，期待什么？他们最需要什么？李晓轩心中清清楚楚。他不止一次地想：我出生在农村，农村的山山水水养育了我，家乡的父老乡亲看着我长大，送我去参军，给了我满意的今天，我用什么来报答，我用什么行动来帮助他们呢？

有时候在河西庄的街道上，或是在田野的乡间路上，看着六七十岁的老农为了生计，为了能吃饱饭，还在不停地劳作。他们有的肩上扛着沉重的猪草，有的挑着装满农家肥的箩筐，一步一挪的步态和满脸皱褶内流淌着的汗水，滴滴答答地落入黄土地的情景，时时刺痛着他的心。对农村和农民的眷顾和情感经常缠绕着，让他彻夜不眠。

李晓轩经过了很长时间的沉思默想，毅然做出了令人惊讶的选择，他决定辞去乡武装部部长职务和国家干部的身份，回到自己的家乡河西庄，申请带领广大社员建设河西庄，为改变河西庄贡献自己的后半生。

这一决定非同小可。首先，在家庭中产生了剧烈的震动，他的新婚妻子首先提出反驳意见，冲着李晓轩说：

"俺是冲着你是城市户口，才选择嫁给你，你这一辞职，不就由市民户口变成了农民户口？今后，生了孩子也是农民户口，祖祖辈辈这就农民农民的一代代传下去了吧？

"孩子是咱们的未来，你这一辞职，直接受影响的就是咱们孩子的前程。

"他们不但要失去市民户口，也会失去很好的受教育条件。"

李晓轩的亲戚和朋友们都来劝：

"晓轩，你年纪轻轻的能走到今天这一步很不容易，是用你的生命和鲜血换来的，要珍惜啊！"

"晓轩，你现在的这份工作和职务是由于你荣立二等功，组织上才择优安排的，你应该在这个岗位上努力工作才对。"

"千万不要有不切实际的想法和盲目的行为，辜负了组织上对你的希望！"

同事们都苦口婆心地提醒他，希望他能沿着现在的发展道路走下去。

初夏的清晨，北方的农村一派生机勃勃的景色。你看那大田，像是铺上了一层厚厚的绿地毯。远远望去，绿地毯上编织着各种色彩斑斓的图案，随风摆动，形成了微微碧波，给人以心旷神怡的享受。

李晓轩顶住了各种舆论和压力，特别是来自自己妻子的反对意见，他认认真真地耐心地做着引导工作，好不容易得到了她的理解。

李晓轩这些天的心情很不平静。

做出了回农村建设家乡的决定后，经过了一段时间的酝酿和讨论，李晓轩认为向组织和领导提申请的时候到了。

快要下班的时候，李晓轩揣着写好的辞职申请书，走进了乡党委书记杨恒路的办公室。

"杨书记，我有一想法，想找您谈一谈。"李晓轩对杨书记很尊敬地说。

"别客气，有什么好事说来听一听，年轻人。"杨书记半开玩笑地问道。李晓轩紧张的心情一下子就放松了，也笑着说：

"我想辞职。"

"你说什么呢？开玩笑吧？"杨书记将脸上的笑容一收，急促地问李晓轩：

"为什么要辞职？"

这时的李晓轩倒不急了，说："我写了一份辞职报告，请您批示！"说着把自己准备好的辞职报告双手递给了杨书记。杨书记伸手接过，迅速打开浏览了一遍，没有作丝毫的思索，马上说：

"据我所知，至目前为止，我们乡甚至我们县，还没有发现像你这么个做法的人和事。"

"我，我……"李晓轩一看杨书记这阵势，有点慌。杨书记接着说：

"你这份申请书我没有资格批示，也不会往上级报送。"

李晓轩一看这种情况，觉得继续说下去也不会有什么结果，就说：

"杨书记，那我回去再考虑考虑，我先出去了。"李晓轩出了杨书记的办公室，纳闷地想我哪里做错了？自愿辞职怎么还这么难？想来想去想不出个头绪。

时间又过了半年。

那年，是饥荒之年。

"二月清明一片青，三月清明不见青。"三月初八的清明节树木和田间地头看不到绿色到来的一丁点迹象。然而，处于饥荒之中的人们本能地走到柳树下面，不止一次地测看在春风中摆动的纤细枝条，盼着柳枝吐出嫩芽，以供填食充饥。可是，他们一次次地失望又一次次去瞅。有的人实在是饥饿至极，干脆扛起镢头去到油菜地里，把去年秋天种下的油菜株，来春收获莱籽的块茎刨出备吃，这种杀鸡取卵的办法实在令人心痛，然而，为了缓解燃眉之急的饥饿也只能是顿口无言了。

一天，李晓轩骑车回家吃中午饭，看到张改英心情不快乐，便问："改英，你有心事？""唉！"张改英叹了一口气，开始给李晓轩讲，"今天收工在回家的路上，我远远看到一个人一拐一拐地照面走来，突然，看见来人的身体一晃摔倒了，远处还能听到'啪'的一声身体触及路面的声音。我加快步子，很快来到跌倒人面前，一看是位老人，忙上前扶，再仔细看，原来是村南头的吴大爷。

"'吴大爷，吴大爷！'我急切地叫着。

"吴大爷'哼，哼……'地慢慢睁开了眼，瞅着我说：

"'唉！人老啦，刚才眼前一黑，什么也不知道了。'

"'嗨，人死就是这么一下下，痛快，痛快！'

"说着说着，顺着我往上一拽的力量就势站了起来，身体无有大碍。问后我才晓得吴大爷是要进城去，由于挨饿跌倒在路上。我看着吴大爷'愣'了一会，就从口袋里掏出二两粮票和五分钱，递到吴大爷面前，说：'这些在城里可以买一个馍，你拿着等到了城里饿的时候用。'

"吴大爷看着我手里的钱和粮票，一叹气，说：'改英，我知道你是个好孩子，咱村的人都这样夸你。可是，你给我钱和粮票能解决了一时的饥饿，你能管我一辈子？你给我一个人钱粮，能解决河西庄村全体社员的忍饥挨饿？'

"他说着停顿了一会，眼巴巴地看着我，接着说：'晓轩是我们村最有能力的人，只有他才可以带领大家脱掉贫穷的帽子，让我们不受饿。我说的话你能明白吧？'

"说完，他一瘸一瘸地走了，也没要我的钱和粮票。"

李晓轩认真地听着改英的讲述。张改英继续说："晓轩，是我不好，我拖了你的后腿，我还不如吴大爷看得远，我真自私，只想我们自己的小日子。"张改英瞅着李晓轩，眼睛一亮，坚定地说："晓轩，我支持你的想法。"李晓轩静静地听完了张改英的叙述，特别是最后的表态，使得他心潮起伏，他对改英投以赞许的目光，随手把改英紧紧地抱住，说了句"谢谢"，眼泪忍不住夺眶而出。

饭后，李晓轩躺在土炕上闭着眼陷入了沉思。这时，又听到了村子里的高音喇叭开始广播："全体社员注意了，今年的'龙水'工程还有一半的家庭没有完成任务，党支部和村委会知道大家饿着肚子，可我们的工程必须完成，否则，明年我们的粮食更会减产。"

一天，乡里通信员通知李晓轩："李部长，书记让你去一下他办公室！"

他早早地来到了木古乡党委书记杨恒路的办公室，敲响了杨书记办公室的门。

"进来，"

"是晓轩！"

"来，快坐下！"

杨书记手里拿着李晓轩交上来的辞职回村务农申请书，对着李晓轩严肃地说："晓轩，你的申请我看了好多遍，也和乡党委的几位同志交换了意见，大家都认为有必要让我和你再谈一谈，并且建议你撤回这一份申请。"

他的声音慢慢变高了，有些激动，说：

"干部的身份来之不易。特别是你，是经过枪林弹雨考验的，并且被党组织作为重点的培养对象，应该是前途无量啊！

"再说，我们党发现和培养一个优秀的青年干部是多么不容易！你这样做会给党的干部政策带来麻烦，会严重影响我们乡的正常工作，并会在全县产生不良的影响！"

杨书记讲得很有高度，语言平和而严肃，字字句句体现出了对李晓轩的倚重和关怀。停了一会，他坚定地说：

"你是党的财富，是属于上级组织部门管理的干部，这一申请必须交由上级领导批示才行。"

杨书记说完以后，两个人都沉默了好一阵子，杨书记又加了一句："我们乡党委不能同意你的申请，所以，不予以上报。"

对于李晓轩来说，这一申请辞职，意味着十多年来的辛苦和奋斗所得都将归零，一切的一切将从头再来。从头越！有谁能下得了这样的决心？做出这样的决定？

李晓轩静静地听着杨书记出自肺腑的言辞和良苦用心，他被杨书记的话深深地感动了，他的眼睛湿润了……

他想起在朝鲜战场上，三天三夜不吃不喝地在冰天雪地里隐蔽，冻得脚血肉模糊，钻心地疼痛，他都没有哼过一声，可今天他忍不住了，热泪竟从眼眶里不由自主地落了下来。

这时的他又在想，并且自己问自己：

"我究竟为什么要这样做？

"我能为父老乡亲们做些什么？"

突然，他的眼前又浮现出老农背着草前行的模样，六十多岁的老人还在饥饿线上挣扎；看到小女孩倚在门框上，眨着渴望上学的眼睛，向妈妈哀求要上学的情景；又看到河西庄泥泞的街道，人们艰难地行走于臭味难闻的黑泥浆中；还看到了年复一年全村男女老少顶着烈日奋战在做坝的"龙水"工程上；饥饿的老人领着孩子沿街乞讨的画面和老年人因为吃不饱导致全身浮肿瘫在路边求生的模样。这一切刺痛着李晓轩的心,激荡着他的思绪,他同情、可怜、难过、自责和疑惑五味俱全。他时常想,老百姓跟着我们共产党人打江山,送儿参军,送丈夫到前线,他们舍弃了家庭,贡献出了亲人的生命。然而,解放这么多年了,他们仍然挣扎在贫困线上。我作为一个共产党员没有责任吗?我们不应该为他们做些什么吗?李晓轩的头脑思索着,内心翻江倒海……

突然,他仰了一下头,眼睛里放出了坚毅的光芒。他等杨书记说完之后,马上接住他的话:

"谢谢书记的肺腑之言,我非常感谢领导,感谢同志们的信任和支持。

"杨书记,我的决心还是没有变,我想,我是不会改变的。请批准我的申请!

"我出生在农村,我家祖上几代人都是农村人,我的根在农村;是农村的父老乡亲送我去当的志愿军,是他们给了我立功的机会,父老乡亲们的淳朴和善良哺育了我;没有农村对我的熏陶就没有我的今天。"李晓轩深情地说:

"他们现在很贫穷,很艰难,帮助他们我们责无旁贷,为农村建设出把力是天经地义的!

"趁着我现在还年轻,有这个精神头,让我为乡亲们过上好日子做些事情吧!给我一次机会,书记,请相信我,我有信心,有决心,为改变河西庄的现状,殚精竭虑,群策群力地努力奋斗,我愿意带领他们创造幸福的今天和明天!"

杨书记看着站在他面前的这个年轻人,深深地被他的决心和想法触动了,他对李晓轩投以信任和希望的目光。他的态度有所转变,说道:"我们再研究研究,如果乡党委同意,可以上报！但是，我还是第一次遇到你这种情况，结果如何，我拿不准。"

很快，木古乡乡党委就李晓轩的辞职申请召开了专门的乡党委会会议，会议就李晓轩申请辞职并回河西庄带领群众，投入新农村建设事宜进行了热烈的讨论。会议深入地研究了李晓轩辞职一事的意义和现状，形成了乡党委的意见。同意李晓轩辞去木古乡乡党委委员、乡党委常委和乡武装部部长的职务，上报县委及县委组织部批准；乡党委建议河西庄党支部根据近几年河西庄的整体工作，重点考虑群众党员的意见，按照党章规定提出中国共产党河西庄支部组织健全和建设的意见。

近一年来，河西庄党支部在组织建设和领导班子的筹建中，一些党员领导同志的意见和广大党员群众意见出现了不一致的情况，致使村党支部领导班子长期不健全，支部书记这一职务长时间空缺，日常工作只能由村支部副书记柳七录主持，严重地影响着党的工作在河西庄的开展。

小麦一夜之间就由绿变黄了。河西庄的麦田，上千亩地连成一片，黄澄澄的小麦在微风吹拂下，麦浪此起彼伏；清晨的朝阳，斜射在广阔无际的麦浪上，放出金灿灿的光芒；饱满的麦穗将麦秆的颈部压弯了腰，腰弯得越大麦穗的重量越重。人们说这是谦虚的表现，越谦虚丰收的希望越大。

此时，各种害虫都出来了，它们形态各异，有飞的、有爬行的、有跳的，有成群结队也有单打独斗的。它们都冲着眼看就要丰收的麦田而来，它们来抢夺农民们一年来用辛苦和汗水换来的劳动果实。

在各种害虫猖狂繁育伺机给农作物带来灭顶之灾的同时，

以麻雀为引领的"黑五类"鸟，也以迅雷不及掩耳之势来了个相当数量级的扩繁，它们以自己独特的本领和方法将来犯的"敌人"一扫而尽，为农民保住了丰收的果实。

李晓轩焦急地等待着县委组织部的批示。

他万万没有想到自己将走向一条艰难的人生之路。

第八回
李晓轩大展宏图　柳七录种下仇恨

木古乡乡党委的请示报告很快获得了汾东县委的批复：

木古乡乡党委：

你们关于李晓轩职务的调整请示，县委很重视，并召开会议进行了专题研究，原则上同意李晓轩同志的申请意见。

经县委常委会议研究决定：

一、免除李晓轩木古乡武装部部长职务，保留李晓轩木古乡党委委员、常委；

二、建议李晓轩任木古乡河西庄村党支部书记；

三、有关李晓轩申请由干部身份转为农村社员，请木古乡政府部门协调办理。

李晓轩同志响应党中央要求我们广大干部到农村去，到基层去，到最艰苦地方去的伟大号召，出于对农业、农村和农民朴素的阶级感情，立志带领河西庄村社员励精图治，群策群力，为建设好河西庄村，辞去现有的干部身份和职务，是一种革命的自我牺牲精神，一种毫不利己专门利人的共产主义品德。

县委号召全县领导干部和全县人民群众向李晓轩同志学习。学习他爱国家，爱人民和爱家乡的共产主义风格；学习他不怕苦，不怕难的艰苦奋斗精神。

县委希望全体汾东县的干部和广大劳动群众，以李晓轩同志为榜样，努力把汾东县建设成为美好的家园！为汾东县实现人人吃饱饭，个个有精神而努力奋斗！

就在河西庄村收到李晓轩回河西庄村担任村支部书记的当天下午，乡党委书记杨恒路带着曹贵乡长和李晓轩及乡里的一帮工作人员，来到了河西庄村村委会的简易会议室。

这里满满坐了一屋子人，他们抽着烟，把屋子里的空气几乎都置换成了烟味气体。屋子里有抽烟声，说笑声，还有嗑瓜子的声音，这种味道配以这种声音勾兑成了农村会场的特有气味。

好在会议时间不长，乡干部们就在杨书记带领下，一头扎进了会议室："今天到会的都是咱们村的党员吧？"

杨书记坐定后，首先问了村干部一声，还不等村干部们回答上来，屋子里的人马上高声回答："都是党员。"

杨书记环视了一下会场，皱了皱眉头，轻声对坐在他旁边的曹贵乡长说："开始吧！"曹乡长点点头，重新调整了一下坐姿，清了清嗓子，说："现在开会！首先，我宣布《中共木古乡党委对河西庄村党支部班子进行调整的决定》。经中共木古乡党委研究决定并报汾东县委批准，任命李晓轩同志为河西庄村党支部书记。"

"下面请杨书记讲话。"

杨书记定了定神，看了一眼坐在边上的李晓轩，大声讲："同志们，大家好！今天，给大家选派来了一位年轻的支部书记。他就是李晓轩。"杨书记用手指了指李晓轩，接着说：

"大家知道，我们河西村的党支部书记这个职位空缺了近一年，这里面有一些情况你们是知道的。

"今天，我们宣布李晓轩同志做我们村的党支部书记，这是乡党委根据县委指示做出的决定。

"李晓轩同志是战斗英雄，是优秀的共产党员，他同人民群众有着深厚的无产阶级感情。他有文化，有能力，有朝气，有干劲，是一位党的好干部。县委和乡党委选派他担任我们河西庄村的党支部书记是经过慎重考虑做出的决定。

"组织上相信河西庄村的广大党员和群众一定能遵照执行上级的决定，支持和服从李晓轩同志的领导，把河西庄村的工作做好。"

……

最后，他强调："乡党委和政府要求我们河西庄村党支部在晓轩同志的领导下高举毛主席伟大旗帜，'以阶级斗争为纲'，'狠抓斗私批修'，抓革命促生产，相信群众依靠群众，依靠贫下中农，把河西庄村的无产阶级革命进行到底！"

按照当时会议的议程，李晓轩做了表态发言："我说三点，并做以下表态：一是坚决服从党组织的决定和安排，感谢党的信任和支持；二是希望河西庄村的党员、干部和群众严格要求我，我一定不辜负你们的希望，把河西庄村的工作做好；三是我将全心全意地投入河西庄村的工作中去，扎根河西庄村，死而后已。"

对于李晓轩辞职回乡，汾东县和木古乡的领导都很重视，这一做法改变着一些人手捧铁饭碗、躺在工资条上的工作思想。李晓轩敢于辞掉公职到农村去，到基层去，到最艰苦的地方去，是响应了毛主席的号召。

所以，县委常委会很看好这一典型，做到马上批准，予以支持和宣传推广。李晓轩的做法在汾东县掀起了一股"向李晓轩学习""到农村去，到艰苦的地方去"的高潮，年轻的学生们成了这股风气的追捧者和粉丝。

这种局面不是李晓轩所追求的，他喜欢的是默默无闻地做事，低调不张扬是他的做事风格。

会议结束后，村党支部的全体人员送走了乡里来的领导，各自散去了。

柳七录，河西庄村主持村党支部工作的副支书，笑嘻嘻地走到李晓轩面前，说："晓轩兄弟，欢迎你回村来担当一把手，哈哈！我可盼到这一天了。

"县委直接批复任命我们村的党支部书记这一职务，有史以来还是第一次，这说明了县委对咱们河西庄村的重视，更是对晓轩你的重视。"

柳七录，初中文化程度，说话文中带武，有板有眼，环环紧扣。可以说是柳家大院的头领，老柳家的男女老少都听他的，包括很有才华的柳彰。

柳七录比李晓轩年长不了几岁，由于年轻的时候就在村里担任领导，大家都叫他柳头，他也欣然接受，所以，柳七录这个大名很少有人叫。

柳头一米七五的个头，细高细高的，看起来很瘦；他的特色是头比一般人小一个号码，一对眼睛大而圆，看上去灵光有余，稳成不足；他的口才十分了得，能够在上千人的场合围绕一个主题滔滔不绝地讲两个小时，能让听众跟着他的思路走，算得上一个土生土长的演说家；柳头善于交朋友，他自己对自己这样评价：

遍天下有朋友，老年人小兄弟；

有善人有恶棍，富人到穷人来。

因此，他的人脉关系相当广也很乱。

李晓轩回村担任支部书记是柳头想到了的事，但又是被自己否定了的预测。他自认为主持河西庄村党支部工作近一年，不出意外他升任这一职务是铁板钉钉的事。

"半路上杀出个程咬金"，会后，柳头回到家，和来打探消息的本家弟兄柳彰说：

"班子里的人都没想到，李晓轩会舍弃了他国家干部的身份，回来当这一比芝麻官还小几级的村官，真是奇了怪了。"

"年轻人嘛！我看他一方面自从当兵—立功—升官，造就了他顺风顺水的上上卦性格，另一方面是他想赶形势出风头，获得更大的政治资本，升更大的官。"柳彰接着柳头的话说。

"这年月，什么事情都会发生。"柳头不满地说，"他李晓轩升多大官，走什么路咱不管。可他不应该在我们碗里抢饭吃啊！"

"是啊，那我们该怎么办？"柳彰问道。

柳头无奈地说："现在只能是看看情况，慢慢来，不能直接出牌！相信我们，请放心！"真是：

世间矛盾汹如波涛，
有人化解有人制造。
矛盾双方剑拔弩张，
挫敌数千自损上万。

这一年代的农村，依照中共中央关于在农村建立人民公社的决定，全国农村实行了人民公社化管理。执行人民公社，生产大队和生产队三级所有，生产小队为基础的制度。

村民都改称社员。

生产大队的大队长和大队党支部书记一肩挑。

在华北平原或盆地区域，农业生产条件好一些，一个生产小队有三百口人左右，约六十户人家。全队的资产大致有五百亩左右的土地和二十几匹役畜。经济条件富裕一些的生产小队有一两匹马或两三匹骡子那就不错了。

一个小队为一个经济结算体，全小队的社员种着集体的地，一起上地劳作，一起分红。千家百户吃一样的饭，男女老少穿一款的衣。用时代语言讲，这种社会形式叫"吃大锅饭"。

李晓轩辞掉乡武装部部长职务，正是在实行人民公社化期间的事。汾东县委为了支持他的工作，保留了他木古公社党委委员和常委的职务，在全县仅有此例。还保留了他媳妇和孩子们市民的身份和待遇。

党和各级政府对李晓轩的支持使得他带领河西庄村社员建设自己家园的信心与日俱增。他上任后没有举行什么仪式，马上进入了角色。

他利用晚饭后的休息时间到原来的村干部和村子里家族旺

的长者们那里进行走访，向他们了解河西庄村的民心所向、民意测验和民生问题。他还走进青壮年劳力人群中去，采用的方法就是同青壮年劳力一起干农活，从他们那里了解年轻的社员向往河西庄村变成什么样子，我们应该做什么？他邀请在外工作或求学的河西庄村人参与河西庄村发展规划的制定。

经过调研、论证和上下征求意见，李晓轩将自己的想法在村支委会和大队管委会上提了出来，经过热烈讨论后得到了绝大多数参会人员的支持，并形成了决定，可以分步实施。

柳头带头发表意见："晓轩的思路很好，为咱村发展做了这么好的规划。像这样的安排从我有记忆起，在我们村从来没有过，我支持。"

柳头想：李晓轩，李晓轩，你现在想的都是我柳头前十多年前想干的，我没有干成，你能干成？

柳头的计谋是以静制动，他在任何场合都迎合李晓轩支书。多年的从政经验让他深信做事者是非不离，涉事人矛盾相随。

河西庄村的男女老少都不记得村南头的老槐树枯萎了多少年。今年，让人们始料未及的是，老朽的树干上发出了嫩芽，嫩芽见风地长，很快满树的嫩芽变成了枝条，慢慢地枝条上挂满了长椭圆形的槐树叶。透绿的槐树叶一串一串地悬挂在嫩枝上，层层叠叠把阳光遮挡在了空中，使得整个树冠下面形成了一顶巨大的遮阳伞。

"千年松树万年柏，不敌老槐歇一回。"歇了好多年的槐树又活了，村子里的人们议论着，他们对这棵树怀着敬仰、虔诚和自豪的情结。人们都不晓得这棵树的树龄，据村里老年人说："听老一辈人讲，这棵老槐树已经歇过两回。"

谁家的老人或孩子有个病病痛痛就来到老槐树下，奉上供品和一块大红布，上面写上祈祷和感谢的语言，作为布施来表示对老槐树的祷告和祈求。

河西庄村南头的"饭场"位于老槐树树伞下。这棵大槐树下的饭场也是老百姓议论村里事件的大平台。村子里的好消息、坏消息，真消息和假消息从四面八方进来，在这个平台上经过议论、加工和修饰，再传出去，发散到河西庄村的大街小巷和每家每户。

"听说李晓轩回村的目的是想在咱们村镀镀金，你们知道吗？"柳大嫂正和几位麻友在麻将桌上摸牌，突然问道。

"他家明明是三口人，而在我们队却只登记了一口人，李晓轩在骗人。我们这跟着的是什么人哪？"

在场的女人们放下手中的麻将牌，莫名其妙地听着，慢慢地懂得了柳嫂说什么，有的人大喊说："小心李晓轩，他是骗子。"

柳大嫂对李嫂说："李晓轩是'飞鸽派'，你看看，他媳妇和孩子的户口都不在咱们村，他一个人能待下去？他的一切想法都是为他高升提出的，我们不能听他的。"

李嫂是个火暴脾气，天不怕地不怕，"呼"的一下就站了起来，大声地嚷了起来：

"好狗的李晓轩，动员我们都出勤到大田里劳动，承诺秋后给我们发够过冬吃的粮食，他骗我们。等到秋后谁还晓得他在哪里？我们不能听他的。"

她这一嚷叫，饭场上坐的人都听到"李晓轩骗我们"的话，也不问三七二十一都传着说"李晓轩是骗子"。

这样，"李晓轩是骗子"的话，一传十十传百，传遍了整个河西庄村。

"李晓轩是骗子！"这么一传，传得这么快，这么广，还那么快引起人们的议论，是柳大嫂没有想到的，可把她给吓坏了，因为她知道这话是从她这里由李嫂大声嚷嚷出去的，如果大队追查下来她不就成了造谣的人了吗？

柳大嫂回家后，坐卧不安，心事重重。这一情景被老公柳建成看到了，问道：

"狗儿他妈，今天下午你这是怎么了，心神不定的？""嗨！我还想和你说说呢！"

柳大嫂将今天在饭场和李嫂所说的话给柳建成说了一遍，问老公：

"老公，你说该怎么办？"

"这可怎么办？"

柳建成一听就吓了一跳，说："你怎么能说'李晓轩是骗子'？"又马上问媳妇："你说的这话是谁给你讲的？"

"嗨，谁会给我说这些！不就听说李晓轩这次回来蹭了咱柳头当一把手的好事了嘛！"柳大嫂解释，又接着说：

"那天，队里面给社员们发豆子和红高粱，李晓轩的媳妇去领，只领了一个人的，我就问她，你家几口人？怎么才领这么一点？"

"我们家是一口人。"

柳建成"喔"了一声，自言自语地说："他家怎么才一口人？"

"这是怎么回事？"柳建成想了想，说：

"我去找头叔说说。"他急切地对媳妇说：

"从现在开始，你就在家里待着，别再去任何地方，听到了没？"柳大嫂痛快地答应了，并嘱咐："路上慢点，别摔着！"

柳建成照直来到了柳头家，因为柳头是他堂叔。平时，遇到什么难事第一个想到的就是找柳头。

"头叔！你看这咋整？"柳建成一进柳家大院，还没有站稳脚跟，就急切地问道。

"啥事？慢慢说。"

柳建成就把自己媳妇给他说的事情来了个口袋倒西瓜——一股脑儿全部说出。柳头听着，听着，柳建成说完了，柳头似乎还在听。柳建成说了两次"说完了"，他才不紧不慢地问："晓轩支书全家有几口人？"

"三口，他们夫妇俩和一个女儿。"

柳建成不假思索地回答。柳头问："今天他媳妇领了几个人的粮？"

"一口人的。"柳建成答。柳头紧接着问："他家实际人口……"

"这家庭人口数和村里登记的不一致啊，咱村从来没有这情况啊，有猫腻，有欺骗！"柳建成说，他一下兴奋了起来，一扫来时的窘样。柳头说：

"别嚷嚷！侄儿，你叔我可什么都没说啊！"

柳建成迟疑了一下："啊，啊！……哈哈！没说，没说，什么也没说！"

"李晓轩是骗子"的谣言，在村子里传了好多天，李晓轩听到了，班子里的成员们都听到了，柳头更是听到了。

柳头在看李晓轩有什么反应？班子成员有什么反应？几天过去了，没有什么反应。柳头奇怪了，柳头纳闷了，继而他有点慌！

几天后，这种低级谣言就自生自灭了。在一次村"两委"（支部委员会和大队管理委员会）会议上，李晓轩主动提出了这一事件，向大家说明了他家庭成员户籍归属的情况，即：他们家有三口人，原来全部是城市户口，他申请辞职时表明了愿意将全家的户口转到河西庄村，由城市户口转为农村户口。但汾东县委在会议讨论时建议他媳妇和女儿的城市户口不变，所以在河西庄村的家庭户口中只登记他李晓轩一人。

解释后，他还半开玩笑地说："别以为我是单干户（独身），我可是有人管啊！"

这一场小小的风波就这样过去了。柳头暗想，李晓轩遇到事表现得这么冷静，看来他柳七录遇到了一个劲敌。李晓轩却想工作就是斗争，真的假不了，假的真不了！

然而，这场小风波将在河西庄村的发展中起到差之毫厘，谬以千里的负面作用。

第九回
破迷信改造"龙水" 讲科学拓土造田

年年"龙水"工程，满月破皮掉肉，

河西东水白流，流走大米馒头。

有谁知我受穷，有谁怜悯无衣，

带我种田耕耘，领俺奋斗脱贫。

"这是我们河西庄群众自编自唱的小曲，连孩子们做游戏都唱它。这就是河西庄村的现状，也是河西庄村社员们的生活写照，充满着对改变旧面貌的渴望，也满怀着对我们这些村干部的殷切希望。"

李晓轩在"两委"会上感慨地讲："我们怎么办？大家在座的大大小小全是河西庄村的干部，河西人是我们的衣食父母，我们应该听听他们的呼喊声，我们应该为他们排忧解难。

"在座的各位，我李晓轩回到河西庄村，不是为了当官，是因为我看到我们的社员、农村的家庭和农村的孩子们太苦了，我就是下决心要带领他们过上好日子，我的动机就这么简单。

"什么是好日子，我认为当前首先是让社员们能吃饱肚子，就是解决'粮瓮子'有没有粮食的问题；然后，我们要让社员们有钱花，就是解决'钱包包'的问题，让大家的钱包都鼓起来，我们要发展副业，搞经营产业；再就是让社员们有蔬菜吃，有水果吃，我们自给自足，发展蔬菜种植和水果栽培，也就是'菜篮子'的问题。

"我提议，今年我们一定要把'龙水'工程改造好，农业有了水，丰收可保底。

"首先，成立'龙水'改造工程指挥部，全权负责'龙水'改造工程的前期设计、策划、运行和建设以及后期总结工作。

"我们的'龙水'工程不仅是引沙河水而且要发展机井，为我们种水稻、种蔬菜和水果创造条件，让'龙水'工程改革成为我们的系列改革。"

"关于李书记说的这项工作我补充点儿意见。"柳七录看似很诚恳地对着大家说：

"大家都知道'龙水'工程是我们村的'民生工程'，我们的祖辈说它是我们的'生命工程'和'希望工程'。这项工程经过了无数代河西人的打造和完善，已经成了我们村标准化的一项工程。

"我认为不宜大动干戈，应该是很好地检修和完善一下功能，这样，老旧工程也可以发挥新的作用。"

"现在，暂时不讨论这方面的内容，我们首先是向社员们了解和征求意见，向他们提问他们愿不愿意每年去'龙水'工程筑坝，然后，再议论我们下一步干什么。"李晓轩很坚持地说道。

其他人没有什么反对意见，柳七录感觉很尴尬。顿时，一种孤立无援的孤独感笼罩了他的全身。迅速地，他由尴尬和孤独变得愤怒和恨。但是，很快理智就战胜了冲动，他想一定不能让李晓轩顺利地推进一项工作，然而，现在是阻挡不住了，怎么办？他在想，想到了用缓兵之计来对付李晓轩。

王万佳是老水利，在水利副大队长（以前叫水利副社长）这个位置上干了近十年，对"龙水"工程早就有改革的想法。

"我们村的'龙水'工程再也不能这样年复一年地劳民伤财下去了，群众意见大，生产队负担一年比一年重，会拖垮集体，每年的筑坝工程把年轻人都吓跑了。"第一生产队队长知道王万佳总负责"龙水"工程，高声表示支持并呼吁改革。

"王万佳，我们组建'龙水'工程改造指挥部，你来担任总指挥，其余的人是各生产队水利副队长，大队出一个年轻人共十一个人。你有什么意见和建议？"李晓轩知道王万佳的工作能力很强，一定能胜任。

王万佳信心满满地说："我会全力以赴的，把我们村的水利工程搞成名副其实的民生工程。请书记放心！"

这两天，河西庄村发生了一些奇怪的事。大队干部的家里或门上或院子里都收到一张纸，上面写着反对"龙水"工程进行改革的言辞。

柳七录拿着纸条来到大队部，有意把声音提得很高地说："有些人太不像话，思想守旧，止步不前，不愿意看到国家形势的变化。看来我们改革的动员工作要加大力气地做下去了。

"有人说在大槐树下、河神庙里都出现了类似的纸条，说：'神灵保佑河西庄村上百年了，我们村风调雨顺，现在有人要改变这样的风俗，是没事找事，是会遭报应的。"

"习俗的形成不是随随便便的，是与人们的需求紧密相连的。习俗在人们心中变成了固定的仪式就叫习惯，一旦成了习惯就不能强迫改变，如果非要用权力改变，这就违背了自然规律。"陈宏右在大槐树饭场给在场的人讲故事时含沙射影地说改变"龙水"工程是违背自然规律。

天色已晚，河西庄的人们早早地就吃完了晚饭，人们都端着一大茶缸茶水聚集在街道的十字路口开始喝茶聊天。柳彰端着个高级茶杯侃侃而谈："你们听说了吗？石河村把河神庙重建后，没有按规定给河神娘娘穿上她喜欢的衣衫，结果村子里死了好多人。"

"我们怎么就没有听到这消息？是不是谣言？柳彰，你可不能信谣传谣啊！"二虎冲着柳彰说道。柳彰一听马上就不高兴了，撑了二虎一句："我柳彰活这么大还没有骗过谁家……"还没有等到柳彰把话说完，在场的人都笑了，全场的人都知道大家笑什么，柳彰也知道……

柳彰几乎下不了台，一看阵势觉得没了意思，说了句"信不信由你们"，扭头就离开了饭场，扬长而去了。

柳彰气坏了，一进柳七录的院子就高声喊道："录哥，在家吗？"

"在啊！"柳七录紧忙答应：

"怎么了，风风火火的？"

"让这些狗崽子气得。

"刚才我和大槐树下饭场的人说河神庙的事，告诉人们说庙宇不能改。提到了您的意见，他们却讥笑你当不了一把手，说话不算数！你说可恨不可恨？"

"当了一把手就咋啦，不当又咋啦？"

柳七录不高兴地回了一句柳彰，说：

"街头巷尾的话，只能听半句。"

柳彰抬头一看，见陈宏右进门，就站了起来，说：

"宏右来了，快坐！"柳七录也站起来和陈宏右打招呼，说："高手在眼前，请教宏右吧！看看这盘棋如何走！"

陈宏右和柳彰打了个招呼，"柳导演也在？"

他瞅着柳彰问道。

等陈宏右坐下后，柳七录说："李晓轩要进行'龙水'工程改造的事，你觉得如何？"

说完把眼光放在了陈宏右的脸上，期待着陈宏右说话。陈宏右没有说，是在想：我和你们不是一回事，我们各自为政。我口袋里的子弹也是有限的，用完了我以后用什么。但是，又一想，现在不用还等何时，便慢慢地说：

"做'龙水'工程的替代工程，他们难道不用土地？到时候可以在土地征用的政策上出出力。彰哥，到时得利用你的社会关系网，给咱村要回一些用地指标来，支持支持李书记不就很好吗？"陈宏右的弦外之音，柳家弟兄俩心照不宣。

柳彰装腔作势假装为难地说："找人要用地指标得送礼啊！咱们这一次为'龙水'工程改造跑用地指标是不可能赚到钱的啊！"

柳七录一听就不高兴了，但是他没有表现出来，说："你说个价，先从我这里拿上，哥不会亏待你。"

这一说把个柳彰说得满脸通红，有点结巴着辩解："哥！我可不是那个意思，我是说现在办事的难处。"

"知道你难，谁不难？"柳七录反问说，"有难才有容易，平时你们到大队办事那么容易，为什么？还不是……"陈宏右不等柳七录说完，插上话就说："我们几个聚到一起，不是为了利益，是为了河西庄村的发展和美好。虽然我们不掌财政权，也得做贡献，知道吗？"

"宏右说得对，我们是为河西庄村社员着想，为河西庄鼓与呼，为广大老百姓过好幸福生活而呕心沥血，我们不计较经济上的得失，乞讨上也要坚持原则，为百姓说话，为百姓办事。"柳七录恰似用他掏心窝子的话表白并激励陈宏右和柳彰。

王万佳的工作效率很高，他组织了几个他认为有水平的社员，对河西庄村的水利灌溉体系进行一次大的科学的规划：

"我们对河西庄村水利灌溉规划前景是：第一期，顺着河流走向，应用河水碰撞产生引力的原理，在河床中的不同位点修筑形态各异的水泥墩，在洪水来临水位到达一定高度时，可以自动引导河水进入新开挖的灌溉渠，使河西庄村北的千亩良田全部得到洪水的灌溉；第二期，利用村南地下水丰沛的特色，开钻五眼直径一尺二出水口的机井，一天可浇耕地五百亩，全村耕地一周可以全部浇一遍；第三期，重新规划全村浇地水渠，可以从老旧的废渠中重新造地一百余亩。"王万佳作了一个简单明了的汇报，并解释道：

"李书记，这三期工程需要花三年时间，投资五万元，造就一百余亩高水肥地，每亩地价少估八百元，可收入八万，我们不亏本。"

李晓轩听了王万佳的汇报，感觉这个规划还是可以采纳的，他对王万佳说："你们的这一设想很好，为了能将这个规划落到实处，咱们分别再征求一下各方面的意见，然后上会。因为我们这个规划仅仅是个发展蓝图，离实践还有距离，所以请大家注意保密！"

"七录，你说说这个方案，有什么不同意见？"

李晓轩在他的办公室和柳七录讨论"龙水"工程改造的具体事宜，柳七录对资金的来源很感兴趣，就问道："咱们村这几年办了许多老百姓急需的实事，首先是改善了社员们的生活条件，但是，这都得用钱啊！我们从哪来挣这么多钱？"

"从改革中啊！现在我们就是要以'龙水'水利工程改造为契机啊！"李晓轩紧接着说，"全方位的改革和规划就是要向改革要效益，有了效益资金就会不缺，有了钱我们就能解决了'粮瓮子''钱包包'和'菜篮子'的三大问题。"

李晓轩选择在自己的办公室和柳七录讨论河西庄村"龙水"工程的事，对他说："我给王万佳他们说了，为了确保工程质量，防止资料的外漏，有关'龙水'工程的资料就不下发了。我们也就只限于在此办公室谈论'龙水'工程的事。可以吧？"

然而，柳七录什么都不记，就记两点，一是工程占用多少耕地，二是改造"龙水"工程共投资多少，这些钱从哪儿来？

"我是河神，我是河西庄村河神庙里的神仙，……我是为河西庄村的老百姓办事。有人鼓动……改革。改革，改革，别人种地他来收割。""柳建成媳妇河神附体了。"从大槐树底下的饭场传出说柳建成媳妇河神附体了的消息。

　　　　我是河神，下凡到村，
　　　　维护小孩，保佑百姓；
　　　　有人不敬，乱说乱改，
　　　　让他全家，不得安宁。

柳建成媳妇河神附体的事搅动得河西庄村人心惶惶，疑神疑鬼。有的人说昨夜梦到沙河发了大洪水，把河西庄村给淹了，有的人说他家供的玉皇大帝显灵了，要惩罚不尊敬神灵的人，如此种种……

柳建成媳妇河神附体闹腾了几天后才慢慢地安静了下来。但是，在人们的心中种下了不安定和脆弱的种子。

"'龙水'工程改革还要继续下去吗？"河西庄村的社员们在自问自答。

就在全村人惶惶不安的时候，河西庄村大队高音喇叭传来了大家熟悉的声音："李晓轩，李晓轩，听到广播后，请来大队一趟。"连着广播了五次。

"我们村的干部违反国家土地政策，被县土地管理部门调查了，'龙水'工程改造项目办不成了"的消息在河西庄传开了。

河西庄村街头巷尾传着"村干部违规占用耕地被处罚了""李晓轩被问责！""'龙水'工程改革进行不下去了"……

河西庄村又刮起了冷风，冬天的冷风带着黑风。单单是冷风并不能让人惧怕，当然，冷风还能让人可以经受住更冷的风，锤炼人的意志力。然而，黑风赐予的却是危害和诸多不知深浅的坑。

李晓轩听到广播以后，撂下手头的活，赶忙回到大队部，见到了汾东县派来的土地稽查大队调查组。

"你是李晓轩同志吧？"

带队的是一位年龄稍长一点的同志，问道。"是的！"李晓轩做了回答。

"我来自我介绍一下，我姓陈，叫陈轩，是县土地稽查大队第九分队的。接到群众举报，说你们村大队违规占用耕地，改造和修筑什么'龙水'工程。今天，派我们来调查并了解情况，请你们配合。"

"好吧！欢迎上级部门来我们村调查情况，我们一定会积极配合。"李晓轩坦然以对，回了陈队长的话，并说：

"具体负责这项工作的是我们分管水利的王万佳副大队长，有什么需要的请提出。"

调查工作很快就全面铺开了，有的查账、查会议记录，有的找相关人员谈话，被叫来谈话的有柳七录、王万佳、柳建成和陈宏右。

调查组利用吃饭的机会深入到几个饭场听取社员们的意见。在大槐树底下的饭场，二虎看到几个陌生人，揣摩肯定又是哪个王八羔子告状了，他对着来人说："我们村就有那么几个人吃饱了撑得慌，整天不干正经事，天天思谋着告这个人告那件事，像个搅屎棍，搞得群众不知所措，搞得干部不敢大胆工作。他们却成了真正的告状专业户了。"二虎气愤地说。调查组的同志听了他的说法，还朝着他笑了笑，说：

"你有意见也可以提啊！"二虎马上说：

"没有那闲工夫。"

调查组还去了柳建成家和柳嫂谈了话。

"听说前几天你被河神娘娘附体了？有这种事？"陈轩问了一声。

柳嫂胆怯地说："那天，一觉醒来，身上觉很沉重，就感觉什么也不知道了。"

调查河西庄村滥用土地搞面子工程的事在木古公社影响很大，公社领导很重视，借机对干部队伍进行了一次整顿。

对一心为壮大集体经济，关心群众生活的好干部给予大张旗鼓的表扬和支持。

经过几天的调查，对告状信上的内容进行了逐一的核实，结论是没有强行占用耕地，认为河西庄村提出"龙水"工程改造项目，对稳定农业基础很有意义，建议汾东县委县政府给予大力的支持，并提议对工程需要的土地指标县委和县政府尽快批拨。

"河西庄的社员同志们，告诉大家一个好消息，我们的'龙水'工程项目已被木古公社批准了，可以实施了。"

清晨，太阳刚刚露头，河西庄村的高音喇叭就唱起了"东方红"歌曲，接着就听到了李晓轩的广播声。

"下一步我们重点要抓粮食产量的问题了。"李晓轩有朝气的声音常常给河西庄村人带来希望，带来喜悦。

他在高音喇叭上简要地讲了粮食增产的关键所在是优化种子，开展选育种子工程。

他提出了要抓好"粮瓮子""钱包包"和"菜篮子"工程，带领社员们走上幸福路。

然而，心思缜密的人听得出来，李晓轩今天的声音不大，却很清澈干净，每一句话都仿佛在叩击着人们的心田，声音中带着一丝丝的伤感和寒意。

第十回
锤炼于深山险境　危难中舍己救人

　　在"虫洞"中，常圣桀全神贯注地看着河西庄村过去所发生的一系列事件，这些真实的场景把他的感知力和注意力牢牢地吸引住了。因为有些事都是他亲身经历过的，有些事是听人们议论过，但不了解事件的来龙去脉。今天，都看清楚了，使得他感悟很深，他默默地佩服一种人，同时也鄙视另一种人。觉得为人就应该光明磊落，胸有志气，无私予人，克己自律。

　　这一段时间，他的大部分注意力放在了观察人体、动物体和其他物体周围发出的光。他发现在机体和其他物体外周形成了一层辉光，不同人的身体发出不同强度的光，同一机体在不同时间发出光的强度有差异。

　　辉光的分布规律成了"虫洞"科研团队今后一段时期研究的课题。

　　常圣桀带着这一任务继续观察。

　　常圣桀重点观察了李晓轩和柳七录身体发出的辉光，看到他两人身体发出的辉光从光的强度和光的亮度基本一致。这与科学家近几年研究的理论好像相悖，因为，常圣桀和他们两人相处过几年，谁的品行端正与否他一清二楚。在"虫洞"中观察到的几十年前事件发生的实录也给予了佐证。这是怎么回事？为什么两人机体发出来的辉光没有差别呢？常圣桀百思不得其解。

常圣桀带着疑问在"虫洞"中继续观看着。

常圣桀回乡务农进入了第二个年头，他成了河西庄村的强壮劳力。

成事者千锤百炼，好男儿志在四方。他向河西庄村党组织交了入党申请书。

渐渐地常圣桀感到自己的知识积累、社会阅历和驾驭复杂局面的能力还不足。他想深造想继续学习，他努力寻找机会。这几年大学停止招生，再上学的意愿难以实现。他也愿意到军队、工厂或者边疆去学习。总之，就是想到更宽广的地方去历练、开拓和创业学习。

河西庄村大队党支部突然召开支委会，会议前一小时下发的通知，竟然满员到会，可见大家对这个会议的重视度非常高。

李晓轩主持会议，他说："今天，咱们开一个紧急会。刚才接到公社的一个通知，让咱们村选一个有文化的年轻人，到解放军秘密基地参加国防建设。"

"不转户口，只转临时组织关系。"李晓轩补充说，"大家提一提人选。"

参加会议的人听罢李晓轩的安排沉默了一会，有人说话了："我觉得让常圣桀、陈宏右和柳彰去合适，就不知道不转户口他们愿不愿意去？"大家开始发表意见，又提出了几个人选，但是，主要还是集中在了对这三个人的提名上。

李晓轩说："我看我们就把人选集中到常圣桀、陈宏右和柳彰三个人之间，进行讨论吧。因为提这三个人的人相对集中。"

李晓轩在想，常圣桀是最理想的人选。派出去锻炼一下，今后，肯定会有更大发展，这个年轻人是块好料。

"我认为派常圣桀去，比较合适！"柳头接着李晓轩的话发表自己的意见。在会上他不露声色，体味着李晓轩的意向，马上顺势而为提出派常圣桀去当民工。

柳头当然想把常圣桀推走，自从常圣桀回乡他对他的注意力就没有松懈过，他判定常圣桀今后一定是李晓轩的好帮手。而今观察到李晓轩的意见是倾向于常圣桀，柳头的表态不就是一石二鸟了吗！

最后，没有悬念，会议确定了派常圣桀到解放军军事基地当民工。

"桀桀，今天上午公社通知解放军秘密军事基地招收民工，你愿意去吗？"

李晓轩专门找到常圣桀问：

"这是近几年来，第一次从农村招收挣工资、吃供应粮的工作人员。"

李晓轩深情凝重地说："你回村一年多了，表现很不错，群众基础很好，有文化。

"上午，村支委召集全体党员就这事进行了研究。认为你符合条件，有培养前途，村支委决定派你去，让我征求你的意见。怎么？你还犹豫不成？"

"不不，不犹豫。我愿意去。"

常圣桀赶忙回话给李晓轩支书，并说："李书记，我想问一下，到这个基地是干什么活计的？"

"傻啊孩子，这是解放军基地，不能问太多。到了目的地要好好干，干出个名堂来。我们等着你的好消息！"李晓轩叮嘱了一番。

常圣桀很感动，用肯定的语气说："李书记，请您放心，我乐意去，一定会好好干，绝不会给河西庄村的父老乡亲丢脸。"

常圣桀就是这样的秉性，相信政府相信领导，一切听从组织安排，让去哪里就去哪里，让干什么就去干什么。

这样，常圣桀到大队办理了相关手续，带着母亲给提前准备好的行装，坐着解放军接民工的嘎斯车，一路颠簸，一路尘土飞扬地出发了。汽车行驶在平坦的大路上，常圣桀和几个同一公社的伙伴坐在卡车的货斗里。

深秋的风微微扑在脸上，湿润而暖和，天气不冷不热，给人舒坦和踏实的感觉。秋天是收获的季节，经过一年的辛勤劳作，劳动成果近在眼前了，人的心情变得喜悦了起来。然而，在喜悦中隐隐约约会感到一丝丝秋色的忧伤，恍惚像一点墨汁滴入一潭静水中，慢慢地向外扩散开来，优雅地变成了遐想不到的多种美丽无华的图案，诱导着人的心情由忧伤豁然开朗。秋天的奇妙就在于秋实无华，思绪悠悠，且思且忧。

卡车在一马平川的大道上快速地行进着，渐渐地看清了山上的树木和蜿蜒曲折的山路，看着看着离山近了，不知不觉地进了山林深处。

山路越来越窄，道路两侧树冠在空中连成了片，车子行走在树冠搭成的篷囤之下。来到了沟连着沟的大山里。

目的地位于深山老林。下车的地方是一道举目不见底的山沟，密密麻麻的原始森林茂密丛生。刚刚下午三点，太阳已经偏西落山，从半山腰冒出的雾气慢慢将山顶笼罩，高大的树冠被云雾拦腰缠绕，从沟底望去好似天空中蜿蜒曲折排列的树林在摆动。仙境般的画面呈现在了面前，使人自我感觉已置身于仙境之中。

来自平川的常圣桀，第一次领略到高山的威武与神秘莫测，他从小喜欢的就是大山，巡游在这浩瀚的森林之中，是他孩童时的梦想。今天，他来了，他兴奋不已，观赏不够。

他们集中在一块刚刚平整好的平地上。

"常圣桀，哪一位同志是常圣桀？"一位年轻的军人高声问道：

"请举手示意一下！"

"在这儿！"

常圣桀将左手高高举起向那位年轻的战士示意了一下。

"常圣桀同志，请到这边来。"

常圣桀有点莫名其妙，迟疑了一下，随即健步走上了一个高台，站在了年轻战士的一侧，另一侧站着一位三十岁左右的同志，虽然他穿着很普通的衣服，但他的站姿和形象神似多年征战沙场的老战士。

"同志们，大家静一静。大家辛苦了！

"今天，你们刚到，我们几位比你们先到的战士和工作人员欢迎你们。明天你们就是主人了，你们就得以主人的身份来欢迎新来的同志了。

"你们已经看到了，今天，这里什么也没有，明天，这里就是我们的战场！

"我们的作风是：压倒一切困难，战胜一切敌人。一不怕苦，二不怕死。"

"我们工程的代号是8207工程。我们是干什么的？请别问，这是军事秘密。上级布置什么任务你就完成什么任务。

"相互之间别随便问，任何人没有向外部和亲朋好友透露我们工作情况的资格。

"我们是部队，军事化管理，一切行动听指挥。你们今天到的同志都是由当地政府以我们的标准和要求挑选出来的，都是要求进步的年轻人，希望大家在这里努力学习，艰苦奋斗，互相团结，把党和人民交给的任务完成好！大家有没有信心？"他提高了嗓门，大声喊："有没有信心？""有！"下面的年轻人大声喊道。

"现在，我宣布中国人民解放军8207工程民工第一连成立。

"下面宣布工程总指挥部命令：任命陈轩同志为民工第一连连长，任命常圣桀同志为民工第一连司务长。"

年轻战士宣布完命令后，把陈轩和常圣桀向大家简单介绍了一下。

"这位是陈轩连长，共产党员，县级部门的行政干部，一位久经沙场的退伍军人。这一位是常圣桀，高中生，是河西庄村人，要求进步的青年，是我们这些人中文化程度最高的一位，所以组织上选拔他担任我们连队的司务长。

"然后，我来自我介绍一下，我叫赵国庆，赵钱孙李的赵，国家的国，庆祝的庆，现役军人，我的工作岗位是民工一连的指导员，以后我们就在一起战斗了，希望能得到你们的帮助和支持。"

民工队伍中响起了非常热烈的掌声。赵国庆对着陈轩说：

"陈连长，下命令吧！我们现在开始动手搭建我们自己的营房，炊事班准备造饭。"

陈轩连长正步向前跨了一步，立正后又自己稍息，说："现在我命令全体，宿营地建设战斗现在开始！"陈连长发出命令的一系列动作和口令标准有力，一看就知道他是一位身经百战的标准军人，是一位带兵打硬仗的优秀指挥官。赵指导员向陈连长竖了竖大拇指，他俩相互点头笑了笑。

虽然，在编制和命名上是按照民工序列编排，实际管理、任务承载及训练科目要求都按正规部队进行。进驻一周内常圣桀他们全部换上了军人的服装和行李，和正规部队的区别仅仅是所持武器方面，他们发放的是开山凿洞的工具。

根据要求第一民工连进行了三个月的军事训练，一个月的工程挖掘技能和内务方面的训练。经过四个月高强度的训练和培训，一百二十个人中第一次考核淘汰了二十三人，被淘汰的返回原籍。

第二次高强度训练是在常圣桀他们进山半年后，在第一次考核成绩的基础上挑选出了成绩位于前三十名民工进行的训练，时间是一个月，训练的内容是爆破，解除爆破和爆破快速反应。训练结束同样进行了考核，这次考核结果位于前十名者存入个人档案，对没有进入前十名的其他民工进行了表扬。

"圣桀同志！"陈连长走到常圣桀办公室兼宿舍的门口，常圣桀刚好要出门，"陈连长，您好！"常圣桀马上应答。陈连长说："刚才我看到你们考核的成绩，你获得第九名。很不错。""是吗？谢谢首长的关心和指导。"常圣桀听到自己获得第九名的成绩也很惊讶，因为他的体能确实比不了那几位一直是体力劳动者的同志，加之他的主业是司务长，组织上是批准他业余时间参加编外训练的，因为他是被选定唯一的入党积极分子。

陈轩连长虽然在以前没有见过常圣桀，但是，他知道他是河西庄人。因为他到河西庄村做过土地资源使用情况的检查工作。在民工连组建过程中他见到了各村推荐名单，注意到常圣桀是新连队中文化程度最高的，所以陈轩提议常圣桀担任连队司务长。这一切，常圣桀多年以后才知道。

常圣桀第一次做管理工作，特别是对人的管理。幸好他在中学阶段担任过班长和青年团干部，有些星星点点的做法似乎雷同，可以借鉴。

他管理着十二个人，其中，九位为炊事员，一位会计员，一位出纳员，一位保管员。他的工作内容为：预算民工工资和奖励金，购置民工的生产资料和生活用品，保护和管理军有资产，负责供应民工一连的饮食，还有很多其他工作。

现在所做的工作几乎全部是开拓性的，每一件事都是从零开始。摆在首位的是十三个人的分工，及涉及每个人工作的具体内容，考核标准是什么？小到每个人每天就餐的凭证，及饭票的设计和制作，大到伙食资产的购置，常圣桀都硬着头皮认真地干了下去。

常圣桀通过各种渠道学习了许多行政管理、财务管理、人事管理和资产管理的专业知识和有关法律和法规，逐步建立健全了连队人事管理、财务和资产管理的制度，制定了执行规程。很短时间内就把他分内的工作理得很顺，工作效率很高。

连部在研究常圣桀的工作表现时，充分肯定了他的工作效率和热情的工作精神。

民工连队的工程建设任务和训练任务是很艰巨的，工程建设任务是为建设地下秘密武器仓库提供场地，场地位于大山基底海平面下三十米深处，经过开山挖掘岩石和石料而实现。工地岩石属于坚硬岩，火钎和钢钎打在上面仅仅能显出一个白点，挖掘一天隧道的进度不足一米。民工连队把能上去的人员都派上去了，进度还是不理想，看着每天都完不成当天的任务指标，连长和指导员真像热锅上的蚂蚁，急得团团转。总部首长一天到晚打来好几个电话，询问："你们的进度如何？"

常圣桀进入施工工作面已经连续第八天了，他们时而你抢大锤我把钢钎，时而我装炸药你连接导火索，各自忙碌，对机械操控若定，操作程序井然有序，他们人人汗流浃背，专注作业。

"连长，我想提个建议，不知可不可以？"

"当然可以。"

连长伸了伸正搬石块的腰，擦擦额头上的汗珠，说道，"什么建议？你说。"

"我们现在六十多人，工作面的面积相对狭窄，请示一下上级首长，我们可不可以把工作制从单班制改为二班或三班制。这样，工作面就会松敞很多，工作有效时间会相对增加。把原来个人的工作时间由八小时改为七小时，实行三班倒制，工作面的工作时间由原来的八小时增加到了二十一个小时。"常圣桀继续说，"实现三班制最大的困难在后勤总务这一块，我们想法子克服。一切服从于生产。"

"这是一个好建议，我们几位再仔细研究一下，报司令部请首长批示。很好的意见！这样，生产效率将会大大提高。"

陈连长肯定了常圣桀的建议，并很快召集几位连队的骨干进行了专门的讨论，随即就上报到工程司令部。

山沟里的初冬，气温比平原地带还高出二到三度，原因是山沟的走向是从东北到西南向，高高的大山挡住了西北冷空气的袭击，工程能选址在这里与此地冬季气温高些有很大的关系。

山沟里的枫树叶铺满了整个山麓，火红火红的，像一幅巨大的红色油画挂在天际间，油画上以红色作底，上面有绿色的图案，有白色的雪景，金黄色的沙棘颗粒像蜜蜡串珠悬空而挂。从山洞渗出的溪流慢慢地汇成了小支流，像树枝样的支流汇入沟底，形成了奔流不息的大河，大河的波涛像青年人激情四射的歌喉充满着活力和豪迈。

从单班制改为三班制，首长很快就将申请批复了下来。运行了一个月生产效率就提高了两倍。民工一连受到了工程司令部的嘉奖。

这个夜晚，山沟里静得可怕，山河中的水减少了许多。

常圣桀随着夜班队上班。进洞后，他们迅速快步地往工作面走去，今天的工作任务很艰巨，洞底出现了并列的三块硕大石头，石头表面很光，质地很硬，如果今天的夜班不能将这三块石头爆破掉，明天两个班就无法到达他们的工作面。

夜班队几位骨干进行了短时间的沟通后，决定把队伍分成十组，二人一组，一人把钎，一人抡锤。操作规程是在三座大石头上用铁锤锤打钢钎砸在石头上，每锤砸在钢钎上，钢钎传递力量，将钢钎头砸在石头上，将石头砸出直径五公分，深十五公分的圆柱体，将连接导火索的雷管和炸药灌进石头上砸出的圆柱体洞中，外露一截大约一米五长的导火索。最后，把洞口用泥巴堵住。

到凌晨五点左右，他们花费了七个小时在三座石头上砸出了三十个洞孔。如果点了导火索，三十个洞孔全部爆炸后，挡在面前的三座石头将变成碎石，工程可以顺利向前推进。

他们顺利地将三十个洞孔装上了炸药、雷管和导火索，挑选出十名动作敏捷的小伙子来点燃导火索。每人每次只点一根导火索，十个人十根导火索，也就是点过后点炮手要马上做好隐避，听到十响爆炸声响后才能说一声：今天安全了！

　　然而，今天却出现了震撼人心的事件。

　　当点最后十根导火索时，突然，隧道深处传出一声巨响，接着就是"轰，轰——轰"的声音，"不好，隧道透水了。"

　　"快跑——快跑——"

　　紧接着又是"轰，轰——轰"的声音。

　　"常圣桀他们呢？没有出来啊！"有人大喊：

　　"常圣桀——常圣桀——"

　　"轰，轰——轰！"

　　……

　　隧道中还在响！过了半个多小时，隧道内才平静下来了。跑散的人群陆续地会拢到隧道口，一清点人数就差去点最后一批炮的常圣桀他们十个人。大家都着急了，朝着隧道口大声喊道："常圣桀，常圣桀！"没有应答声。

　　这时，连队的领导和休班的民工们陆续地赶过来了，听了大家的汇报后，断定隧道内发生了透水事件，常圣桀等十人被困在隧道内。

　　陈连长马上主持，进行了一个简短沟通，然后，他一挥臂，声音有点沙，说道："现在，我们组织救援。先选派第一排十五位同志分成三组，每组五人，进隧道搜索没有出来的同志。你们分成左、中、右三路，带上照明工具，绳索和水壶。每路都拉上一条绳子的头，丢下绳子的另一头在外面，有什么情况就抖动绳子。千万注意和防止二次灾害的发生。身体及工具千万不要碰触出明火，小心瓦斯被引爆。"

"记住了吗？"

"记住了！"

"准备，出发！"

这时，隧道内传来了微弱的声音。

"我们——回来了，我——们——回——"

"听，有声音从隧道传出。"指导员说：

"大家静一静，听！"

"是我们——我们回来了——快，快——！"声音越来越近了。

一会，隐隐约约地四五个人相互搀扶着，跌跌撞撞地从隧道中走了出来。大家喊着他们，"呼啦"一拥而上把他们围了起来。继而，大家七手八脚把他们抬了起来。

"快！把我放下。常圣桀他们还在里面，快救他们。"

一个精神状态好一些的民工急切地对连长说："常圣桀本来和我们一起跑在前面，他看到后面还有几个人没有跟上来，就返回去了。

"他喊着没跟上来的几个人的名字，朝工作面跑去了。"

年轻的民工喘着气说："他的最后一句话就是：你们赶快往隧道外跑。别管我！"

第十一回
隧道内险象环生　凭意志战胜死神

"轰，轰——轰"的几声巨响，隧道内的照明灯光随着这声音一起灭了，瞬间周围一片漆黑，什么也看不见了，眼睛一下子失去了它的功能。伴随连续发出的爆炸声将人置于四周漆黑的悬空状态，恐惧、无助和挣扎撞击着人的理智，使人突然失去了自我，失去了平衡，倒下了……

"王三虎，李维！你们在哪儿？答应啊！"声音越来越近，声音越来越小。平躺在湿漉漉地面上的王三虎隐隐约约地听到了有人在喊着，定一定神听清了，是常圣桀喊他的名字。

"我，我在这儿。"

"常圣桀，我听到你的声音了。"

"你在哪儿？"

常圣桀听到王三虎的应答声，顿时精气神儿就来了，他使足了劲继续喊："我在这儿，我们顺着声音一起靠拢吧！"

两个声音慢慢地逐步靠近了，呼喊名字的声音愈来愈微弱，直到他俩都向前伸的双手，相互触碰到对方时才觉得他们确实是邻近了。

俩人的手紧紧地握在了一起，待了一会，俩人同时使了一把劲，相互一拽就站了起来，稳了稳身体，自我感觉心气得到了恢复。

"三虎，就你一个人在这儿？"

常圣桀向四周望了一下，什么也看不到，问王三虎。三虎想了想，回答："我就记得我自己跑着去点导火线，正准备弯腰蹲下点的时候就听到了'轰，轰——轰——'的声音，照明灯突然灭了，四周漆黑，身体没有站稳就跌倒了。"

"哎，三虎，你看着我。"常圣桀讲话的声音高了很多，转过头和王三虎说，"我好像能看到你了，你看看我，能不能看见我？"

"嗬！看到了，看到了。"王三虎高兴地说，他几乎叫喊起来。

常圣桀平复了一下心情，告诉王三虎："这是因为人的眼睛为了适应黑暗的环境，瞳孔的括约肌慢慢松弛，使得瞳孔变大了，从而使更多的光进入到眼底。"

"哗啦"一声，朦朦胧胧地看到远方一股水瀑向他俩涌来。说时迟那时快，常圣桀不顾一切使劲往岔道里推了一把王三虎，自己的身体使劲压在了王三虎身上，迅猛的水瀑带着散石从他俩的身上冲了过去。

冲撞下来的山水夹带着大小不一，形状各异的石块将常圣桀砸伤了很多处，而被他压在身体下的王三虎却皮毛未伤。

被压在常圣桀身底的王三虎好不容易将常圣桀掀起，一动常圣桀的头，摸一摸他的鼻孔，感觉到常圣桀没有了呼吸。

"常圣桀，圣桀！醒醒！"王三虎摇着常圣桀的两个膀子，叫着，常圣桀还是躺着没有一点动静。王三虎真的害怕了，耳边感到一丝丝凉风，洞里没了一点点声音，隔一会能听到"滴答，滴答，滴答"的水滴声。黑暗的世界，孤独的一个人，死一般地寂静，躺在身边的……此景此情，王三虎头皮发紧，头发好像直直地竖了起来。

他声嘶力竭地大声喊道："圣桀，常圣桀，醒醒！"就这样连续叫了好多遍，没有一点效果，他喊累了，停下来喘口气。

"嗨！有人吗？"

王三虎隐隐约约听到从隧道深处传出了有人呼喊的声音，他马上有了精神头，赶紧扯开嗓子答应：

"有啊！"

"在这儿呢！"

渐渐地听到远处传来脚步声，模模糊糊地看到人影晃动。看清楚了，一个人背着一个人，左边的人搀扶着步履蹒跚地走来。

"哼，哼！我这是怎么了？"

"常圣桀，常圣桀，你醒了？"三虎听到常圣桀的呻吟声，差点儿哭出声来，叫着。

常圣桀很费劲地坐了起来，问三虎：

"我怎么啦？"

三虎把刚才洞中透水的情景给常圣桀描述了一遍，说："要不是你舍命扑倒我，我早光荣了。"

常圣桀一边听一边回想前面所发生的事，说："那是人类生存本能的反应，你遇到那种情况也一样会奋不顾身地去救我。"

"李维他们呢？听着好像是过来了？"

常圣桀问了一声。背上背着人的夏振轻声细语地回答：

"在这儿，他光荣了。"

"请帮一下，我们把他放下。"夏振在几个人的帮助下把李维放在了隧道里的一个平台上，常圣桀感受了一下李维的身体，已经凉了。常圣桀还是被惊了一下，很悲痛地问：

"这是怎么了，李维啊！"常圣桀几乎哭出声来。

夏振慢慢地站起来，说："我们跑去点导火索，还没来得及点，就听到'轰，轰——轰'的响声，接着隧道内的灯全部灭了。随后，像下雨一样带着大小石头的水一起扑向我们。只听见离我不远处的李维'哎呀'地叫了一声，就再没什么声音了。"

"后来，我们在黑暗中摸到他时，他的身子已经凉了。再摸时才发现他的头被石头严重地砸着了。"夏振说着说着已泣不成声。

大家静了一会。默默地行了个肃穆礼！

他们的视觉和感觉都不同程度地得到了恢复。

常圣桀很镇定地说："我们四个人一定要坚持住，牢记这六个字：自救、外援、李维。"

常圣桀的话音刚落，就听到隧道内发出异样的声音，接着一股淡淡芳香味道扑面而来，承受饥饿、疲惫不堪和强大精神压力的他们闻到这一好似苹果味的味道，喜悦感倍增。

"不好，有瓦斯，快，赶快转移！"常圣桀焦急地对大家说。

常圣桀一提醒，其他人立刻从美妙绝伦的享受意境中醒悟了过来。

他们四个人，三虎和小李俩人抬着李维，夏振前面探路，常圣桀殿后指挥，说："夏振，我们快一点往通风口走。"

常圣桀他们觉得矿压活动显现激烈，听到煤壁片不断往下脱落的响声，底板突然鼓起，支架发出吱吱呀呀的声音，一股潮湿迎面而来。

好不容易他们找到了风口。

在地面,陈连长和赵指导员指挥着的救援行动有序展开。

陈连长负责隧道内人员的营救工作。三个营救队分别向三个不同方向的隧道支线搜索,由于透水面积很大,破坏力很强,大部分隧道支线被地下水灌满,人无法进入,只能启用抽水设备把水抽出,他们把战略储备物资都调运过来,十多台抽水泵一天二十四小时不停地抽,进度还是快不了,眼看着四十八小时的黄金救援期很快要过去了,陈连长心急如焚。

赵指导员负责地面保障工作,进展还比较顺利。他首先向8207工程司令部报告了事故发生的情况和救援工作的安排及进展。请求上级给予物资上的援助,特别要求尽快调拨三十台抽水泵和十台发电机进入工地。救护车、救护人员全部到位备用。后勤保障供应由于常圣桀规范化管理工作抓得好,做到了一招即来的快速反应甲级水准,也已按要求为救援工作提供着服务。

隧道内,常圣桀他们与外部的联系完全丧失,他们自己也没有计时工具,四周黑乎乎一片,也不知道被困多久了。还好他们能相互模模糊糊地看到,在精神上能得到相互的鼓舞。两天了,粒米未沾,仅仅靠喝水来充饥,由于形势紧迫,好像肚子忘掉了饥饿。

他们四个人抬着牺牲的李维占据了排风口处较高的地理位置,地下水和瓦斯一时上不来,可是和地面联系不上,也脱不了险境。

"我们大家都注意一下,看来我们的处境将面临很大困难,现在感觉到我们周围全是很深的地下水,我们出不去,外面的人也进不来。"

"这个排风口离地面不知有多远，估计也被水淹着了！"

"我们的办法就是等待外援，所以，大家要保存体力，别动也别说话。"大家都按照常圣桀的嘱咐静静地坐在石地板上，又冷又饿，都垂头丧气的。偶尔听到顶板坍塌的声音。不知过了多久，有的人竟睡着了。

常圣桀睡不着，也不敢睡着。他要注意周围环境和温度的变化，害怕体质弱的人睡着醒不来了。这时他听到连续数声顶板响动声，声音慢慢地往他们这边移动，再仔细一点，听到了顶板连续发生断裂的声响。

经验告诉常圣桀他们这里的顶板要冒顶了。"夏振，快起来，不好了，要冒顶了！"常圣桀几乎是吼了起来。夏振呼地爬了起来，和小李抬起李维就走。"哗啦"一声，大面积顶板塌了下来，眼看要砸到抬李维的民工小李和夏振的头部，常圣桀动作飞快地将李维的身体一推，抬李维的小李和夏振顺势跌了几米远，可常圣桀来不及躲闪，一大块石头重重地砸向他的下身，他被砸倒了，甚至没来得及叫一声就昏死过去了。

地面上，救援队伍继续抽着水，四十八小时黄金救援时间马上到了，可救援的进度缓慢。赵指导员急得发脾气，甚至骂人。当地政府派来了技术救援专家，他们用仪器探测生命迹象。

最后，确定活着的人在七号排风出口处入山体一百米处。专家给出意见用挖掘机将七号排风口处的山石挖出，平整出一块能容纳二十台抽水机的平地，有目标地抽出七号排风口处淤积的地下水，为救援人员从排风口处进入隧道内打开一条通道。

遵循这一策略，救援队很快就把这一通道打通了。

陈连长焦急地站在隧道口，看着挖掘机一铲一铲地挖着，估摸着快挖通时，他大声喊道：

"二排抽调十位同志做好准备，和我一起进隧道。"

赵指导员听到陈连长的话，急匆匆跑了过来，说："我下去吧！连长。你在这儿指挥。"

"我带人下去，你在上面指挥。我熟悉下面的情况。"不由别人再说什么，他严肃地喊了一声：

"听命令，二排的同志，跟我来。进隧道！"

"是！"

已整装待发的十位同志齐声回答。陈连长第一个从打开的通道进入了隧道。

赵指导员看着这种场面在想，事故发生已超过了四十八小时，虽然到目前为止还没有人员伤亡，但还有五位同志被困在隧道内，生死未卜，这个境况给8207工程的所有指战员很大的压力。

他们想了各种救援办法，进行了卓有成效的营救工作。他和连长从出事到现在都没有合眼，连长一天都颗粒未进了。

然而，救援工作进展还是不尽如人意。赵指导员看到了连长几天来突然憔悴的样子，看到战士们奋力拼搏的精神头，又想到困在隧道内的五位同志，处于几天无食物无水喝的危险境地，不由得焦急万分，伤感得眼泪忍不住流了下来。

七号排风口向里进一百米，就是常圣桀他们遇险的地方，但一条地下水形成的河道把他们截住了，加之没有照明设备和指南针，他们根本就不知道自己所处的方位。

排风口的风把夏振吹醒了，他翻身坐了起来，除了风声外什么也听不到。

"常圣，常圣桀！"夏振接连喊了多次，一点应答的声音也没有。"三虎，三虎！""小李，小李！"仍然没有人回答。

"当，当，当！"远处传来了敲击岩石的声音，夏振听到了，又好像没有听到。隔了一会又听到"当，当"的两声，他确信是有人在敲击隧道壁发出的声音，他本能地拿起一块石头，"啪，啪，啪！"敲了几下。

"当，当！""啪，啪！"两边的声音对敲起来。

"连长，找到了，找到了！"救援队员惊喜地对连长说。

"我是夏振，我在这儿！"夏振听到叫连长的声音，想快步过去，看到连长，可他的腿怎么也不听使唤，走不动！

陈连长很快带着救援人员来到了他的面前，问道："这儿有几个人？""五个。"夏振刚说完这两个字，一下子就晕倒了。

"把灯打起来，快找人。"

"都找到了，在一起。可是……"

一个救援队员胆怯地说。

连长用灯照着，看见四个人都倒在地上了，常圣桀被一块较大的石头压着下半身，其他三人横七竖八地躺在地上。救援人员马上把压在常圣桀身子上的石头轻轻移开，一动身体感觉他还有生命迹象，就立即把他抱上了准备好的担架，很快抬出了隧道，上了救护车。

夏振他们四人中李维于两天前就牺牲了。这次冒顶虽然小李和夏振被常圣桀挡了一劫，小李却没有扛过身体过于劳累疲乏对他的袭击，他睡着后未能再醒过来而牺牲了。夏振和三虎昏迷过去了。

陈连长看到此情此景，一股伤感的心情一下子涌上心头，突然感觉头晕眼花，心慌胸闷，差一点儿栽倒在地。右手马上扶了一下旁边的救援人员，自己稳了稳情绪。想着在这么关键时刻可不能倒下，千万不能掉链子啊！这一时刻工地需要自己，全体指战员需要自己，受伤的同志们需要自己，牺牲的战友更需要自己。

"同志们，我们赶快抢救夏振和三虎同志。"

陈连长挥挥手说："担架，快！快！"

很快大家麻利地几下就把夏振和三虎抬出了隧道，送上了救护车。

陈连长又安排救援人员，就地将李维和小李的遗体进行了卫生清理。然后，在场的全体救护人员肃立默哀。

大家心情沉重地将他俩的遗体运回了地面。

这一天，天气特别地冷，冬天的风像脱掉缰绳的野马一样肆虐地闯入山沟，一阵一阵地将延绵起伏的林海翻来滚去，树叶被卷成一团一团的腾空而起，又重重地摔了下来，把山沟搅得昏天黑地。

夜晚，不知什么时辰，铺天盖地的大雪无声无息地将山沟装扮成了银装素裹，山峦，树林，屋顶的白色连成一片。

清晨，整个山沟都静静地，由灰暗色天空撒落下的雪花悄悄地飘逸而来，每朵雪花都形状各异，但它们舞姿如一，恰似为去者献舞送行。

几天来，整个工地被悲痛和伤感的气氛笼罩着，人们没有心情吃饭，没有心情作业。连里向工程司令部申请全体休息三天，以调整大家的情绪。这样，工程司令部的首长们也能抽出时间来处理事故的善后工作。同时，司令部又派来十名连级干部深入到民工第一连做思想疏导工作。

常圣桀和三虎、夏振被救援的医务人员快速地送到了当地医疗条件最好的医院，直接进了重症监护室。三虎和夏振身无大碍，主要是饥饿和疲惫引起的昏迷，在医院经过了医护人员治疗和心理疏导，很快就可以出院了。

常圣桀已经昏迷了五天了，还没有苏醒的迹象，三虎和夏振再三向医院和连队领导申请在医院继续留住几天，坚持要等常圣桀醒过来他俩才出院。

领导们理解他们俩的心情，也知道常圣桀是为救他们俩而负的伤。因此，就破例批准了他们的申请。

负伤第六天，医院给常圣桀下了病危通知书！

第十二回
圣桀昏迷生命危　人间心态显端倪

今年的春色迟迟不到人间，西北风卷着黄沙猛烈地拔地而起旋转着向空中炫耀，河西庄村南的高压线好像挂在空中的琴弦，被大风疯狂地弹奏着，发出"呼，呼，呼"的尖叫声，听起来像母狼失去孩子一样似的，令人凄惨和害怕。

常圣桀的父亲和母亲顶着迎面扑来的西北风，从自家自留地出来，困难地走进了村庄的南大门，停下来喘了口气。

常圣桀的父亲叫常斌武，虽然没有念过书，但为人爽快、大度，性格开朗，喜欢喝点小酒。

在常圣桀的记忆中父亲就是村里的干部，他担任时间最长的职务是生产队小队长。近几年，随着年纪增长逐渐退出了这个比芝麻还小的官位。

他的母亲虽然也不识字，但是，非常喜欢谈论古装书中的故事。只要一有空就给常圣桀说一些朝代更迭的故事。她常挂在嘴边的话是：忠诚大于天。

常圣桀是在他妈妈的故事中长大的。

可能是由于年龄愈来愈大的原因，常圣桀这次外出当民工父母亲特别地挂念。

然而，由于常圣桀他们的驻地位于大山之中，因此通信不太方便，信件往来比较困难。

8207工程驻地，隧道透水事故发生的这几天，所有人员都全力以赴地投入处理透水事故带来的善后工作。

牺牲的小李大名叫李满成，二十二岁。

工程司令部很重视对李维及李满成牺牲善后事宜的处理，一是追认李维和李满为烈士，将遗体安葬在这道沟的高处；二是按照国家对待烈士双亲的标准来安置李维和李满成的父母。

陈连长和赵指导员几天来都是和衣而眠枕戈待旦。

凌晨，指导员红着眼睛接听司令部的电话后，匆忙去了连长办公室，告诉连长说：

"司令部王秘书传达首长指示，根据工程密级要求和医院专家们的建议，在任何情况下不向任何方面介绍工程透水事故。仅就常圣桀工伤病危的情况先向汾东县委政府通报，再通知河西庄村村党支部。"

陈连长马上问："那常圣桀的父母由谁来通知？"

"由8207工程司令部派我专程前往河西庄村，会同河西庄村党支部和大队领导一起告知常圣桀的父母亲，通报常圣桀伤势及治疗情况。

"常圣桀在医院治疗期间，为了尽最大努力减少不确定因素的干扰，规定了在他的伤病稳定前谢绝亲朋好友探望。

"但对常圣桀的父母有专人向他们每天通报一次治疗和康复情况。"赵指导员向陈连长传达了工程司令部的命令。

河西庄村知道常圣桀负伤的第一个人是李晓轩，他是通过内部渠道，在常圣桀被下了病危通知书的那天，知道了常圣桀受伤住院的消息。

"小马，通知两委委员，今天晚上我们开个'两委'会。"李晓轩一早起来了，就告知了大队的办事员。

然后，他去看水利队浇冬水的情况，恰好遇到柳七录，便对他说：

"有很重要的事，需要通报。今上午我们开个会。"

柳七录一大早起来，在沿村小湖边上散步，他正往家走，碰到李晓轩时被告知了要开会，他露出惊讶的神态，忙问：

"什么重要的事，这么着急？"

柳七录转而口气变得不紧不慢地问道：

"有什么要准备的吗？"

他期待着李晓轩继续说下去，李晓轩没有立即吭声，想了想接着柳七录的问话，说：

"圣桀工伤住院了。我们应该到医院看望一下，可他现在还在重症监护室，医院不让看。

"但是，我们必须去看，表示全河西庄村对常圣桀的关心。"

柳七录内心不知道是什么感受，只是附和着李晓轩的话说：

"是啊，是啊！"

"你安排，我来办。"柳七录诚恳地说。

回到家，柳七录继续想着常圣桀负伤的事。

他们住隔壁，是近邻，人们常说：远亲不如近邻。历年来，常柳两家虽然有过一些不愉快的纠葛，想起来都是些鸡毛蒜皮的事，没有什么大是大非的矛盾。

特别是他和常圣桀，他们年龄相差十来岁，平常共事的机会很少，对于常圣桀他采取的策略应该是和平共处，如果有机会时把他拉到自己这边来。

"柳头，大队通知今天晚饭后到大队部开会。"小马站在柳七录家的大门口高声说了一声，扭屁股就走了。柳七录一看小马的这副只巴结一把手，只听一把手的做派气就不打一处来，真想用生威的语言打发他，可是，话到口边竟然变成了缓和的语气说：

"知道了。您慢走！"

可再一看，小马人已不见了踪影。气得他在屋子的地板上走来走去地转圈圈，心想如果有朝一日我当了一把手看看你们这些龟孙儿，我可让你们有好果子吃。又想到如果常圣桀接了李晓轩的班，我七录这辈子不就一事无成了吗？越想越烦恼。

"好了，不想了，有事想百遍，不如做一遍。"

晚饭后召开的"两委"会，没有个时间观念，人到齐了就开。

"会议要讨论的事情就一项，传达公社党委关于常圣桀工伤的通报及如何通知他的父母亲事宜安排。"

李晓轩在会上讲：

"这里特别要强调一下，因为常圣桀从事的工程属于军事保密范畴，上级一再强调不多问，不乱讲。"

然而，人的心理和事物的发展一样，反向作用力往往使人们预料不及。在会上，大家都听组织的，不问不说，可谁能管住人的脑子是活动的，嘴得听自己的脑指挥。

村"两委"会结束不久，在河西庄村就常圣桀工伤的事开始传出了诸多说法。有的说常圣桀是舍己救人引发的工伤，他受到了嘉奖；有的说这次工伤他会被提拔重用；有的说这次工伤他一定会被破格转为正式工人；有的说常圣桀被伤得很重，可能残废了……

柳七录的心事谁能猜得到？

这事能和谁说呢？惯例上是和自家堂兄柳彰说，今天的事能和他说吗？思来想去还是他——柳彰。会后，柳七录自思自量，觉得常圣桀这后生今后对自己的威胁会越来越大，必须……

柳七录的脑海中，柳彰是这样的人：是柳七录的堂兄兼铁杆挚友。一表人才，因为他一直在外地做事，操一口当地普通话。他具有多个让你搞不清的工作头衔。一阵是某某剧团的导演，一阵又说担任某某文艺团体的艺术总监，还担任杂技团的演员。

在物资匮乏的年代，老百姓买紧缺的生活日用品必需相应的购物券，他不用购物券却能买到奇缺商品。

柳七录感觉到柳彰很有钱，但从没想过他的钱是从哪里来的？

他为人爽快，朋友奇多，很愿意帮助人，奉行朋友满天下宗旨，不喜欢搞团团伙伙。他的朋友来自五湖四海之多，尤其是女友，搞不清他有多少女朋友？正是：

柳彰天生风流，怀才洒脱倜傥；
艺术美色交际，全身本领有谁？

"录哥，找我有事？"柳彰又一次被柳七录叫到家里，一进院子他俩就搭上了腔。

"你这贵人难见面，成天不着家，这几天干吗去了？"柳七录站起身来，示意柳彰坐下说话。

七录又接着说："我是想和你商量个事。"七录的声音慢慢地低了下来，拿出一支烟，递给柳彰一支，柳彰半开玩笑地说："我没有这个坏习惯，不抽。"七录一边点烟，一边说：

"最近，不知怎么的，一想起常圣桀就让我脑海之中隐隐约约出现了说不出的感觉，而且，随着时间的推移，这种感觉越发明确和紧迫。"

七录一改过去讲话时慢条斯理的那种架势，直奔主题，说："我预判，常圣桀一定会成为咱河西庄村的'人才'，会成为我柳七录人生路上的一位强劲的竞争者。彰彰弟，无论如何你得帮我一把。"柳彰很轻松地说："现在，他常圣桀还很嫩。"

"我们可否在他的婚姻上做文章？"

"怎么做啊？"

柳七录懵懂地晃晃脑袋问。

柳彰说："今天你做东，请我喝杯酒吧！一切都会迎刃而解的。"

"好，不就一顿饭吗？我请，但你得多张罗几个喝酒的，咱们痛快地喝几盅。"

柳彰说："没问题！"

"咱们今晚喝酒吃肉。我通知人去。"

随后，一边说一边往外走。

陈宏右的信息也很灵通，与李晓轩同一天知道了常圣桀负伤住院的事。不需多加斟酌他觉得必须尽快去医院看望常圣桀，但他还是在谋划是否带陈雅琴一起去？如果带她去还必须和她说好，征得她同意，因为他太了解他这位堂妹的脾气了。

"你听，好像大队的广播里叫你的名字！"呼呼的风声，高一声低一声地干扰着人们的听力。常圣桀的妈妈大声对着老伴常斌武喊："你听听大队广播里让咱们尽快回家里去。"

常斌武奇怪地说了一句："让我们回自己家还用广播？奇怪！"

常斌武夫妇揣着不安的心情，加快步子从村子的南大门往家里走去。在距离自己家不远处，看见李晓轩陪着一位年轻的解放军军官，领着好几个人在门口等着。

"常叔，到地里整地去了？

"婶也一起去了？"

李晓轩温和地招呼了两位老人一番，一起相随进了常家的深宅大院。在屋里坐下后，李晓轩说话了：

"常叔，婶！这位是圣桀连队的指导员赵国庆同志。今天专程来和你们说一件事，请你们不要紧张。"

"圣桀在解放军工程的工地受了点伤。"

赵指导员一句话还没落音，常斌武马上就接过话，问道："伤到哪里了？"他太着急了。

"人安全吧？"常圣桀的母亲神色马上变了，着急得快要哭出声来。

赵指导员忙给两位老人解释说：

"不要紧，不要紧！请你们放心！"

"现在已经住医院了，正在积极组织治疗。"

李晓轩把村里、部队上和民工第一连送的慰问品放到桌子上。

"我们得赶紧去看看情况。"常斌武提出了请求。李晓轩委婉地说："肯定是要去看的，我请示一下，好吗？常叔！

"你们可以准备准备，我回大队给部队和公社领导汇报一下，有什么情况我一定立即告诉您二老，好吗？"

常斌武和老伴焦急但又无奈地回答，说："那好吧，我们先等一等。李支书，赵同志，请快一点请示。我们的唯一希望就是圣桀是安全的！"

李晓轩他们走了半晌的工夫，很快就向常圣桀的父母回了话："圣桀在特护病房，已经脱离了危险。过几天就可以去看，现在不方便，请等一等！"李晓轩又耐心地给常斌武夫妇做了解释。

人常说"儿行千里母担忧"，自从常圣桀当了民工，回家的时间相对少了许多，但是，他的母亲思念儿子的心情与日俱增，一个人在家时常常拿出圣桀的照片端详，有时兴高采烈，有时热泪不知不觉地落在了相片上。

当了民工以来，常圣桀挣上了工资，每三十天左右常圣桀自己总要托人给家里捎几十块钱，形成了一个规律，从来没有中断过。

他的母亲掐着指头期盼着每个月的这几天到来，她不是在盼望钱，是在等待着儿子的音讯。可这次时间隔得长了些，老两口就嘀咕孩子是不是有什么情况？还是常斌武给老伴解释说孩子可能忙，暂时顾不上。

一天，常圣桀的母亲忍不住了问常斌武："桀桀不会有什么事吧？这么长时间没有音讯。"

"能有什么事？孩子那么大了。当军队民工可不像在城里上学，隔几天就可以回一趟家。他们就像参了军一样，一般不准请假。"

给老伴是这样解释，可常斌武自己心里也在犯嘀咕。

大队干部李晓轩他们说了常圣桀工伤的事后，常斌武和老伴一夜都睡不着觉。大约零点时分，常斌武翻来覆去睡不着，但是又怕影响老伴，所以只能睁着两只眼睛看着天花板。

常斌武觉得今天的夜特别地长。

常圣桀的母亲其实和常斌武差不多，可能不一样的是她整夜就没有合眼，以泪洗面，但又不愿意让老伴看到，给他带来烦恼。好不容易熬到凌晨五点钟，实在躺不下去了，全身疼痛，就爬了起来。

"你怎么这么早就起床？"

常斌武说话了，把老伴吓了一跳，说：

"你醒了？吓我一跳。"

"天还没亮啊！看来咱俩都没有睡好觉。"

今天清早，生产大队派来了三四个年轻人又是打扫卫生又是挑水的，好像村大队突然给了他们特殊的待遇，像对待对国家有贡献的功臣或革命烈士家属一样，这种阵势更是引起了常圣桀父母亲的极度不安。

这么早起床，老两口商量就相跟着一起出去到村边的小湖畔散散步，以缓解一下紧张的心情。

虽然已进入了隆冬季节，河西庄村的街道干干净净，街道上的黄土路是本村的"五类分子"们负责清扫。这些年，由于政治原因，河西庄村的街道被划分成了三十五段，每个被管制的"五类分子"承包一段，每天都得把分到的路面打扫得干干净净。他们之间还互相进行检查和评比，如果连续三次被评成末一名就得接受劳动惩罚，如：受罚的那个人，独自负责把"五类分子"们打扫积起来的垃圾倾倒到较远的垃圾处理点。

河西庄村的"五类分子"都有这样和那样的社会背景，并具有很高的文化修养素质。别看他们在河西庄村是"被专政"

的对象，可他们各自都有着不简单的人脉关系。政坛上和民间有什么好消息或坏消息他们十有八九比河西庄村的人先知道。

"老韩，听说了吗？楼房院的那小伙子常圣桀去解放军秘密军事基地工作，这可是件好差事吧！"杨绅武对着邻近段的韩余文说。"是好差事，很能锻炼人。"杨绅武接着说："那时我在黄埔军校上学时，校方就安排学生到矿山打隧道，以此来训练兵员。"

"快别提你们黄埔了，最终了还不是被共军打了个屁滚尿流，一败涂地！"韩余文讽刺地说。

"昨天，我听说常圣桀那小伙子被砸得很严重，昏迷了十多天了，现在还不省人事。"

"圣桀这个后生很诚实，对人很好，品行端正。我要有个女儿就嫁给他，可惜我养的是儿子。"

常圣桀的工伤，昏迷，引发截瘫和留下腿拐的后遗症持续在河西庄村发酵。

这些信息和说法，像是音乐声在凌空发散，没有选择地在河西庄村蔓延开来。常圣桀的父母每天都能接到来自8207工程司令部的通报，应该是很确信常圣桀康复的情况，然而，有关常圣桀的小道消息也不时地灌入他们的耳底。

日复一日，常圣桀父亲出现了心情烦闷、坐卧不安的病态症状。李晓轩他们看到如此的情况，马上向公社及县里做了汇报。8207工程司令部认为请常圣桀的父母来医院看望他，时机已经成熟，可以接待。

这一天，风和日丽，轻轻吹着微风，就像孩子亲吻大人的脸颊，让人倍感温馨和愉悦。春的脚步悄悄地来到变软了的树枝尖端，送来了绿色，杏花、桃花和梨花争艳取宠。

一夜之间，河面上的冰突然间消失了，河水好像放学的孩子们，忘记了一整天在课堂上听课的疲乏，欢快地跑出了校门；鸟儿在空中展示着它窈窕淑女的身姿，自由自在地飞翔在蓝天。

常圣桀的父母终于见到了圣桀。尽管见到的儿子是躺在了病床上，但总算见到了真人，而且能预测到未来会很健康的，完完全全地打消了老两口的担忧。

第十三回

拼毅力身体康复 修品德铸造灵魂

陈雅琴的父亲半身不遂后，人的脾气发生了一百八十度大转变，感情特别脆弱。

"雅琴，快来，呜呜呜，我又，又拉裤子里啦。喔喔呜呜——"雅琴一听，立马放下正吃早饭的碗筷，跑进里屋一看，父亲半瘫在炕沿上，屁股半露在外，稀便黏附在身上和裤子上，奇臭。

雅琴一看，"爹"地叫了一声，快速走到狗剩师傅身边，说："别动，我来收拾，不要紧。"雅琴轻声说："爹，没事，一会就收拾好了。"

雅琴麻利地先收拾了下身，用浴巾裹住，以防父亲受凉或被人看到后自我难堪。然后，仔细地把衣服和裤子都脱掉，蘸上热温水擦洗了身体，扶陈师傅上了床。

正是：

父女心连心，

情感血浓水；

141

病老谁照料，

全凭儿女孝。

"雅琴！在家吗？"

陈宏右一早就来到他三叔狗剩师傅的院子，高声地叫了一声："雅琴，在吗？"

"在呢，宏哥！"

雅琴收拾完父亲的那一摊事，刚吃了几口饭，一听宏右哥的声音，急忙回话。

陈宏右进了屋，皱了一下眉头，没说啥，就坐了下来。雅琴多机灵，早就看出了宏右哥闻到父亲刚刚制造的味道了，她假装不在意地问宏右：

"哥，一大早，有事吗？"

"有！"宏右把常圣桀的事给陈雅琴说了，出乎陈宏右所料，雅琴爽快地答应了宏右的提议，一起去医院看望常圣桀。

常圣桀工伤后，被救护人员快速接送到当地医疗条件最好的一所县级医院，进入了重症监护室。很快成立了以副院长张存德主任医师担任医疗小组组长的抢救团队，伤病诊断结果及处置意见没等多久就出来了，诊断结果是腰椎硬物撞击性损伤，股骨颈裂纹和下身挫伤，昏迷。治疗方案和建议是：

治疗方案：

1. 脑复苏；2. 腰椎矫正术；3. 股关节修复术；4. 外伤处置；5. 对症治疗。

建议：1. 尽快请高一级医院专家会诊；2. 手术时请上级医院知名外科专家主刀。

常圣桀进入重症监护室不久时，突然出现了心脏停搏。医生根据病情下了病危通知书，并预测常圣桀腰部的伤势引发截瘫的可能性很大，因为他现在已出现了下半身不能自主，大小便失禁的临床症状。好在这一次抢救及时和医务人员精心治疗才度过了病程危险期。这种情况把8207工程和民工一连的人们都吓了个噤若寒蝉。

　　创伤性截瘫，是由于外伤而损伤了脊柱骨和脊髓以及脊神经，造成了身体的下部瘫痪和大、小便失禁的后遗症。

　　由于椎骨的形态结构及其连结的复杂性，特别是韧带和肌肉的灵活性以及软垫消融力的平衡作用，可以保护绝大多数患者脊髓不易断裂。

　　因为脊髓的本身结构特点，一般非尖刃的外力不易损坏脊髓，钝性嵌压和冲击只能使脊髓变形而不易断裂。

　　特别是外伤，是使神经处于抑制状态或休眠状态，是机体暂时性的自我保护，经过积极治疗特别是病员的坚持锻炼，功能的恢复是有希望的。【引自百度百科】

午夜三点许，常圣桀的眼睫毛动了一下，值班陪护他的夏振捕捉到了这一微小的动作，一会眼睛慢慢地睁开了，第一眼看到了夏振在他面前，好像不适应这里的环境，夏振忙说：

"圣桀，你醒了？

"你受伤了，现在在医院。"

"小李，三虎他们呢？"等了一会，常圣桀用低微的声音慢慢地问道。夏振回答：

"都好着呢。在隔壁病房。

"你昏迷好几天了，大家都急坏了。醒了就好。

"你受伤了，医生不让多说话，你休息吧！"

常圣桀又昏迷了一段时间后，终于醒了。过了好几天，主治医生口头通知了陪侍人员，说基本上脱离生命危险了。

然而，对于常圣桀来讲，考验他意志力的时候才刚刚开始。

几天后，夏振把他们四个人抬着李维如何被营救一五一十地都告诉了常圣桀。连长和指导员嘱咐他好好安心配合医生治疗。医院要求他增强战胜病魔的决心。

常圣桀躺在病床上，浑身上下没有一个不疼的地方，难受至极，慢慢地回想起这一次透水事故发生的前前后后，感觉到人生道路很长很长，会有许许多多的坎坎坷坷，甚至一个鲜活的生命在分秒中就不知不觉地消失了；体会到人间的温暖，来自方方面面的情和爱；也嗅到了这个社会的里里外外各种场面的变数；有时沉思在失去李维和小李的自责之中。

"医院终于同意我们来看你了，医院领导说给你做了三次手术，忍受得了吗？"李晓轩一进病房就问道。

他是和柳七录一起来的，七录也凑过来说："是李支书找了他的战友帮忙才让我们进来探望的。"

"这世道，看望病人还得走后门。"

柳七录啥时候也忘不了讨好李晓轩支书，忘不了发牢骚。说完把他们带来的罐头和饼干拿了出来，摆在大家眼前说："这是咱村男女老少们的一点心意，我置办的，你喜欢吧？"他也忘不了表白他自己。

常圣桀表示了感谢。

这一天三虎陪侍，他情不由己地给来人介绍，说："做了三次手术，每次花十多个小时，要半条命；苏醒过来疼痛，整夜地不能睡觉，太恐怖了。"

常圣桀苦笑了一下，说："伤了嘛！要康复就得忍受痛苦。古时候，关云长刮骨疗伤也是不得已而为之的。"常圣桀瞅了一下李晓轩，说："你们在朝鲜战场那才叫苦，是用生命同敌人和困难较量啊！"李晓轩说："不同形势考验人的条件和标准不一样，没有可比性。"但他话题一转，朝向大家说："我们可以严肃地讲，这一次对常圣桀品德和毅力的考验，他可以得满分。"

因为，此时的常圣桀还属于危重病员管理，李晓轩他们待了一刻钟就被值班护士催促着结束了这次探望。

经过医护人员的精心照料，特别是常圣桀超常毅力的配合，加之他正处在铁打不软针刺不进的年龄段，腰部伤势完全得到了恢复。

由于股骨头的特殊结构，腿部的恢复慢一些。医院的曲径小路上，常圣桀每天拄着拐杖锻炼成了习为故常。

陈宏右怎么没有任何信息来啊？常圣桀工伤以后上至父母下至兄妹亲友络绎不绝来医院探望，可陈宏右却迟迟没有露面，也听不到他的任何消息，他也不能问啊！另外，陈雅琴不是也没来吗？嗨，自己想多了！

社会上有一句流行语：老百姓家办喜事，亲朋好友上份子钱，谁上了真一下子说不上来，但谁没上一下就可以说出。后来人们又把这种情况移植到官场送礼现象。

陈宏右真是动了脑筋，对到医院探望常圣桀的事他有着自己的小盘算。他想早一点去医院看望常圣桀，可什么时候最早，他思前想后，盘算着确定不了，他觉这块较早去医院的时间是领导们的；另一块时间就是相对迟一些去看，一方面常圣桀能记住我到医院看过他，另一方面可以有相对长的时间供雅琴和常圣桀聊天，这就叫一举两得。

此时此刻，陈宏右小诸葛的算计伎俩昭然若揭。

于是，陈雅琴催了他好几次，他却稳坐钓鱼台，仅仅"哦，哦"心不在焉地应答，他想在雅琴面前卖个关子

"宏哥，你倒是说句话呀！我们究竟去不去看圣桀？"陈雅琴的急脾气上来了，逼着问宏右。陈宏右不紧不慢地说："去啊！但这几天不去。"

"为什么？"

"不为什么。"

"你这是咋的？急死人了。"

"好妹子，放心，哥一定让你满意，到时你还得谢哥！"

他们俩人你一句我一句，一个急一个慢。陈雅琴怎么也说不过他，最后只能说了一句气话也是实话：

"二诸葛，我说不过你。"

又过了几天，一早陈宏右站在他三叔院子的门外，叫了一声："雅琴，咱们今天上午去医院看圣桀吧！"

"好吧，现在就走吗？"

"我换一下衣服，马上就便宜。"

雅琴真的很利索，不到一颗烟的工夫就打扮得像出水芙蓉一般，出来了。

陈宏右突然睁大眼睛，笑眯眯地看着自己的堂妹，歪着脑袋夸了一声："我老妹，打扮水平不低！"

雅琴迅速坐上了陈宏右的自行车，略带炫耀地轻声回了一句："你以为是谁？陈家大院的姑娘啊！"

"呵呵，实有其名，陈家的姑娘们厉害！"他们一路说笑一路聊着，看望受伤的常圣桀去了。

"小弟，老兄来晚了。"陈宏右一进病房，快步走近病床，面带怜悯看着常圣桀的眼睛，说，"听说这次伤得不轻啊！"常圣桀看到陈宏右和陈雅琴进来了，正半躺在病床上看书的他，愣了一下眼睛马上就亮了起来，笑着说："是的，已到马克思那里报到去了，但他老人家一查，说：'你咋来了？快回去，捣乱！'"

"看来还是得给你点记性才行。这不，马克思让阎王爷一挥袖就把我给打回来了，还罚我腿瘸些日子。"常圣桀的情绪轻松多了，说完顺口招呼雅琴，说："来来来，坐下。别当站客！"

夏振今天一早就从民工连队过来了，他是给常圣桀送书来的。常圣桀给他们相互做了个介绍。夏振说："欢迎你们来，圣桀经常提起你们。这就是陈雅琴吧？第一次见，却好像认识好久了。"

陈宏右和常圣桀他们又聊了会儿，夏振认真地将常圣桀如何与病魔做斗争，毅力如何顽强，现在的伤势如何治疗，都一一做了介绍，陈雅琴他们都很惊讶。大家开玩笑地说：祈祷老天爷保佑圣桀早日康复。

陈宏右看见圣桀病床上，桌子上放着好多本书。《资治通鉴》，司马光著，引起了陈宏右的极大兴趣，他拿起来就看。陈雅琴了解陈宏右只要一沾书，没有个把小时就不会放手，于是忙说：

"宏哥，你在这儿看吧，我陪圣桀走一走，锻炼锻炼。"宏右一边看着书，一边说：

"好啊！今天咱们有条件多待一会。"他瞅了一下常圣桀，说，"我们打了个时间差，迟来看你的目的就是想和你有更多时间聊一聊。"夏振和陈雅琴搀扶着常圣桀走到了医院的院子里，夏振就告辞回工地去了。

"我每天都在这里进行康复锻炼。"常圣桀告诉雅琴说，"医院的病人形形色色的，有七八十岁的老年人，有不满周岁的孩子，有富人也有穷人。"

"是啊！"雅琴接着话题说：

"我观察他们有一共同特点就是心情不快乐。是吧？""是的。每个人都有心事。"

圣桀慢慢地走着，一边伸伸还没有恢复的左腿，说："有的是因为病痛，有的是没有钱，有的是儿女病了父母也好像病了一样。唉！"

雅琴问道："桀哥，在这里你遇到让你感受最深的是哪方面的事啊？"

"哪方面的？"常圣桀反问了一句，说：

"有啊！印象太深刻了。"

"说来，让我也见识见识。"雅琴很有兴致，催着说。常圣桀情绪一下子变得很低沉，慢慢地开始给雅琴讲起这几天在医院亲眼目睹的一件事情。

常圣桀清理了一下嗓子，说："前两天，我结识了一位在这里住院的老太太，七十八岁了。虽然已近垂暮之年，历经过岁月的沧桑，但气质很好，思维很清楚，特别精神。

"她三十五岁的那年，丈夫因一起空难而离开了，残忍地把两岁、四岁和七岁的三个女儿以及九岁的一个儿子留给了她。当时的她腹中还怀着七个月的身孕。公婆年事已高，只有这么一个儿子还先他们而去了。"

"真可怜啊！怎么生活啊？"雅琴问了一句。常圣桀没有直接回答，继续沿着他的思路说：

"后来，产下腹中的孩子，是个男孩。她为了孩子们没有再婚。

"一位柔肤弱体的女人能把这五个孩子养育大，并成家立业，将两位老人送终，经受了怎么样的艰辛是可想而知的。""是啊，这老太肯定吃了不少苦。孩子们都培养出来了吧？"雅琴猜测。

"五个孩子中有一个大学生，两个工人，一个商店售货员，一个国家公务员。都成家立业了。"常圣桀说。

雅琴由衷地对这位女性肃然起敬，赞叹不已："这位老人家太让人尊敬了！"常圣桀说：

"确实是。她退休后，凭着她的退休工资，独自生活度过了她人生中最快乐的时光。到了七十岁，身体逐渐走向下坡路，开始需要人照料，她万万没有想到生活的噩梦开始了。"

"怎么了？身体不好？生病了？"雅琴焦急地问。

"没有。是这样，老太太年轻时候，生计紧张的日子过得紧紧巴巴。所以，年老了坚持自己住在自己的老房子里。她觉得这房子是她唯一的财产了，等她百年后再给子女们。这可把儿女们得罪了，他们都觉得瞄着老太太房子归己的目的落空了。"

"老太太做得对，现在大多数老人都是这么个做法，很正常呀！"雅琴高声说道。

常圣桀感慨地说："摆在眼前的事实是她的子女都认为这一做法是不正常的，他们是想现在就把房子分了。要不然谁家都不愿意赡养她。"

"后来，在强大社会舆论的压力下，先达成了每家管十天饭的共识。"

常圣桀的情绪悲凉："然而，每天家家都不会将饭按时点送到，顿顿吃冷饭不说，用过的碗不洗也不取走。前几年，老太太还能自己洗。后来，一来是人老了，洗不了了；二来是家里的水管年久失修断水了。用过的碗一摞一摞地攒在桌子上，椅子上。夏天，苍蝇虫子聚集成群，飞来飞去，脏不忍睹。其他的生活与生存条件就可想而知了。"

常圣桀说："一次，在院子里遇到老太太，偶然的聊天间老太太掉着眼泪给我讲了这些状况。"常圣桀的讲述像针一样，刺痛着雅琴的心，她不言不语，听着常圣桀讲述的每一个字。

"老太太看见过五个儿女因为协商照料她的方案而大打出手，不惜头破血流；也听到过他们为了分享他们空难父亲四万元的抚恤金而争论不休；还领略了他们因为她生病需要亲人陪侍而恶言相向，以互不往来而终的结局。"

"还有一位被老太太供养上了大学，他对待母亲的态度也是这样？"雅琴愤愤不平地问道。"嗨，快别说了，一说更来气。"常圣桀声音一下提了起来，说：

"前两天，小儿子向她借一千元钱，说是给小孙子看病，老太太说她没有钱，可这个大学生小混蛋儿子强行将老太太藏在枕头里的三千元拿走了。老太太掉着眼泪说这是她用来交电费水费的一些零用钱，小儿子却说老太太你竟骗人，不是说没钱吗？孙子不是你的骨肉？拿你的钱给他看病不应该吗？这个小儿子就是老太太供养出来的大学生，你说说这还配'大学生'这三个字吗？"

常圣桀的鼻子几乎被气歪了，接着说：

"这几天，老太太因病住院还是求邻居把她送来的。没人办手续，还是医院的护士帮着办的。后来，医院出面连哄带吓好不容易把五个子女中的四个叫来了，来到医院不是看看老母亲是死是活，而是相互埋怨，激烈时险些发生肢体冲突。上百人观看，有漫骂的，有丢鸡蛋的。"陈雅琴听着很解气，说："用鸡蛋砸，便宜了他们。用大粪泼他们才对，这就叫以毒攻毒！"

"是的。"

"但是，最终四个子女还是没丢下一分钱而离开了医院。后来法院根据多人举报，对这五个不孝子女遗弃老人的事宜进行了受理，并判决他们无条件履行赡养母亲的义务。"

陈雅琴听着很不是滋味，真的为这位伟大的女性而寒心。

她听完了对常圣桀说："类似情况在咱们村也有几家。大概你还不了解。"陈雅琴说。

"我给你说说我们邻居黑妹吧，她刚嫁到我们旁边刘家的时候，家境非常贫寒，黑妹的妈妈害怕她在生活上受罪，经常打发黑妹的小弟给送去好吃的水果，并一再叮嘱要看着他姐姐吃进口里。"

常圣桀笑着插了一句："妈妈和女儿真亲！"

雅琴马上说："你再看看女儿是怎么对待妈妈的。"

"几年后，黑妹妈得了半身瘫痪，坐上了轮椅。由于疾病经常将大小便拉到裤子里，当然由黑妹给收拾。"

雅琴瞅了一下圣桀的眼神，说：

"昨天，天气暖和一些，黑妹就把老太太用轮椅推到院子中间，让她嗮太阳。十多分钟老太太热得大汗淋漓，口渴难受。这时，老太太听到院子外面有卖水果的叫卖声，就使劲叫：'黑妹，外面有卖梨的，我想吃'。

就这样，老太太连续叫了一个半小时，黑妹假装没有听到。

有一位邻居看见老太太在太阳底下被晒得够呛，实在看不下去了，就叫了声黑妹，说：'黑妹，你妈叫你。她想要吃梨！'

黑妹马上撑她：'我妈吃了东西常常拉一裤子，你给收拾？别管！'"

"桀哥，你说说母亲是怎么时时牵挂女儿的？女儿呢？"

常圣桀听了雅琴的讲述，联系他在医院的所见所闻，他深有感触地说："长辈与晚辈的关系中，最有价值的元素就是孝道和关爱。孝道是晚辈对长辈，是一种美德，是物化了的感恩；关爱是长辈对晚辈，是一种责任，是爱的升华。一个对自己父母都不感恩的人怎么能爱他人，又怎么可能是一个完整的生命！"

常圣桀说完之后，笑着对陈雅琴说：

"我们的话题是不是太沉重了，上次我俩一起到县城也是说了一些和今天相似的话题……"

"不，不沉重，我愿意听你说些道理，有意思。"雅琴也笑着回应。

"那好，你喜欢就好。"

"说话聊天就像人穿衣服一样，是分层次和类型的，像你今天的衣着……"常圣桀和雅琴正聊得投机，突然听到有人喊常圣桀的名字。

第十四回
人生路乘风破浪　返乡村爱情起航

"常圣桀，雅琴！我们该回去了。"陈宏右从病房出来，边走边高声喊俩人的名字，院子里的人用异样的眼光看着他。因为，在医院里到处贴着"请不要大声喧哗""肃静""请安静"的广告告示。当然，陈宏右自我没有什么感觉，可常圣桀和雅琴都感到很尴尬。

陈宏右和常圣桀道了个别，骑上自行车带着陈雅琴回河西庄村去了。

"雅琴，今天的安排妥当吗？"陈宏右文绉绉地问雅琴。

"你说什么呢？什么妥当？我不懂。"陈雅琴反问说，"你是说我们聊天吧？"

"哥是说我们今天来医院，这个时间点选择得如何？"陈宏右流露出对自己满意的评价：

"你可以有长一点的时间和常圣桀聊天，这不很好吗？"

"哈哈！"

雅琴突然大声笑了起来，说：

"宏哥，你真逗，这么说为我和常圣桀聊天，还得你动这

153

么大的心思？"

陈宏右非常了解他这个堂妹的性格，品行端正，脾气耿直，不喜欢耍小聪明。他马上转了一下话题，说：

"我不是想让你俩谈对象吗？今天，就是我特意给你们俩安排的相互交流的机会。"

雅琴听了，先等了一会，然后说：

"常圣桀什么也没有说啊！"

"那你们在一起这么长时间说什么了？"

陈宏右着急地问。陈雅琴把她和常圣桀聊天的内容大致给宏右说了一遍，补充说：

"哥，别瞎操心了，你妹子我配不上人家。"

宏右说："妹子别这样，我的第六感告诉我，圣桀喜欢你，而且非常喜欢。你瞧好吧！"

雅琴和陈宏右走后，常圣桀不知不觉地产生了一种思虑，陈雅琴的影子在脑海中时而出现，时而被自己的理性判断否决，着实让他焦虑。

很快，常圣桀的伤病痊愈，顺利康复出院了。

人们送走了早春的寒意，迎来了盼望已久的融融暖春。

中共民工一连全体正在隆重举行总结表彰大会。指导员赵国庆主持大会，陈轩连长讲话：

"我们民工第一连连队成立以来，在连队全体指战员的努力拼搏下，顺利地完成了8207工程司令部交给我们的基础建设工程。我们将工期提前了三十五天，经上级质量检测部门审核检测，工程质量被评为优级。"

讲到这里全体参会人员立即报以热烈的掌声，情绪顿时高涨起来。陈连长站起身来，说：

"同时，还有一个好消息就是我们的后勤工作获得了工程司令部颁发的'优秀服务一等奖'。

"还有一个好消息要告诉大家，我们连的常圣桀等十五位同志获得了'优秀国防工程建设者'的光荣称号，记入个人档案。

"同时，全连同志都奖励一级工资。"

大家沉浸在欢乐之中。

这时，通讯员走到赵国庆指导员跟前，说："指导员，司令部来电话了。"

"接进来。"他站起身，稍微离开大家一点距离听着电话。

接完电话后，他给参加会议的人们示意了一下，说："会议暂时休息一下。"

然后，他走到陈连长面前，传达了工程司令部的命令。

陈轩连长说："我们现在继续开会。

"同志们，刚刚赵指导员接到8207工程司令部的两道命令：一是批准常圣桀、夏振和王三虎等三位同志成为中共正式党员；二是，宣布8207工程第一民工连的基建任务全部圆满完成，全体民工撤出工地，返回原籍。"

听了这两项命令，会场一片鼓掌声，表示对常圣桀等三位战友光荣加入了中国共产党的祝贺。

紧接着就是一片寂静，几秒钟后，会场的话声慢慢多了起来。看得出来，大家对第二条，还是没有思想准备。

这时，指导员招呼大家静一静，然后对着大家讲："同志们，弟兄们，战友们：我们在一起工作的美好时光很快就结束了，一两天后我们就各奔东西了，很舍不得离开你们啊！

"你们给大家留下了太多太多难忘的记忆。

"同志们！我们在这里一起战斗过，一起耍闹过，吃着一锅饭，睡着一张床。

"我们将自己的汗水洒在了这块热土上，我们的泪水和鲜血永远渗透在这片山林。

"李维和李满成同志将生命留在了这里……

"战友们，记住这里，记住这块我们用青春浇灌的土壤，记住这块我们用生命筑起的国防钢铁长城，记住这块掩埋着我们亲爱战友忠魂的山峦。"

指导员讲到这里动情的声音哽咽，眼泪噙在眼眶中。

"牢记山河，保卫祖国！战友万岁，友谊万岁！"赵连长带头喊起了口号，民工们情绪非常激动，个个心潮澎湃！

他们的喊声响彻山沟，环绕山峦，冲向山顶。喊声震荡着整个山林，激荡着形成了阵阵回音，响彻云端！

整整一天，8207 工程民工连驻地都在激动、留恋、不舍、再会的气氛中度过。

第二天分别的时候，氛围骤然静了下来，静得整个山沟只能听到轻轻的沟水流淌的声音，感到微微清风吹拂面部的暖意。

大家背起行囊，没有言语，只是无言地相互握一握手。自觉地排好队走到李维、李满成的碑前，然后，凝视着栽在坟头长出嫩芽的松柏树，缓缓走过一圈，最后，立正站在刻着"李维战友，永远活在我们心中"的碑前，深深地鞠三个躬。同样绕着李满成的墓碑也默哀一圈。

大家就这样无声无息地分别了，离开了他们曾经出生入死的地方。

常圣桀默默地送走了每一位战友，是最后一个悄然离去的。

又是一个暖春，田野里黄灿灿的油菜花，空中忙而有序的蜜蜂，清清的河水奔向自由自在的小溪，预示着春意盎然，百花齐放的季节降临身旁，春风吹醉了心田，美景昭然眼前。

回到家乡的常圣桀随着季节和环境的变化，心情也很快就调整了过来，这就是年轻人的优势所在，适应能力超强。

常圣桀分别到河西庄村大队党支部和大队管委会办理了组织关系交接和临时户口的转续。然后，到李晓轩办公室当面汇报从 8207 工程回来的情况。

"圣桀，回来了？"李晓轩招呼常圣桀坐下，说，"前两天，在公社开会就听说你们的国防工程任务按时完成，你的档案资料都回到公社档案室了。你在工地的情况我都了解了，非常优秀，你做得很好。"李晓轩很少在他办公室，今天巧了，他回来接了个公社来的电话，李晓轩接着说："部队组织上对你的评价很高，重要的是解决了组织问题，加入了党组织。"他滔滔不绝地说："到目前为止，你是咱们支部最年轻的党员，小伙子，好好干，有前途！"

常圣桀认真地听着李晓轩的嘱咐，表态说："李支书，我一定好好干，请您放心。"说着，他俩一起站起来出了李晓轩的办公室。

常圣桀这是第二次回到河西庄村，和第一次返乡，以知识青年接受贫下中农再教育的身份相比，优势显然多了许多。

柳头在想，他在苦思冥想，因为眼看着眼前的这个竞争对手没有被他送走，反而茁壮成长了起来。

河西庄村党支部委员会议从吃完晚饭后的七点钟左右开到晚上十一点，整整四个小时，议题就是一个，讨论如何培养年轻人担当重担，扎根农村，为实现农村现代化建设服务。

李晓轩说："我来总结一下，前面大家都发表了各自的意见，总体上存在两种倾向，一种认为我们要培养我们能用得上的人才，他虽然在方方面面离我们的要求还有不小差距，但是，这样的人我们自己培养自己能用得上，像陈宏右这样的几个年轻人，他们是'永久牌'的。"

他环视了一下，问了一句：

"是这个意思吧？"

"是的。"有几个人参差不齐地回答。

"另一种就是现成的人才，有文化，有能力，有政治条件，群众基础好，年富力强，可是我们觉得是'飞鸽牌'的，好看不敢用。"

"像常圣桀这样的。"

"我自己的意见是我们就是要用现成的，'飞鸽牌'的怎么啦？现在不往远飞就行。"李晓轩还是保持着军人的作风，光明正大，观点明确，态度坚决。

柳七录慢慢地站了起来，也看了看周围，笑了笑，说："李支书说得有道理，有魄力，高瞻远瞩，很好！"

他又停了一停，清清嗓子，说：

"现在是有现成的，也有水平，有能力，政治上更合格。马上担任一把手都没问题，可是我们需要的是晓轩书记这样的带路人啊！"

其他人没有说什么，各自心中有数。

李晓轩没想到柳七录用这样的套路表白，但一时还想不出好的说辞来纠正被误解了的说法，他相信大家会正确地理解的。想了想还是按照组织原则办吧，票决制。

很快计票结果就出来了，同意第一种的险胜第二种意见。

常圣桀被安排到本村中学担任民办语文教师。他二话没说，又兴高采烈，踌躇满志地奔向了这一崭新的工作岗位。

从小学习成绩优异的他，读书万卷，来教孩子们"写作文"，确实是有点大材小用了。常圣桀自己可没有这样的想法，他很认真地对待这份工作，抱着继续学习的态度，先从教育学、心理学和教学法上来一个系统的自我提高。

他自己给自己提出了"语文是什么？为什么要学习语文？怎么样学好语文？"三部曲来引导学生的学习兴趣，优化学生的学习方法，提高学生的学习效果。

"圣桀，你也有空和我们一起聊天？"小时候在一起玩的几个小伙伴对常圣桀笑着说。"是啊，以前要不在县城上学，要不在外做工，和大家在一起的机会少了些。这次回来教了书，这不就有机会了，哈哈哈！"

晚饭后，孩子们常在距离大槐树不远的那条街玩耍，今天，常圣桀信步来到这条叫前街的地方，这儿和以前一样，还是有许多孩子们在玩。

"你们说聊点什么吧？"常圣桀为人温和，善解人意。遇到麻烦时人们都愿意听听他的意见。二虎靠近了常圣桀，说：

"你说巧呀不巧，我二哥的孩子在你带的班上学习。女孩子，叫赵慧。数学学得不错，语文差一些，特别是写作文，下不了笔，没话可写。

"听她说你教她，我还告诉她，你可遇到个好老师，算你幸运。"

二虎表现出很骄傲的样子，可不知道他是为常圣桀骄傲还是为他的小侄女高兴，或是为他自己高兴，看来他是为他自己骄傲，为什么呢？

圣桀痛快地答应了二虎的要求。

前街，因为位于河西庄村的中心区域，村供销社，土特产品合作社，磨面坊，醋坊和大队部都在这条街，集体医疗合作社也在这里，它简直是河西庄村的华尔街，除了热闹以外，也是个正面各种消息源的集散地。

常圣桀每天从他家到学校必须经过这里。

这几天，天气有点阴，刮着凉风，因为快到麦收时节，雷阵雨经常光顾。前街的闲人明显地变少了，来去的人脚步也加快了。从前街可以看得出各个生产小队的社员都在忙着准备参加夏收的龙口夺食大会战。

常圣桀今天下午没有课，但还是按时往学校走。他的步子迈得很快，脚步也很轻快，他正想着下午到了学校先批改作文，然后……

"圣桀，快躲，有马——惊了，快——"常圣桀听出是陈雅琴的声音，他顺着雅琴的喊声，左腿一使劲，整个身体往右一闪，看着受惊的马从他的身旁跑了过去。

突然，惊马放慢了脚步，转了一下身体掉头又跑了回来，又叫了一声，好像朝着前面的两个人，一个人推着另一个人，扑了过去。"圣桀，你没事吧！"陈雅琴急促地叫着。

常圣桀躲到路边后，注意力一直没有从惊马身上离开，他一看惊马跑过的路径，推断出马下一步要跑去的方位，所以当马朝那俩人跑去时，已经站在惊马身体侧面的常圣桀使劲一推马的侧身部，马始料未及顺势倒在了地上，常圣桀快速跑去双手用力压住了马的头，把惊马给制服了。"圣桀，小心呐！"陈雅琴高声强调，喊着。

"妈呀！好险呀！"雅琴叫了一声：

"吓死人了，这匹马直直往我爹和我身上扑。"

"亏得圣桀快速把它推倒。"陈雅琴惊魂未定地给大家讲述。

"大伯，没事吧？"常圣桀把被制服的马交给饲养员，走过来俯下声，瞅着陈老三问道。

"没有——没有——事——"陈老三说。圣桀微笑着点点头。反过身来问雅琴："没事吧！吓坏了吧？"

惊马是第五生产小队前两天从内蒙古买回来的，他还不适应新的地方和新的主人。很快饲养员过来向大家道了歉，把马拉回去了。

圣桀帮着雅琴把她父亲送回了家。

这个晚上，圣桀失眠了。

惊马的一幕在脑海中反复出现。

陈雅琴的第一次叫声紧急提醒他躲离危险，第二次叫声则是关心他有没有遇到危险，第三次叫声是再一次提醒他自我保护。三次的叫喊充分说明了在常圣桀遇到危险时雅琴能把他俩的身体和灵魂捆绑在一起，她用心灵关注着对方，她能调动全身来保护对方，她把慈善而柔软的体贴融化为爱。

同一夜，陈雅琴没有睡意。

白天凶险的镜头展示在眼前，一遍又一遍。

常圣桀机智和灵敏的躲避风险及时反击是那么地娴熟，遇险而临危不惧的胆识，关爱和呵护他人的为人之道令人折服。

第二天，是周六。

"雅琴，在家吗？"

雅琴一听就知道是常圣桀来家里了，心里豁然喜悦了起来，急忙跑出来：

"在呀，是圣桀？"

"伯父伯母都好吧？"

顺手把在供销社买的两包点心放在桌子上，说：

"大伯，昨天受惊了吧？"

"没——没，没有。"

陈师傅伸出能动的手比画着"谢谢"常圣桀，再说一句，谁也没听懂，他自己却激动得流出了眼泪！

雅琴的母亲见状就扶着他到另外的屋子休息去了。

这时的屋子里剩下了圣桀和雅琴俩人，等了一分多钟没有说话。

昨晚，睡不着时，想见面的心情是多么地迫切，就连见了面第一句话说什么都想好了，但今天在这么好的机会面前却都哑炮了。两人不约而同相互看了一下，脸一下子全红了。这下子瞬间的沉默就被打破了。

"我们都不好意思说什么，是吧？"

常圣桀觉得自己应该用话语打破尴尬的气氛，他提了提嗓音说。

"不好意思说什么？"

雅琴追问了一句。圣桀这时的胆子可就大了，提高了声音：

"处一处呗，处对象嘛！愿意吗？""愿意也不能直接说。"雅琴也没有了顾虑和羞涩。

就这么简单，神圣和难以启齿的恋爱大幕被两颗纯洁的心启动了。

他俩聊啊聊，有时窃窃私语，有时微微甜笑，一直聊得把阳光羞走了，月亮也怯怯不想露头，生怕惊扰了这对初恋的新人。

第十五回
清贫简朴教书人　蜡烛燃烧为哪般

"常老师，上午有课吗？"

河西庄村学校张银彪校长走进教师办公室，笑眯眯地朝着常圣桀问道，常圣桀正在自己的位置上给学生批改作文，他连忙抬起头接应说：

"上午没课，有事吗？张校长。"

"没什么要紧事，咱们聊一聊。到我办公室吧？免得打扰老师们办公。"

张校长用商量的口气征求常圣桀的意见。常圣桀点了点头说："好"，就站起身子和张校长一起去了他的办公室。

"请坐。喝茶吗？"

张校长一边问一边已经把茶水倒好，两手将茶杯递了过来。常圣桀赶忙用双手接过茶杯，连忙说："谢谢，谢谢！"

心里想，校长这么客气，见外了吧？

"常老师，来咱们学校报到两周了吧？我一直在县城集训，昨天才回来，还没有机会和你说说话，今天有时间咱们聊一聊。"

张校长很自然地进入了谈话的正题。

"常老师，欢迎你来这里工作，我先把学校的情况给你介绍一下，然后我们随便聊聊。"

张校长看到常圣桀有点拘谨，就说：

"我们随便一些啊！"

常圣桀点点头，心想，我不是拘束，是你太程序化了。

"学校在校生七百人，一到五年级为小学部，六七年级为中学部。中学部有八位教师，五位是公办，三位民办教师编制。你教七年级两个班的语文课。"

张银彪校长看了看常圣桀说："学校有四位领导，我已通知他们过来，一会你们相互认识一下。"

他用手拍了一下自己的前额：

"唔，我在公社遇到李晓轩书记了，他向我介绍了你，表扬你素质高，人品好，说你是共产党员，这样，我们学校就有三个共产党员了，我和你还有赵婕老师。"

"说曹操曹操就到，看赵婕老师来了。"

他指了指正走进校长办公室的女同志，对常圣桀说："这是赵婕老师，她负责学生团队方面的工作。"

"我们认识。"赵婕连忙说。常圣桀也向赵婕点了点头。

赵婕和常圣桀是邻居，平常来往不多，但是相互还是了解一些的，所以自然感觉关系较近。赵婕是教小学的民办教师。

"正好，任老师也来了。"

张校长朝着刚进校长办公室的一位中年男教师说：

"这是新来的常圣桀老师，定下让他带七年级的语文课，"他扭过头来对常圣桀说这是任希民老师，他负责教学工作，你们接洽一下。

张校长最后对着常圣桀说:"还有一位校领导是贫下中农管理学校的代表梁亮同志,我知道你们认识,就不必介绍了吧?"

常圣桀接着说:"认识,不用介绍了。"

赵婕对常圣桀说:"我们按校长的指示办吧,你有时间吗?我们先聊一聊。"

"可以!"

常圣桀点了一下头。

赵婕出了校长室步子很快地在前面走,没一会就到了挂着"党团工作室"牌子的门口,她用钥匙打开门,掉过身子朝着常圣桀说:"进来吧!"

常圣桀没说什么,紧随其后进了党团工作室。

两人客气一番,各自坐定,赵婕先说:"那天村支部开会时我也参加了,在会前,本来李支书的意见是把你留在大队管委会,作为培养对象,说是培养,实际是等位置伺机安排,一旦有空位,马上你就可以上位了。"

赵婕接着说:"没想到柳七录使了条'声东击西'之计,会上竟编派说你上位替代李支书!你说这哪跟哪,这不是胡说八道吗?可这就有人信啊!达到了把你顺利地推到学校的目的。"

赵婕快人快语,口袋里倒西瓜,把要说的一股脑地全都说了出来。常圣桀集中注意力用心听着,连猜带蒙赵婕的话,好半天才明白过来。

赵婕第一次和他单独谈话就这么直接,不知怎的,常圣桀有点不适应。

年轻的他,从学校出来到农村,干民工,经过的事和人也有一些了,应对这一局面还是可以的,他呼应着说:

"谢谢您和李支书的器重，我会努力的。"他又不紧不慢地说，"我已经到学校了，对这份工作也满意，应该说是很满意。既来之则安之吧，我会努力的。"

赵婕用心地听了常圣桀的话，点了一下头说：

"是这样的。以后多多联系。"

常圣桀站了起来，正准备往出走。"等一下，你注意学校里面很复杂，水也很深，多加小心！"

赵婕叮嘱常圣桀，常圣桀又点了点头，从赵婕的党团工作室走了出来。

常圣桀第一次和赵婕近距离接触，感觉她的形象和言语修养不在一个层面上。但是有一点提醒了常圣桀就是自己用善良之心对人，不一定能换得他人的善良。

常圣桀很愿意涉猎新的工作岗位，因为只有新的工作才具有强的刺激性，让你面临挑战，向你提出你很生疏的问题，催促你不断学习，迫使你去解决遇到的所有难题，整个环节都可以激励你进步。

常圣桀在全校的总课程表上，找了个任希民老师和他自己都没有课的时间，请任老师就中学语文的教学提出要求。任老师很谦虚，非常和气，对常圣桀信任地说：

"我从朋友那里经常听到你，都对你印象很好。因为我在河西庄村教书也六年多了，村子里的情况我也知道，你很有前途，发展的空间很大。"他语重心长地说：

"至于有关中学语文教学的探讨，我非常赞同你前两天在一次教师们课下讨论时总结出了带好语文课的'三部曲'，也就是：'语文是什么？为什么要学习语文？怎么样学好语文'？由'三部曲'来引导学生学习语文的兴趣，优化学生的学习方法，提高学生的学习效率。"

每天早晨六点半，全体教师集中听中央人民广播电台播发的《新闻和报纸摘要》节目，成了河西庄村学校教师们政治学习的传统"课程"，天天如此，雷打不动。

"妈！明天早上六点叫我。""桀桀啊！啥时分就是六点？"圣桀的母亲问常圣桀，常圣桀母子不止一次地这样对话。

自从常圣桀当了民办教师，做什么也和时间钟点联系起来，没有钟表实在是太不方便了。

"咱家必须买台表了，要不太不方便了。"母亲不止一次地说，常圣桀也答应，但始终没有如愿，因为没有钱。

最近几年，常圣桀家的花销全仗着圣桀当民工挣的现金，他从工地回来时身上还带回一些，但遇到母亲生病全部用来看病和买药了，哪有买钟表的钱。

常圣桀给母亲说："现在早晨的六点大概天一亮就是。您这个时候叫我就行。"

"还有，等我发了补助金咱们立刻就买闹钟。"母亲听了没有说什么，只是自言自语地说："唉！刚刚给人家教了几天书，不知人家猴年马月才给钱，现在就指望上了，行吗？"

"现在指望的这笔钱，还是镜中花水中月，多个用钱的地方都指望着，看来是自己给自己画饼充饥。"

冬天后半夜，一轮皎月高高地挂在了半空中，众多的繁星被她的光芒遮挡得四散躲闪，零零落落，失掉了往日的璀璨。纯洁无瑕的月光洒向人间，悄悄地赐福于劳作了一天进入梦乡的人们。

梦中的常圣桀一觉醒来，被皓月发出的光芒迷惑了个彻底。他迷瞪着一瞧，窗户被照得亮亮的，二话没说爬起了身，快速穿好衣服，直奔学校。心想今天可是迟到了，把《新闻和报纸摘要》节目给误了。

可他跑着跑着，脚步渐渐地慢了下来，越走越觉得不对劲。他在想，月亮这么亮，可路上一个行人都没有，四周静悄悄地……还好家离学校不远，一会就到了校门口，校门关着，周围冷冷清清的，常圣桀这才意识到他起得太早了。因为没有表，当然不知道当时是几点，只能叫学校的门，一会校工迷糊着开了门，说：

"怎么这么早就来了？"

常圣桀问："现在几点了？"

校工回话说："三点十分。"

常圣桀觉得好尴尬，给校工解释，说：

"对不起！起早了。"

"没事，咱们的教师有的家里没表，掌握不住时间，经常这样。"校工说：

"进去吧，在我的炕上再睡一会吧！"

有关民办教师的待遇问题，张校长安排罗晨文老师为常圣桀做介绍。罗老师找了一个他自己同常圣桀都没有课的时间点，和常圣桀说：

"常老师，今天下午没有课吧？"

"没有！"常圣桀回答得很爽快，说，"怎么样？我们俩聊一聊？"

"就是这个意思。"罗老师看着常圣桀说，"不过，我们聊的话题比较沉重，什么时候聊都可以。"

罗老师故作轻松地说："是的，这是个敏感的问题，又是个长期的问题。"

"哈哈，那我倒想和你探讨一下这个问题。"

"好！我给你先说，你我一起讨论，行吗？"

罗老师喝了一口水，就说开了：

"咱们今天只说河西庄村学校民办教师的劳动报酬。张校长说让你知道一下。"

"我们的劳动报酬分成两部分……""罗老师，这我知道，"常圣桀打断了罗老师的话，说，"每天给我们记八个工分，由大队记工分，然后介绍到我们所在的生产队。是吧？"

这时陈宏光进来了，愁眉苦脸地说：

"我们生产队该给我的补助金连着两年了一分钱也没给，这不，刚刚又给我打了一年的欠条。"

罗老师问："一共欠你多少钱了？"

"去年打的一个欠条六十元，是一年的补助金。今年，又打了一个六十元的。"罗老师开玩笑地说：

"两个借条一共一百二十元了？发财了！"接着说，"拿到钱后借给我吧，我买一辆飞鸽牌自行车！哈哈！"陈宏光哭丧着脸说："两年了，没有挣回去一分钱，老婆孩子喝西北风？该借的地方都借遍了，现在外欠二百多元，别人天天上门要债。愁死了！"

罗老师看了一下常圣桀，说："民办教师每年就这么点收入，还拿不到手。多亏县教育局每月还给每人五元钱，要不民办教师真的还得讨饭去。"

"教育局的钱也是半年给一次，远水解不了近渴。"陈宏光消沉地说，"这样的民办教师真的是干不下去了。"

常圣桀他们三个人回过头来又说起记工分造成的分配差

距，李勇老师走近了他们跟前，一听就明白，说："是这样的，生产小队之间工分值存在差距，两名教师待遇肯定会出现差距。"

"去年，我们队一个工价值是六角五分钱，他们队是四角一分钱。一年三百六十五天共挣二百九十二个工，我合计一年挣一百八十九点八元，李老师只挣一百一十九元七角二分。"

李勇老师补充说："这就是差距。"

民办教师的待遇是这样，罗老师面无表情地说：

"生产大队给记的工分，年终兑现的钱加上县教育局发的和大队发的每月每人十元钱的补助，算下来一般月收入大约是二十四元四角。同样工作量的公办教师为四十元以上。"

"这又是差距。"李勇老师又补充说。

"然而，每月的二十四元四角生产队也无力支付，只好无奈地用给教师打借条的方式来应对。"

夏收开始了，太阳落山前的傍晚，劳累了一天的男男女女端着饭碗，边吃边走地聚集在村南头的大槐树下，清一色用新麦子磨的面做成的面条，揪片，饸饹面和切绺子，虽然碗里的饭由于样式不同，调料各异，形成五花八门的花样。然而，制成饭的面粉是来自同一盘磨同时磨出来的，人们吃得香，心气顺，觉得公平。

二虎是大槐树下饭场的常客，他端着饭，正好和下学回来吃饭的常圣桀碰上，吆喝了一声：

"常圣桀，下学了吗？"

"是的，吃饭？"

"是啊！我们说好了，今天，比赛谁家的饭好吃，哈哈哈，其实谁家的饭都一样，只是大家逗逗乐。"

二虎笑着转了个话题说："社员们的要求很简单，一日三餐，日出而作，日落而息。吃喝拉撒睡由生产队全包，让干什么活就干什么。"

"有人戏说：'我们已经进入共产主义社会了！'"二虎说是这么说，但从内心深处还是羡慕常圣桀这样的文化人。

确实是这样的，河西庄村算是小富之地了。它地处平原，土壤质量上乘，农业种植条件优越，气候温和，水肥不缺。以种植玉米，小麦和水稻为主，一年收获两季庄稼。

全村社员都睡在大集体的这一"床"上，小富即安，小进则满，不思进取，原地打转。

二虎端着碗走到常圣桀跟前，看看周围没有其他人，就压低声音对常圣桀说："好人李晓轩回村担任党支部书记，他抱着满腔热情，风里雨里，但是，推不动咱村这辆老旧的战车。反而树立起了许多不同意见的对立面，他们或以家族，或以社会团伙，制造事端，毁谤诬陷，搅得河西庄村人心不稳。"

"你知道吗？老同学，要小心哪！"

说完，没事似的，走了！

这一天，罗晨文找他。

罗晨文年轻有为，有思想，有精气神。前几次，和常圣桀交流过后，感到能说到一个频道上，于是，专门找常圣桀谈论过几次理想和为人之道。

晨文告诉常圣桀："河西庄村学校是一所至今具有百年办学历史的学校，是汾东县第三完全小学更名。她早期培养的学子遍布汾东县，汾东中学的创始人的童年启蒙教育就是从这里起步的。"

常圣桀也惋惜地说："学校建筑全部是在文庙的基础上改修的，年复一年仅添加了一些必需的校舍，文庙的大格局几乎没有变化。"

罗晨文笑着说："怪不得人们开玩笑说，真的该给在这里一茬又一茬任职过的校长们，申请文物保护优秀奖了。"

但是，又为这所学校百年不变的暮气沉沉而深感叹息！

"学校的管理程式一代传给一代，一代继承一代，遇到什么大家反映的事，只要你说或找出依据是过去定下的就没有人反对。"罗晨文无奈地嘲笑自我。

"家有三斗糠，不当小儿王。"在小学部教师办公室，几位教师在议论如何管理学生。钱宏业老师激动地说："我国从古到今，哪一个朝代当老师的有地位？教师没有社会地位，当然，老师在学生心目中就不会受到尊重。"

张成仁老师接着说："教师收入低，生活拮据，学生会想，你当老师的都养活不了自己的孩子，我们学老师也让我们养不了自己的孩子！我们念书有何用？"

钱老师一脸无奈地讲起他教的一个学生，说：

"我的班里面有个女学生，叫田丽，是独生女。天不怕地不怕，就怕学习。

"对她要求宽松了吧，她自己不但不学，还时不时地扰乱别人；要求严格了吧，她不买账，她生了气还敢骂老师，什么话都能骂出口。

"更可笑的是她的父亲田里特别溺爱她，怂恿她，一不高兴就到大队告状。

"一次把我告到柳七录那里，七录批评我说田里是贫农，你们当老师的是需要接受贫下中农再教育的知识分子，老师怎

173

么还能不听贫下中农的？快，无论怎么说，你先得给田里道个歉。

"唉！这对父女我实在是怕了他们了。"钱宏业摇着头说。

常圣桀路过他们的办公室，想道，听到这样的议论，老百姓在想什么？

……

"不得了啦，快去看吧！村北门那里砍死人了。"

人们在相互传着这个吓人的不详的消息。过了一会，消息的内容具体了，"田里用镰刀把钱增光砍死了。血流了许多。"

又一会，信息更具体了，钱增光被田里用镰刀砍死了，大队管治安的领导们都去了现场，看热闹的人山人海。

"哇呜，哇呜，哇呜，哇呜！"警车的声音在河西庄村上空急促地响了起来，把人们惊吓得不再传这方面的消息了，孩子们被惊得不敢大声哭了。

"田里和他女儿田丽父女被逮走了。"人们又相互传着看到的情况。

"为什么要把田丽也带走了？她又没有杀人。"

两天后，钱宏业辞职不干了。

第十六回
尊师长振兴教育　使伎俩釜底抽薪

"汾东县木古乡河西庄村砍死人了！"

人们奔走相告。

"河西庄村一个老头用镰刀砍了另一个老头，被砍的老人当场就死在了血泊之中。"

"河西庄村学校一个女学生骂老师，这位老师也住在河西庄村，被骂老师的父亲听到后，就告诉那个女孩子不应该骂老师，女孩子很不高兴，就连老师的父亲一起骂。"

"老师的父亲就找到这个女学生的父亲去说理，两人话不投机，就动起了手，女孩的父亲就把被骂老师的父亲砍死了。"

"河西庄村发生的这起人命案件影响极大，反响极其恶劣。"

常圣桀在一次木古乡教师培训会议上的发言中义愤填膺地大声疾呼："河西庄村发生的这一事件，我们都应该为此而悲哀。

"因为这是'不重视教育''不尊重知识''不尊重教师'在社会中的具体表现，这种表现影响着青少年的成长，影响着一个国家的道德走向，影响着我们国家的未来。

"这种表现聚集形成了定时炸弹，这一炸弹一旦遇到引爆的条件就会爆炸，从而，给社会和人民带来不可估量的危害。"他讲到这里声音有点沙哑，甚至近乎哽咽。

事件发生后，汾东县很重视，先后召开了会议并下了文件，要求各乡镇确实采取措施，重视教育、支持教育、尊重教师，为发展教育开绿灯。

改善教师的生活工作环境，不得拖欠教育经费，把教育发展质量和水平高低作为对各级领导班子和领导成员业绩考核的重要指标。

"学生谩骂老师引发命案，这是一件极其丑陋不堪的事件，我们一定要引以为戒。"

河西庄村学校贫下中农管理代表梁亮在全体教师会上讲起学生漫骂教师钱宏业事件时说：

"这不是，咱们村死了一个，被逮了两个，钱老师也辞职不干了。"

"县领导开始反思这些年教育为什么经常出现问题？伤害教师的现象为什么屡禁不止，这与教师的社会地位低有着直接的关系。"张校长接着话题强调：

"学生谩骂老师就如同子女不孝顺父母一样，这种孩子长大了心中不会有感恩之心。没有感恩之心的人，连他的父母和师长都不尊重，怎么会爱他人，又怎么可能爱国家，爱人民？"

梁亮提高了声音说："我们应该开展一场尊师尊教，热爱自己、热爱家庭、热爱父母、热爱老师和同学的活动，教育同学们要学做人首先是要学会做一个普通人。"

"我梁亮是个大老粗，不会说话。可我敢保证我是大公无私的。"他对着张校长说，"我也在这个学校上过几天学，我感恩学校和老师，因为他们辛苦地教导过我。现在我有力量了，我要报答学校啊！我可以给老师们当好后勤，拿回学校应该有的钱来，为学校做点事，不要让学校受穷，让人瞧不起！"

"我有一个要求，请学校指派一位教师，和我一道做为学校筹款的工作。"

他看了看校长又看了看常圣桀，说："被派的这位老师该上课还是上课，该带学生还是带学生，只要在业余时间能和我一起到大队或公社去做为学校筹措经费的工作就行，因为我不懂教育，说不了教育上的词汇。"

他挺着胸脯，用手比画着说："最好是男的，民办教员。"

"……我觉得圣桀比较合适。校长，你决定！"

张校长马上表态，说：

"可以！

"只是没有征求常老师的意见，常老师！愿意吗？"

待了一会，常圣桀表态说：

"听领导的安排。"

梁亮，因为他的职务是贫下中农管理学校的代表，所以大家都叫他梁代表，梁代表来学校没几天，一看学校穷得叮当响的光景，就琢磨现在摆在眼前的是如何解决学校经费短缺的问题。

他和常圣桀找到了李晓轩，把学校教育经费严重不足，教师待遇低，教师队伍不稳等情况向李晓轩做了汇报，问道："李支书，大队支部把我委派到学校，是不是让我干事去的？"

"最近因为咱们村的事，引发了社会舆论和群众不满，县里下发了文件，加强教育投入，改善教学条件，提高教师待遇，你把这一政策落到实处就好了。"李晓轩对着梁亮说。

梁亮回了一句："这还不好说，拿钱来，我给你明天就全部落实到位。"

"哈哈哈，我要是有钱还用你来解决？"李晓轩笑着说："就是因为我没钱才找你，人们都说你有点本事，又是贫下中农。"

"所以，请你就是用你的本事把咱们学校搞好，把丢了的面子争回来，能不能？"李晓轩一本正经地对着梁亮说。

"肯定能，但是，大队得支持啊！"梁亮坚定地说：

"我一不向大队要钱，二不向大队要人，我只要一条。"他专门停了下来不说了。李晓轩紧接着就问："你说，哪一条？"

"就是政策。要是答应我就干！"

李晓轩很着急地问："什么政策？"

"一个政策，就是学生每年参加夏收和秋收劳动，拾收割庄稼时在庄稼地里遗失下的粮食。过去是依照遗失粮食地块的主人是谁，拾回的粮食就给谁的原则，现在改为学生拾到的粮食，全部归学校支配，行吗？"

"当然，肯定是要执行国家的粮食政策，我们将拾到的粮食加工后，全部交到国家粮库，也能顶大队交公粮的指标。交粮获得的资金按国家财会制度管理，资金全部用于河西庄村的教育。"

梁亮告诉李晓轩，学校指派他和常圣桀一起来，就是要给村"两委"汇报这件事。

李晓轩一听，一开始觉得没有可能性，因为粮食是属于国家统购统销物资，除了农村生产队生产经营外，别的部门和单位都不允许。随着梁亮的耐心解释，李晓轩慢慢地理解了，到后来完全同意了这种做法并予以支持。

李晓轩站起来，举起了手，高声："这个法子可行，我支持，但是为了稳妥起见，还得提交村'两委'会讨论通过，再行实施。"

梁亮他们提出的做法，提交到"两委"会上进行讨论时，引起了激烈的争论，至少有五六种声音和主张争论不休，有人同意有人坚决反对。谁也说服不了谁，会议开了整整一上午没有个结局。

下午，会议继续，争论还是不休。最后，李晓轩看到必须站起来力挺，这个议题才能定下来了，就拍了拍手，说："学生拾回来的庄稼，放到各小队的场间还是放到学校，这只是个地方不一样嘛！庄稼的归属权没有变吧？因为还是集体的，所以不存在什么不妥之处吧？"

"不存在。"大家回应道。

"好，那咱们就定这一条，允许学生把拾回来的庄稼放在他们学校。可以吧？"

"可以！"

"好！一致通过。散会。"

这样，李晓轩力排众议，从侧面支持了梁亮和常圣桀他们的做法。

夏至节令到了，是河西庄村收割小麦开镰的日期，也是许许多多春粮接不上夏粮人家最难过的时刻。

田野里相聚在一块儿挖野菜的顽童们，一边打逗着，一边怀抱着希望找野菜。

胖娃比这几个孩子大一岁，好像他是个头领，走在最前头。眼睛机灵的黑娃紧跟在胖娃左面，他一下发现了几株甜苣菜，舒张张的，一株有五六只绿绿的叶片，叶片的根部白嫩嫩的。

黑娃先胖娃看到，叫了一声"甜苣菜"，正要使小铲去挖，胖娃高大动作麻利，早就把几棵甜苣菜收到了他的篮子中了。黑娃正想发作，一看是胖娃所抢，只能把气泄了下来，他们继续寻找。过了一会，黑娃用略带不满意却又讨好的眼神瞅着胖娃说："胖哥，我要是再先看到野菜，你可不能抢了。"

"不啦，不啦！"胖娃不好意思地回了一句。其余小伙伴们紧接着七嘴八舌地嚷嚷起来，叫喊着说：

"不可以乱抢别人的。"

可爱的孩子们，多么懂得道理！

他们到达一块种秋庄稼的地块，里面的野菜多一些。孩子们慢慢地四散开来，但都不敢走出这块田，因为怕把自己丢了。他们挖了荠荠菜，灰灰菜，还有曲麻菜，苦苣菜。

大约太阳快落山了，他们回拢到胖娃周围，看见伙伴们的篮子里都有了收获，你瞅瞅我篮子里的菜，我瞅瞅你的，笑了！

大一些的孩子从小一点孩子的篮子里拣出了苦苣菜，举了起来，对着大伙说："瞧！这棵菜，你们晓得吗？它可是棵苦苣菜，不能吃，快扔掉吧！"一边说，一边将另一棵苦野菜从那个最小孩子的篮子里拣了出来，扔掉了。

孩子们的童心真是值得我们大人学习。

夏收马上开始了，多数家庭都松了一口气。

因为，每个小队都被允许在自己种植的夏粮地块里边，先收一些早熟的，如：小豌豆和大麦等粮食，以接济多数的断粮户。

开镰收割小麦三天后，学校进入麦收假期。常圣桀总负责学生拾小麦穗的事宜。

和往年一样，学生们以班级为单位，自带拾麦子的篮子或小布袋，去到每一块收割完小麦的地块里，捡那些丢失下的麦穗。

带队的老师说："有意思，今年收割小麦的人们收得很干净，我们拾小麦的学生们犯难了，一整天一个人才能捡到以前的三分之一。"

"这是好事啊！每年夏收和秋收时我们都左要求右宣传颗粒归仓，但是，真正做到的有多少人？"梁亮饶有兴趣地继续说：

"这说明了今年夏收采用的几种办法效果好啊！"

"想要把事情做好采取什么方法很重要，用对了方法事半功倍，否则事倍功半。"

就这样，微微改变了一下拾小麦的利益归属问题，就大幅度提高了生产效率。然而，在思想僵化，管理教条的大背景下激起的浪花，无形地震荡着人心的某一方面，也许是正面的，也许成了反面教材！

也就是这一小小的改变，大大地改善了河西庄村学校的办学条件。

张校长在一次办公会上，一扫过去的满脸愁云，高兴地宣布："告诉大家个好消息：从今以后，大队给民办教师的补助金不用我们的老师去做要账的'黄世仁'了，由学校发给大家；我们的办公经费也不用我这个做校长的像乞丐一样到处要饭了，我们自给自足了！"老师们听了都情不自禁地拍手称快。

坐在一边的贫协代表梁亮只是在那里会心地笑着，没说一句话。

"常老师，下午有时间吗？"梁代表看见常圣桀，正收拾批好了的最后一本作文，就问他。

"下午有课，没有时间。有什么事？现在说不好吗？"

"当然可以啊！"梁代表对着常圣桀，说：

"走，咱们到打小麦的场间说吧！"

"常老师，在老师们的支持下，这次学校组织学生拾回收割时丢失的麦穗，按照国家规定我们将这些麦穗脱粒加工后交售给了国家，挣到了一些钱。"

梁代表说得实实在在：

"所得资金全部用于学校开支。大队和公社表扬并推广了我们的做法。"

梁代表边想边说："肯定了这种做法，并叫勤工俭学，可以和学校培养学生的教学工作结合起来。"

"常老师，你教的是七年级的学生，我觉得年龄大一些的学生搞勤工俭学有条件，想请你再给出出主意。你说呢？"

看来，梁代表还要撸起袖子大干一场。

"虫洞"中的科研人员正在全身心对三十年前汾东县木古乡一代特定人物事件，生态环境和人"三观"变迁，进行深入观察时，有一种疲乏的感觉隐隐约约地在洞内人群中扩散开来。

常圣桀问他左侧的刘博士："这些天，你能否感觉到一种不舒服的滋味，这种感觉向自己身体的深处蔓延？特别是今天看完钱增光被田里砍死的全过程，场面触目惊心，当把整个事件的花絮看下来，人累心更累。"

刘博士想了想，问常圣桀：

"我们身处'虫洞'，是不是消耗我们自身的能量？"常圣桀肯定地说：

"我看到过有关'虫洞'研究的资料，讲到人在'虫洞'中会损耗自身的能量。实验表明，人在'虫洞'中一天消耗的能量是'虫洞'外的十倍。"

刘博士突然想起了什么，用很大的声音对常圣桀说：

"在我们的日常生活中，一些寺庙内，有道行的和尚，还有一些民间的算命先生，他们一般为什么给人看病或者给人看面相算命时，都不愿意说得太透彻了，说是怕泄漏了天机，带来厄运或折了他们的阳寿。"

常圣桀笑着说："这有什么科学道理？不过，我们应该适当调整一下我们的工作时间，以有益于我们大家的健康为妥。"

常圣桀和刘博士讨论人体辉光的存在和人的内心想什么有着密切的关系。刘博士对常圣桀说：

"我们初步判定，如果一个人的身体健康，他发出的辉光就厚，其密度也高。辉光的颜色不淡不艳，由赤橙黄绿青蓝紫七种色带组成，整个色带的厚度一致，边缘光滑整齐。色带呈透明状，无阴影。

"我们推测：人品与色带有着必然的联系。人品高尚色带光辉璀璨，且不耀眼，给人以色彩斑斓而规整，金碧辉煌而温暖的感觉。"

刘博士征求常圣桀的意见说：

"下一步就应该将我们熟悉的人进行对号入座了。"

"我们的研究就是要将理论和实践结合起来，验证理论是否正确，然后用理论指导实践。"

柳七录的头痛病有好几年了，时好时坏，他到县城的医院找名医看过，找西医住院看过，中医给针灸过。有人给他介绍过民间秘方，作用不明显。还有人对他说每天早饭前喝一杯浓咖啡连喝七天，根治无疑，他照着做了，见了效果。但是，不到百天，又犯了。

"录哥，哎呀！这些天把我忙坏了，一直说来看看你，竟没有抽出时间来，最近好吗！"柳彰洪亮的声音远远地传到了柳七录的耳朵，不知哪方的风把他刮来了。

柳七录听着柳彰的声音，想来得正好！接着柳彰的话，道："好兄弟，稀客，稀客！来，来，来！"

"坐，坐！喝啥茶！红茶？还是绿茶？"

"已经到夏至节令，来绿的吧！"

柳七录说话了：

"彰弟，你听说了吧？"

"听说什么了？"柳彰不知如何回答，又说：

"田里砍死人的事？"

"想什么呢？砍死个人和我们有何关系？我是说这个梁亮点子还真多，和常圣桀搞到一块了，给学校解决了多少年解决不了的问题，又给常圣桀加分了。"

柳彰一听，哈哈大笑了起来，说：

"我的哥呀！我还以为是啥了不起的事，原来是这破事。"

七录急着说：

"怎么是破事？你也给咱干一干这破事。"

"我，才不干那破事，我已经给他们搅黄了。"

柳彰站了起来，两手往下拽了拽衣服，伸了伸腰一挺胸，很有底气地说："我给他们搅黄了！"

柳七录也站了起来，把身子向柳彰凑了凑，问道："快说，我听听，怎么搅黄了？"

柳彰喝了一口茶，把喝进口里的一片茶叶在口里嚼了一嚼，找个地方吐了出来，慢慢地说：

"今天上午，我到县粮食局仓库找我最好的朋友办事，聊天间，他说咱们村学校昨天去交公粮，他很纳闷学校怎么还种地？要不怎么还交公粮？

"我一听就知道你以前给我说过，你反对梁亮要干的那事情。我就告诉我那朋友，可不能收学校交的公粮，这不符合国家对粮食统购统销的政策。"

他又喝了一口茶水说："我给我的那朋友说：'我们村因为学校把学生拾的小麦全部拿回了学校'这件事引起了社员们的不满，正准备着集体告状，你还支持他们？"

"我的朋友说啦，下回不收他们交来的公粮了。"

柳彰一口气好像说评书一样，把县粮食库不再收河西庄村学校交公粮的事讲了一遍。

柳七录听了后感觉压在心头的一块石头被卸掉了，又仔细地感觉了一下，疼了好多天的头也不疼了，心情舒畅，看到四周的风景格外地好，心里才想起夏天已经过去了一半，今年还没有吃过凉粉，于是叫了一声：

"老婆子，给咱们来两碗凉粉，让我们弟兄俩凉快凉快。"

"彰弟，先吃凉粉，凉快凉快。一会咱弟兄喝两盅。"

因为意想不到的成果，换来了意想不到的好心情，柳七录好久都没有这样高兴过，把家里藏了好多年的老白汾拿了出来，要好好庆祝一下这个突如其来的胜利！

然而，乐极生悲大剧在柳头身上即将上演。

第十七回

晓轩编织菜篮子　七录险留阎王殿

"我们队规划了两块地，各两亩地。一块种各种蔬菜；另一块是瓜地，种西瓜和甜瓜。"第一生产小队的队长在大槐树下的饭场高兴地告诉大家说："按规定我们的土地只能种植粮食作物，不允许种植经济作物和蔬菜。但是，大队李书记和公社签了协议，保证我们小队今年粮食总产量不低于去年，否则明年就不允许再用种粮食作物的地种植蔬菜或经济作物。"

"我们各小队的队长都分别和李书记签了协议。"他还说，"我们都愿意这样做，肩上有压力，工作才有动力。""像李书记说的那样，这样的活法才得劲！"

河西庄村在村党支部和村管委会的领导下，李晓轩提出：以实施"粮瓮子""钱包包"和"菜篮子"工程为抓手，在"龙水"工程改革思路引领下，成功地进行了种植业改革的理念大突破。

依据农作物耕作管理的特点，划片种植、分类管理的原则，将全村农作物种植种类、土壤特性及灌溉条件进行了综合布局，做了科学规划，节省了劳动力，降低了管理成本，增加了效益。

河西庄村的田野上出现了翻天覆地的变化，别具一方景色。

村北千亩麦田连成一片，微风吹拂麦浪滚滚闪着金光；村南西侧河流纵横，满渠的溪水流向百亩稻田，随风飘逸的稻花散发出大自然的美香；秋庄稼占据了村南水浇地的绝大部分，大田里的玉米苗，油绿的叶片以惊人的生长速度一夜之间就长高了些许；几十亩边角的空地里，种植着瓜果蔬菜香味扑鼻，社员们三五成群地到自己的瓜园和蔬菜地"观光"！

以大种植业为主，依托造田拓土，发展多种种植业，形成良性发展的农业经营模式，经过探索，一条农业自身发展的新路径，在河西庄村获得了很大成功。

"社员们，今天傍晚饭后，到队部领菜！"

"社员们，收工后，到队部领甜瓜！"

"全体社员注意了，饭后队里发西瓜，快去领啊！"

这是在大田里做农活的社员听到的通知，社员们笑在脸上喜在心头。

社员们这时完全明白了"龙水"工程改革的意义所在。

河西庄村工作的顺风顺水给全村人带来了幸福感和满足感。

"邻居们都称赞你工作有思路，克服困难有办法。抗压能力强。我不行，遇事急躁，睡不着，失眠。"

李晓轩的媳妇张改英和李晓轩难得有空一起聊天，今天正好李晓轩在家准备参加明天县里每年一次的"农村工作会议"。张改英说："你别管我，我身体好着呢！只是这么随口一说。"李晓轩停下手中的笔，看着媳妇疲劳的脸面和两眼角出现的鱼尾纹，心中泛起了一阵阵酸楚，内疚地说：

"你在家操持三个孩子，还得照料两位老人，我的事情也常常让你操心，担惊受怕，太不容易啊！你太辛苦了。"

"没事，应该的。你顺利了，咱们家就都好了。"

河西庄村的好形势，给柳七录带来了说不出来的烦恼。一天早晨，五点钟就醒来的他，小便了一下，突然觉得头晕，眼花，感到鼻孔处有凉湿的感觉，用手一抹，才发现，流鼻血了。

"老伴，老伴！快——快——，我这是怎么啦？"老伴还睡着觉，听到柳七录叫唤的声音，马上从被窝里钻了出来，迅速爬了起来，问道："怎么啦？老柳！出血了？哪里出的？"看到柳七录满脸都是血，老伴急眼了，像连珠炮一般连着问。

起初，知道自己鼻子里流了血，柳七录也有点儿慌，但往后就镇定了下来，告诉老伴："别慌。是鼻子出血了。找柳彰和柳建成他们来，送我到县医院！"

不一会，柳彰很快张罗着把柳七录送到了县医院，进入了危重病人监护室（ICU）。

柳七录病重住院的消息同样和前些日子田里砍死钱增光的消息一样，快速传遍河西庄村的每个角落。

河西庄村的柳姓家族人员众多，关系繁杂，一人有事，全族出动帮忙。有人用一个笑话做过比喻：河西庄村第七生产小队在一幢四合院里正在开会，突然从院外扔进十个桃子，里面抢到桃子的十个人，九个人都姓柳，只有一个人姓陈，但是他的老婆姓柳。

"七录生病了，我们去看看吧？"

"好的，咱们再相跟上几个，要不去的人太多，医院不让看。"

就这样，到医院看望柳七录的亲戚还是络绎不绝。

河西庄村柳姓的人们骄傲地相互传话。

"今天上午，七录他三个大爷和四个叔叔由建成他们三个侄儿陪同一起去医院，医院说病人病情不稳定没让进去看，后来听说七录昏迷不醒了。"

"李书记，李书记，柳叔被下了病危通知了。"柳建成火急火燎地对着李晓轩说：

"怎么办？""走，咱们一起去医院。"李晓轩二话没说，站起身就和建成他们一起往医院跑。

李晓轩他们见到了主治大夫，主治大夫问："你们是柳七录的什么人？"

"这是我们的村支书，我是柳七录的老伴。"

"柳七录患的是脑溢血，也就是中风，入院后用西医的办法抢救了好一阵子，效果甚微，现在病人处于昏迷状态。我们建议加用中药进行抢救，安宫牛黄丸是特效药，而最好是能买到民间储藏的老药，效果可能会更好。"

大夫认真地交代："这药在市场上买价格比较贵，你们商量吧。"

"我们自费也得用，救人要紧。谁去找这种药啊？"柳七录老伴瞅着李晓轩问道。

"让彰叔去找。"柳建成对着李晓轩建议。李晓轩马上说："好，就这么办。建成，告诉柳彰无论如何在民间找到安宫牛黄丸。"

柳彰的本领就是大，很快他在民间买到了安宫牛黄丸，送进了重症监护病房。

柳七录去阎王爷那里转了一圈，回来了。

"柳七录啊，柳七录！你大病不死，必有后福。"柳七录出院后坐在自家宽敞的客厅里养着身体，自言自语地说。

李晓轩提出在河西庄村实施"粮瓮子""钱包包"和"菜篮子"工程，"粮瓮子"工程逐步可以实现。"钱包包"工程如何启动？是摆在李晓轩面前的难题。

早晨，李晓轩从家里出来，因为天刚刚亮，街道上的人很少，有几个"五类分子"在打扫街道。李晓轩举步无意地来到了学校大门前，想早上起得早的就数学生了。

"李书记，早啊！"李晓轩随着声音看去，是常圣桀穿一身运动装，慢跑过来了，和李晓轩打招呼。李晓轩笑嘻嘻地说："是常圣桀老师！看来和孩子们在一起人也显得年轻了许多。"他接着说：

"正好遇到你了，我正为一件事犯难。你给参谋一下。"常圣桀忙问："书记又在想什么大手笔规划？"

李晓轩认真地说："干脆到你办公室坐一下吧。"

"好吧！我是办公室兼休息室。"常圣桀前面走，李晓轩相跟着。

到了常圣桀办公室，李晓轩瞧着常圣桀桌子上放着的书说："你涉猎的领域真不少啊！有政治经济学，有哲学，还有农业和集体经济方向，真多！我得向你学习，从书中找黄金屋。"李晓轩随手拿起几本翻了一下。说：

"好了，我们先说紧要的吧！你说说我们村如何解决'钱包包'和'菜篮子'的问题。"李晓轩问常圣桀。

"当然是进行农产品加工和流通，这样才能产生货币交换。"常圣桀随口说：

"农民自己的农副产品是允许在市场上买卖的，这叫自产自销，符合社会主义经济啊！"

常圣桀很自信地对李晓轩说，并提议："我们河西庄村过去有古庙会，后来破'四旧'时停办了。古庙会就是农产品集市贸易的平台，我们可以把古庙会恢复起来，叫成新庙会。

"还是用以前古庙会的时间，每年农历十月初八，这天搞一个大的集市贸易。提前做宣传，吸引周围村子里的社员们来做买卖。

"还可以请剧团来唱革命样板戏，宣传社会主义道路，不但活跃群众的文化生活，社员们还可以做个小买卖赚些钱，这不就实现了你说的'钱包包'的愿望了吗？这有多好！"

李晓轩听了常圣桀的提示，心里豁然开朗起来，很有心机地说："鉴于目前的政治环境，还不能以大队的名义搞，规模也不能搞得大了。我们可以先选几个人以民间的形式搞，今年搞一个小规模的农产品买卖市场，看看情况如何，我们投石问路嘛！"

离农历十月初八很近了，二虎他们联合了八九个人，有的把朋友和亲戚家的羊集中起来，有的用自己几年积攒下的钱买了一些果子和红枣，有的人从山里买回了几筐柿子，还有的人用自产的胡萝卜和白菜想方设法制作了香喷喷的大烩菜，就等着这一天的到来。

没想到的是，人们买回来的货，还没等到庙会的正日子，就已经全部卖出去了。

庙会的这一天，吸引来了人山人海，他们的口袋里都装着零钱，在河西庄村的街道上走了好几个来回，什么也没有买到，空手而回，失望叹气。

新庙会的试水使人们想起了河西庄村旧庙会的繁荣景象。

大槐树饭场上，柳老爹笑嘻嘻地给在座的人们说古："咱们河西庄的庙会，那沿街都是摆摊设点的卖家。村子的街道像棋盘一样，里外马道能转通，这给生意人摆摊设点提供了充分的地盘。那时候，几乎所有的上百家铺面全部都会打开，所有街道胡同全变成了摊位。你想买什么都可以在集市上买得到。"

陈大妈补充说："逛庙会的人们，有做大、小本买卖的生意人，还有耍马戏卖艺的老江湖；有劳累了一年，秋季收获后图个清闲自在，出来串串亲戚的，也有找哥儿弟兄们相聚喝酒的；有来自本乡本土的，还有来自河南、河北、内蒙古和山东的。

"唱大戏是庙会不可缺少的文艺活动，因为那个时候人们听唱腔和听音乐唯一的渠道就是每年庙会的戏班子。"

李大叔比画着给在场的人们说他小时候的集市上好玩的，你看他好像回到了童年：

"戏场外的集市才叫个热闹红火，各种小吃的叫卖声此起彼伏，水果香喷喷，杂炣烩菜热烘烘。

"耍猴的锣声，拉洋片箱的操手起劲地边唱边招揽客人的喊叫声夹杂在了一起，形成了独特的庙会一景。"

李晓轩还记得河西庄村古庙会的一些情节，总之，庙会肯定是贸易市场的绝佳平台，是农村通往富裕道路的重要桥梁。

他想一定要走合法程序把古庙会恢复起来，这样农村的富裕，农民有钱花就有盼头了。

"要求恢复庙会到哪里去申请？"李晓轩去了公社问道，没有人说知道，去到县工商局问，也没有人说晓得，转了一大圈还是没有找到答案。

李晓轩突然想：近几年，无论他们办什么有创新的事，就会有人出来阻拦，出来告状。我们何不来个将计就计，引蛇出洞。

"我们来个一不做二不休，先把新庙会办起来，如果有人出来干预，我们就来个顺藤摸瓜找到负责管庙会恢复事宜的部门。"在村"两委"会上，李晓轩在讨论恢复旧庙会的议题时，专门亮出了自己的想法。

没想到，这一计策还真灵。没有几天，县里有几个部门都通过公社传来话或干脆派人来，告诫河西庄村不准举办庙会，说庙会是"四旧"，是复古。

把河西村人搞得没了办法，李晓轩也无可奈何，只能是暂缓有关庙会恢复事宜的推进工作。

人上一百，形形色色，人上一千，无边无沿。河西庄村有好几千口人，五百多户人家。社员中有受文明家庭教育的高素质人；有从小就缺乏受教育或娇生惯养的纨绔子弟，还有玩世不恭的赖皮之流。

家庭与家庭，个人与个人之间存在着复杂的关系，盘根错节，给管理者带来了很大的困难和挑战。

李晓轩在全体社员大会上，对着千把号人说："我和大家一样，向往着河西庄村人吃得饱又好，有衣穿还漂亮，孩子有学上，老人有人养，家家和气相处，夜不闭户路不拾遗。"

李晓轩说：

"在座的各位都知道，我们村的王洪宪，和他邻居韩二的老婆好上了，并挑拨韩二老婆撇下一双儿女嫁给了他。后来，王洪宪犯事了，将自己老婆托给他的好朋友李洪贤照料。五年后，王洪宪出狱了，理所当然地去找回自己的老婆。

"让他没有想到的是他老婆和他的朋友李洪贤生的孩子已经五岁了，他老婆表示不愿意再和他一起生活了。王洪宪才知道，这对男女原来就有染，一气之下，和李洪贤就动刀子打起来了，两人互捅几刀，一起成了刀下之鬼。

"同志们，这是多么惨痛的教训，这就是为人失德付出的代价。我们中华文化倡导与人相处以德为先，与人相交以和为贵。我们大家都在一个村，抬头不见低头见，绝不能做同在屋檐下，唯恐与君话的尴尬邻居，要做道义之交的好朋友。

"河西庄村是具有古老文化之村，像咱村的赤脚医生张老先生，年过半百，带着一身精湛的医术，每天踏着黄土路泥泞道，走遍千家万户，救死扶伤，不分贫富，以医助人一辈子，谁不称赞。他是咱们河西人的榜样和自豪！"

李晓轩在这种场合讲这些，好像有点说教，好像老师在给学生上课，乏味无趣。

然而，李晓轩是有意而为的，他希望那些告状专业户收敛一点，少给河西庄村的发展拉倒车。

李晓轩的讲话无形中给柳七录和陈宏右扔来了一颗超强威力的炸弹，柳七录对刚刚坐在一旁的柳彰说："你听李晓轩的什么讲话了吗？通篇说教无味，指桑骂槐。这种讲话有谁愿意听？"

柳彰说："这正说明了我们的工作是有效的，你看他说得比天都大，但什么都没做成。哈哈！"

"这样的领导能有威信吗？"柳七录鄙视地说。柳彰站起身来，走到门口，停了下来，伸了伸腰，轻松地笑着对柳七录说："我的哥，您当前的任务是把身体养好，为做一把手做好准备！""哈哈！"柳七录也应声笑了！

陈宏右今天参加了社员大会，而且，认真地听了李晓轩的讲话。总觉得李晓轩的讲话是话中有话。心想柳七录已经有几次赤膊上阵，撑过李晓轩，可还没有真刀真枪地干过，他们互相还是留面子的。

而自己年龄比他们小，有个站队误判将会毁掉自己的前程。此地无银三百两放在他此时此刻的心情上不能再恰当了。

陈宏右历来是这样子的，自己把自己当回事。

然而，河西庄村将要出的事，会把陈宏右的这点小事淹没在大河之中！

第十八回
张家成才高八斗　返河西千灾百难

这些天，柳七录的心情特别舒畅。一大清早就到村旁小湖边上去散散步。远处看到一个扛着一大捆青草的人走了过来，慢慢地看清了原来是张家成。

柳头走近张家成，说："这么早就割下这么多的草，真有恒劲！"

张家成"嗯"了一声，没有再说话，走了。张家成改不了他的这个倔脾气，刚直不阿，对不喜欢的人少说话。

柳头没有在意，他压根就没有打算从张家成口里面得到什么好话，因为，这里面的因果关系实在是太明白了……

张家成书读得好，记忆力超乎人们的想象。他清楚地记得那年秋天的一个下午，他正和他的初恋王霞商量怎么过一个王霞喜欢的周日，突然他被两名公安人员带到了城里的一座大院子里，把他关进了一间房子。

天快要黑下来的时分，才听到有人开锁的声音，门被打开的同时三个公安人员走了进来。接着开始了对他的审问。

一个年龄稍大一点的问他：

"你叫什么名字？什么工作单位？"张家成一一做了如实的回答。

"你说我国'反右运动'很快结束，这话谁告诉你的？"

"没有人告诉我，我自己推断出来的。"张家成照实回答，那人惊奇地看了一下他：

"你推断出来的？"

"那你还说国家在'反右运动'中抓了五十多万'右派分子'，这个数字又是谁告诉你的？"

"没有人告诉我，也是我自己推断出来的。"张家成不假思索地回答，站在旁边的年轻人插话问道："你是如何推断出来的？"

"是根据我国有多少高等院校，大致知道我国有多少高级知识分子。

"同时在各个报纸、文件和领导讲话中都说我国百分之九十五以上的群众和广大的知识分子都是好的，是革命的。这样，百分之五的知识分子是不革命的，他们肯定有五十万吧！"

张家成忘记了自己是被逮进来的，说得挺带劲。

那三个公安人员对张家成说："我们需要进一步核实你说的是不是真实？你要对你自己说的话负责，能吗？"还是年长的那位公安说。张家成说："能！""今天就问这些。"他们说了一句，然后就匆匆地离开了。

接下来，好几天没有人来过问他。

他可以在这个院子里活动。

晚上，他没有一天不失眠。这些天，让他最惦记的人是王霞，他想此时此刻她在干什么？我会不会连累她？再一想，我说了全国的'反右运动'快结束了，全国抓了五十万"右派分子"，说这话时仅仅我和王霞两个人在场，是谁给说出去的？

张家成苦思冥想了几天，今天早晨才想起，那天，自己给王霞讲形势时听到过窗户外的咳咳声。啊哦！是他，王力，一定是这个人。

过去，王霞给张家成讲过王力这个人。他也想追求王霞，王霞不喜欢王力这种类型的人。

张家成脑袋里突然冒出一个大胆的想法，他要想办法出去找着王霞，给她说明有关'反右运动'结束的时间和全国抓了五十万"右派分子"的说法，是他张家成和王霞聊天时说过。是张家成自己想象的，没有和任何人说过此事，更没有任何人和张家成聊过此事。

这样讲，仅仅是说过反右运动何时结束和全国抓了五十万"右派分子"，也够不上犯了什么多大的罪啊！张家成这样想。

于是，张家成就按着这一思路开始行动了。

这一夜，张家成没有一点儿睡意，他躺在床上，琢磨已有三更时分。悄声起来蹑手蹑脚地进了院子，照着他白天看好的路径，出了这个大院。凭着对街道和方位的熟悉程度，他很快来到了王霞的住处。

"王霞，王霞！"

"谁？"

"是我，张家成。"

张家成被带走这几天，王霞心力交瘁，连夜失眠。只要一闭眼，脑海中就出现了张家成的影子。他的微笑，他潇洒的一招一式，他给她讲哲理和笑话，逗得她捧腹大笑，笑得她连腰都展不起来。他的帅气完完全全地把她俘虏了。"他在哪儿？

他们训斥他吗？"

她隐约看到张家成大义凛然地和公安人员据理力争。

这几天，她实在累了，刚刚眯住一点儿，模模糊糊地被敲门声惊醒了，再仔细一听，有人叫她的名字。是那么熟悉的声音，这不是她日思夜想的声音吗？她马上爬起身来，披了一件外衣，快步走到门前，问："谁？"

"我，家成！"张家成轻声回答。

王霞熟练地把门打开，张家成一扑而进，一下子就把王霞紧紧地抱住了，口里嘟哝着："霞！我想死你了。"

"张哥，你去哪里了，我要疯了！想你想得我要崩溃了！"王霞竟呜咽了起来，眼泪扑嗒扑嗒落在了家成的手上和背上。

张家成像猛虎擒小绵羊一样，顺势把王霞抱了起来，放在了床上，急切地把王霞的内衣脱了下来，王霞也帮着家成脱掉了衣服，俩人没有了甜言蜜语，只有急促的呼吸声和双方为对方宽衣解带的默契。

他们像干柴遇烈火，久旱逢甘霖，无语而雷电齐鸣，温柔而暴风骤雨，就这样自然而然地、无私地把自己的处男处女之珍贵礼物奉献给了对方……

一场突如其来的邂逅作罢，俩人气喘吁吁地缠绵了好一阵子，张家成突然感到一阵紧张，环视了一下房间周围，问道：

"你的同室呢？"

"搬走了。准备结婚啦。"

王霞语气中略带羡慕，可马上转成了温柔的笑脸，说："人家要是在，你我俩还敢……"

这时的张家成回归到了现实之中，他给王霞详细地讲叙了这几天被公安人员带去的情况，说："重点是，如果上级来调查，我俩的口供一定要统一，我们本来就没有犯错，实事求是地讲就行！"

后半夜，张家成和王霞恋恋不舍地分别了。"等你早点回来。"王霞紧紧抱住张家成不愿松手，张家成说："很快就会见面，以后我们永不分开！"张家成深深地吻了王霞一下，悄悄地回到了关他的院子。

俗话说：若要人不知，除非己莫为。

张家成晚上偷偷回他们单位集体宿舍的事，公安人员实际上掌握得一清二楚。

经过有关领导研究决定，对他实施了较为严格的管理，这一下把他吓得够呛，因为给他戴上手铐，意味着他的案情严重了。

案子对他的心理压力，思念王霞和从此以后的前途命运像三座大山压在了他的身上，使他面临崩溃的边缘。

他想起从他记事的那时，就是妈妈一个人带着他们弟兄三人生活，后来才知道他三岁时父亲得了一场重病去世了，母亲费了千辛万苦把他们养大，为了供他上学哥哥和弟弟早早地就辍学务农了。

他好不容易大学毕业，刚刚有了工作，可以孝敬年老的母亲了，也能帮衬一下供自己上学的哥哥和弟弟，没有想到今天的自己竟成了这个样子。

他不由得想起了王霞，感觉爱她爱得牵肠挂肚，他后悔昨晚的情不由己，后悔莫及伤害了王霞纯洁的心和肌肤，他痛心疾首、自责，他内疚，他真的要崩溃了！

我的生命有价值吧？我的生命有意义吗？我的生命只能给自己心爱的人带来伤害，带来无尽困扰。

他觉得自己此生完了，再也没有希望了，应该结束了。

它产生了离开他千恩万爱母亲和兄弟的念头，他觉得他必须离开无私地爱着他，他却会给她带来伤害的王霞。在自我了却一生魔咒的促使下，他看到了院子里的大茅坑，乘着公安人员一时不备纵身就跳了进去。

当他跳入茅坑时，在与茅坑对应的女厕所里正好有两个女孩子上厕所，猛地听到"扑通"一声巨响，吓得俩人同时大叫：

"茅坑里掉东西了，茅坑里掉东西了！来人呐，来人呐！"

人们闻声赶来，一看茅坑里有个东西在动，来人马上又叫了起来："是人，是人！快救，快救！"

有人拿绳子，有人叫人，还有人拿来钩子，有人叫来了一辆平板车，大家七手八脚地将他从茅坑里捞了起来，有人提来了两桶清水，泼在了张家成身上，把臭气去除一下。

看守张家成的公安人员只是出去倒了一杯水，没想到他能跳到臭烘烘的茅坑里去了。人们将他救出来后一摸鼻子还有气，就说："有气！"

"快，把手铐打开。"

"好的！"公安干警拿出钥匙把手铐打开了。

"我马上汇报一下。"公安干警向上级汇报后，得到的指示是马上安排对张家成的施救工作。张家成还是命大，还好，很快就被大家救活了。

张家成跳茅坑事件过了几个月，"反右运动"慢慢地趋于收尾。

一天，来了两个年轻人，同看守张家成的公安人员说了几句话，公安人员朝着张家成说："张家成，出来！上级决定由这两位同志把你押送回原籍，接受改造。"

张家成被这两个人押送着，准确讲是被两个人陪同着回了河西庄村。在村委会见到了李晓轩支书，说：

"您是李支书吧！这是张家成，原籍是河西庄村，在'反右运动'中，他被划为'右派分子'，交由你们管制！"

"请问一下，有关处理他的文件和档案资料呢？"

李晓轩委婉地问了一声来人，那来人说：

"文件资料和档案会邮寄过来的，这不用你们操心。你们的任务就是把他管制好。"他用手指了张家成，又寒暄了几句就走了。

李晓轩让人把大队负责管理治安保卫的副大队长陈强叫来，当着张家成的面照着那两个来人的说法交代了一番，陈强看了一下张家成，说："张家成，把你分归到'五类分子'改造队管理和劳动改造，记住你是'右派分子'。明白吗？""明白。"张家成很老实地回答道。

张家成沮丧地回了家。

老妈一看宝贝儿子回来了，喜出望外，说："儿子，回来路上累了吧？来，娘给你准备好洗漱水，先洗洗，休息会，饭马上就好！"母亲一顿张罗。

张家成没多说什么，"嗯"了一声，他发现妈妈老了，皱褶爬满了面颊，记忆中妈妈漂亮的大眼睛也眯成了缝，她的小脚好似越发小了，使得两脚像踩着高跷一样，不停地在地上移动着，以保持身体的平衡。

此情此景使得张家成心如刀绞，不由自主地潸然泪下……

"虫洞"中常圣桀对张家成的过去很感兴趣。休息了几天，为了预防身体受到伤害，他们采用了做三休二（工作三天休息两天）的作息时间。常圣桀今天当班，他的任务是用紫外分光光度仪、红外分光光度仪和光源测量仪对张家成的辉光进行检测、分析，从而获得张家成的品行、能力还有吃苦耐劳精神的测验参数，来进行辉光的分析。

由张家成身体周围发出的辉光，发现张家成是一个非常复杂的个体，善良和狡诈，诚实和虚伪，能力和脆弱混在一起。

"虫洞"的科技人员必须厘清整体方案设计框架，制订出特定的方案，才能比较准确地对每一个人进行评价。

张家成沉思了一周，想了一周，真正想通了。

他在自己的房间正面墙上，用毛笔写了一幅名言："失败暗藏着胜利的玄机，困难孕育着成功的希望。"用这一句话来自勉。

他遵照大队治保主任的要求，每天出勤上地里劳动。学着社员们那样，吃饭时端着饭去到大槐树下的饭场，和邻居们一起聊天，说笑。

"……话说天下大势，分久必合，合久必分。周末七国分争，并入于秦。及秦灭之后，楚、汉分争，又并入于汉。汉朝自高祖斩白蛇而起义，一统天下，后来光武中兴，传至献帝，遂分为三国……"

张家成就这样不用看书，就能把他要说的书背出来。

"卖字画了，卖字画了！"在河西庄村的年集会上，张家成把自己写的字画拿到集会上叫卖，很快他的字画被抢购一空。

那时候，河西庄村堪称文化之乡，秀才之居。街道布局独特、建筑考究，水系柳影、亭台楼阁、庙宇群立，商号门面古朴典雅、民风善良、生活考究。

在村外的南、北和西方有三个精美的小湖，远远望去，小湖中的水像一条水带，环绕在村子的周围，整个村庄显得动感而典雅。小湖里的水是活水，风吹而碧波荡漾，柳树杨树倒映水中，活脱脱一帘山水画飘落云天。

小湖里，鱼儿在水草中捉迷藏，时不时地跃落水面的声音，同青蛙的叫声与大自然融为一体，戏耍的顽童抱着水中的蒲草歇息。景色幽静如画，不是江南胜似江南。

"虫洞"中的常圣桀，看到了好多年前河西庄村的村容村貌，突然由衷地想起与张家成相处的二三事。

那年夏天，张家成和常圣桀一起在村西小湖里游泳，小湖从东往西大致足足有二百米远的距离。常圣桀从七八岁就在这小湖里玩，有游泳的童子功，而张家成十八九岁才学会了游泳。

"小桀桀，你能游到对岸吗？"

张家成问常圣桀，这是常圣桀和张家成第一次说话，当时常圣桀上五年级。常圣桀说：

"能，你能吗？"

"咱俩比赛一下！"

张家成大常圣桀好多岁，他朝着常圣桀提出挑战。常圣桀马上应战，说：

"开始，走！"

两人同时出发了。其他人一开始不知怎么回事，慢慢都停下来了，先是几个人喊"加油"！后来喊的人多了，"加油！

加油！"的声音响彻小湖。

张家成先是领先一大截，后来慢慢地就落后了，再往后就游不动了，只能站在一旁"呼呼"喘气。常圣桀轻松地游到对岸，又转回头游了回来，游得那么轻松，动作是那么标准。

张家成傻眼了，使劲把常圣桀抱了起来，然后举过头，使劲把常圣桀扔入水中，以此表示亲昵！

"常圣桀，听说你考上县中学了！""是的，昨天接到通知书。"张家成上大学时回来帮母亲做的第一件事就是挑水。他在井台上遇到了常圣桀问道。

"你有《红楼梦》吗？"

"有啊，是不是想看？借给你。"

"谢谢！"

"别谢！借别的不一定有，书嘛，肯定会满足你！"

他们俩的对话，简明扼要，直截了当！

他们的相处，虽然有年龄的差距和阅历的不同，但是，因为都有文化没有影响他们之间的交往、交流和交情。

他们的相处只限于书、笔和字的层面；一个月或半年，偶遇或碰巧；井台上或饭场上。

　　日出又日落，
　　周而又复始；
　　天天如此，
　　岁岁不同。

常圣桀中学毕业，成了返乡知识青年，当了民办老师；张家成大学毕业，被戴上了"右派分子"帽子，变成了人民专政的对象，每天生活在被批判和被斗争的水深火热之中。

太阳该出还是出，该落还是落，日月星辰，斗转星移，不变是暂时的，变化是永恒的。

但愿预期而到的变化能给善良的人带来好运，也给作恶的人一点记号。

第十九回
柳七录运筹大盘　陈宏右技高一筹

柳七录没有高兴几天，他的头疼病又犯了。他想就算像柳彰所说县粮食局仓库不收河西庄村学校的粮食，梁亮他们能善罢甘休？他非常了解梁亮这样的人，只要他认准了要干的事没有他干不成的，他有一种"咬定青山不放松，立根原在破岩中"的精神。

李晓轩与常圣桀他们看来要胜我一筹了，胜就胜在了他们有人才，我这边尽扶持了一个个的土痞子，都是些墙上芦苇不登大雅之堂的蠢货。柳彰倒是一个人才，可惜他在人们心中的形象不怎么样，不可施与大任。

得想法子寻找人才，唉！太难了。能进入视线的柳家人在河西庄村有七八十人，可惜都没有培养前途。

陈宏右突然映入他的眼帘。柳头想柳家和陈家虽然从来不在一个碗里吃饭，但是也从没有真刀明枪干过，两家历来就和常家不对付。再说，陈宏右比柳七录小好多岁，现在又在大队行政班子里，而柳七录是党务口班子的，柳七录觉得可以明压他三分。

柳七录又想，天下没有永远的朋友，也没有永远的敌人，只有利益的共同体。

陈宏右自感处境良好时，常圣桀的回村给了他当头一击，幸好柳头把常圣桀排挤到了学校，这样可以缓兵一时，可不是长久之计。同样，他想到了柳七录，他俩真是：

> 危难之时想朋友，
> 朋友也会伸出手；
> 各为利益共同体，
> 心有灵犀一点通。

各自利益的强大吸引力很快就把柳陈两家的大把式粘在了一块，形成了河西庄村的利益共同体。

农村的冬天，是考验人的意志和练就人抗冻能力的好时机。

早晨的寒冷是一天之中最令人生畏的，热热的土炕，盖着厚厚的被子，一睁眼就看到窗户的玻璃上结了一层冰，白色的薄冰在玻璃上被冻成的各种图案，冰雕玉琢，巧夺天工，好像进入了晶莹剔透的溶洞，令人清爽。

人们钻在热乎乎的被窝欣赏着玻璃上的冰花，怎么也不想爬起来置身于温度零下的房间里，再穿冰冻了一夜的棉裤和棉袄。只有意志坚强的人才能经受住这样天天的考验。

改善居住条件是人心所望。

隆冬时节，为农家人相互串门，盘膝聊天提供了很好的机会。

陈宏右又一次来到了柳头家，人还在院子里就叫了声："录哥，在家吗？"在家，宏右来了！"柳头热情地迎了出来，"稀客，稀客！""什么稀客，前几天我不是来过吗？"陈宏右说。"唉！三日不见当刮目相看嘛！"

他俩一起进屋，坐好。一番客套话后聊天进入了正题。

"宏右，你观察过吗？咱村冬天去世的老年人真多，为什么？"柳七录问陈宏右，陈宏右说：

"冻死了吧！"

柳七录继续说：

"我们能不能为大家改善一下居住条件，避免冬天死这么多的老年人？"柳七录很有想法地提出了这一敏感的问题。

"我也在想这个事，怎么改善居住条件，那就是鼓励社员们盖房子。"

陈宏右说："钱呢？"

柳七录若有所思地减慢了语速，说："钱是可以挣到的，就看有没有人愿意担这个风险。按规定生产队的任务是搞好生产，多打粮。"

他说着转了一下话题："但是，咱们李书记提出'粮瓮子''钱包包'和'菜篮子'工程，提出粮食生产和以副养农一起抓，我们应该向他学习吧！"

陈宏右没有接柳七录的话题，而是伸了伸腰，看了看柳七录的眼睛，然后低着头，眼睛瞅着火炉子里的火，突然转了话题，试探性地问了一句：

"你觉得李晓轩这人的水平如何？"

柳七录听到这一问话，应该是见怪不怪的，因为他现在在河西庄村的领导班子中排位是第二，如果不是李晓轩这匹黑马的出现，他柳七录早摆正了。所以找他办事的人往往说这些讨好他的没用话，他也就当耳边风，吹一吹一走了之。

可今天，这话来自陈宏右，味道就不一般了。因为村行政班子里陈宏右最年轻，也最有前途。柳七录其实心中是有数的，一则陈宏右想拉拢他，再则陈宏右想寻找联盟。于是他直截了当地告诉了陈宏右：

"我觉得他很一般。"

陈宏右马上说："我的评价和您的一样。我们大家都想推您上位。"

柳七录忙说：

"我不行，你行。我们大家都议论咱们班子里最有培养前途的是你，小伙子！"

"录哥，我俩都别弯弯绕了，咱们都打开天窗说亮话吧，今后，咱弟兄俩可不可以拧得像一个人一样？"

"团结一致，肝胆相照，荣辱与共，把河西庄村的事当成咱们自己家的事，办好！

"我们达成共识，推您先上位，我是您的后任，行不？"

七录听了，心想别看这宏右年轻，但确实有思想，他说："这盘棋谋划得不错。想过没有，怎么开局？"

陈宏右说："我们可以策划成三步走，先走第一步，目标是让李晓轩做事，然后嘛走着瞧……"

"这叫欲擒故纵。"

在村"两委"会上，柳七录按照他和陈宏右商量好的部署，提出了提高社员生活水平的建议，他说："首先，提议大队搞一个副业队，把会木匠的社员集中起来，制作衣帽箱子。

"要在制作工艺上下功夫，大家有条件，完全可以做成品牌。然后，把这种手工衣帽箱卖出去，从中获得经济收入，这不就把李书记提出的'钱包包'工程完成了吗？

"赚得钱后，大队成立河西庄村自建房补助基金。谁家建房，就根据若干指标打分，以分数的多少决定资助的金额。"

李晓轩一听很感兴趣，随即派了两个人进行政策和策略可行性调研，结果是正面的，肯定的。

李晓轩做事雷厉风行，说干就干，很快副业队就成立了起来，第一批衣帽箱子就出厂了，并销售一空。

副业队生产运行了一段时间，原材料供应出现了问题。市场上木材严重短缺，无奈，副业队暂时停产了。

"需要专人公关才能拿到购买木材的指标。"

李晓轩找柳七录："这咋办，副业队没有木材了，谁去合适？"

"我想想，一会告诉你。"

柳七录积极地答应了李晓轩，转而找到陈宏右，重复了一遍李晓轩的话，陈宏石胸有成竹地说：

"让柳彰去。"

这个问题是陈宏右早就预料到的。

柳彰去到县城采购木材，很快木材到位，工厂生产又开始了。凭着脸熟柳彰很快采购回了木材原料，可是，工厂天天生产，天天要原料，柳彰需要请客送礼公关。柳彰胆量非常大，送多少礼品？分别给谁？怎么给的？都由他一个人做出决定就办了。

河西庄村生产的衣帽箱在市场上很受欢迎，特别是他们的做工精湛，铆鞘严实，深受消费者信赖。

副业队规模一天天壮大，业务量剧增。

然而，原材料的供应不力，资金的短缺，运行和管理的复杂，人员的无序扩充，就凭几个农民摸着石头过河式的管理能行吗？

稍懂点的人都能看出到处有问题，到处补漏洞，整个副业队像头脱缰的野马没有有能力驾驭的骑手掌控，任由它在旷野中狂奔，这样的企业能活下去才怪了！

李晓轩主持河西庄村发展副业，以副养农，昙花一现，很快就收了摊，不但没有赚到钱反而赔了几十万，副业队结束了它的历史使命。

发展副业产生的后遗症非常大，群众有意见，干部们看笑话。李晓轩肩上好似压了一块磐石，使得他连气都喘不过来。

络绎不绝要账的，钱花了下不了账的白条，还有要工钱的人们，等等琐事搞得李晓轩心力交瘁，只有招架之功无有还手之力。柳七录第一次去陈宏右家，他只知道个大体的方位，他走走，找找，想想，这对于柳七录来说还是有点儿难。多亏是几十年的老邻居，他还是找到了陈家大院里住着的陈宏右家。

说实在的，如果不是因为心情好，他早就不找了。可今天还是乐意找陈宏右的家，有点像《三国演义》中三顾茅庐刘备找孔明的味道。

"宏右在吗？"柳七录轻声地喊着，生怕打扰了别人。实际上他是不愿意让人看到他来找陈宏右。

"在，我一听就知道是录哥大驾光临，欢迎，欢迎！"

陈宏右带柳头在房间里转了一下，介绍了房间布局，坐了下来，每人抿了一口茶，就说开事儿了。

"宏右啊！初战告捷，初战告捷。"柳七录的头感到很轻快，他眯着眼说：

"群众对他们搞副业这件事很有意见，许多后遗症够他们

213

喝一壶的了。"

"后遗症的影响力是持续性的，而且有后效应。今后，只要有什么运动之类的时机就会被翻腾出来，这实际上成了埋在了河西庄村的一颗定时炸弹。很厉害的！"

陈宏右胸有成竹地说，实际上在柳七录面前彰显出了他计谋的成功和厉害。

当然，柳七录对陈宏右的智慧也十分认可。

"下一步我们该如何走？"柳七录有点急，问陈宏右。陈宏右不急不慢地说：

"缓一段时间，我们以逸待劳吧！"又说：

"我们注意着他们的动态，以静制动，借力而为。您说呢？"

"好！就这样定了。"

柳七录满意地点点头说。

他俩在一起又聊了许多许多，柳七录感到和陈宏右聊天很开脑洞，深感他们是英雄所见略同。

陈雅琴和常圣桀有好几天没有见面了。雅琴有好多次猜想常圣桀从家到学校的时间应该走前街，她刻意收拾好家里的琐事，穿上得体的衣服假装着办事走在前街上。这样，来回走过两三次，悬悬而望偶遇常圣桀，然而，每次都扑空。

这一天，她起了个大早，想可否在陈家大院得到一些常圣桀的信息。

"雅琴，起这么早？"

听着就是宏右哥的声音，一扭身子看到陈宏右在院子里，准备往出走的同时和雅琴打个招呼。雅琴赶忙接话说：

"上午挑了两担水，起早了。"

"最近你们的进展顺利吗？"

宏右很关心她和常圣桀的恋情，他很愿意看到雅琴能找着常圣桀这样的小伙和这样的人家。随口就问了一句。现在的雅琴和宏右说她和常圣桀的恋情时，心情同以前不一样了。原来是害羞，不好意思提这个话题；现在她还想主动和宏右提起她和常圣桀的事。她好像有点委屈地说："说不好，我们俩都三天没有见面了。"

"喔！那可不得了了，热恋中的男女三天都没见面，这可不行。哥今天找他去，怎么敢冷淡我妹子？"

"人家可没有冷淡我，你可别瞎说。"陈宏右多聪明，暗想，这戏可成。一是我妹子惦记上常圣桀；二是雅琴的感情天平已经偏向了心中的那个他；三是雅琴有了维护常圣桀的意向。陈宏右暗自高兴，他愿意和常圣桀的同学关系变成同学加亲戚，因为，这是他为自己铺设的另一条道路。

周日，常圣桀拉着一辆借来的平车，车上放着行李、洗漱用品和书籍从前街走过。为了能充分地把时间利用好，他搬到学校去住。他走过前街，是想有机会能遇到雅琴，因为他们俩已有三天没有见面了。

说来也巧，他刚刚走到雅琴家门口，正好雅琴用轮椅推着他父亲出门。常圣桀惊讶地说："大叔，雅琴，这是出去遛弯儿？""是啊！你这是……"

雅琴看到常圣桀拉着辆平车，上面放着行李和书，也很奇怪，急切地问。

常圣桀没有直接回答雅琴的问话，却说：

"这两天忙坏了！为了配合梁代表为学校创收，跑了三次县粮食局仓库，找了好几个同学才把一些有心机的人制造下的麻烦给摆平了。

"还有，你知道吗？教语文课本来工作量就大。一周要判改五十篇作文，每天七篇，每篇用一个小时，一天判改作文需要七个小时。每天除了上课和备课就是判作文。

　　"这不，搬到学校去住，可以省出好多时间。"突然，常圣桀觉得全是自己的话了，感觉不好意思，马上掉过头说："你看，都听我说了。说说你吧！好多天没有见了，好吗？"

　　俩人有相同的感觉，三日不见如隔三秋。

　　雅琴说："搬到学校去住？我帮你吧。""大叔呢？"

　　常圣桀当然愿意雅琴帮忙，可以帮着布置一下房间，又能一起聊天。

　　"我先推着我爸兜一会风，然后推回家。家里有我母亲照料。"

　　"好的。小心点儿！"常圣桀嘱咐雅琴道。

　　学校给常圣桀安排的宿舍位于校园西北角，是一间独立的单间，十多平方米，不大。左侧紧靠校园西围墙，右侧是一间小学部的教室，学生一放学或周日几乎没有人过来，显得十分安静，是个做学问的好地方。

　　常圣桀到了一会，雅琴就赶来了，可能是因为她走得快了些，白白的脸颊泛起了红晕，十分地好看。

　　平车上的物件还没有卸下。雅琴对着常圣桀用商量的口吻说：

　　"平车上的东西先别卸，我们先把房间收拾好了再往进搬，行吗？"

　　"好办法！"常圣桀完全同意。两个人几乎是同时，挽起袖子，一个人用抹布擦拭桌子椅子、床和书架，另一个人用笤帚对全屋子进行清扫。

"这间房子原来是老师办公室，隔壁的教室就是我上一年级时的教室，我们那时候下了课，玩的时候就不敢到这间房子门口，生怕老师把自己叫到办公室。"

雅琴笑着说，她一边麻利地擦着桌子，一边整理着凌乱的办公用品，对着常圣桀说："那时候你像个小洋娃娃，白白净净的。我们都想逗逗你，到你跟前欺负一下，就跑开了。记得吗？"

"记得点，小女孩还那么淘气。"常圣桀微笑着回应道。

"你还记得吗？咱们上司马光砸缸的那一课来吗？那天，我回家真的拿了块石头把我家院子里的鱼缸砸烂了，红色的鱼儿抛撒一地，我抓了好多条鱼，高兴坏了，可就是那一次把我爹气坏了。"

雅琴调皮地说："你喜欢地理吗？"雅琴越说越带劲，接着说："我真喜欢地理，因为我喜欢旅游，上学的时候我就想当一名导游，游遍全国，游遍全世界。"

"桀桀，你喜欢地理吗？"

"喜欢，但我更喜欢历史。"

"为什么？"

"就是想知道人的过去，人是如何战胜自然的，人是如何战胜自己的？"常圣桀说：

"大多数小说是写历史的。你喜欢看小说吗？"

"当然喜欢。"陈雅琴随口回了常圣桀的话，说：

"我看过许许多多的小说，我看见你这里有不少小说，大部分我都看过。

"我喜欢江姐，我喜欢赵一曼，我也喜欢林道静，我还喜欢保尔·柯察金。

"我也看过《红楼梦》《三国演义》，还有……

"哈哈！桀桀，我是不是说得太多了？你说说你的爱好吧。"

雅琴像说评书一样，噼噼啪啪地尽情地说着，常圣桀竟没想到雅琴还是个书迷，宏右从来也没有说过这位堂妹看过这么多的书。

常圣桀爱书也爱喜欢读书的人，但他竟没想到身边站着一位和他是小学同学，又是正谈感情的人是一个书痴。

他很高兴，高兴他俩一定会有共同的话题；他很兴奋，兴奋他俩一定会志同道合；他很激动，激动他俩会有价值观一致的灵魂。

常圣桀深情地看着雅琴，他的情绪在变化着，慢慢地情绪变化攀升到了顶点。他不由得伸出了双臂将陈雅琴紧紧地抱了起来，并深深地吻了雅琴几下。

陈雅琴没有防备，显然很惊讶，可慢慢地，慢慢地变得适应了，最后竟变得俩人相互拥抱，接吻。

他们的爱情之路延续向前，向前……

第二十回
李晓轩力挽窘境　河西庄社员致富

李晓轩采纳了柳七录提出的"发展农业，以副养农"的想法，虽然没有实施成功，但是，他却没有泄气，因为他明白这次失败的原因是缺乏统筹安排，缺乏管理人才。

失败是成功之母，拿钱买教训，值！

他想把常圣桀从学校调回来担任副业队的负责人，重新把副业队搞起来。

他去学校找张校长协商这事。

"张校长在吗？"李晓轩欣然来到了学校，迎面过来一位青年教师，他回话："在校长办公室。"

张校长听到李晓轩书记的声音，马上出了办公室，笑着说："欢迎，欢迎！"说着把李晓轩迎进了校长办公室。

李晓轩和张校长寒暄了几句，就说："我这是无事不登你这三宝殿。今天来，是想和您商量个事。"

"别客气，请讲！"

李晓轩一时不好说出口，吞吞吐吐地说：

"那我就直说了吧。

"现在大队这边工作任务比较繁重，缺人手。特别是缺少人才，请您支持一下！"

"具体要我做什么？"

"把常圣桀调到大队这边来吧！"

李晓轩终于说出来了。

"啊呀！"张校长叫了一声，急忙说，"这个可不行呀，他是我们的台柱子，工作离不开他啊！"

张校长用商量的口气说："抽调其他人吧，都可以去。"

李晓轩一看这情况知道这工作不太好做。想了想，觉得还是从长计议吧。

对河西庄村搞副业这件事，柳七录与李晓轩想法出奇地相似。但是，各自的目的性相差甚远。柳头强烈的紧迫感是：一万年太久，只争朝夕。

这一天，他让他的侄儿柳建成把陈宏右叫到家里来。

"录哥，有什么指示？"

"你说我们下一步该干些什么了？宏右！"柳七录笑吟吟地问道。

"我已想好，就听领导发指示了。"宏右胸有成竹地说。

"给我说说，怎么操作？"七录站起身来，看了看窗外，说了一句，"这一步要稳妥啊！"

陈宏右将他的想法给七录详细地讲了一遍，柳七录频频点头，说："很好！"

他们俩通气后，都焦急地等着机会的到来！

皇天不负有心人。河东庄村的支部副书记带着人，来河西庄村学习当地秧歌的表演，李晓轩让柳七录接待。在李晓轩办公室聊到河东庄搞不搞副业时，柳七录对着河东庄的副支书说："我这里有个副业项目，可以提供给你们。"

河东庄的副支书说："好啊！现在搞副业缺少的就是项目。非常感谢！我联系您。"

河东庄的来人走后，李晓轩很着急地叫柳七录到他的办公室，柳七录一进李晓轩办公室，李晓轩马上问柳七录：

"有何副业项目？怎么不提供给咱河西庄村？"

柳七录推托说："河西庄村上次搞衣帽箱就没有搞好，我觉得自己应该负有责任。"说着还挤出了几滴眼泪，所以他今后就不敢再提项目的事了。

李晓轩"哈哈"一笑，说："上次衣帽箱的事已经过了，我们就不说了。我负主要责任。"

"以后我们要汲取教训，不要再犯就行！"李晓轩说着话题又转了回来：

"你给我说说，你有什么项目？"

"没有。"

"那你怎么说你有项目？"李晓轩一本正经地问。等了一会，柳七录才说："我还想再说一遍，上次搞副业是我提出的，结果我们赔了夫人又折兵。所以，我不敢给咱村提供这种建议了，我怕再搞糟了。"李晓轩是个很阳光的人，他有担当，有牺牲精神。

"七录，别有顾虑。这样吧，你把你的项目情况说一说，让大家了解一下，然后，大家讨论最后票决，这样行吗？"

李晓轩做事果断，决策能力很强，马上把他的意见就说了出来："我们明天下午召开村'两委会'。"

"两委"会上，李晓轩主持，他讲："我们大队成立了副业队，制作衣帽箱，由于我们缺乏管理经验，对资金规模测算不准，等等问题使这个项目停了。而且没有挣到钱，反而赔了不少，现在还以大队的名义给我们的债主打着白条。这都是前进中的困难，我们要汲取教训，但是不能被失败吓倒。

"今天，我们大家再讨论一个项目，都用心听着，然后发表意见。下面让七录书记给大家介绍，好好听，多提意见，最后我们票决。

"好。七录书记你给大家说道说道。"

柳七录没有开场白，他讲的都是干货："一、鼓励具有木匠技能的社员向县工商局注册个体工商户；二、允许社员在不耽误集体劳动的情况下制作衣帽箱；三、自己的产品自己卖，挣的钱除了交国家的税外还得交大队一定比例的费用。"

柳七录最后强调：

"这种副业自负盈亏，自己保证产品质量，自己对自己负责。大队副业队负责对个体工商户的管理。"

李晓轩站起来，高声说："现在大家发表意见。"半天没有一个人说话，李晓轩又问了一句，还是没有人发言，柳七录有点紧张，因为他心里是打着另外的算盘。

"开始投票。"李晓轩喊道。

很快投票表决的结果就出来了，一票弃权，一票反对，十三票赞成。这个议题高票通过。

河西庄村有五百余户人家，其中二百多户人家中至少有一人是木匠，几乎百分之九十的人家都注册了制作衣帽箱的个体工商户。

这就是因为好多年来，无论是集体还是个体，农村一律不准搞副业，包括养鸡卖几个鸡蛋都定性为"资本主义的尾巴"，要被割掉。

这么一放，好似决堤的洪流，奔腾而泻，势不可当。

没几天，全村家家户户都开工制作衣帽箱。

夜幕在喧闹声中降临河西庄村，天色慢慢暗了下来。然而，各家各户千瓦以上的大灯泡争先亮了起来，夜幕越深灯泡越亮，整个村庄的夜晚堪比白昼。远远望去村子的亮光像是红彤彤熊熊烈火正在燃烧，照亮了半个夜空。

随着夜晚的到来，白天的喧闹声慢慢消停下来，转而制作箱子的锤打声，锯子声，刨木材的声音，搅和在了一起，制造出来的嘈杂声把人们震得声嘶耳鸣。

在老槐树下，几位老年人闲聊，他们不满意地说："如果长时间这样下去，我们得尽快到阎王爷那里报到，活在这环境下，挣上金山银山都没用。"

河西庄村开始了全民制造衣帽箱的大战，没几天，成品的箱子就出厂了。销售非常顺利，每家生产的箱子都供不应求。

问题很快就显现出来了，一开始大家制作箱子用的原材料，都是十多年来积存的货，现在批量制作，销路又好，眼看着生产箱子所需的木材快要断供了。

钢筋、水泥和木材是基本建设的三大材料，属于国家统购统销材料，而制作箱子需要大量的木材，购木材必须有指标才行。从哪儿找木材指标呢？谁也说不清楚。

人们想到了柳彰，不约而同地到他家去找。走近他家的大门一看铁将军把门——锁着。有人打听到柳彰已经出门好多天了。柳彰的老婆在相邻县的一个剧团工作，他只身一人在河西庄村，所以，他一人不在全家都不在。

河西庄村一派生机，外地的客商络绎不绝，街道上车水马龙，都是来买箱子的。大人们忙着挣钱，都顾不上管理孩子，放学的儿童们也不用到地里打猪草去了。

孩子们是最高兴的，他们聚在老槐树下，或前街路边空地上玩跳皮筋，口中念着新近流传的童谣唱诀：

三五六，三五七，
三八三九四十一；
种田的，当木工，
要赚钱，刀口箱。

柳建成是河西庄村木匠手艺活数一数二的高手，他每年收徒弟，可以说是徒弟云集，门庭若市。

柳七录按照陈宏右的思路让柳建成做一只箱子的模具，叫"刀口箱子"。饭后，他一边散步，一边去看看"刀口箱子"模具完成的情况。

"建成，让你做的样品做好了吗？"建成一听声音，知道柳叔来了，接住了柳七录的话说：

"做好了，您看！"建成指了一下在地上放着的半只箱子，说，"这就是童谣中唱的'刀口箱'"。

他饶有兴趣地说："刀口箱子的特点是从外表的任何部位看，制作箱子板材的厚度都能达到标准的厚度。

"制作刀口箱的关键点是先制好刀口板材。

"我们用刀口板材制作同样尺寸标准箱子，所要消耗的木材，仅仅是制作标准箱子的一半，即用制作一只箱子的木材可以制成两只箱子，利润翻倍。"

柳建成认真地给柳头介绍："我把制好的样板箱子，人为地弄破了，然后，随便把它扔在一个地方，来个抛砖引玉。

"任何一个木工看到这只样板箱子，都会豁然开朗，没有一个会不学着做的。

"这仅仅是件捅破窗户纸的事，这样，连锁效应就会产生，效果更好。您说呢？"

河西庄村的木工就是"水平高"，一夜之间，"刀口箱"技术顺利得到推广，谁都不知道这种工艺是谁发明的，但都用得驾轻就熟。

常圣桀看到了河西庄村近期所发生的一切，他总觉得有些不对劲，无形中好像有一只看不见的大手在操纵着河西庄村的一切，这只大手时而能感觉到，时而飘逸得无影无踪。

"李支书，各个邻村都对咱们村副业很感兴趣啊！"全公社教师在河西庄村学校集中搞培训，邀请李晓轩出席讲几句话，常圣桀看见李晓轩正进教师办公室，赶过来和李晓轩说。

"不过，有些情况还得提醒提醒，如，产品存不存在欺骗消费者的现象，环境的污染问题，产品存不存在质量问题等等，都应该……"还没等常圣桀说完，李晓轩就岔住了常圣桀说："问题多如牛毛，只能是边干边改，边改边干吧！"李晓轩根本没有向别的地方想。

秋天，天气闷热闷热，没有一丝丝凉风光顾。高粱地里的湿度，温度给高粱蚜虫（俗称油汗）繁育提供了绝佳的温床。

根据多年的经验，正午睡的柳七录猛地想到了老天恩赐予他的机会到了，他估摸着自己可以干一件大事情了！

他一骨碌从床上爬了起来，骑了辆自行车就往种高粱的大田里走去。他下了自行车一头钻进了高粱地，一会手里拿着四五片叮满蚜虫的高粱叶片，麻利地把叶片夹到他的自行车后座上，推着自行车进村了。

他在村子里转了两三圈，口里不时地说着：

"庄稼都起油汗了，全村的干部和社员都做箱子挣钱去了，我们不要庄稼了？饿了饥了吃什么？吃箱子吧！"

柳七录气喘吁吁地走着说着，赢得了许多不满意河西庄村现状的老百姓的赞许声：

"柳书记才是我们的好干部。"

"柳书记关心我们庄稼人！"

今年的高粱长势喜人，看那一株株粗壮的高粱绿油油的叶片，在微风的挑逗下整齐地摇摆着。阳光照在无数的高粱叶面上，仿佛千万面小镜子向人们展示自我的风采。大大的高粱穗像一张张少女的脸，微微泛红给人以青春活力四射的感觉。好一派生机，好一片希望之光展示在了人们的眼前。

然而，高粱蚜虫正在凭借着有利于它快速繁育和生长的条件，在高粱叶的背面悄悄地以惊人的速度倾巢而至，这场灾难与河西庄村人急躁心情和喧闹的制作衣帽箱子的噪声结伴而行。

柳七录说起"油汗"的声音本来就不想大了，恰也似蝇蚊声淹没在了高频率的制箱子的声浪之中。

高粱蚜虫灾暴发了，在人们的意料之外发生了，在某些人的期盼之中来到了。

李晓轩急匆匆地连夜开了"两委"会。"十万火急，我们种植的两千亩地高粱起'油汗'了，我们必须行动起来，连夜洒农药，除虫害，与蚜虫作斗争。各个生产队都要马上行动起来。"

各生产小队发出了紧急动员令，但对于连续夜战了好几夜的社员们来说，太疲劳了，哪来的精力去参加生产队的集体劳动。

陈宏右到大队观察动向，正好看到李晓轩往广播室走去，马上迎上去说："这几天高粱蚜虫繁育得太快了，我们正组织人手扑灭。但是，效果一般。怎么办？"

"大家想办法吧，怎么办？"

李晓轩非常着急地回答。

"我以前见过一种情况，咱们村是否可以借鉴。"

"你说，我们听听！"李晓轩急不可待地说。

"前年，我在我舅舅家，他们村突然饲料着火了，在紧急情况……"李晓轩还没等陈宏右说出那个"下"字，就打断了陈宏右的话，说：

"你直接说用的办法吧。"陈宏右没急，咽了一下唾沫，说：

"借调学校大一些的学生去帮助喷洒农药。不知行不行？"

"好主意！我去找学校去！"

李晓轩马上予以了肯定。转身离开了，朝着学校方向飞快地走去。

"张校长！"李晓轩刚进学校门就叫喊张校长，正好，张校长在学校操场上，听到李晓轩叫他，马上走过来，说：

"有事吗？李书记。"

"是啊！我这次不是登三宝殿来了，是请求您帮忙，支援我们百十个学生。"

"要学生？干什么？"张校长惊讶地问。

李晓轩把几千亩庄稼起了"油汗"的情况说了一遍，显得很着急的样子，把张校长也感染了。他忙说：

"遇到什么困难，我们一起解决，别急，慢慢来！"

他们边说边走，去到了张校长的办公室，坐了下来。张校长重复说了一下：

"河西庄村高粱发生了蚜虫虫灾，情况紧急，需要学生二百人帮忙喷洒农药。是吧？"

"是的！最好是派男同学，男同学体质好。"

"多长时间？"

"两个小时！"张校长问过后，皱着眉头想，这么热的天气，让学生打农药，行吗？危险因素是什么？又想：上次，李书记向他提出要调常圣桀回大队，他拒绝了，这次再拒绝，好吗？这是不是太不给李书记面子了？

张校长很为难，他让一位青年老师到教师办公室把常圣桀叫了过来，常圣桀分分钟便到了，问：

"张校长，找我？"一看李晓轩书记也在，就打了一下招呼：

"李书记，来了？"李晓轩看着常圣桀点了一下头。

张校长把李书记借学生打农药的事给常圣桀说了一遍，常圣桀一听就明白了，说：

"这件事不能做，非常危险，如果有一个学生在打农药时突然中毒了，怎么办？"会惹起社会不安定。

李晓轩马上站了起来，唉！那怎么解决虫害的问题呢？常圣桀陷入了沉思，怎么办？

"有办法了。我在当民工时认识了一位解放军，他是我们的连指导员。我们撤离后，他回到了原部队，被推荐上了农业大学，好像是学习植物保护专业的，我可以联系上他，请他帮助，用生物防治的方法可以解决问题。"

李晓轩松了一口气，对常圣桀说："尽快联系，我们争取把损失降到最低最低。"张校长也补充说："我现在就准你的假，快去想办法联系吧！"

"好的，保证完成任务！"常圣桀寻找他原来的领导，又引出了意想不到的人生财富之缘。

第二十一回
圣桀感悟君子言　家成惨遭夹板罪

常圣桀和赵国庆指导员 8207 工程挥泪一别，很长时间相互没有联系，然而，指导员的音容笑貌深深地铭刻在了他的心扉。

赵国庆年长常圣桀几岁，思想成熟，理想远大，他的爱好也是读书，学识渊博的他待人宽厚，谦虚有度，格局大气，才华出众。

常圣桀不时地回味他们相处的日日夜夜，他没有长兄，也没有对长兄的感性认识，他从赵国庆身上体味到了那种鼓励、赞许和温暖的气息，在赵国庆身上感受到了恰似兄长的力量和温度。

"……常圣桀，我告诉你，我日思夜想的梦想就是上大学，现在已经成为现实了……"

"……我希望，今后我们能在大学校园里相见……"

常圣桀收到过赵国庆刚进入大学校园时的来信，赵国庆信函每每都为常圣桀带来喜悦和信心，带来希望和动力。期盼赵国庆的来信成了常圣桀生活中的一种奢望，一个实现理想的加油站，更像是注入心田的一股暖流。

常圣桀从赵国庆的来信中找到了电话号码，可是全村只有一部电话，在大队广播室，打长途还得到省城。怎么办？常圣桀没有了主意。还是学校的贫下中农代表梁亮说：

"到公社总机上可以打长途电话，我打过。"

"是吗？"

常圣桀焦急地说：

"那还得让李书记出马和公社杨恒路书记说说。"

"没问题，咱们一起往公社去，我和杨书记说，你来打电话。"李晓轩马上答应了下来。

到了公社一切办得很顺利，并且很快联系上了赵国庆，赵国庆已大学毕业留校担任大学教师，告诉了常圣桀防治高粱蚜虫的新方法。在电话里了解了常圣桀的情况，约好赵国庆近期会给常圣桀写来一封信，和他商榷一些事情。

河西庄村用赵国庆提供的方法，没有用多少劳动力和防治费用，很快就把高粱蚜虫给治住了。但是，由于虫情被发现得迟了，高粱的减产是避免不了的。

柳七录的头疼病又犯了。他坐在自己家的客厅喝着龙井茶，但也觉得没有什么绿茶的香味。他在等陈宏右的到来。

"录哥，在享受阳光啊？"

陈宏右一边说一边将已经提到茶几上的一包茶叶打开："您尝尝这个，明前茶，正宗龙井。"

说着用柳头家的茶具沏了一壶他带来的茶。立刻，茶的香味在客厅里飘香四溢，使人精气神豁然提振。

"录哥，应该还有高兴的事啊！"陈宏右看着柳七录说，"我们的前期工作，正按我们的预设路线，有条不紊地进展着。"

"嗨！都被他们识破了吧？"七录有点垂头丧气地说，"第一……"

还没等柳七录往下说，陈宏右就抢过话题，说：

"我们谋划的每一条都启动了，不过有的完整地进行着，如：全村都搞副业；还有高粱蚜虫事件，老百姓都认为柳书记重视农业，是吧！"

宏右专门点出柳头自己采上有高粱蚜虫的叶子，在大街上转悠的事，意思是告诉柳头你做的小动作瞒不了我，呵呵！

柳头听了陈宏右所说，面部突然变得有点儿尴尬，心想这小子真是个人精。

"下一步就是要把这些素材编辑起来，形成一份有事实，有依据的，能上纲能上线的告状材料。"

陈宏右对着柳七录说：

"柳头您把握一下看谁完成这项工程最合适？"

"好，好！"柳七录笑眯眯地说：

"宏右设计得很好，很好！我来找人吧。"

没过多久，汾东县的多个部门以及木古公社的好几个单位收到告状信，告的是河西庄村党支部书记五大罪状：一是欺骗河西庄村广大社员，假装扎根农村，而老婆和孩子的户口却在县城，他是"飞鸽牌"干部，我们不需要；二是盲目发展制衣帽箱副业，给集体经济造成了不可挽回的巨大损失；三是放纵农村个体工商户副业无序发展，把社员引上了轻视种庄稼的邪路，在大面积庄稼出现虫害时无人问津，造成粮食减产；四是搞乱学校教学秩序，允许学校经营粮食，违反国家粮食统购统销政策；五是指派专人搞关系，请客送礼，违法取得购置木料的资格。

河西庄村祸不单行，在不到十天内相继出现了两起盗窃事件。一起是河西庄村供销社在夜间被偷，盗贼用很短的时间把个硕大的供销社的大部分商品全都盗走了，据说丢失的东西价值十多万元；另一起是盗贼乘夜晚时间从一个生产小队仓库盗走了一年生产的棉花，价值多少钱肯定是不会少，关键是棉花是国家统购农产品，市场上不准买卖，可想而知损失的价值该有多大。

两个公安侦破组同时进驻河西庄村，他们拉开架势用现代的侦破设备和手段进行侦查。

在河西庄村，公安人员挨家挨户进行摸排，经过一周的工作，供销社失盗组，结束时带走了七个人；棉花失盗组临走时没有带人。

河西庄村陷入了一片恐慌，衣帽箱制作也停工了，成熟的庄稼也无人收割，农业经济受到了很大的影响。

柳七录兴奋地告诉陈宏右："县农村工作队进村了，一共十五个人。"

"什么时候？"陈宏右惊讶地问道。

"这么快，有好戏看了，瞅着吧！"

工作组进村的当天晚上，就在河西庄村的老爷庙大殿会场召开了全村社员参加的动员大会，在会上工作组组长冯庆瑞进行动员讲话，他说："我们农村社教工作组是县委派来的，由县委直接领导，任务就是要动员全体社员，依靠贫下中农，对河西庄村领导班子和领导干部进行一次教育……

"……特别是对那些账目不清、仓库不清、财物不清、工分不清的干部要毫不留情地揪出来，放在光天化日之下，让群众认识他们，和他们斗争到底，用无产阶级专政工具对他们进行打击……

"……河西庄村'很牛',一夜之间就能被盗贼盗走一个生产队一年生产的棉花……盗贼也太猖狂了吧,他们在河西庄村一定安插有内鬼。我今天在这里宣布,我们一定会破案的,如果破不了这个案子,就把我的姓去掉两点……警告盗贼尽快投案自首,争取宽大处理……

"社员们,河西庄是你们的家乡,是你们祖祖辈辈生活的故土,你们应该站出来维护河西庄的集体利益,揭发'四不清'干部的错误行径,为我们占领农村的阵地而斗争,为搞好农村的社会主义教育运动而努力奋斗!"

会议结束后,工作队要求村"两委"委员留下,冯队长宣布了几条,一是让村"两委"的组成人员自动退出领导班子;二是村里的一切权力归工作队;三是成立河西庄村贫下中农管委会,由柳七录担任组长,协助工作组工作。

柳七录的头疼病好多了。

冯队长在他的办公室第一次和柳七录谈话:"……我就叫您老柳吧!"

"可以,听您的!"柳七录非常殷勤地回话。

"阶级斗争一抓就灵,河西庄村的'地富反坏右'有多少人?我们掌握的是三十六人,是吧?"

"是的!"柳七录赶忙回答。

"今天晚上,召开全村社员批斗大会,我们对'五类分子'进行批斗。我们先把声势营造起来!"冯队长安排说,"安排六个有文化和没有文化的社员发言。有文化的从理论高度批斗'五类分子',没文化的从阶级感情上批斗'五类分子'。

"有困难吗?"

"没有。我马上去办！"柳七录习惯地点点头，说，"冯队长，我安排去了，您忙！"

虽然已经是十一月份了，柳七录从冯庆瑞办公室出来时浑身上下都觉得热热的，后背还冒出了汗，面颊发热，他深深地吸了一口气，自我感受了一下，好像灵魂回来了，才慢慢恢复了平静。

工作队进村才两天，柳七录却感觉他周围的一切和他自我都发生了翻天覆地的变化，这就是人们所说的灵魂深处闹革命，确实是感受不一般。

现在，他几乎每天去的大队部，变得高大而威严了，出入大队大门口时一股自豪感油然而生。

然而，他路过冯队长的办公室门口时，自己竟不敢大步而行，而是蹑手蹑脚地轻轻通过。

工作队队员们都被安排在大队大院里，院子里也显得人员走动得多了。来院子里的每个人身上，都冒出了丝丝的冷汗，紧张感各自有所不同。

柳七录安排晚上被批斗的"五类分子"，他第一个想到的就是张家成，然后又随便选了四个陪斗。在他心中，他对被批斗的对象做了个规划，就是固定被批斗的对象为张家成，其他四人从三十五个"五类分子"中轮流排序。

工作队进村后，生产队的生产没人敢管束，社员们的出勤率很低，劳动效率更低。人们议论的是又给谁贴出大字报了，又有谁被批斗了。

"昨天晚上召开批斗'五类分子'大会，张家成被捆起来了，捆得很紧，疼得'嗷，嗷'直叫'爹呀，妈呀'！"

"为啥捆他？"

"因为他不服气，他还和人家讲道理。"

"那一天，在傍晚的大会上捆了张家成，他跪在地上求饶。"

"把他放开了，他又讲理，又被捆上，他又……直至他不敢再讲道理了……"

人们在田野里，在饭场，在人聚集的地方议论着。

起初，人们对批斗谁，把谁游街了，给谁贴出大字报了都很在意，很敏感，慢慢地对这种事情的发生变得漠然了，无所谓了。

运动一开始，张家成对批斗他，让他悔过不理解，他辩驳，他抗争，他……结果无济于事，引来的却是更严厉的批斗，甚至被捆，被吊打。

他在想，如何办？他在想，他有什么法子？他毫无办法，他也就不想了……反正死猪不怕开水烫，就是这一百多斤，你们喜欢咋折腾就咋折腾吧！

张家成不服输的个性，讲道理、讲规矩的性格给他自己带来了麻烦，带来了痛苦，带来了被折磨。他成了河西庄村的"活靶子"，社员批斗大会的对象是他，"五类分子"批斗会被批的也是他，小学生举行批斗大会被批斗的人还是他。河西庄村的人们开玩笑地说：

"一个人无论你是做了什么好事，总会有人议论，总有人会提出不同意见，唯独批斗张家成就没有一个人持不同意见。"

自此以后，张家成被批斗，被诬陷，被虐待的日子开始了。

张家成的这种处境并不是独立的和孤立的个案，李晓轩靠边站了，整天在家里写检查，晚上参加批斗会和检讨会，写检查的纸有一米高的两摞；常圣桀在学校，课堂教学被停止了，教师们每天写批判稿，到大街上写标语，出黑板报；"五类分子"嘛也是相互批相互斗，你揭发我我批判你，也是鸡犬不宁，争论不休。

柳七录的头完完全全地不疼了。他，来了个独善其身。他成了红人。不，他就是河西的红得发紫的红人。他出身贫农；他上学学习不好，没有念几年书，他说他是大老粗；他还是共产党员，他又是副职的领导，不属于当权派；他自己属于稀缺人物，是工作队依靠的对象。

"老柳，今天我们探讨一个人，就是陈宏右，您说说对他的看法。"今天，冯队长找他来从以上的问话开始了。柳七录感到问得挺突然，但他预测过，他认为这种谈话以后不会少，而且会越来越多，所以他要求自己有问必答，有答必优。

"陈宏右嘛，思想活跃，点子多。人们说得多的是他兄弟姐妹多，相互关系一般，家庭成分是中农。"

冯队长好像对陈宏右不太感兴趣，听了柳七录对陈宏右的介绍没有任何表示，不说话，好像是在想什么，问道：

"李晓轩参加了志愿军，立过功，又志愿回到农村，你们是怎么认为的？"冯队长问道。

"老百姓有多种说法。"柳七录不以为意地说了一句。

"但是不能听百姓的，不能听！"

"可这几年……"柳七录看了看冯队长的表情，没有说下去。

冯队长正期待柳七录往下说，柳七录却停止了。能看得出来，冯队长是想让他把李晓轩的事说出来。

柳七录一狠心就往下慢慢地说了起来。

"社员们对他老婆和孩子们的户口不在河西庄村意见很大，说他是'飞鸽牌'干部；社员们说他盲目发展副业，是为了出风头，搞表面工作，结果耽误了农时，致使粮食大面积减产；说他破坏国家粮食政策，用非法手段套购国家统购物资木材；说他有经济问题等等。"

"好了，讲得很好，很全面。你一个人把你说的整理一下，明天傍晚交给我。

"哦，对了。照你的意见陈宏右这个年轻人不宜重用。是这个意思吧？"冯队长现在很信任柳七录，他以征求意见的口吻和柳七录商量。柳七录"嗯"了一声。

回到家里，柳七录坐在宽敞明亮的客厅，叫一声："老太婆，请给本官来一壶龙井茶。"

"死老头子，别老太婆老太婆地叫，人家才多大，小心把人家叫老了，夜间谁来伺候你。死鬼，茶来了！"

柳七录一直在想，一定要把李晓轩打倒，不让他有翻身的机会；要把陈宏右压得死死的，绝不给他提供任何出头的条件，让他自生自灭。

这一天，是集中火力向李晓轩公开宣战的日子，你看大街上到处是给李晓轩写的大字报，有用快板表述的，有画成漫画的，又有大幅标语，还有摆事实讲道理的文章。文字犀利，语言似刀，把李晓轩批得人不如狗。看了文章的人因为不了解事实而义愤填膺，恨不能把李晓轩千刀万剐了，也不解恨！

"虫洞"中，常圣桀和刘博士看到当年，河西庄村人对待李晓轩的一系列做法，心情非常沉重，过去时间的情节深深地吸引了他们的注意力。

"常主任，您看李晓轩的辉光好像比他过去的厚度增加了，而且密度也大多了，但是颜色变得有些单调。"刘博士提醒常

237

圣桀。

　　常圣桀看到李晓轩被迫害，心中冒起了一股怒火，恨不得回到那个年代同李晓轩站在一起，和工作队理论理论这世间的公理，把柳七录这个两面三刀的坏家伙干的阴谋诡计全部揭穿。

　　"常主任！"刘博士又大声叫了一声常圣桀，常圣桀这才回味起了当时他在河西庄村待的时候，一个北方的小农村竟充满了这样血腥的事件。

　　"看到什么新鲜的画面了？"常圣桀问道，"你们注意了吧，当时，农村的斗争还是非常激烈的。"

　　"看到了，李晓轩的处境真的很惨啊！"刘博士感叹地说。

　　常圣桀接着说："往下看吧，更惨的斗争还在等着他。"

　　是这样的，山雨欲来风满楼的河西庄村处在了混乱之中。

　　今年的西北风来得特别地早，以至人们还没有从秋天的忙碌中回过神来，一夜之间留在田野里的青青嫩草和小小野花被它无情地一扫而光。秋霜给大地盖上了薄薄的一层白纱巾，昨日繁忙收秋和拾秋的欢乐场景全都不见了，取而代之的是一片的凄凉。

　　河西庄村大队的高音喇叭在北风的呼啸中开始广播，声音时隐时现，仔细听才知道今天晚上召开批斗李晓轩社员大会，强调每个家庭至少得派一人参加……

第二十二回
赤胆忠心为家乡　怨我一人又何妨

　　在汾东县派驻河西庄村社教工作组组长冯庆瑞的亲自主持下，经过不到一周紧张的筹备，批斗李晓轩大会召开了。

　　为了营造阶级斗争的激烈性，会场的布置费了些心思，总体氛围就是运用"大鸣、大放、大批判和大字报"即"四大"的形式，揭发"四不清"干部，彰显人民群众痛恨"四不清"干部的心声。

　　会场外，专门开辟出贴大字报的场地，动员社员给李晓轩写大字报和小字报。会场院子四周的院墙上全部贴满了样式各异的大字报。院子中央还拉了几条绳子，上面都挂满了大、小字报。

　　会场的大门上贴着用白纸黑字写着的对联：

　　上联：李晓轩轻视农业一心赚钱复辟资本主义
　　下联：村支书重视副业搞乱河西破坏社会主义
　　横批：打倒李晓轩

　　会场内，主席台正面墙上挂着"批判李晓轩社员大会"条幅。

会场四周的墙上贴满了"打倒李晓轩""李晓轩搞资本主义死路一条""无产阶级专政万岁"的标语。

主席台两侧各站一名全副武装的民兵战士，左侧桌子是批判会上的发言席，右侧的是一男一女两名呼口号引领者的位置。主席台中间是被批斗人和陪斗人站着的地方。

为了把这次批斗会的效果搞好，他们挑选出六名批斗李晓轩的社员，由工作队队员帮助写批判稿，队长冯庆瑞对批判稿分别进行了检查和修改，并让他们进行了"预演"。

参加会议的人数由各个生产小队组织，规定每个小队不能低于一百人。这样的政治运动声势浩大，哪个人都不愿意往枪口上撞。所以，上面让怎么做就怎么做，被通知参加会议的人基本到场，有的人还抱着看热闹的心情自己前来。

批判大会在平时举行社员大会的"大礼堂"召开。

傍晚八时，批斗会正式开始。柳七录代表全体贫下中农主持会议，意味着贫下中农执掌了政权，向资本主义的当权派和"五类分子"开炮。

"批斗大会开始，把'右派分子'张家成押上来！"柳七录使足了劲，用几乎是干吼的声音叫着说。瞬间，两个全副武装的民兵把张家成的两臂往后一拧，使劲将两臂往后上方一推，将被迫弯着腰的张家成押到了主席台中央。主席台右侧领喊口号的一男一女，开始交替带领着群众高喊起了"打倒张家成！右派分子张家成坦白从宽，抗拒从严"的口号。

洪亮的口号声响彻会场和整个大院，荡起了回音。气氛被调动了起来，人们都感觉到被押在主席台上的张家成是个敌人，罪大恶极。

有人高声叫着："给他戴上牌子！"台上的民兵就把已经准

备好的牌子给张家成戴上了。

牌子用广告粉涂成了白色，写着"右派分子张家成"七个黑字，并用红笔在名字上打了个"×"。牌子很重，但用来挂牌子的绳子却很细，被戴上牌子的张家成只能时时用双手托着牌子，要不挂牌子的细绳子会把脖颈儿勒断了。

"下面勒令当权派李晓轩做检查！"柳七录用的声音略微低了一点，因为李晓轩现在还是人民内部矛盾。

李晓轩还是那么精干，步子迈得还是那么轻快那么精神。他走上了主席台，稍作镇定，给群众深深地鞠了一躬。

"河西庄村的父老乡亲们，今天晚上让我在这样的场合，由'右派分子'陪同做检查，让我想到了我在朝鲜参加抗美援朝的战场上被敌人包围时，我们一行五个战士面临一个连的美军，在生死关头都想的是如何杀敌，如何保护自己的战友。今天的我面对的是我的父老乡亲，我很感慨，很无奈……

"……我在工作中有错误，我接受批评教育……我就河西庄村的农业发展，经济建设和改善群众生活，提出过见解，这些肯定有不周到的地方，甚至给集体经济造成了损害，我都承认，……班子做的错误决定我应该承担主要责任，我给河西庄村人道歉……

"我在支书这个岗位上，工作了这么多年，也熟悉了河西庄村的方方面面，可以说我已经交了许多'学费'。

"如果组织上还信任我，社员们还需要我，我将会在这个岗位上努力工作，倍加珍惜这一为人民服务的机会！

"我向全河西庄村父老乡亲承诺，给我五年时间，我一定会还河西庄村社员满瓮子的粮食，鼓鼓囊囊的钱包，满满当当的菜篮子……"

李晓轩检讨完后，在场的人都随着他的讲话节奏热烈鼓掌叫好。

接着六个人针对李晓轩进行了批判，批判的内容就是大字报上写的：重副业轻农业，盲目搞副业使集体经济受到了严重损失，没有真正和农民融为一体打成一片，是个"飞鸽牌"干部，作风独断专行，听不得群众意见……

这次批判大会起初搞得轰轰烈烈，后面就变成了为李晓轩表功助兴，批判却偃旗息鼓了。

张改英把孩子们安顿得都睡下了，看看桌子上的马蹄钟，十点半刚过了，她想给孩子缝一缝纽扣，但是，怎么也纫不上针。她心里像乱麻似的安静不下来。李晓轩是七点半被叫走的，三个小时了，他们会把他怎么样？训他？斗他？还会打他吗？

他们结婚这么多年，有了三个孩子，也算是老夫老妻了，他们之间相濡以沫，互敬互爱。从来没有拌过嘴，红过脸。她爱他，是因为她跟着他踏实、放心、温暖。

他深深地爱着这个家，爱着她，爱着他们的孩子。

虽然他把全部聪明才智无私地献给了河西庄和河西庄的老百姓，但是，他对这个家的爱丝毫都没有打折扣。

他是她的天，他是她的精神支柱，他是她的一切。

张改英看了时钟，十一点半了，李晓轩还没有回来。她看着时钟，心不知放在哪儿才能平静下来？渐渐地想起了他们一起到公社领结婚证时的那天。

她记得很清楚，是在初夏。那天，天气温和，阳光怡人。李晓轩骑车到了她家。一进院子，母亲就从窗户上看到了，就和父亲说：

"你看，晓轩来了，他们说好今天去领证。这小伙子，真精干！走起路来……"还没等母亲的话落地，父亲就接上说：

"还是从部队下来的好，有气质，有男子汉的样儿！"

"伯父、伯母，你们好！"

"都好。晓轩来了！改英，晓轩来了！"

改英从屋子里出来，和李晓轩打了招呼，就忙着给沏茶去了。

李晓轩在院子里的石凳上坐下，和两位老人聊了一会，喝了几口改英端上的茶水。

改英出了屋子，对父母说："爸妈，我们去公社了！"

"好，一会回来了，咱们一起喝杯喜酒，庆贺一下吧！"父亲看着他们笑眯眯地说。

李晓轩征求改英的意见："咱们步行去，行吗？"改英丝毫没有犹豫，爽快地答应："你说咋就咋，我都愿意！"于是，两个人步行着往公社走去，这里离公社仅仅一公里半。

他俩刚出村，只听得改英"哎哟"叫了一声。

"呀！不好了，鞋跟掉了，把脚也崴了。"

"哎呀！走不了啦！"

晓轩急忙弯下腰，仔细一看改英脚一旁的皮肤红了，她试图走几步，可脚脖子疼得着不了地。

"怎么办？"改英沮丧地望着李晓轩问道。

李晓轩毫不犹豫地说："没事，别急，走！我背着你去。"

改英说："别，别！可别！别人看了影响不好。"还没等改英的话说完，他早把改英的鞋子拿了起来，另一只手拽着改英的一只手，一使劲就把改英背在了他的背上。

不到一千五百米，来回三千米，李晓轩没费多大力气就背着改英"被动地"把婚结了。幸亏那天没人看见，也幸亏那个时候李晓轩还不是干部。

结婚这么多年了，张改英每每想到此事就甜蜜地自我窃喜，心里甜甜的。

"当！"时钟在零点半敲了一声，李晓轩还没到家。张改英真急了，她几次想出去找人，但一瞅熟睡的三个孩子，就没得了办法。她只能在家里一圈圈地走啊走！时间过得真慢。她一分钟一分钟地往下熬着，盼着，盼着自家院子的门有响动的声音。

"吱呀！"门响了。是晓轩回来了，因为改英听到了熟悉的声音，李晓轩的脚步声。

"还没有睡？改英。"晓轩进了家，轻声说，"不早了，你快睡吧！我洗一洗就来！"

"怎么样？他们怎么样你了没有？饿了吧？给你留着吃的，我给热热，马上就好。"

李晓轩一边洗漱一边说："你这么一说，我倒还真是觉得有点饿了。吃个窝头就好了！"张改英拿出一个玉米面窝头，用刀在案板上切成片，放到铁鏊子上热了会，递给晓轩：

"快吃吧。别饿着。身体要紧！"

"真香！好吃！要是河西庄村的每个人都能管饱吃上这样的玉米面窝窝头就好了。"李晓轩说着，又想起了河西庄村怎么才能早日将"粮瓮子"工程完成……

冯庆瑞因为昨天晚上的会没有得到预期效果，很丢面子，非常地恼怒。

他思考了很久很久，连第二天的中午饭都没有吃，一直在抽烟，在思考……

昨天，李晓轩在会上，认真地听了六个人的批判发言，觉得有些批得很对，所以他欣然接受。

他经过血与火的考验和生与死的洗礼，加之他心底无私天地宽。

自己的思想准备是向最坏处着想，往最好处努力。

因此，他努力把检查写得深刻些，他愿意把班子的错误全部由自己承担下来。

中午，冯庆瑞也没有午休，这成了他多年的生活习惯了，有事就不午休，而是在办公室周围溜达。他还在想昨晚批斗李晓轩大会为什么不成功，问题出在哪里？

"冯队长，中午好？"柳七录热情地打了个招呼，说，"冯队长，我有事想向您汇报一下。"

"好啊！我正好也要找你。"冯庆瑞说：

"走，到我办公室吧！"冯队长没有直接从昨天的批判会说起，而是问柳七录：

"我问你一个问题，不知道你能不能回答上来？"

"我试试吧！"柳七录说。冯庆瑞一本正经地问道："当年，汉朝的大将韩信谋反是如何被吕后用计策杀死的？"

柳七录一听，心里很高兴，说："是吕后和萧何把韩信骗入皇宫诱杀的。"

冯队长马上纠正说："不是骗进宫去的，是设计把他诱入宫的。"柳七录根本不知道冯庆瑞问他这些的目的是什么，只知道阿谀奉承。

"韩信是我国历史上的一代名将，为刘邦统治集团建立汉朝立下了汗马功劳。刘邦为了表彰他的功勋，赐予他见天不死，见地不死，见文武大臣不死的殊荣。"

冯队长给柳七录津津有味地讲："韩信权力和势力越来越大，连皇帝都瞧不起了，刘邦确信韩信是要谋反。但是，由于韩信被刘邦封了许许多多的特别赦免，用正常的法律根本杀不了韩信，刘邦为此事很伤脑筋。

"后来就把这个任务交给不识字的吕后，吕后把复杂问题简单化处理，抓住一个重点，目标很明确，只要杀死韩信什么法子都可以用。

"后来吕后设计把韩信诱入皇宫，轻而易举地就将韩信杀死了。"

冯队长若有所思地说："我们是不是应该向吕后学习，批斗李晓轩要抓主要矛盾，就是抓住他犯的一两个错误狠批，把他的嚣张气焰打下去。"

"冯队长高明，我们就用吕后杀韩信的办法对付李晓轩。"柳七录对冯队长大加赞赏，并且想找出近几年李晓轩工作中存在着那些大的失误。想来想去找不到李晓轩的错误，柳七录抓耳挠腮地想啊想！

还是冯队长有办法，他说："过几天，我们再组织一次批斗李晓轩大会，但是，要和昨天的有所区别，让他进行批评和自我批评，然后我们从中找到他自己对自己不满意的事实，我们可以伺机而动。"

李晓轩接到工作组的通知：后天召开第二次批判李晓轩社员大会，要求李晓轩以批评和自我批评的方式准备发言稿。强调要着重讲上一次没有讲出来的所犯错误。

这一次批判会参加的人员减少得不足一百人，要求参会的人员每人给李晓轩提一条意见，相互不能重复。

批判会于晚上八点开始。李晓轩先做自我批评："……我的最大错误就是没有带领河西庄村人走社会主义道路，是往资本主义路上走，……背离了社会主义，……辜负了党和人民的希望……使党在农村的政策没有得到贯彻执行，……我应该被批判，被打倒……"

李晓轩做完检查后，群众进行批判，大家都踊跃发言。大家都知道，发言的内容都是在大字报上说到的，把大字报上写的说完了就没有说的了。

"李书记，不，李晓轩，你交代，大队鼓励社员们制作衣帽箱子，后来没有木材供应了，你就让柳彰到县里跑木材指标，你要交代通过柳彰送出去多少礼？这些礼品送给谁了？你要老实交代！"

"李晓轩，我来给你提，你家多吃多占了河西庄村多少粮食？你家多吃多占了我们河西庄村多少蔬菜多少瓜果？"

"李晓轩，你要老实交代，你给你的亲戚记的工分多记了多少？你要老实交代！"

"李晓轩，我们生产队的棉花丢了是不是你和盗贼合伙盗走的？你要坦白！"

"李晓轩，今年，大队的高粱起了'油汗'，是不是你玩忽职守造成的？"

"李晓轩，你是个狗日的，你妈的个×××！"后面的人实在没有提的了，竟破口大骂起来了。

"李晓轩，你小时候偷人家的红薯，有没有？"越提越没有提的了，有的人胡说八道开了。

冯庆瑞生怕又骂出什么难听的话来，他们的脸上也无光，就悄悄地示意柳七录结束会议，但柳七录理解不了冯队长的意思，继续着他的主持。

……

一百多号参会者都要提问，不能重复，后面提问的人实在没问题可提了，主持会议的柳七录还在鼓动："现在已经有八十七个人提了问题，提得很尖锐，代表了河西庄村群众的利益，说出了贫下中农的心声，很好！

"继续提，我们就是要把河西庄村阶级斗争问题的盖子揭开，把'地富反坏右'和'四不清'的干部打倒在地，再踩上一只脚，让他们永世不得翻身。"

冯庆瑞对柳七录渐渐地失掉了信心，觉得他太没脑子了。眼看着群众实在是没有提的了，结束会议就行了，反而逼着不识字的人瞎骂大街，真丢人。

柳七录两只眼睛都红了，身子骨更瘦了，他的个头好像高了，真如老百姓描述他像一枝"麻秆"，一碰就散架。

李晓轩在主席台站了整整四个半小时，可他依然直直地挺着胸，身板硬硬的，彰显着军人的气质和男人的魅力。

批斗会开到零点才结束。

这样的批斗会才刚刚开始，随着运动的深入，更大的考验，更残酷无情的斗争在等着李晓轩和张家成。

"虫洞"中的刘博士带着好奇的心情看着河西庄村批斗李晓轩的一幕一幕，他觉得他好像观看卡通童话故事片。他问常圣桀："常教授，这些事件是真的吗？""当然是真的，是确确实实发生过的真人真事，一点也错不了。"常圣桀用很肯定的语气回答刘博士，并说："所有的画面都是真的，这种情况不用讨论。我们要讨论的是这些人在那个时候的心理活动和辉光有没有关联？

"所以，我们重点观察柳七录、李晓轩和冯庆瑞的辉光变化规律，好吗？"

第二十三回
李晓轩惨遭折磨　村支书沦为"敌人"

第二次批斗会还是不成功。因此，工作队又给李晓轩撒下了网，操控这张网的冯庆瑞和柳七录盯着大网，情不自禁地念叨着："网撒得再大一点，快，收网！"

李晓轩抱着"惩前毖后，治病救人"的信念，用批评和自我批评的方法，对群众给自己提出的意见和自己所犯错误，做着深刻的反思和检查，尽量提高到"斗私批修"的高度去认识，去检讨，争取能得到群众的理解，工作组的认可。

他对每一次批判他的群众大会都很重视，认真诚恳地写检讨书，并天天听中央人民广播电台有关这次教育运动的政策和各地的新闻动态，了解中央要求的精神，每天的《人民日报》是必看的。然而，从第二次批斗会后，大队的报纸就不让他看了。

第三次批斗会很快就举行了，这次会议的主持人换成了冯庆瑞队长，参加的人数由原来的一百余人缩减为五十人。

"李晓轩，鉴于你上两次的表现，经县社教工作团批准，责令你重点交代问题。你要清醒头脑，认识你的所作所为是什么性质？老老实实一件件交代清楚，听到了吗？"冯队长说话的声音不大，但是清清楚楚，一个字一个字咬得利利索索，语气中带着威严，不容辩驳。

"由柳七录提问。"冯队长用眼睛盯着柳七录，轻轻说了一声。柳七录站起来声量很大地问：

"李晓轩，生产小队的棉花丢失了，你为什么不着急？不报案？"

"我很着急，但确实是没有表现出来。那是因为我经历过许许多多事件，有流血的，有流汗的。"

"李晓轩，你又在标榜你自己？"

"李晓轩，群众你一言我一句地抢着向你提问，问题很严重，你为什么就不能听听群众对你的意见……"

柳建成问："你鼓励河西庄村的木匠用'刀口箱'欺骗买箱子的人，你说为什么？"

"李晓轩你让我们制作衣帽箱，可后来市场搞得乱七八糟，我们的箱子卖不出去，让我们赔了个精光。你居心何在？"

冯庆瑞严肃地说："以上给你提出三个问题，一是生产队棉花被盗，主谋是谁？二是支持制作'刀口箱'，欺骗消费者，该当何罪？三是搞副业给集体经济造成重大损失，你罪责难逃，你老实交代谁指使的你？"

整个提问虽然很尖锐，但是，李晓轩都认真地进行了回答，然而，没有一个问题答得使大家满意，与会的人一致认为李晓轩态度不端正，回答问题避重就轻。建议上级严肃处理。

为了打击李晓轩的"嚣张气焰"，工作队和贫下中农协会给县社教运动工作团联合汇报了李晓轩在运动中的表现，建议撤销他木古公社党委常委、委员的职务，免去河西庄村党支部书记的职务。

这一报告很快就获得了同意的批复。

得到批复后，工作组决定马上召开全体社员批斗李晓轩大会，会标是"全体社员批斗资本主义当权派李晓轩大会"，由队长冯庆瑞主持，第一项就是宣布免除李晓轩木古公社党委常委、委员职务，免除李晓轩河西庄村党支部书记职务。接着就是呼口号，"打倒李晓轩""把李晓轩驱逐出党"的口号声响成一片。

李晓轩听到这个决定，像突然一盆冷水从头上浇了下来，全身打了一个寒战，站着的身体险些跌倒。他使足全身的劲坚持，坚持！努力不让自己跌倒。这一巨大的袭击使他的身心受到了极大的打击。但是，也就在这一瞬间他清醒了，感觉到了这是一场有预谋的政治迫害，他使自己冷静下来……

其实，今天的这一状况李晓轩是有预料的，只是没想到来得这么快。

他仍然直直地站在主席台中央，面无表情地听完批斗大会对他的批判。

柳七录好像吃上了鸦片，体会到了"人逢喜事精神爽"的感觉，不知怎么回事？每天早早地起床，迟迟地上床也没有累的感觉，更何况很长时间他的头都没有疼过了。他闲暇之余想起这一次的运动为什么进行得这么符合自己的预期呢？他柳七录对天发誓，他没有过分地害李晓轩。

柳七录一边思考一边自言自语地说："真的是很蹊跷，李晓轩被免职，我想过，做梦也想，可现在事实摆在面前了，心里却打起了鼓点，这不是在做梦吧？"

他拧了一下自己的大腿，发现有疼痛感，确认不是在梦里。又想："好像有一只无形的手在指挥着工作队和贫协会。这是谁？工作队冯庆瑞？可他同李晓轩素不相干，没有仇和恨，可是他下手为什么这么重？县里？公社？以前从来也没听李晓轩说过与某某人有过过节？真是太奇怪了，奇怪得让人还有点害怕！"

　　和李晓轩打交道也有好几个年头了，说心里话，这个人总体上是不错的，就是性子急了点儿。说他是反社会主义，我觉得不会，他为什么要反？他自己参过军，流过血，他又是共产党员，他就是共产党，他自己反自己？

　　究竟为什么把李晓轩批成这个样子，是谁把他搞成现在这个样子的？

　　柳七录不晓得所以然，就这样盲目地跟着工作队走吧，不会有错！

　　李晓轩在想：是我犯错误了吗？我有错，我承认，组织处分我，我接受。可我还没有到无可救药的地步啊？

　　有人想整我吗？柳七录，不会吧！他也没有这么大的本事来害我！那还有谁？……

　　他想，想了很久，突然，眼前出现了个影子，慢慢地清晰了起来，是他，应该是他，噢，就是他……

　　冯庆瑞这次带领工作队到农村，是他仕途中的重要站点，工作队的组成上属高大上与接地气相辅相成，有四名大学生，四名借调干部，大学生都是出类拔萃的人才，借调干部是农村有些文化的青年。大家都抱着同样的希望聚集到河西庄村，为得到目的而努力工作。

　　"同志们，我们大家有缘分聚到一起，我们都应该珍惜，如何珍惜，各家有各家的说法。我的想法是脚踏实地干，不负韶华，希望大家从这里起飞，我愿意当好你们的助推器。"冯庆瑞在工作队全体会议上给全体队员说，"目的当然只有一个就是：跟我好好干，我会考虑你们的利益的。"

开除李晓轩党籍的消息在河西庄村引起了很大的反响。有一些党员提出质疑，有一些群众冷嘲热讽地撑工作队的同志。

常圣桀和赵婕找到冯庆瑞提出意见问："冯队长，开除李晓轩党籍的事，我们为什么不知道？依照党章规定，开除党员党籍要召开支部大会，到会党员需要投票表决，同意者超过半数以上才能上报啊！请给我们个解释。"

"这个嘛，是工作团做出的决定，我们仅仅负责执行。你们有意见可以通过我们向上级反映，或者你们直接去上级部门告状。但是，你们不能干扰我们搞运动，否则，引起的后果你们自负。"冯庆瑞很严肃地给了他们回答。

"你们这是拉大旗作虎皮，吓唬老百姓。你们工作队是辅助和指导生产大队搞运动搞生产的，你们都搞不清你们该干什么，你们能干得了什么？让我们向上级反映，这不用你们说，我们一定会反映的。但我们向你们提出的问题，你们有责任给我们一个满意的答复。"

工作队看到了群众的情绪，但是，无产阶级专政的强大威力给予了他们信心和豪气，他们认为他们代表的是正义的一方，他们什么都不怕，他们有"舍得一身剐，敢把皇帝拉下马"的勇气。

李晓轩看到把他开除党籍的通知书时，这个年过三十血气方刚的七尺男儿，竟然没说一句话，沉默了很长时间后，突然号啕大哭了起来。

他的压力太大了，每天站在众人面前，承受着侮辱性的语言，挑衅的做派和子虚乌有的事实对自己的挑战。

令人窒息，没有尊严，没有自由。李晓轩的党籍是具有特殊意义的，是他用生命换来的，是他的信仰的标志，是他的政治生命和灵魂。

第六次批斗大会，工作组把参会人数控制到一百个人以下，参加会议的人都是他们遴选的。

这一次批斗和以前的批斗截然不同，李晓轩被戴上了"资产阶级当权派李晓轩""坏分子"的牌子。这次李晓轩的态度有了变化，变得强硬了。

工作队要求以生产小队对李晓轩及其他"五类分子"实行连续批斗，采用车轮战，戴纸帽子，身上贴纸条。用毛笔在脸上胡写乱画。有的赖皮专门往人身上泼大粪，捆、绑、吊和体罚都用上了。

李晓轩尝尽了非人的摧残和残忍的践踏，身体一天天垮了下来。

冯庆瑞队长每天还是坐卧不安，有人给他记着，在工作队进驻河西庄村第一次全体社员会议上他讲话时说："社员们、同志们，你们告诉盗棉花贼，我冯庆瑞没有破不了的案子。临走时如果我还破不了这个盗棉花案子，你们就把我的冯字去掉两点，叫我马庆瑞。"

这场运动结束时，李晓轩被打成了"坏分子"，戴上了"坏分子"的帽子。工作队撤了！冯庆瑞走在街上，远处传来了：

"老马，慢走"的讥笑声。

河西庄村党支部书记的位置又出现了空缺，柳七录想，这一次他担任支部书记应该是铁板钉钉的事了。

"柳书记，提前祝贺一下吧，图个好彩头，咱们几个人先聚一聚，怎么样？"柳彰提议说。"不怎么样！你是想把我搁在火上烤，是不是？"柳七录坚持不搞这样的花架子。柳彰不好意思地说："我的哥呀，本小弟其实就是想喝点酒。"

"一会咱兄弟俩在家喝，好吗？"柳七录高兴，柳彰说什么，提出什么要求他都愿意答应。

陈宏右坐在家里，说不高兴吧？感觉好像没有不高兴，可想想也没有让他高兴的事。

李晓轩的结局让他高兴不起来，因为他看到了李晓轩的结局，一想到这些他就不寒而栗。但是，他究竟还是很年轻，不由得思绪又回到了现实。他想：谁当村支书？肯定是柳七录，他一定当仁不让！柳七录的人品，他的水平！让人实在不敢苟同。唉！有什么法子呢？

"全体社员注意了，今天晚上八点钟，召开全体社员大会，要准时参加！"

柳七录听到了广播，他自言自语地问自己："谁通知让广播的？我怎么就不知道？"一股不祥之兆的预感豁然在脑海中掠过。"是不是要宣布班子了？不可能吧？这些天也没有人找我谈话啊！外派支部书记？也没有一丝丝风声啊！"

时间很快就八点了，柳七录揣着不安的心情，往大队疾走。路上没有人和他打招呼。

他径直走进了会场。

看到杨恒路书记已经到场，跟随着几个公社干部。他一一打了个招呼，自己在想，他是主人，要主动关照一下客人。让他奇怪的是王万佳好像早来了，是他在这里张罗。这一位支委从来没有主动招呼过人，怎么今天太阳从西边出来了？

　　"准备开会，请领导们就座。"杨书记说。杨恒路书记第一个坐在了最中间的位置，公社一位管组织的干部严柳坐在了杨书记的左手，王万佳自己坐在了杨书记的右侧。

　　柳七录一下子明白了，又一匹黑马王万佳将横空出世。但是，可怜的柳七录还在幻想，按常规我柳七录担任支书也不能由我自己主持会议吧！是不是让王万佳主持会议，公社管组织的干部宣布干部任免文件，然后，自己上台做表态发言。

　　得！我现在还是尽快打个腹稿，不过，人称演说家的他在这样的场合做这样的一个发言，真是小菜一碟，何况，为了做这一发言他已经准备了好多年了。想到此处，他又恢复了精神，表现出很淡定的样子，坐在前排等待接受任命。

　　"现在开会。"杨书记说话了，"我们河西庄村领导班子的情况大家都知道，今天，我们来宣布新河西庄村党支部书记的任命，首先请公社分管组织的严柳宣布公社党委关于河西庄村党支部书记的任命。"

　　严柳代表公社党委宣布中共木古公社党委文件：

　　中共河西庄村党支部：

　　河西庄村大队委员会：

　　　　根据河西庄村党支部及河西庄的情况，木古公社党委在充分酝酿和综合考虑后，慎重决定：

王万佳，任木古公社中国共产党河西庄村党支部书记。

特此通知

下面由新任党支部书记王万佳做表态发言。

王万佳从衣兜里拿出了一张写满字的稿子，从容不迫地念了起来。因为，王万佳虽然担任党支部委员很多年，社员们也说王万佳有能力，人缘不错，可担任村里的一把手，人们觉得还是不了解，所以，会场静悄悄地，群众都竖着耳朵听。

"各位领导，河西庄村的父老乡亲们：

"今天，有幸能在这里表态，是要感谢党组织对我的信任，同时感谢领导对我的认可，感谢社员们的支持。

"我表态如下：一是忠于党，贯彻和落实党和国家在农村的方针和政策；二是关心群众，把社员看作自己的衣食父母，时时事事把他们放在心上，想他们所想，思他们所思；三是努力工作，把全部精力投入河西庄村的工作，做出成绩，为实现河西庄村的远大蓝图而努力奋斗！"

杨恒路作了篇幅不长的简要发言。他说：

"社员同志们：最近一些天，河西庄村发生了一些令人失望的事，不过很快就过去了。今天，新班子上任了，我希望王万佳同志能放眼世界登高望远，把河西庄村的事办好；再就是要树立先天下之忧而忧，后天下之乐而乐境界；最后要求班子里的成员相互团结，共同进步。"

柳七录又一次半天云里扭秧歌——空欢喜一场。但是，他毕竟是"老官场"，还是有强大的自我调节能力的，在别人的眼里他为王万佳担任一把手表示了真诚的祝贺，自己没当上也无所谓。

散会后，在回家的路上，柳七录和陈宏右不约而同地在陈宏右家门口相遇了。

"蹊跷的结果，诡异的黑马。"陈宏右朝着柳七录说，"进来坐坐吧！"

"好的！"柳七录点了点头，就进了陈家大院子。

两人在陈宏右家里坐定以后，进行了长时间的聊天，人们不知道聊了些什么，但他们俩的关系因为今天事情的发生而越处越近，他们需要抱团取暖。

李晓轩被彻底打倒了。他唯一感到舒心和安全的地方就是家里，唯一的聊天对象就是他的老婆张改英。

"人生道路谁能保证没有曲折，没有坎坷？"改英慢声细语地和李晓轩聊着家常：

"咱们俩的担子不轻啊，三个孩子需要抚养。两个女儿马上就要上学了。需要交学费，书费。"

"咱先不说这些。"

"你看出来了吧！我们的二姑娘有幽默基因，她经常说一句逗人的话，引着大家哄堂大笑，自己却一点也没有笑意，真有意思！"

第二十四回
看校园风平浪静 "民转公"暗流涌动

"作文开好头,高分在招手""万事开头难,作文开头难上难"。常圣桀一边批改着同学们的作文,一边想,是啊!要想写好一篇漂亮的作文开头真的是很难的,作文的开头就像人生的起步一样,太重要了。

"我的父亲",常圣桀在黑板上写下了四个大大的字,说:"同学们,咱们今天的作文题目是'我的父亲',但是,咱们不写全文,仅写第一段,就是这篇文章的开头。"

"大家都知道'作文开头难,难于上青天!'我们当学生的就是要难中练兵,知难而上。"

"常老师,有时间吗?"常圣桀刚下课,听到任希民老师和他打招呼,他回答说:"有!"

"我们聊一聊吧!"任老师很严肃地和他说:

"到你的寝室,可以吗?"

"可以,走吧!"常圣桀放下手中的粉笔和教科书说。

"最近,对象谈得如何?"任老师以大哥哥的口吻问常圣桀,常圣桀有点不好意思地说:

"还行吧！"

"陈雅琴这姑娘长得挺漂亮，如果没什么就定下来吧！"

"任老师，你找我就是谈这个问题？"常圣桀笑着说。

"不是，这不是关心你嘛！"任老师说，"我和你谈什么，你不一定能猜到。"

任希民叹了一口气说："昨天，新上任的支部书记找张校长和我一起谈话，说我们学校教学跟不上形势，教的内容是只专不红。还说七年级的语文课，只教写作技巧，不注重政治。"

"我们是按教学大纲教的啊！"常圣桀振振有词地说。任希民解释道：

"我和张校长都是这么说的：'教学有教学的标准、规矩和要求'……"

"可人家就是听不进去。"任希民又转了一个话题，说：

"听说最近，全县要搞民办教师转公办的工作，大队的意见还是很重要的，我的意思你明白吗？"

……

任老师和常圣桀谈话后没有过多长时间，民办教师转公办教师的工作就布置了下来。

"民转公"，这项工作是自从设立民办教师以来的第一次，因为民办教师的数量特别多，有机会转为公办教师的数量特别少，最多不超过十分之一的民办教师，才可能遇到这一机会。

为了把这项工作做好，县里采用下达指标的办法，指标由公社统一控制。

河西庄村学校有二十名民办教师，最多能有两名'民转公'的指标。

竞争的激烈程度是可想而知了。

常圣桀的条件具有很大的优势。赵婕老师是校领导，而且，上级有指示，校领导中的民办教师在本次"民转公"时优先考虑。还有几名教师的工龄很长，对"民转公"的要求显著强烈。

"这次'民转公'意义非常大，人们的关注度很高，公正是最重要的，采用什么办法大家可以提议。这项工作做好了可以提高大家工作的积极性，如果做不好会给以后的工作带来诸多麻烦。"

张银彪校长在传达县里文件精神时说了这番话，并鼓励大家说今后还要搞，形成常态。

"张校长，我可以进去吗？"常圣桀用手轻轻叩了校长室的门，然后问道。

"请进！哦，是圣桀老师！请坐下。有事吗？"张校长盯着常圣桀问道。常圣桀在张校长办公桌的旁边坐了下来，说："张校长，我想就'民转公'的事和您谈谈我的情况。""可以啊！你说说看。"张校长说话语速比较快，他心想常圣桀这小伙子工作很踏实，几乎年年被评为优秀，说明他的群众关系不错，这次"民转公"没有问题。

常圣桀说："我想放弃今年'民转公'的资格。也就是说今年的'民转公'我不参加了。"

"为什么？"张校长惊讶地问道。他接着说："名额确实有限，需要转的人也很多，竞争肯定会很激烈。你该不是打退堂鼓了吧？"

"不是的。是觉得把机会留给大家好一些。"常圣桀微笑着很轻松地说。

"那你是不是不愿意在这里当教师，想有个机会'飞'走啊？"

"真不是，张校长。"常圣桀认真地解释道。

张校长认真地加重了语气，说："第一，这次'民转公'是政府选拔人才，不是搞福利，是从好中选优；第二，我们每一位教师都要支持这项工作，怎么支持呢？参与就是最大的支持，作为共产党员要带头参加，做好表率啊；第三，这一次，'民转公'指标是下到公社，所以各校一定要推荐出有竞争力的教师，这样才能争取回来更多的转公指标，最起码应该是取得'不吃亏'的成绩吧！"

"所以啊，圣桀同志，你能退出吗？"张校长半开玩笑地说。

常圣桀被张校长的一番话讲得没有一点辩驳之语。

后来全校都晓得了这件事，至此，再没有人提出相似的问题。

常圣桀急匆匆从校长室走了出来，有点慌不择路。"哎哟！"随着一声叫，"哗啦，哗——哗啦！"作业本掉了一地。常圣桀一定神，才发觉原来自己撞到了正抱着数学作业本走过来的一位女老师："哎呀！是汪老师！抱歉，抱歉！你看我，把你的作业本给撞撒一地。"他赶忙一边捡丢到地上的作业本，一边说着抱歉的话。"常老师，别客气，没关系，我来捡吧。"汪老师一边捡一边说。常圣桀信口念道：

哎呀，我这才是：
慌不择路，自选道，
撞上靓女，将书抛；
定神一瞧，真窈窕，
自家同事，汪萧瑶。

常圣桀念完自嘲的顺口溜后，朝着汪萧瑶老师笑了笑，汪老师也调皮地做了个鬼脸，说："撞撒了我的作业本不算，还编派我。"常圣桀笑着说："随意而为，随意而为！送给你吧！""好啊！谢谢！"汪萧瑶说着："嘿，我也有'大才子'的礼物了！"抱上作业本一阵风似的飘走了。

　　"常老师，下学了。回家吃饭吗？"赵婕老师和常圣桀打招呼。因为他们是邻居，可以一起相跟着回家。"回去，一起走吧！"常圣桀收拾好办公桌上的东西说。

　　"这一次'民转公'你的条件很硬，希望最大。"赵婕对着常圣桀肯定地说。常圣桀听后诚恳地说："是大家抬举我，我离你们几位相差很远。赵老师，你属于校领导层级，应该是你希望更大！"

　　一路走，一路谈，内容始终离不开"民转公"这一主题。

　　常圣桀深深感到赵婕对"民转公"的迫切性，非常强烈而且志在必得。处在这一状况的人，无论是女人还是男人，他们的攻击性是很强的。

　　任希民老师正在和一名民办教师黄俐珍老师热恋，黄老师是五年级的语文老师，工作能力很强，积极要求上进，全身心投入教书育人，工作上得到了任希民老师很大的帮助。这次"民转公"是一位强有力的竞争者。

　　"常老师，明天是周日，今天晚饭后有空吗？"任希民和常圣桀在校园里遇到了，向常圣桀走了过来，说："下周全公社五年级语文老师要进行观摩教学，俐珍被选中为主讲，我想请你听一听她的预讲，提提意见，以求有个好评。可以吗？"

　　"当然可以，我也有机会向黄老师学习学习！"常圣桀愉快地答应了。任希民笑着说："咱们都互相学习嘛！"

周末，利用晚上的时间，黄俐珍以下周参加观摩教学为由，进行了预讲，实际上是展示自我。

因为请来的听讲人，都是被推测与"民转公"有点关系的人。

黄俐珍老师已经是讲堂上的老教师了，所以教学效果是可想而知的。

说实话，对于黄俐珍这样的教师关键不是讲不好课，而是怕别人不知道她讲课水平如此高！

这一招也就是可怜的老百姓仅能采用的办法了，用这种下策来告诉人们自己的真本领是什么。

周一，黄老师请人听课的事就传遍了整个木古公社，公社领导也是老干部遇到了新问题，不知可否！

赵婕听了这一消息，内心的急躁情绪可就压不住了，她就以她是校领导和共产党员的双重身份找大队党支部书记，找张银彪校长反映情况，举报黄俐珍讲课非法和笼络人心等等过错，要求取消黄俐珍"民转公"的资格。

又一个周末的傍晚，初冬的风带给人们清爽的寒意，太阳早早地就躲了起来。北方的下午六点左右，人们已经把一天最后一顿饭的事宜办完，为聊天、喝茶和娱乐的夜生活留足了空间和时间。

常圣桀照例在他的寝室准备好一些零食并沏好了茶，一边看书一边等着陈雅琴的到来。

这时的学校送走了一天的喧闹，校园内仅剩下校门房内的校工和住在校园西北角的常圣桀。整个校园空旷而寂静，劲风吹得古建筑钟楼上的小风铃无节奏地响个不停。

突然间，一阵西北风呼呼刮来，打破了初夜的节奏，无情地戏谑着小风铃无序地奔跳着，古旧建筑屋顶上的瓦片被风吹落到地面上，爆出惊人的响声。

"好大的风啊！来得这么突然。"陈雅琴猛地一推门，说着走了进来。她把给常圣桀拿来的包子随手放在了书桌上，顺势坐在了凳子上。

"给你带来两个包子，快趁热吃了吧！"陈雅琴还有点喘气，说道。常圣桀看到雅琴来了，急忙放下手里的书，站起身招呼雅琴坐下，说："外边突然起风了，冷吗？快烤烤火，暖和暖和！"

"还给带包子来了。"常圣桀边说边去取包子，雅琴笑着说："我好像没有看见你洗手。"

常圣桀不好意思地说："这不香气诱惹人痴嘛！"赶忙把手洗干净后才拿起包子咬了一口说："真香！"

"听人说伯母的厨艺非常好，饭菜做得可口又卫生。是吗？"雅琴笑着问常圣桀。

常圣桀说："是的。我最爱吃我妈做的饭。哎！谁告诉你的？我妈爱干净！"

"宏哥，他说小时候常常在你家吃饭，是吗？"雅琴用羡慕的语气说。常圣桀不由得说：

"小时候真好！无忧无虑。"

"不好，现在好！"雅琴撒娇地看着常圣桀说：

"现在，我俩能常常在一起，我就喜欢这种感觉。"常圣桀笑了："时间不留人，时光催人老啊！"

雅琴转了话题问道："听说你们正搞'民转公'，而且，你转的希望很大，是这样吧？"

"希望大不大，现在说了不算。"

"我倒想问你，如果是你，你愿意转吗？"

"怎么不愿意呢！好处很多啊！由农村人变成城市人了；挣工分的变成挣现金的了；收入提高了。这些你应该比我清楚。"

"你说的我都清楚，我只是觉得想转的人太多，指标少，让当民办教师时间长的先转吧。张校长说以后还要转，形成经常性的工作。"常圣桀说。

陈雅琴马上接话："可别听校长的忽悠，他能左右得了政策？这次'民转公'，你一定得重视啊！知道了吧？常老师。"陈雅琴半开玩笑地说。

河西庄村学校领导班子开会了，一个议题就是"民转公"。张银彪校长看了看任希民、赵婕、梁亮和他自己，大家都到了，就说："咱们开会，今天研究'民转公'的事宜，公社把指标已经下到学校，我们推荐四名。'民转公'这项工作很难做，指标少，参加的人多，竞争激烈。把工作做得更具公平性，能通过这项工作使大家工作积极性得到提高，更加团结，我们的目的就算达到了。

"我建议咱们分两步走，第一步先研究推荐的办法。我们对事不对人，把办法定好后公示，要得到广大群众的认可。第二步，按照大家定的办法推荐人选。你们说如何？"

大家听了，从表面上没有毛病，但怎么样才能保证自己要推荐的人选入围呢？于是，都在盘算如何将有利于自己推荐人选的条件放进去，并尽可能地多占一些分值，这些成了他们几位领导考虑的重中之重了。

经过多方面的平衡，吵嚷了整整四个多小时，才算拟出来个"民转公"推荐方案。

方案一经公布，群众意见特别大，纷纷找校长，找贫协代表，还有的写出大字报，有情绪激烈的干脆把贴出的公示给撕了。同时，还告到了公社和县里。

群众意见最大的就是推荐方案中群众意见的权重分占得太少，仅占百分之二十。

张银彪校长通过讨论推荐方案看到了他们四个领导各自的内心世界：

任希民力保黄俐珍，打压常圣桀，对赵婕不表态；

赵婕认为常圣桀是最强的竞争对手，得有效地阻挡；对黄俐珍采取限制的办法；

梁亮认为常圣桀是人才，河西学校的未来；

张校长自己对常圣桀具有防备心理。他认为他们各自的强项是：常圣桀群众评价得分多，赵婕校领导身份得分多，黄俐珍教学过硬得分多。

真是：

风平浪静教书育人，相敬如宾；

"民转公办"一石激起，千层巨浪。

利益面前左右逢源，釜底抽薪；

明暗较量使出解数，确保自我。

县里和公社很快着手解决"民转公"的热点问题，鉴于当时的政治形势，提出在"民转公"工作中，基层推荐方案中群众意见的权重不能低于百分之六十，体现了党的教育方针在教师队伍建设工作中的重要性。

说也奇怪，按照上级指示拟定了第二方案公示后竟然没有几个提出异议的。

张银彪校长对"民转公"这项工作的办法是快刀斩乱麻速

战速决。他很快主持召开了校领导会议，按照第二次公示的推荐方案，对参加"民转公"的所有民办教师进行了打分排队，公布了前四名，其余的名次不予公布，规定个人只能查询自己的。

前四位的排位分别是：常圣桀，赵婕，黄俐珍，陈宏光。

下一步就是在学校推荐的基础上，由大队党支部推荐。

王万佳做了支书第一次遇到比较复杂的事要他处理。

王万佳，中年人，有一定文化。是河西庄村年轻的老干部。他能说会道，有气质，有品位，出身富裕人家。

虽然他和一些年龄较大的人，如狗剩师傅称兄道弟，但他的实际年龄小多了，原因是他二十岁时的容貌看上去有三十岁年纪，而现在快到三十岁的他，容貌还停留在二十岁时，没有发生任何变化。另外在河西庄村万姓家就他一家，不和任何家族存在辈分纠葛。

王万佳平时话语不多，为人处世低调，善于结交朋友，具有江湖豪气。这次担任村党支部书记就是他自己暗中运作成功的。

他有着一定的政治背景，爷爷是位老干部。

河西庄村"民转公"事宜的处理虽然棘手，但王万佳处理起来却游刃有余，丝毫没有感觉到有任何压力。

"虫洞"中，常圣桀目不转睛地看着这段历史，因为这些过去的事，改变了他的人生轨迹，事情的画面历历在目。有些事情的发生实在是太蹊跷了，不知道是有人预谋而为还是上苍对人一生命运的安排使然？

第二十五回
晓轩人生大变迁　刚毅男儿不信邪

　　"轰，轰——轰！""哒哒哒——，哒哒哒——！"

　　"预备，上！下一个，预备，上！哎呀！等一会……"连长带着先遣突击队，发现了敌人的暗堡正向我军正面上来的队伍猛力扫射。他们迂回到敌人暗堡侧翼，才发现敌人的暗堡呈子母结构，即两暗堡并立，一大一小，一明一暗，小的为暗，两者呈掎角状布局，互为掩护。

　　连长派出了两名战士，只要用炸药包炸毁其中之一，另一个则暴露在了我方的火力控制之下。可惜这个方案没有成功，反而牺牲了两名战士。

　　连长观察了一会，喊道："李晓轩！""到！""准备，从侧翼，上！"李晓轩拷起炸药包，像箭一样地跑了出去，他呈"S"形步伐向前冲去。连长焦急地望着李晓轩，看见从小地堡发射出的子弹始终没有离开他。"哎呀，哎呀！"连长叫了一声，他看到李晓轩突然被打倒了。隔了一会又看到李晓轩动起来了，他慢慢地匍匐前进，突然李晓轩站了起来，拷起炸药包迅速地几个箭步向小地堡侧翼冲了上去，将炸药包投到小地堡处，只听得"轰轰"两声，小地堡被炸得飞上了天。

"哈哈哈！"庆功会上，李晓轩加入了中国共产党，获得了嘉奖，荣立二等功！

"哈哈，哈！"李晓轩在梦中大笑起来，笑声惊动了张改英，她使劲推了一下梦中的李晓轩。

李晓轩醒了，说："梦到在朝鲜前线了！"

李晓轩慢慢坐了起来，看看天色已经蒙蒙亮了。他没有直接穿衣服，倚靠在床头对改英说："以后的日子要换一种活法了，少说话，多做事。"他接着说：

"曾记得，我李晓轩，在敌人的枪林弹雨中加入了党组织，成为一名共产党员，是经过了血与火的考验的。一生跟党走，把自己的一切献给党，是入党时的誓言，也是我生命的目标。我相信我自己，我还会回到党内来，回到党的怀抱中来！"他坚定地说下去：

"我知道这将是一条艰苦而漫长的道路，但是我会踏平坎坷，殚精竭虑地向前走下去。"

张改英非常了解李晓轩的品行和他当前的心情，她耐心地听着李晓轩的言语，然后轻声地说："谁是谁非群众的眼睛准能分清楚，我相信你是被冤枉的，冤案一定会被肃清。你的愿望也一定能够实现！"

　　　　世道变化一瞬间，
　　　　昨日今朝两重天。
　　　　晓轩沦为"坏分子"，
　　　　这事咋能说清楚！

这一年的冬天特别地冷，夜里的一场大雪足足下了十个厘米厚。屋顶上，街道上都被厚厚的白雪盖了个严实，像一张白色的棉被盖住了河西庄村，清早起来一眼望去白茫茫一片天地相连。白雪铺天盖地的气势把村子里的破屋，泥泞道路和一切的凌乱无序全都掩盖了起来，使人们感到了美的享受，然而这样的美丽却是暂时的和虚幻的。

李晓轩一早就起床了，他穿戴好冬天的衣帽，拿上了清扫积雪的工具，从他家院子开始，一步一步把积雪铲向路两侧，再用扫把把路上残余的雪扫净。不到半个小时，他把这条通往前街的路就扫通了，为下雪天人们去供销社买东西提供了方便。

李晓轩来到他的卫生责任区，也是用很麻利的动作把地上的积雪清理得干干净净，然后，又帮助相邻的张家成和韩余文清理好。

早晨和傍晚时间的他最忙碌。那个时期的河西庄村街道上，时常可以看到上身穿着羊皮褂子，腰间系着白腰带的一个人，步子迈得快而轻捷，挑着一副担子，拾着猪、牛和羊粪，两只筐子拾满粪时，就将其倒入大队田里。自己再继续拾，他就是李晓轩。

在河西庄村街上拾粪归公，李晓轩坚持了足足十五个年头，后来因为防止污染环境，采用科学的圈养养殖方式，街道上实在是拾不到粪时才不得已停了下来。

每天傍晚到"黑帮"室集体学习一个小时的时间结束了，"五类分子"们都准备回家，李晓轩拿着自己打扫卫生的工具往出走时，听到旁边有人叫了一声："李晓轩，黑灯瞎火的干吗去？"李晓轩扭头一看是杨绅武，就说："去我的卫生责任区，今天白天有人故意给我的卫生区扔垃圾，糟蹋我，我去清理一下。"杨绅武说："走，我帮你一下。顺便给你说个事。""进来快一个月了，还是没有适应吧？别急，就这样了，把两个耳朵孔填住什么也别听，耳不听心不烦。"杨绅武接着说：

"你在朝鲜的部队是不是二十三兵团？""是啊！你怎么知道？"李晓轩反问了一句。

"二十三兵团兵团长是董其武将军。"杨绅武说。

李晓轩点头说："是的！"

"二十三兵团山西人很多，是国民党部队起义投诚的。"杨绅武说。

李晓轩认真地反问："我知道，你也是二十三兵团的。为什么你没有投诚？"杨绅武十分后悔地说：

"那时候我们也准备好投诚的，没想到有人告了密，部队发生了内斗。"他继续说：

"当时，正赶上解放军以强大的攻势打了过来，我们的部队就跑散了。队伍上的兵员从北往南没命地跑，最后就被抓住了，我们相跟着的几个都成了'反革命分子'。命运真是作弄人。"

杨绅武和李晓轩因这种关系，莫名其妙地联系了起来，总觉得有点不一样，哪里不一样，也说不清楚。两人都觉得他们之间好像话语多了一些。

两人之间的谈话停顿了一会。李晓轩主动问："你说和我说个事，什么事？""两件事，一件事是关于你的过去，另一件事是有关你的今后。"杨绅武很干练地说：

"我先说第一件事，我问一下你，你知道王万佳怎么当上村党支部书记的吗？"这就是军人的风格，他说话直来直去，不会拐弯抹角。李晓轩也很直接，回答道："我不知道。准确地讲，我推测可能是王万佳做了手脚，因为我觉得王万佳和冯庆瑞之间的关系有点不一样，我碰见过两次王万佳去冯庆瑞办公室，行为好像有点诡异。"

"哦！想起来了，有一天傍晚，我在冯庆瑞办公室碰到过王万佳和一个陌生人，他们一起聊着什么。当时我虽然没有听到他们说些什么，可是看得出他们的表情有点儿怪异。"李晓轩说。

杨绅武很平静地对李晓轩说："他的姨夫和我是旧军队里的战友，当然，人家是解放军战士，现在在县里担任比较重要的职务。

"在旧军队时，我的这个老战友和我关系非同一般。我们都是黄埔军校十六期的，我俩同在一个连队，一个营，后来各自在兄弟团和兄弟旅任长官。

"那时，他投诚了，我成了'反革命分子'。以前，因为我孩子的事找人家帮忙，他婉言谢绝了我。以后再没有往来。"杨绅武告诉李晓轩说：

"前些日子，我的一位中学同学和我聊天时说起了我那位老战友的情况。顺便说起了王万佳升迁的事。

"我的这位老战友，也就是王万佳的姨夫和冯庆瑞是上下级关系……扯得有点远，不过，这一切你应该清楚，是吧？"

李晓轩听了，心中憋了好久的怒火突然像火山一样爆发了，一屁股坐在了地上，一句话都不说。等了好一阵子，才轻声地对杨绅武说："你，你为什么要对我说这些？究竟为什么？"杨绅武急忙解释说："我是不满意他们这么做，更主要的是想让你知道事情的真相，让你了解真实情况。"李晓轩很生气地说："知道了真实情况又能怎么样？"李晓轩继续说："人顺天道而行之，无往而不胜。这就是我李晓轩的信条。"

"我还坚信多行不义必自毙的因果是可以预测到的。"

杨绅武看到了李晓轩遇到复杂事件的情绪波动，又看到了他平静如水的博大胸怀，更加佩服李晓轩的人格魅力和为人处世的优秀品质。

杨绅武说："晓轩，请你理解，我不是故意激怒你，我想得直接、简单，没有考虑到事物发展的复杂性。不仅没有帮了你忙反而给你添了堵，真是太抱歉了！

"所以，我要说的第二件事就是想帮你的忙。这仅仅是一个建议：你现在的处境很困难，今后，想在一方的土地上，没有麻烦地活下去，就必须成为一个有用的人。什么样的人才是有用的呢？手艺人。"

李晓轩很认真地听着，说："你说的倒是很有道理，具体讲一下，我听听！""我首先声明，我可不是为了取悦谁，我是出于佩服你。感觉告诉我，你是一个一心为他人，敢作敢为的汉子。"

杨绅武很坦诚地说。

李晓轩回话，道："我是什么样的人，我自己心中有数，谢谢你的评价。"杨绅武说：

"我可以教你一个手艺，这个手艺家家户户都用，就是'节能炉灶'修建法。"

他继续说：

"这个技术是我在旧军队当团长时，一个日本俘虏传给我的。请先别问为什么，以后我会告诉你的，现在我可以告诉你的是两条：一是炉灶发热量是我们现用炉灶的三倍，节能百分之五十；二是这种炉灶经过科技手段保护，不易被模仿。"李晓轩被杨绅武所说打动了，紧接着问：

"制作这种炉灶工艺复杂吗？造价高吗？"

"工艺有点复杂，而且造价也有点高。"杨绅武回答。

李晓轩又问："我们可以二次研究，把造价降下来，有这种可能吗？"

"有！"杨绅武肯定地说。

杨绅武又强调了一下：

"一是绝不能说这个技术是我杨绅武教的；二是发誓绝不教第二个人，包括自己的子女。"

李晓轩一一进行了承诺。

李晓轩向杨绅武学习"节能炉灶"修造技术并进行了改良，终于完成了。

李晓轩为了慎重起见，先在自己家里把自己的炉灶进行改造。奇怪得很炉灶修造后，别说热量倍增，连火都点不着，只好趁着黑夜去问杨绅武，他也傻眼了，说："那个小日本就是这么教我的啊！点不着火我也没办法。"弄得李晓轩一筹莫展，毫无办法可施。

"这怎么办？"压力全部搁在了李晓轩的头上，可他又不能求教别人。这时，王万佳又指示村里的一些懒汉和"五类分子"们整天批斗李晓轩，然后押上张家成陪斗。在河西庄村的"五类分子"中李晓轩和张家成是被批斗最多的了，他俩也改变不了这一大形势，只能改变自己，让自己的一切服从被批斗的要求。

一次的批斗会上，李晓轩被揪上台，戴着沉重的牌子，两只手只能托着，他低着头，两眼看着脚底下的黄土，看着看着，看见两个粪牛一个在前面拖拽（外动力），另一个在后面推（外动力）着大它身体两倍重的大粪球，"滚"动着顺利地往前走。李晓轩脑子一热，想到了他现在研制的这个炉灶必须有外动力（电池），外动力驱动小小电扇"滚"动，可以产生点火所需的氧气……

这样，李晓轩在设计的"节能炉灶"上安装了电能驱动器，使得杨绅武的"节能炉灶"成功地运转了起来。

李晓轩"节能炉灶"的推广是循序渐进稳步推进的。他首先将自己家的修建好，展示了示范功能，然后吸引几家邻居来参观，由于这种炉灶的优点太多了，很快就有好几家联合找李晓轩为他们改建炉灶。

李晓轩想了解社员们改造炉灶的目的，就问道："你们为什么要改修炉灶？"

"因为节能和卫生。"社员们说。

李晓轩感觉自己修建的炉灶很受欢迎，心里很高兴。他为了把这种新的节能炉灶推广出去，要求愿意使用节能炉灶的人们做到：一是修好的炉灶不能随便拆改，否则以后再不提供炉灶方面的服务；二是修建炉灶全免费，如实告诉来咨询的人们炉灶的优点缺点就行。

有节能炉灶需求的用户都表示愿意对以上两点作出口头承诺。

李晓轩的"节能炉灶"很快得到了河西庄村人的欢迎，消息传到了王万佳和柳七录耳朵里，他们显得非常地紧张，因为，王万佳任支部书记一年多了，他起初让柳七录想法子干些可圈可点的事，说明他担任支书为河西庄村做工作了，没想到柳七录憋了好几个月都没有提出一丁点可用的好建议，只是说东家长了西家短的闲话。

一听李晓轩义务给河西庄村人修建"节能炉灶"，两个人马上就发起了大火，齐声嚷着："开批判会，阶级斗争的新动向，李晓轩想干吗？哦，'反攻倒算'，对，就是'反攻倒算'，想'复辟资本主义'。"

王万佳声嘶力竭地嚷着说："通知全体贫下中农社员，今晚，召开批斗大会，狠批'坏分子'李晓轩的'反革命行径'。把张家成也揪上，让他陪斗。"

王万佳安排了晚上批斗李晓轩大会的事，心里的不平衡还是静不下来，想了又想，我得治一治李晓轩之流，要不我王万佳没有威信。

因为，今天的王万佳可和以前的不一样了。他想了一想，很快就把如何搞臭李晓轩的法子想了出来。

第二十六回
万佳设计新蓝图　圈子文化立权威

"万佳你上任以来还是第一次和我们弟兄们一起聚一聚，来！大家静一静，我说两句。

"今天，是万佳书记主政河西庄村第一百天，我们大家在鄙人地盘为他百日辉煌举行庆贺宴会，请允许我代表在座的各位，向万佳书记表示热烈的祝贺！祝万佳书记：吉星高照，事事如意，步步高升，前程似锦！

"祝在座的各位领导和朋友们身体健康，心想事成！

"我声明一下，今天的破费全部由鄙人小店承担，大家吃好喝好即可！

"我满上三杯酒，一口全部干了，以此为敬！"

陈虎的开席三杯酒，简单的祝酒词，说明了这一宴会的目的是为庆祝万佳荣升而设，来的都是万佳周围的人，在位的全是一家人，一个圈子的；第二层意思是我陈虎是家宴请大家，不存在领导干部请吃事项；第三层这是我陈虎的地盘，我们这个圈的弟兄们以后请多多关照。

"同志们，朋友们，弟兄们：今天，借陈虎的酒，我王万佳对在座的父老兄弟们表示感谢！今后我们大家就在一起了，患难与共，团结同心，只干好事不做坏事，把河西庄村的事办好。请大家举起杯，为河西庄村广大社员连干三杯，喝！"王万佳在陈虎的招呼下，简要地表示了谢意，并喝了个首席酒。

在座的各位在万佳和陈虎的引领下，开始了相互敬酒，说漂亮的祝酒话，相互奉承吹捧。

酒场气氛热烈雅气。

酒过三巡菜过五味，每个桌上的宾客相互都敬了酒，桌与桌之间的客人们都相互举杯做了表示，陈虎急忙站起来说："各位，请大家品尝品尝我们山庄的田园美味佳肴，这一盘是乡村狮子头，寓意咱们河西庄村在我们万佳书记的领导下，像一只雄狮，带领群狮雄霸一方。狮子头是用上乘牛肉经过十二道程序制作，整整花掉两天的时间，才完工。狮子头表面香脆，内部柔软，入口即化。"

贵宾们静了下来，品尝着美味佳肴。

酒场渐渐地开始躁动了起来。

陈虎又一次举起了杯，高声说："万佳书记主政河西庄村是我们河西人的福气，我敬万佳书记一杯，我全干您随意。"第二波敬酒高潮又被掀了起来。

酒桌上的王万佳不甘示弱，他想让河西庄村的人知道他的酒量非凡。于是他走出了自己的座位，与在场的所有人都喝了一杯。他很清醒，他觉得他不会醉，因为他没感觉到醉意，而是越喝越觉得酒真好喝，甜甜的。

酒场一片混乱。

邻近座位的相互敬了酒，然后，都离开了自己的座位，开始找人喝酒。一开始两人两人地对喝，慢慢地增加成了三人四人一起干；豪言壮语一起说，奉承溜须拍马不怕人笑话；一会你叫我哥，又一会我又叫你叔。话又说回来，都是光着屁股大街上跑——暴露无遗（衣）了，谁笑话谁！

"我来请书记喝、喝一杯。"一位年长的社员说："领导，哈，哈、哈！我可没有醉，你随意我干了！"万佳拿起酒杯说："我怎么能随意，我干了，你可以随意！""陈虎哥，您的菜真——香——，比我媳妇的脸蛋——都香！敬您一杯，干！"一个年轻后生喝醉了说着胡话。

夜晚十一点了，陈虎看得出王万佳还能继续喝，而且很带劲。

酒场静悄悄地了。

时钟到零时，陈虎听到餐厅里没有了一丁点儿声音，定神一看，歪七倒八地睡了一片。有坐在椅子上仰天大张嘴打着呼噜的；有趴在桌上呼呼睡着的；有趴在桌下吐完后来不及站起就倒在地上，沾了一身吐下的食糜的；还有四肢伸开仰天酣睡的，真是：

> 酒气飘飘，
> 人影摇摇；
> 烂醉如泥，
> 醉生梦死。

酒场散了。

王万佳醉了。王万佳端起杯，说：

"兄弟们，都拿起酒杯，斟满！愿意跟着我王某人的，干了这杯酒。"说完一饮而尽，随手把酒杯"啪"地摔在了地上，说了一句：

"今后，我们在座的都要像这个杯子一样，只供一人饮酒时使用，否则，将如这个酒杯，宁可粉身碎骨。"转身就往外走。几个年轻人随后就跟了上去，王万佳一扭头说：

"别跟着我，招呼其他的人去！"他一个人跟跟跄跄跌跌撞撞地往前走着，漫无目的地走到了一片林地边上，感觉腿很重，迈都迈不起来了，"啪"的一下摔倒了。

不知睡了多长时间，迷迷糊糊地好像醒了。胃部隐隐作痛，想吐，又吐不出来，胃部又觉得拧得慌。他下意识地用中指在口腔内戳了一戳，"哗哗"就吐开了，这一吐就不可收拾了，胃部拧一下，就吐一下，吐后肚子就舒服一会，然后，肚子又拧一下，又……这样，周而复始好多次，慢慢地王万佳又睡着了。

早晨的亮光从天边慢慢地出现了，她像一道白纱将会眨眼的星星赶走了。继而，在东方的天空中出现了一颗大大的亮亮的启明星，她像一颗白白的珍珠悬挂在泛黑的天空中，剔透晶莹，引导着亮光将黑暗驱散，这就是耀眼而辉煌的启明星，可怜的她在人们眼前闪烁了短暂的时光后，便匆匆流逝去了。远方。

王万佳被清晨的亮光晃醒了。口渴得要命，他本能地四周看了看，发现自己躺在林地边上。呕吐物散发出来的怪味道呛得他又想呕吐。他害怕有人看到他的窘样，于是，尽快地爬了起来。收拾一下头发，用手绢大致擦了一下脸面，拍了拍身上的土，整理了一下衣服，自我感觉好多了。

天还没有大亮，路边杂草上的露水挂了个满满当当，人走过带来的微风吹动了露珠，放出了一闪一闪的亮光，十分地好看。挂满露珠的路边野花分外妖娆。王万佳被这些景色吸引住了，他又沉浸在了早晨阳光的沐浴之中。

王万佳也不是等闲之辈。他琢磨着在李晓轩搞出的河西庄村中长远发展规划基础上再增加一些内容。这些，他自己一个人就可以搞定，因为最初的版式就是王万佳搞的。

王万佳，三十多岁的人了，还没有娶媳妇，而且没有真正处过相好的。年轻时他在养尊处优的环境中长大，加之早早地在村委担了个一官半职，自然而然地提高了他的身价。媒人曾经也是踏破门槛，但总是没有他中意的。近些年，他意外地而成功地在仕途上有了小小的建树，使得他灰冷的心又燃起了情火。

自从狗剩师傅给陈雅琴举办了十三岁开锁礼仪式礼宴，他被狗剩师傅聘为总管的那时起，他的心中就有了媳妇的标准，就是想娶陈雅琴那个样子的女孩。实际上，王万佳已把陈雅琴当作了他的梦中情人。然而，陈雅琴正在和常圣桀搞对象，王万佳只能是看雅琴为镜中花和水中月。

王万佳在《人民日报》上看到有关社会主义新农村建设的报道，他又在《光明日报》和《文汇报》上看到了类似报道。脑海中渐渐地产生了一种想法。

"我们村可不可以搞起一个新农村，用五年时间把全村搬迁出去。"王万佳在想，并向河西庄村村支委和村管委会的组成人员咨询并征求意见。"两委"成员各抒己见，讨论很热烈。经过一段时间的酝酿和讨论，最后决定启动河西庄村新农村建设项目。

起初，"两委"会班子决定由柳七录牵头负责这项工作，柳彰担任办公室主任。

"柳兄,我这主任是个光杆司令加穷光蛋,这一穷二白的,正利索。"柳彰正冲着柳七录发牢骚,柳七录听到了,这样的牢骚已经发了不止一次,他假装没有听到。

但是,七录想这个王万佳给我事情做而不给资金和权力,我怎么办?俗话说得好,好媳妇难为无米之炊,这不是成心吗?柳七录摇摇头,自言自语地说:"小儿科,耍我?看谁耍了谁!"

柳七录采用以静制动的策略,不请示不动工不叫嚷。柳七录不仅对王万佳采取这"三不"手段,对下级和具体工作人员也是一样采用这"三不"来观察事情发展的走向。

新农村建设工作是河西庄村近几年的重点工作,王万佳不得已让柳七录牵头负责这项重点工作,他耍了个阴招,即不赋予柳七录实际权力,王万佳想你柳七录不是能耐大吗?我什么权都不表态给你,如果你擅自做主违反了国家政策,我便可以落井下石,置你于死地。

在"两委"会上,王万佳在咨询村领导们各自分管的工作,村管委会的领导和支委们都依次作了自己的汇报。最后,王万佳瞅着柳七录问道:"七录书记,你也给大家说说,咱们新农村建设项目的进展情况吧,让大家见识见识柳书记的新思想和新做法。"这时的他在想:我倒要看看你怎么说,无论你说得如何,可我们大家都知道你什么也没干啊?

柳七录也冲着王万佳笑了一笑,慢条斯理地说:"自从万佳支书上任以来,河西庄村发生了翻天覆地的变化,你们可以听一听看一看,我们的街道都要硬化,做到户户通砖路;我们村还要有有线广播,各家都要安上电灯;我们还要建设新农村,让家家户户有房住，实现楼上楼下住新房；我们还要让每家每户都买上自行车，年轻后生娶媳妇还买手表和缝纫机。"

柳七录讲话的声音越来越高，情绪越来越激动，说："当然，这些到现在我们什么都还没有干，因为我们没有钱，可这并不是画饼充饥。

"在万佳支书的领导下，我们一定会挣到更多的钱。就像我们的新农村建设一样，只要书记下决心，冲锋打头阵由我来干，大家说：'是不是？'"

"是！"在会的人齐声答应，并不由得鼓起了掌。

王万佳也无奈地伸出了两手，随着大家鼓掌起来。再一看柳七录站起来了，走到了王万佳跟前，还要接着说："各位，这几年咱们村最大的事就是新农村建设项目，王书记肯定是我们这个项目当然的第一负责的人，下面请王书记给大家讲讲社会主义新农村建设工作的思路吧。来，大家欢迎！"

王万佳点了一个小小的火苗，柳七录用扇子把火苗扇成了大火，又引火到了王万佳身上，把他烧了个遍体鳞伤，最后还来了个回马枪，让王万佳只有招架之功没有还手之力。

王万佳站了起来，尴尬的脸上一会红，一会白，说："对不起，我没有准备，以后一定讲，一定讲！"

明争暗斗的"两委"会在混乱中结束了。

王万佳回到家里，一个人在客厅的沙发上坐了下来。屋子很大，门道房向阳，里面的摆设模仿着城里人家的格局，有绿色植物，有自制的鱼缸，鱼缸里有水无鱼，简约式沙发摆放在客厅正面的中间。客厅的墙面上挂着伟人语录条幅，还有一些革命样板戏的年画，让人瞩目的是时髦的年历画。

王万佳坐在空旷的房间里，静悄悄地，只听到桌子上摆着的马蹄表发出的"嗒嗒嗒"的声音。整个房间里的空气随着主人的情绪在飘荡着，时而活跃时而欢快，时而安静孤闷，时而烦躁忐忑。

王万佳"呼"的一下站了起来，喝了一口茶水，在客厅里走了两步，停了一下，马上又快步在客厅里转了几个圈，右脚一顿站住了，脱口而出，说："就这么办！"

柳七录坚信，王万佳被他战败了。把新农村建设的实权统统毫无保留地交给了他。

在河西庄村，建设社会主义新农村的热潮被掀了起来。柳彰以河西庄村建设新农村办公室的名义租了办公室，并请了吹鼓手，张灯结彩，燃放了鞭炮，晚上还请了地方戏班子唱了两天戏。高调搞了一个开工典礼，请了周围各村的宾客出席了开工剪彩大会。

柳七录兴致很高，他稳坐在办公室迎送贵宾，满面春风，大有太上皇的派头。说话算话，执掌大权是柳七录梦寐以求的愿望。今天的风景是他不懈努力的结果，也是他实至名归的写照！

很久没有和陈宏右单独聊天了，今天收工早，晚饭后他一边溜达一边观察民间的热门话题是什么，信步进了陈家大院，正好宏右也刚刚准备沏茶。

"柳书记驾到，欢迎欢迎！来来请坐。"陈宏右看见柳书记进门，马上迎了上去，热情地说："书记，来咱们一起喝喝这个花茶吧。您请！"

"柳书记的工作轰轰烈烈，新农村建设项目做得有模有样的啊！"陈宏右笑着说，"看来万佳第一回合就被打得丢盔卸甲，举手投降了，哈哈！"

柳七录听着不动声色，慢条斯理地"哼"了一声，说："你这话说的，别人说什么我还真不在乎，可你老弟刚才的话可就不仗义了。你比谁都清楚，王万佳的欲擒故纵之计能瞒得了老弟你？"

陈宏右脸上有点挂不住了，不自然地笑一笑说："柳书记，您说什么呢？我们是同一条船上的人，有福同享，有难同当！"柳七录没有顺着陈宏右的话说，而是换了一个话题说："兄弟，你给哥分析一下，对于新农村建设工作分工这件事，我应该如何对付？"

陈宏右很平静地说："事情虽然刚开头但是已经有了结果了。"

"有了什么结果了？"柳七录有点急，用不信的口吻反问了一句。陈宏右没开口，等了好长时间还是没有说什么。聊天的话题又转了几个主题，聊着聊着天色已经不早了，七录告辞走了。

柳七录的心情这几天本来很好，可这一晚上和陈宏右的聊天引出了他的担忧。柳七录的头又有点儿疼，躺下后他翻来覆去难以入睡。

他索性不睡了，开始抽丝剥茧层层分析，最后，聚焦到柳彰这个人身上。唉！高调引猎枪，张扬吃暗算。

看来我得把好每一道关口，我们绝对不能出错，让他人看笑话。

最近，赵婕经常来找王万佳汇报学校党团工作的情况，并请示下一步工作思路该是什么样子。他俩年轻的时候，有人做媒为他们介绍过对象。后来，赵婕当了民办教师，又入了党还当上了模范，而那个时候的王万佳还不开窍，成天和兄弟朋友们昏天黑地地洒脱游荡，两人之间没有放电就不了了之了。

时间就是经常和人们开玩笑。

今天的王万佳成了赵婕的上级，经常居高临下地发号施令，一副正人君子的形象。越是这个样子赵婕每次见他越是发怵，而王万佳的形象在赵婕的心中越发高不可攀。

然而，赵婕的性格使然，她以一个女人的柔克刚，以一个强大的意念努力，使他们的关系慢慢地出现了转机，这让赵婕喜出望外，并继续……

为了防范王万佳欲擒故纵之计，柳七录想好了办法予以应对。然而，还没有来得及同柳彰和柳建成打招呼，准备告诉他们做事要低调，说话要谦逊，为人要和气时，柳七录的这两员"大将"已经把天捅下了个大大的窟窿。

第二十七回

家成梦想找伴侣　寡妇门前翻了车

柳彰从小的梦想就是担任办公室主任这样的"大管家"，因为可以指挥人们按他的意愿和策划做事。他把做成的事看作一件艺术品。

他经常将一件要做的事依照这件事是什么？怎么做这件事？做这件事过程中将遇到什么困难又如何克服的脉络进行筹划，最后将如何获得很好的设计效果讲给别人听，以此来彰显他做事的逻辑思维。

他喜欢从事情的时间、空间和运动来描述做事的过程，把在做事中想方设法解决了事情的矛盾当作一种享受。

多年来，他做事的效率和成功率几乎是没有什么可以挑剔的。然而，顺利到达巅峰之后就会走向反面。

成功给他带来了喜悦和满足的同时，骄傲自满慢慢地滋生了，他的独断专行和自以为是给他带来了毁灭性的打击。

他的这一特质被王万佳看得透透的。所以，柳七录选柳彰担任办公室主任，王万佳很痛快地就答应了。

这次担任新农村建设办公室主任，是他有生以来觉得最满意的一个工作岗位，又导致了他做了一件使自己这一生最懊悔的事。

在河西庄村"两委"会议上，确定了新农村的地理位置，在荒地、耕地和林地混合的土地上，由这三类地各占三分之一的面积组成。类似这种大规模的改变土地使用性质，必须报县级土地主管部门批准，并报省级土地主管部门备案后才可以使用。

"录兄，我们已经将属于我们用的地块安排建筑单位全部围了起来，并将林地内的树木全部卸掉了。"柳彰兴高采烈地向柳七录汇报：

"我们经过了论证，大家对规划高度赞赏。这样，我们的建设工作就可以顺利铺开。"

柳七录急忙问："新农村建设用地需要到县里批指标的，指标被批下来之前，谁都没有权力改变土地使用性质。你们怎么就把土地围起来了？更严重的是，你们乱砍滥伐树木，而没有报请林业有关部门批示，这是犯法的，违者要受到刑事处罚。"

"录哥，有这么严重？你不要吓唬我了？"柳彰说，"好哥哥，你不是因为我没有提前请示您这位大人，感到不高兴吧？"他接着说：

"我们砍的树都是咱村百姓在十年前自家栽的，属于村集体财产，不存在乱砍滥伐的问题，我们是自己砍自己的树。"

"你呀！整天说你做事严谨，你去学习学习有关法律，砍伐集体林地和国有林地的树木，都必须有县级以上林管部门签发的砍伐树木许可证，你们办了吗？你这是犯法，知道不？"柳七录焦急地吼叫着。

这时的柳彰才感觉到了问题的严重性，忙用求救的眼神望着柳七录，说："录哥，你说这可怎么办？"此时的柳七录也镇静了下来，问道："你们是什么时候砍的？"

"刚刚砍完。"

"有多大面积？"

"不到一分地。"柳七录在地上走过来走过去，一句话也不说，这样持续了好长时间，突然，他诡异地说："……好，有了。"

"过来，你这么……记住这些都是你一人所为。切记！切记！"

"打倒张家成！""张家成毁林滥砍罪责难逃！""严惩张家成！""张家成毁林有罪！"

张家成又被五花大绑捆了起来，戴着纸制的高帽子，上面写着"毁林犯张家成"，身上挂着许多写着口号的白纸条。十几个人推拥着他，在大街上敲锣打鼓游街。

张家成满脸被涂成黑一道白一道黑的，一脸无奈和迷惘，因为这样被游街示众太多了，张家成自己也懒得追问为什么游他的原因了。

这是个周末，常圣桀回家去看望父母，看到了张家成又被游街，习惯了，没有在意什么。只是一晃眼看到张家成戴着的纸帽上写着"毁林犯张家成"，感到有点奇怪。

第二天是周日，常圣桀帮父母在老井挑水，又同张家成不期而遇了。

"家成，挑水？"

"是啊！你也挑来了？"他俩相互寒暄了几句，常圣桀很关心地问："昨天，为什么游你街了？"

"唉！没有为什么！每次游我，我都不想知道为什么游我了。因为知道了也没用，他们要游知道为什么游也要游，不知道为什么游还要游，还不如不知道为什么游，省心！"

"我看见你戴的纸帽子上写着'毁林犯张家成'，你毁哪里的林子了？"常圣桀不解地问道。张家成冷笑了一下，说："莫须有，莫须有！

"我张家成又毁林子了，胡说八道，我要毁了一棵树让我不得好死！王八蛋！"

常圣桀坚信，张家成肯定没干毁林的事，那这是为什么要栽赃嫁祸于张家成？这里面一定有文章。

常圣桀来到了王万佳的办公室，正好赵婕在万佳的办公室里。于是，他就在办公室外面等候，一会，门慢慢地开了，赵婕的脸还是朝着办公室内的王万佳，慢慢地往出退，好像恋恋不舍的样子。

终于，身子先退出了，头实在无法再看屋里了，只好猛地转过来，恰好和常圣桀的眼光碰到了一起。赵婕的脸"唰"的一下就红了，非常尴尬，和常圣桀打了个招呼，匆匆忙忙地走了。

常圣桀向王万佳反映了张家成因为毁林而遭游街示众的事，王万佳假装很惊讶，说："有这事，我让人调查一下，如果有人胡来，一定按规定处理！"

其实，对柳七录嫁祸于人的伎俩他早已通过耳目都知道了，只是在等一个点炮的人。这不，他常圣桀不就自己送上门来了！

为此，河西庄村专门召开了"两委"会，王万佳在会上宣布：

"根据常圣桀同志的反映，我们调查的结果是：柳彰乱砍滥伐树林，犯了毁林罪，又嫁祸于人，情节严重。经大队'两委'研究，决定报县公安机关立案。

"柳七录同志负领导责任，免除其党支部副书记职务，报木古公社党委备案。"

柳七录非常记恨常圣桀对他的举报。

常圣桀知道王万佳的用心，但是，心里没有任何顾忌……

王万佳动了动心眼，既削减了柳七录的权力，又抛出了常圣桀，真是事半功倍。

这次，张家成的被游街示众，将柳彰送进了局子，带倒了柳七录，使得他出了一口怨气。

今天是农历七月七，传说中的牛郎织女见面日。但是，在那个年代，有几个人还记得这一浪漫的故事呢！文化人张家成却是刻骨铭心，因为这一天是他和王霞最后分别的日子。

张家成记得，当时自己半夜三更从被看守的院子里偷跑了出来，找王霞唯一目的就是和她沟通统一说法。见面后，两个年轻人情火熊熊猛烈，情不由己地享受着爱的滋润，感性而懵懂，哪还顾得对环境和日期的浪漫记忆！

事过心境平复时，回想到那天正好是农历七月初七。以后的日子，每每回忆到那一天，心肝剧震，难以平复。

十几年过去了，张家成找过无数次王霞，去过她的工作单位，到过她的老家，一遍又一遍，杳无音信。好像王霞这个人就是为和他谈那几天恋爱而来，又好像王霞去到了天边，消失在了浩瀚无垠的夜空，无影无踪了。

慢慢地这种无限的思念，渐渐地被轻轻地放入了心底。纯贞已交出去了，可人生路还得往下走啊……

晚秋的田野，收割完庄稼的残局，零零星星的绿色，被带着寒意的秋风秋雨，还有被秋霜折腾得无精打采的花花草草，构成了一幅忧伤的人生背景图画。

一夜的白露，把昨天还娇艳的小黄花拍打得垂头丧气，披头散发趋于凋零。然而，你看芦苇草在无情秋霜的肆虐下，却仍然挺挺屹立，赳赳以对地站在这一片狼藉的土地上。

在秋天的旷阔原野上，秋高气爽，在一眼望不到边的远方，有一个白点慢慢地向张家成这边移动着，白点渐渐显露出人的轮廓。不一会，一位全身穿着白色衣服的女人站在了张家成的面前。

"大哥，你看到一个七八岁的男孩子领着一个六岁女孩子了吗？"那女人着急地问张家成，张家成回答说：

"没有啊！"

"不过不要紧，我也没有看见过狼。"

那女人听了这话，急得快哭了，说：

"大哥啊！你是河西庄村的张家成吧！你怎么这么说话，是不是想让狼把我的孩子都吃掉？怪不得你经常被批斗！"张家成一看这情况，赶快说：

"对不起！我本来是和你开个玩笑，看把你吓得。"

"别说对起对不起的，都是一些没有用的话。我找不到孩子着急得不行，哪还有闲工夫和你开什么玩笑！"

张家成一看这女人是真的急了，就二话不说，开始帮那女人找孩子。

运气还算不错，在河西庄村第八生产小队的菜地里找着了。是二虎正在菜地里浇地，看见俩孩子在地里漫无目标地走着，就上前去问：

"小朋友，到哪里去？"小孩看见一个大人站在他们面前，给吓哭了，二虎一看没了办法，抓耳挠腮了半天，才看见地里还有收剩下的几个西红柿，就去拿了两个给小孩一人一个，孩子们果然不哭了。

那女人看到孩子们安然无恙，高兴地吃着西红柿，忙给二虎下跪并说："大兄弟，多亏了您照护了他俩，要不我到哪里去找啊？"随着就磕了三个响头。二虎一下被惊着了，忙说："别别，别这样！顺手办的事，没什么！"

那女人自我介绍，说："我叫李秀英，河东庄村的。"

"河东庄村的？那你怎么认识我？"张家成看见李秀英情绪好转了，就问了她一句。李秀英情绪好多了，手牵着两个孩子说：

"你是个大名人，谁不认识你，我们村的人经常说起你。"

"是吗？说我什么？被批斗？不是好人？"张家成情绪活跃了起来。

李秀英也彻底放下了戒备心理，说："没有。说你坚强，性格柔韧。"

"那哪是优点啊！"

"就是优点嘛！"

张家成和二虎一看，都觉得李秀英是一个性格开朗，能说会道的女人。所以谈话就没有了拘束。二虎好奇地问：

"你家掌柜的是谁？叫什么名字？"

"想知道？说出来吓死你俩。"李秀英一本正经地说。张家成说："我不怕，大江大海都过来了，还怕你这小溪水！"

"我真的说了！"

"说吧！"

"王大公。"

二虎马上问道："是不是去年……枪毙……被枪毙了的王大公？"

李秀英神情变得很严肃，说：

"嗯！"，然后点了点头，没说话。

过了一个多月，二虎在大槐树下的饭场吃饭，张家成也端着一大海碗红面饭如期而至。

"二虎，我给你琢磨了点儿好事。"家成笑眯眯地对着二虎说。二虎无所谓地反问："我这个样子，还能有什么好事？"

"我说正经话，你觉得河东庄村那娘们儿长得如何？"

家成确是正儿八经地问二虎。二虎马上回话，说："好啊！苗条身材，该凸的突起，该凹的凹，几分风韵几分自然……"

"得得……得！能看上就行。娶过来当老婆吧！"家成好像是征求意见，又好像大人给孩子说成家娶媳妇的事，他继续说，"那女人长得不错，挺能经得起你折腾了。哈哈！"

家成看着二虎的表情，感觉二虎有意，就接着说："如果你有意，我给你去说，行吗？"

"我这老单干，她愿意吗？"

"明天我去问嘛！我估摸她有意。上次在菜地里见面时我好像看出点端倪。不管怎么着我们总得去问问，不是吗？"

家成是个急性子，下午他就去了河东庄村。李秀英家忒好找了，家成只问了一个人，给他指了指路线，他不费劲地找到了。

"秀英在吗？"张家成走到院子中间就高声喊道，这一喊不要紧，一个狼狗"汪汪——汪"向他猛地扑了过来，幸亏那狗用狗链子拴着。把张家成着实地吓了一跳。

李秀英听到人声和狗叫，马上跑了出来，一看是张家成急忙对狗说："别叫，这是你家成哥"，果然那狗摇起了尾巴，乖乖地跟在了李秀英的屁股后头。

张家成马上反问李秀英，说："你为什么让你家的狗叫我哥？"

"我和你开玩笑，不识数。还记得你吓唬我吗？"李秀英若无其事地说。

张家成立刻被李秀英的幽默感染了，也显得轻松一点。他被让进了上房，李秀英像对待贵客一样热情地接待着家成，寒暄几句谈话进入正题。张家成看见家里孩子不少，随便一问："你有三个孩子？"

"四个，三男一女。"李秀英说。张家成直截了当地说："想和你说件事。"

"哦，啥事？"李秀英显得有点惊讶。张家成很平淡地问了一句："你觉得我们村的二虎怎么样？"

"什么怎么样？很好啊！"李秀英回话很干脆。

"秀英，我就不绕弯子了，我是说你们俩可不可以合伙过日子，哈哈！就是结婚，行吗？"张家成说完了还喘了口气，说：

"看看我，给别人说事还紧张，没出息！"李秀英看了看张家成，带着微笑说：

"我知道二虎，人家还是个没见过女人的男人，会要我？再说我带这么多孩子，哪一个男人能养得起？算了吧！我不会白日做梦的。"

张家成一看没戏，就回去给二虎说了情况，二虎一听说她有四个孩子，还吓了一跳，说："我可没有这个本事给别人养这么多孩子。"

这事就不了了之了。

说来蹊跷，不知道是缘分还是孽缘，张家成和李秀英之间的故事才刚刚开始。

张家成的母亲眼看着张家成年龄越来越大，成天过着提心吊胆的生活，总觉得家里有个女人，这日子会过得好些。所以，张老太到处托人为张家成说媒，十个女的就有九个不愿意，愿意的不是盲人便是拐子。

"今天上午别出去了，你大姨领来一个女的来相亲。"张老太给儿子家成说。张家成很听母亲的，她说什么张家成就做什么。

快到十点，客人到了。

"张家成！"

"李秀英？"

张家成和李秀英两人都惊讶不已，见面后不约而同地叫出了对方的名字。

张老太和张家成的大姨都被他俩的举止弄糊涂了。愣了一会才醒悟过来，齐声说："你俩认识？缘分啊！"

张家成看着李秀英，比他前两次见到她时漂亮多了，虽然已到中年，人的气质更彰显出了她的内涵。她看着人的第一笑和她面颊部酒窝的相互配合，与张家成记忆中的王霞相似至极。要说不同之处就是王霞笑起来天真烂漫带着美丽，李秀英却是优雅诙谐伴随着略显忧伤的大方。

相亲一蹴而就，两人达成相处一段时间的默契。

这些天，张家成焕发出了第二个青春，心情舒畅的他忘掉了一切的烦恼和不快。每天下午下工后，好好洗漱干净，换上年轻时穿过的白衬衣和一身中山装，皮鞋擦得油光晶亮，美中不足就是自行车很破很旧，兴致勃勃地去到河东庄村李秀英家，两人来往频频，感情如胶似漆。

张家成确实成了"明星"，连河东庄村的小孩子都认识他了。每次他来找李秀英时，顽童们都成群结队地跟在他后面唱着童谣：

> 张家成，真逍遥，
> 骑破车，穿新袄；
> 找寡妇，当媳妇，
> 脸皮厚，丢羞羞。

戴着"右派分子"帽子的张家成，如何从第二次恋爱中走向婚姻的？婚姻带给他的路如何走？命运的十字路口又一次摆在了他的面前……

第二十八回

张家成屡屡遭难　天行健自强不息

　　张家成像丢了魂似的天天往河东庄村寡妇李秀英家里跑。人常说寡妇门前是非多，张家成这不是犯戒嘛！可张家成就是不信这个邪，心想我只不过像姜太公娶了马氏夫人一样，做啥啥不顺，干啥啥倒霉罢了呗！我也愿意。

　　我张家成的运气已经差到这个份上了，再差还能差到哪里去？

　　然而，抗争与现实将要给张家成上几课了，可张家成终究都没有解开命运这道难题。

　　李秀英人长得很漂亮，精干利索，能说会道，还有一点文化，和人相处很随和，说话常常带出幽默的言语逗乐周围的人，她自己却一副无所谓的表情，就凭这一点就有许多和她接触过的人都用赞许的眼光评价她。

　　她，人强命不强。嫁给了河东庄村的王大公，对方却游手好闲，喜吃懒做，不务正业，常常惹是生非。

　　去年，河东庄村在一个四合院召开社员大会时，王大公无缘无故从会场外往会场里扔了多块砖头，恰恰于当场砸死砸伤了两个人，被法院以暴力行为危害他人的生命安全为由，判处了死刑。

李秀英和张家成伤者遇上了伤者，痛者碰到了痛者，他俩一遇即合，开始了密切的来往。

河东庄村和河西庄村相隔一条沙河，距离不到一公里。两村村民来往频繁，相互姻亲的家庭不在少数。有人说河西庄村打个喷嚏，河东庄村的半村人都会感冒。

张家成是"右派分子"河东庄村家喻户晓。看到近几天张家成频频往寡妇李秀英家跑，都认为他俩有不正当男女关系。于是，一帮河东庄村的年轻人看到张家成进了李秀英家的时候，突然把李秀英家的院子围了个水泄不通，将张家成从李秀英家就揪了出来，把准备好的牌子给他戴上，牌子上写着"流氓分子张家成"。然后将他五花大绑捆了起来，身上挂了好多白纸条，脸上画了许多黑墨水道道。

押着他在河东庄村大街上游街示众，并逼迫他说：我是河西庄村的张家成，来河东庄村找寡妇李秀英耍流氓来了，我不是人，我是"黑帮"，我该死！

在河东庄村游了一个多小时，然后，由三个民兵扛着枪把张家成押回到河西庄村，回去后又以河西庄村的"规格和形式"进行了一次游街示众。

然而，张家成不愧是久经"沙场"的老将，他像钟鼓楼上的鸟一样，被惊吓锻炼出来了！什么狂风暴雨，就是惊涛骇浪对于他张家成来说仅仅是小菜一碟。游街结束以后，张家成回到家里，用大脸盆浑身上下洗了一遍，换上了一身白衬衣和黑裤子，穿了一双时髦的球鞋，骑了辆旧自行车又一次来到了李秀英家。

张家成一进李秀英家的院子，站在院子中间，叫道："秀英，我来了！斗不垮打不倒的张家成又来了！"

李秀英急忙从家里出来，一看是张家成，他穿着打扮很时髦，站在院子中间，举手投足潇潇洒洒，帅极了。李秀英从正房出来在院子中间就依偎在了张家成的身上，张家成随手就把她抱住了。李秀英口里还说着："我们俩都是单身，又有媒人作证，合理合法，没有人能干涉得了。"李秀英这样做就是让村子里的人都知道，他俩是合法谈恋爱，是朝着结婚去的，告诉你们别来干扰！

李秀英家的狗也跳了起来，摇着尾巴欢迎这位新主人。

自那以后，他们光明正大地，大大方方地谈了几个月，领了结婚证。

李秀英带着孩子们就来到了河西庄村，和张家成住在了一起，组织了新的家庭。

虽然没有办酒席，但张家成还是在自己门上贴了副新对联：

上联是：你的家我的家联合起来为我们家
下联是：我的心你的心齐心协力过好光景
横批是：张李新家

张家成心中有个期盼，通过办喜事冲一冲好多年的晦气，今后过上个平平安安的日子；李秀英也在暗地里祈祷今后平安过日子，特别是她非常欣赏张家成的为人和才能，坚信再过些年苦日子，等孩子们大一点可以参加劳动了，家境一定会慢慢地好起来。

向往好生活，热爱新伴侣是他们家庭的主旋律。

然而，他们在生活中忽略了的恰恰是将他们的命运推入到谷底的一种力量，这种力量无息无声，却使得他们生活在了无望的深渊。

"右派分子"的帽子就是这种力量。

"家成，让大家看看媳妇做的饭好吃吗？"二虎笑着和张家成说。张家成端着碗一边吃一边回二虎的话："我老婆做的饭真好吃，不敢吹，在咱们南门这块地区肯定能排前三位。二虎你没有福气啊！""俺没有你的能耐大，甘拜下风！"二虎谦虚地说。

"家成，还有一个消息，听说学校开始搞民办转公办教师工作，老师们的心都操到这儿了，不安心教书。我就是关心我侄女，因为今年七月份要考高中了，着急啊！"二虎朝着饭场的人们说。

"听说这项工作已开始搞了，据我所知常圣桀老师一定能转了。常圣桀转了公办教师对咱们村好啊！这大家都知道。"张家成就这个话题一个人就说了半个小时，情绪激动，说得有理有据，好像常圣桀转公办教师成了铁板钉钉的事了。

饭场的议论传得奇快，有心人听了非常在意。赵婕就是最在意的。她听到这个风声后，急急忙忙就跑到王万佳办公室，恰好王万佳到外地开会不在。赵婕更是像热锅上的蚂蚁，在王万佳办公室门口等啊等。

看看天渐渐黑了下来了，还不见人影，赵婕的心忐忑不安，七上八下的不知继续等下去还是回去？但张家成的话说得活灵活现，促使她再等等……

又等了一会，她觉得天色不早了，王万佳不会来办公室了，就往王万佳家里走。在路上，从路灯下看到一个影子在移动，跌跌撞撞，慢慢走近了，果然是王万佳。看来王万佳是喝过头了，他看见赵婕在他门口站着，以为是和她约好的，忙说："不好意思，让你久等了。"随手掏出了钥匙，说："麻烦你、你帮我开一下、一下门。"

赵婕此时的心情平静下来了许多，在想：怎么办？怎么办？赵婕此时本能地接着王万佳手中的钥匙，她还有选择的主动性，即帮他把门打开，自己推辞马上离开。这时，王万佳趁赵婕开锁的时候已经站在了她的身后，留出的空间供赵婕转身都困难。赵婕只有选择进门，或假装扶王万佳一把，然后抽身离去。可就在她伸手扶王万佳时，王万佳趁机抓住了赵婕的前臂，晃晃悠悠地往卧室走去。这时的赵婕被动地扶着王万佳走向床边。

王万佳一头倒在了床上，因为手拉着赵婕的手臂，赵婕也随着躺在了床上。王万佳像一头雄狮，猛地扑向了赵婕。嘴里还吐出一句句真言："宝贝……想你想得我好苦啊！宝贝，我……爱你！告诉你个秘密……本爷还是处男呢，供你享受。"

赵婕对王万佳是有意的，但没有想到他们俩进展如此神速。她半推半就地说："死狗，喝了多少？……""没有喝多，……我清醒得很，以后……我来保护你。"王万佳说："亲爱的，你真漂亮……"说着就把赵婕紧紧压在了他的身底，赵婕没有一点儿推辞……

"家成，你早！"赵婕起得特别早，正好碰上了张家成从地里割草回来，问道。张家成答道："你也早啊！"赵婕走着和张家成打了个照面。心想：张家成不好好改造，到处评论村干部和学校的教师，真想翻天。非得给他点颜色看看！

张家成结婚后，家里有人做饭，大一点的小孩子也能帮家里做些事，衣服脏了有人洗，丢失了多少年的温暖回来了。张家成对这个来之不易的家庭分外珍惜，真有点小富即安的思想和满足感。

"张家成，张家成！出来！"几个声音吼叫着。刚刚吃过中午饭，张家成正在躺着休息，他马上坐了起来。

"张家成，昨天上午你是不是去过第八生产队香油坊？"一个年轻人问，张家成回答：

"去过，怎么？油坊不是人去的地方？"张家成嘴很刁，反问。

"油坊的铜瓢丢了，是你偷了吧？"又一个年轻人质问。

"我没有偷！"张家成继续争辩说。

"就是你偷的，昨天下午除你之外就没有其他人来过。"油坊师傅很肯定地对张家成说。领头的年轻人大声说：

"我们搜！"很多个年轻人，一拥而上，把个张家成家搜了个遍，一无所获。大家一看，没有什么确凿证据证明是张家成偷了生产队的铜瓢，就准备出张家成家的门。

这时，油坊师傅提醒说："是不是张家成把偷来的铜瓢扔到茅坑里了？"于是，几个人七手八脚地就找来了淘粪的工具，不一会，茅坑内的粪被淘了个干净，露出了铜瓢，有人把铜瓢捞了出来。

几个年轻人不由张家成辩解就把他捆了个结实，把预先制好的"盗窃犯张家成"的牌子戴上，随手又把从茅坑里捞出来的铜瓢盖在了张家成的头上。李秀英看到了，就奋不顾身地到张家成跟前抢铜瓢，并嚷着："你们不能这样糟蹋人，我把铜瓢洗干净！"

"这种人还配'干净'二字？走，押上游街示众去！"那天，阴云密布，下着绵绵细雨。雨水降在瓢上，变成了粪水，从张家成的头顶流下，满脸被粪水浇了个遍，一股一股流遍全身。

年轻人们还用拳打脚踢，要求张家成大声说："我偷了集体的铜瓢，我该死，我不是人……"有人还不饶，每到路口时还让张家成站在凳子上高声说："我是'右派分子'张家成，我有罪，我该死！"

就这样冒雨把张家成游了一个多小时街，不需要任何地方批准，不需要办理任何手续，只要七八个人组织一下，就可以到张家成家里把他揪上，到各个地方去游。张家成太无奈了，太无自身保障了，更谈不上什么尊严了。

"张家成你可以走了。"一个声音告诉他，游街示众结束了，他可以回家了。

回到家里，李秀英赶紧将烧好的热水端在了张家成的跟前，并说：

"这帮家伙真混蛋，没有人性，不得好死！"一边给张家成拿过换洗的衣服。温柔地说，"这种不正常的日子会过去的，坚持坚持吧！唉！"

张家成被批斗后回到家第一次享受到今天的温暖，心里好受多了。他瞅着李秀英歉意地说："让你受惊吓了！谢谢你关照我。"

这次被游街示众他自己根本不知道是为什么。

张家成百思不得其解，他把自己的想法，结合今天搜家来的人及他们的一些做派进行分析。李秀英说："油坊师傅为什么提出检查茅坑？哦！我想起来了，今天清早我好像看到个人影在咱家茅房墙那儿闪了一下，当时我不认识。今天，他来了说铜瓢在茅坑里，我才闪出他早上的模样，是个肥肥的光头。哦！肯定是他。"李秀英分析后，得出了肯定的结论。

那油坊的师傅为什么害我呢？张家成想到今天早晨他见到赵婕时她的神态怪怪的。

张家成告诉李秀英："油坊师傅是赵婕的亲戚。前几天我和二虎在饭场吃饭时谈论过学校'民转公'的事，所有议论对赵婕不利，偏向常圣桀。当时，油坊师傅在场。可我张家成说的是实话啊！"

李秀英说："这条思路很有可能。赵婕是主谋，是打击你支持常圣桀'民转公'，你们忽略了她了。""嗨！对我一个'五类分子'的话还值得这么重视和在意？"张家成对李秀英说。李秀英反驳他说："赵婕这人对'民转公'太重视了，势在必得。我看今后说不定还会有什么事情发生，我们可要离得远一点。"

自从学校将"民转公"教师排序名单公布以后，赵婕对常圣桀的态度来了个一百八十度的大转变，经常用半开玩笑的法子挖苦常圣桀。常圣桀没有当回事，因为对于常圣桀来说转不转公办教师都行，因为他有着自己的打算。关于这一点，常圣桀不止一次地单独和赵婕谈过，但是，赵婕始终将信将疑，嫉妒心时重时轻。

常圣桀好多天没有和赵指导员联系了，心里感觉空落落的。还是上次约好他俩在电话上畅谈了两个多小时的时候，指导员告诉他要加强自学文化课，并寄来了高考的复习题，一再鼓励他要考大学。在上一次的电话上，他俩约定了他们之间的称呼改为常圣桀称赵指导员为赵老师，赵指导员叫常圣桀小常。

"小常，最近发生在你身边的事都是一些琐事，任他自生自灭，别受干扰。要学习学习再学习，努力努力再努力，树立信念，瞄准目标前行不止步！"

"小常，我们再约一次，我在大学等你！"赵老师又一次强调。

赵老师一再强调眼光要往远望，绝不能被眼前利益和儿女情长所迷惑，要树立大格局观，着眼于未来，着眼于全球。

常圣桀，一个位于农村学校的年轻人，在信息闭塞，周围环境固化，思想陈旧的条件下，有所进步，有所发展，完全得益于两个人的帮助和支持，得益于这两人的循循善诱和思想引导的熏陶。他们是李晓轩和赵国庆。他俩既是常圣桀的同事又是他的良师益友和引路人。

李晓轩高尚的思想品德和人格魅力，一心为民的赤胆忠心令人肃然起敬；不屈不挠的顽强毅力使人折服；李晓轩的言行给常圣桀提供了取之不尽用之不竭的精神源泉。

常圣桀虽然读了许多书，然而，榜样的力量是强大的永恒的，这种力量逐渐变化成了具体的行动，将精神世界推向更高的境界。

"虫洞"中的常圣桀，还有刘博士虽然监控着计算机画面，但不知不觉把注意力转移在了事情发展跌宕起伏的本身，以及事物走向的延绵不断。他们入戏了，而且入得很深，身临其境。

回过头来再看，每个人物身体周围的"辉光"，无论是密度，还是亮度都与人的性格、品行以及当时的身体状况没有了关联性。

　　辉光在人身体周围存在的规律性荡然无存了。常圣桀教授和刘博士感到很奇怪。但是几十年前的事件吸引着他们，常圣桀被王万佳不断地使用小伎俩的做法拉回到二十多年前；刘博士对农村人侮辱和欺负李晓轩和张家成感到不解。他们两人在"虫洞"里不止一次地倒退事件，仔细认真地看了又看。刘博士问常圣桀："河西庄村的社员权力很大，可以随便侵犯人权？"

　　常圣桀没有立即回答，而是想了想说："进步的社会都是建立在黑暗和落后的社会之上的。当时的中国就是这样，不为什么，也不知为了什么？"

　　两个人不约而同地都在想，先把二十几年前事件全部看下来，然后，集中力量再去发现"辉光"与人物特质的关联度规律。

第二十九回

李晓轩荒岭创业　年半百悲痛失家

　　小学四年级语文课课堂，老师对同学们写的作文《我的爸爸》进行点评。先由同学举手自报朗读自己所写的作文，老师进行点评，最后由同学们提意见。

　　这一次，李秋雨好不容易被老师选中了，她是第二个被老师选中念自己作文的同学。

　　别看秋雨是个女孩子，但从小就有一股霸气。因为在平时，她隐隐约约听到有人说父亲是"坏分子"一类的坏话，心里非常不服气，如果有人胆敢在她面前说她爸爸的坏话，她一定会和他拼命。

　　这一次，老师布置写"我的爸爸"，并且老师要进行点评，所以秋雨非常重视这一机会，她要在大众面前为她爸爸争回这个面子。

　　"李秋雨，现在请你朗读你写的作文吧！"语文老师叫李秋雨，让她念自己的作文。

　　李秋雨"到"了一声，拿上了自己的作文本，"嘟嘟"走到老师的讲台上。其他同学念的时候只在自己的座位上站起来读。

李秋雨这样做的目的就是要在气势上告诉人们，我爸爸是好人。

李秋雨站上了讲台，高声朗诵：

我的爸爸

我的爸爸叫李晓轩，他高挑的身材，宽宽的肩膀，站在那里像座山，走起路来快如风。

他言语不多却掷地有声，他的笑容很少挂在脸上，遇到开心的事便哈哈大笑，笑声爽朗而洪亮。

我的爸爸是一名退伍军人，人们都说他是大英雄。说起他在朝鲜战场上杀敌立功的事都交口称赞；我的爸爸是位革命干部，他每天和群众一起战天斗地，辛勤工作，为建设我们的家园发挥着自己的光和热；我的爸爸也是我们姐妹的好朋友，他鼓励和帮助我们攻克了许许多多的困难。

爸爸很忙，经常是我已经上床睡觉了，他还没有回家吃晚饭；等我早晨睁开眼时，他已经起床吃过早饭去工作了。

爸爸有一颗慈善的心，他对老年人和孩子们关怀备至，爱护有加。一次，他带我们去郊游，看到一位老太太在路上爬行，马上跑过去问起了缘故，老太太说膝关节疼，走不动了。我爸爸不由分说，背起老太太就走，一直背老太太到达目的地，足足走了五里路。

一次，不知道什么原因，爸爸的腿受伤了，妈妈

为他护理伤口时都吓哭了，但是他非常坚强，强忍着
痛让妈妈清理伤口，我看见爸爸紧紧咬着牙关，头上
冒着的汗珠不住地往下滴，可第二天，他好像没事人
一样，早早地就出工了。

我的爸爸是一个备受尊敬的人，是一个品德高尚
的人，是一位爱憎分明的人……他是一个好人！

他是天底下最好的爸爸！

我爱我的爸爸！

等秋雨念完了她的作文，全教室鸦雀无声，有的女孩子流
下了眼泪，有的泣不成声。文章中的每个字都印在了同学们幼
小的心灵之中，每句话像铁钉一样刺痛着每位听众的心扉，震
动着在座的人的肺腑。

老师感慨，感慨四年级孩子的作文竟然能够写得这样感人；

老师感慨，感慨用心血和真诚写出的文字句句都会带着血
和泪；

老师感慨，感慨我们应该给千秋万代留下一个和平美好的
世界，摈弃仇恨是亿万人的心声！

常圣桀知道李晓轩的妻子病了，抽了一个周末专门到他家
看望。

"李支书在家吗？"常圣桀快到李晓轩家的院子中间，打
了一声招呼，半天没人回话。他走到正北房，轻轻叩了几下
门，屋子里面有人应答："谁呀？进来吧。""是我，常圣桀！"
常圣桀忙回话。说着常圣桀已经进屋了。

张改英正弯着腰，在炕边收拾信件。她一边紧张地收拾一

边说，"这些信件有点多，很乱。我正准备整理一下。"

张改英对着常圣桀说："快找地方坐下，别客气！"

"这么多信件？"常圣桀在一把椅子上坐了下来，随便说了一句。

张改英接着说："圣桀，你也不是外人，其实，这也不是什么见不得人的事。晓轩原来当支书，不想让人们有其他说法，就没有和任何人说过此事。他现在这种情况，说了也没人嚼舌头了。

"晓轩在志愿军部队的战友也是他的连长叫魏国，在一次执行任务时不幸负了重伤，转入了后方医院治疗，有一段时间失去了联系。后来，一次偶然的机会，和战友们通信时知道了魏连长的情况并取得了联系。知道他当年负伤后，在后方医院接受了右腿截肢手术，痊愈后转业回到了老家江西省。膝下三个孩子，生活非常困难。晓轩为帮老连长就把他年长的孩子认做了干儿子，每学期负责上学所需开支。这不，孩子还挺争气，昨天收到来信说，今年考上南海大学了，本科学习农学专业。"

李晓轩夫妇的做法无疑给常圣桀心里注入了一股股暖流，今生今世能与这样品德高尚的人为伍确是三生有幸。常圣桀回想到了现实，李晓轩被打倒，被专政，过着没有尊严没有保障的生活。

常圣桀从别人的口中知道张改英得了很严重的疾病，家里还有三个上学的孩子，生活的艰辛可想而知。就在这样的生活光景下还向老战友伸出援助之手。常圣桀不由得眼睛一热，顿时眼泪充满了眼眶，他生怕张改英看了出来，硬是强忍着没有掉出来。

这时"咣当"一声，院子的大门开了，李晓轩背着一捆羊草进了院子。常圣桀急忙小跑出了屋子，和李晓轩打了一个招呼："李书记，收工了？"

　　"小常来了！"李晓轩应答了一声，简单清理了一下身上的浮土，洗了一下手，就和常圣桀在院子里坐下了，问道："吃过了吗？"

　　"吃过了！"常圣桀看着李晓轩回答。

　　今天，常圣桀近距离仔细看了一遍李晓轩，他头发添了许多根银丝，掺杂在他一头乌黑的头发里格外显眼；两眼角的鱼尾纹和额纹都露了出来，遥相呼应；脸上连同身上的皮肤被晒得黑黝黝的，眼睛炯炯有神；身姿和举止依然保持着军人的气质，语速快而字正腔圆。

　　李晓轩一边吃饭一边和常圣桀聊天，开始时聊国际形势，又聊到国内抓革命促生产的现状，话题转到了经济，特别是农村经济的新政策。中央鼓励发展农村社会主义经济，鼓励全民大搞植树造林，绿化家园。

　　李晓轩说到植树造林的事，显得很有兴趣，他对常圣桀说："全国人大常委会会议决定将每年的3月12日定为中国植树节，就是号召全民行动起来绿化我们的家园，营造一个优美的生态环境，造福子孙后代，造福未来。"

　　河西庄村南邻沙河西沿有一片沙地，面积有五百余亩，是由沙河水改道冲刷而形成，由于地形面貌酷似沙漠，人们都叫这个地方沙滩窝。沙滩窝不能种庄稼，只长风滚草，沙棘和骆驼草。由于没有树木，其他地方稍有点风，这里就飞沙走石，沙丘滚动。

多少年来，河西庄村人眼睁睁看着这块地在眼皮子底下年年白白长满杂草，还时常飞来沙粒敲打危害庄稼。沙滩草丛里时不时还藏着狐狸，狼和各种鸟禽。河西庄村的大人们从小就嘱咐小孩不要去沙滩窝，小心狼伤人。

"今年的政治任务是植树造林，大家好好想想，我们如何适应形势，在种树方面做些工作？"

"在我们村机耕路两侧栽树是很好的，不占耕地，不与人争土地。"

"在沙滩窝栽树！"有人提议，有人反对："沙滩窝能栽活树，沙河水就会倒流！"

在村"两委"会上，王万佳听着大家的争吵，豁然开朗，说："我们应该把改造沙滩窝作为我们村植树造林的主战场，我建议这个任务交给我们河西庄村'黑帮'队，由'坏分子'李晓轩带领。大家有什么意见吗？"

在座的所有"两委"委员一听这个建议，先是安静了几秒钟，然后齐齐地鼓起了掌。"好建议，同意！""我举双手赞成！"大家异口同声地表示着。

王万佳的建议，为什么会得到"两委"们支持的"异口同声"？因为植树造林是一项长期性的政治任务，其长期性就决定了投出去的人力物力短时期内收不回成本来，这项工作难以看到政绩；在沙滩窝栽树是河西庄村的老难题，几代人在沙河滩年年栽树，年年无树，这项任务艰巨；植树造林的繁重任务交给"五类分子"，他们自己就不用操这方面的心了。

王万佳却有他更深层次的谋划，给李晓轩几乎完不成的任务，以此作为话柄来侮辱他，打击他和驯服他。

李晓轩在接受任务的时候，忧心忡忡地说："我国森林覆盖率仅仅为百分之十左右，世界排名第一百一十九。现在我们周围有多少树木？我们村道路两侧几乎没有树。到了冬天，地里面，村子里面都是光秃秃一片，大风一起飞沙走石，带给人们的是一片荒凉。特别是我们村的沙滩窝，已经成了周围村落沙尘灾害的起源地。"他表态说：

"我们应该在植树造林，绿化家园方面为社会、为家园出一份力。大队安排我们'五类分子'在沙滩窝开荒造林，我们愿意接受这一任务。"

王万佳听到李晓轩的表态，在想：李晓轩，你以为你是谁？你是支部书记，大队长！还是种树能手，科学家？我倒要看看你在沙滩窝能栽活几棵树！

过了一周，李晓轩在"五类分子"开全体会议时，说出了积极参加义务植树造林的意义所在，提出"绿化河西庄，改造沙滩窝"的口号。

王万佳看到这个形势，心里反反复复在想，李晓轩有能力，有干劲并有一种坚韧不拔的精神，要干什么事准能干成。王万佳后悔给李晓轩安排了这项任务。于是，他采取措施来干扰李晓轩他们绿化沙滩窝的工作。他安排了赵婕和几个弟兄，以教育青少年加强阶级斗争行动为题搞了一个批判会，批判的对象是李晓轩和张家成。用无情的手段打压和摧残李晓轩的意志。

王万佳还使用多种手段对大队应该为垦荒种树项目提供的支持予以拖延，阻碍和干扰。

李晓轩心里明白，在这样恶劣的环境下，要做好垦荒种树项目必须战胜双倍的困难和压力。他晓得要做好沙滩窝垦荒种树这样的宏大的工程确实是非同小可。首先，所面临的最大问题是资金，其次是技术问题，最后是人才问题。

李晓轩先找常圣桀商量，他们俩选择了一个周日，在常圣桀学校的办公室兼宿舍深入地进行了研讨论证，对于幼苗的选育，成苗的扩繁，沙地的耕作整理和林木的栽培。预测了在一系列环节中所会遇到的困难，把提出的一系列问题都进行了初步的可行性研究。

初步形成了简易的运行方案。

一是要求和大队签订义务开发沙滩窝的承诺书；二是请求上级有关部门予以立项；三是大队负责树苗的资金。

"李书记，我们应该到大学找赵国庆老师和到政府土地管理部门找陈轩连长寻求帮助⋯⋯"

常圣桀首先找到了赵国庆老师，将河西庄村义务开发沙滩窝的任务压给"五类分子"的情况一一进行了介绍。赵老师现在是大学马列主义教研室的副主任，他对国家层面的政策走向比较了解。

赵老师严肃并肯定地说："不久的将来国家要搞实事求是是检验真理的唯一标准的大讨论，号召解放思想，把工作重心转移到经济建设中来，形势在向更加开放的方向走，这些都与你们现在准备干的事是相向而行的。所以，要坚定信心，干下去！"常圣桀越听越觉得高兴，越听越想听。赵老师接着说："我可以在造林绿化的技术工作中支持你们。"

常圣桀和李晓轩相伴在汾东县国土资源管理部门找到了陈轩连长，他现在是农业局的局长，他明确表示国家将重视环境保护和建设工作，并答应为河西庄村义务开发沙滩窝拓荒造林绿化工程给予立项。

一切显示李晓轩他们的工作环境正处在了黎明前的黑暗期。

一段时间以来，张改英的身体总觉得不舒坦，食欲每况愈下，消瘦慢慢地悄悄发展着，精神大不如前。张改英好像变了一个人，她的坚强意志好像开始慢慢消失，多愁善感的情绪时而冒了出来。

李晓轩与张改英有三个孩子，两女一男，都在上小学，大姑娘叫李春花，性格像春天的花一样，活泼、阳光；二女儿叫李秋雨，生性幽默、开朗、霸气；儿子最小，还不太懂事。两个女儿都是好学生，连年都担任班长。李晓轩张改英对孩子们的教育是寓教于乐的赏识教育加父母亲对孩子言传身教，获得身教胜于言教和上行下效的效果。

由于张改英身体不太好，所以，孩子们放学后基本在家里帮着料理家务。

特别是春花和秋雨，就更是小大人，她俩有时和同伴玩耍时，有的孩子脱口而说出"李晓轩是'坏分子'"时，两姐妹就会同时上，教训说："谁敢叫我爹是'坏分子'，我俩就和谁拼了。"这样就把以前欺负李晓轩的一些人给镇住了。他们再也不敢乱叫李晓轩"坏分子"。

李晓轩自从被戴上"坏分子"帽子后，精神上肯定受到了前所未有的打击，肉体上也被凌辱和折磨。

张改英看在眼里痛在心里。

虽然，李晓轩看起来意志非常坚强，精神不倒，依然按部就班地参加劳动，并坚持义务拾粪十多年，学会了瓦工，木工。但是，张改英却看到李晓轩脸上笑容的背后藏着的丝丝忧伤。

丈夫地位的变化，家庭的社会地位一落千丈，带来了处境的艰难。

孩子们过早成熟的性格，表露出来的防卫心理，让张改英自感万箭穿心，痛苦不堪。

长期的情绪低落，时时事事担惊受怕因素的不良刺激，使得张改英情绪低落的阈值达到了爆表的程度。

张改英病了，病得不轻。

张改英生病让处于窘境中的李晓轩雪上加霜。张改英是他生活中的伴侣，也是他工作中的知音。他每天拖着疲惫的身体回到家时，一股温馨的味道向他扑来，这种味道是自己家女人和孩子们的味道混合而成的，是惟一的带给他温暖和亲切的东西。

李晓轩在工作中有什么喜事，第一个与他分享的就是张改英，也是张改英第一个分担了李晓轩在外面遇到的麻烦事和不愉快事带来的忧愁和困难。

王万佳知道张改英生病了，心里想李晓轩呀李晓轩，天要灭你，神仙难救。何不乘机将安排他义务垦荒种树的项目另易他人。

王万佳正在策划义务垦荒种树项目的主持人换人事宜，村总会计师来到他的办公室，说：

"王书记，我查了'义务垦荒种树项目已由县国土资源管理部门县农业局批复，明确项目主持人不可更换。""嗯！"王万佳很不高兴地应答了一声。

张改英被县医院诊断为肝癌晚期。

第三十回

柳七录东山再起　陈宏右重返仕途

木古公社在河西庄村召开"整顿社会秩序，打击犯罪活动大会"，会议由木古公社主办，全公社十四个生产大队一万人参加大会。会场设在河西庄村的戏台院，戏台为主席台，主席台上挂着白布黑字的大幅会标，写着"木古公社打击犯罪活动大会！"会场贴满了白纸黑字的标语口号，"惩治犯罪分子""加强无产阶级专政""无产阶级文化大革命就是好"等。

会场周围有百十个全副武装的民兵。民兵统一着军绿色服装，腰里扎着的腰带也是绿色的，他们精神抖擞地挺着胸，雄赳赳立正站在会场特定的地方，各自胸前都戴着伟人的纪念章。

上午，十时整大会准时开始。由木古公社曹贵主任宣布"木古公社打击犯罪活动大会"开始，位于大会主席台左侧的两个人，赵婕和陈宏光领着会场的人呼起了口号。

"把柳彰等罪犯押上来！"被押上来的罪犯一共七人。有河西庄村的一个，其余是木古公社管辖大队的。

曹贵主任又大声宣布："把'五类分子'揪上来！"接着有

十多个"五类分子"被全副武装的民兵在洪亮口号声中押上了台。河西庄村的张家成照旧也被押了上来。他们是陪斗来的。会场上人山人海，嘈杂声盖过了高音喇叭声，不过，随着会议一步步往前进行，开始了实质性的部分——对七个被押在主席台上的罪犯宣布逮捕，宣布一个便五花大绑捆一个。第一个被宣布的就是柳彰。两个年轻民兵熟练地将绑绳套在柳彰的脖颈上，将柳彰的两臂抬起，把绳子缠绕在两臂上，然后很专业地将手臂背在后面，把绑绳绳头穿过脖颈儿背侧的绑绳孔内，使劲一拉，两只胳膊就被拉得好高，痛得柳彰"妈呀，妈呀"地直叫唤。

柳彰在他自作主张改变土地使用性质和毁林砍林以来，连累到河西庄村的四五个人。柳七录被免了村党支部副书记的职务，陈宏右也被柳彰招供说和柳七录搞团团伙伙，反对村党支部和村委会。因此，陈宏右被撤销了村委会委员的职务。

柳彰属于河西庄村"能干人"之列，是标杆人物。他经济条件好，舍财为人，又有丰富的社会资源和演艺技能，凭着自己的这些"本领"赚取生计。其生活水准位居河西庄村其他社员之上。

这一次，柳彰被逮捕是他自己万万没有想到的，柳七录更是失掉了一员大将，自己也受到连累，被免了支部副支书的职务还不算，班子内部分工也发生了变化，几乎没有给他分到任何具体分管的工作，因此他的职务仅仅只剩支部委员，实际上是"靠边站"了。

柳七录是河西庄村有资历，有威信和有能力的"老干部"，他职务的被免，在河西庄村引起了一股不小的风波。柳七录的铁粉们都对柳七录的被免表示了不满，发起了为柳七录请愿活动，支持柳七录，呼吁河西庄村党支部恢复柳七录村支部副书记的职务。

"清理阶级队伍运动"在全国范围内轰轰烈烈地展开了，河西庄村有关工作在村党支部的领导下也进入了热火朝天的阶段。

木古公社党委要求各大队根据本村运动的进度更广泛地解决社员反映出来的问题。

柳七录在想，柳彰乱砍滥伐树木是他个人行为，况且事情可大可小，王万佳却选择给予柳彰最重的处罚，把自己也认定了领导责任，给了处分。心里越想越觉得王万佳这个人的用心极其恶毒和阴险。

柳七录的头痛病患了有好几天了，早晨，很早就到村外的水池边散步。

"必须自卫，必须反击！"柳七录坚定了自己的信心。这场自卫反击战如何打下去呢？他需要人支持，也需要有人直接参与并一起策划。

一边思想，一边推敲。

"唉！还是和陈宏右商量为好。"柳七录下定决心，默默地说了一句："反正怎么样也是个'死'！男子汉大丈夫，说干就干！"

"宏哥，今天下午录叔请你到县城的'仙鹤阁'一趟，有些话需当面锣对面鼓地和你商谈。"柳建成在陈家大院门口等着了陈宏右，一见面就按柳七录的交代告诉陈宏右，陈宏右点了点头，没有说什么就往别的地方去了。

下午，柳七录和柳建成不到两点钟就到了"仙鹤阁"酒家，开了两间房，柳七录住进了1201房间，柳建成下楼在酒店门口等陈宏右到来。

两点整，陈宏右准时来到了"仙鹤阁"酒家。

"宏右来了！"柳建成看见陈宏右进酒店，马上迎了上去说。陈宏不紧不慢地回话，说："你们来得早啊！柳头他来了？"

"来了，在1201房间，等你。"柳建成急忙说，"你上去吧，我在这儿看着点。"

陈宏右快捷地进了1201房间，见到了柳七录，握手后坐了下来。柳七录半开玩笑地说："咱们现在是在敌占区，在白色恐怖下工作。"

"是啊，我们的处境困难啊！"陈宏右的精神状态有点颓势，声音不高地说。柳七录听到陈宏右的言辞，感觉得到他对下一步棋如何走信心不足。

柳七录表现出不屈不挠的精气神和陈宏右的无精打采，形成了鲜明的对比。柳七录对陈宏右说："现在的形势就是斗争明朗化了，而我们如何适应新的斗争形势？怎么样才能取得最大的胜利？

"结合我们河西庄村的斗争形势，以王万佳为首的新的'走资本主义道路的当权派'，把持着村里的领导权，不抓革命促生产，不搞社会主义的大团结，只搞资产阶级的团团伙伙……

"河西庄村的广大群众是不答应的，我们要发动群众，罢他们的官，夺他们的权。"

陈宏右说："现在的形势和前两年不同了，现在强调的是安定团结，不提倡夺权和打倒谁的问题。"

"是的，王万佳把持着村子里的大权，搞团团伙伙，排斥异己，搞资产阶级的一套，我们必须打倒他。"

"怎么样打倒他!?"柳七录犯难地问。陈宏右也难为情地说:"我看只能从个人生活作风上做文章了。"

柳七录沉思了半天,说:"看来只能是先走这步棋了,但杀伤力是有限的,况且对我们俩的处境不会产生直接的影响。"

陈宏右无奈地嘟囔了一句:"录哥,您年龄比我长,在领导岗位上的时间比我久,道行比我深,关系网比我广多了,你说咋办吧?小弟听你的。"

"关系网!"

柳七录重复了一句,他说话的声音明显提高了许多,停顿了几分钟,接着说:"哦!我怎么把这茬给忘掉了。"

"我们可以向王万佳学习啊!以其人之道还治其人之身,走上层路线,从县里找关系啊!"

好像找到丢失了的钥匙似的,看那高兴劲,他在屋子里走来走去。

陈宏右可没那么高兴,说:"录哥,看您高兴的,我们几个农村人从哪去找硬关系啊?"

"这倒也是,我想想……"

他继续在屋子里转圈,一圈,两圈……十六圈,十七圈,突然他停了下来,似乎下了最大的狠心,说:"人托人,接上天。我出面找关系吧!"

"可这不能空手套白狼啊!"柳七录朝着陈宏右为难地说,又接着在房间里转起了圈,两只手搓来搓去。陈宏右明白了,而且悟到了柳头今天叫他来这儿的最终用意,说:

"用钱嘛!咱们凑份子吧。"

"别这么直接,这钱哥还是能垫资得起。咱俩谁跟谁。事完后,你有个姿态就行。"柳七录用老江湖的口吻说:

"相信哥，这个人脉资源还是可以调动起来的，你就听好吧！"陈宏右想，柳七录肯定有这个人脉资源，我借光吧。他接着柳七录的话说："还得老将您出马，这事就拜托了，等您的好消息。"

很快，他们脸上都露出了舒展的表情，因为他们就对付王万佳的方法达成了共识。接下来就各行其是……

王万佳任党支部书记以来，在其周围形成了一个大大的圈子，如陈虎，赵婕等人。王万佳的姨夫近几年升迁为汾东县委组织部的部委委员，他的后台更硬了，底气更足了。

赵婕每周至少都要找王万佳汇报一次"工作"，他们在王万佳家里、办公室或者进城住宾馆。他们的约会虽然自感"灵活、安全"，实际上在河西庄村已是公开的秘密，家喻户晓人人皆知的事了。

赵婕的老公在外地工作，一周回家一次，况且他很信任赵婕。

陈虎在河西庄村开的"虎虎尤为"餐馆，因为村领导变化频繁，所以时开时关，关关停停。

王万佳担任了村支书后，成了餐馆的常客，餐馆也就能正常地营业了。

"王书记，柳书记在我这订了一大桌高标准饭，请您赏光出席。柳书记说他下午要亲自专门请您，让我先给您打个招呼。"一大早，陈虎就到王万佳家门口，等王万佳出门，第一时间把这个消息告诉了他。

王万佳一听说柳七录请他吃饭，心里很高兴，他也没有问还有谁参加，马上就答应了。

下午六点多钟，"虎虎尤为"餐馆贵宾厅高朋满座，有汾东县委组织部分管组织工作的副部长钱树，分管农业的副县长魏一，木古公社的党委书记杨恒路，公社主任曹贵，还有几位秘书，坐了满满一桌。河西庄村参加人员有村支书王万佳、柳七录、陈宏右和柳建成。餐馆老板陈虎前后照应。

柳七录坐在主位席钱部长的对面，这些出席的嘉宾都是他柳头请过来的，是他的面子，宴席的费用都由他来承担。所以，他姓柳的当仁不让，自己主持。

宴席规格很高，王万佳坐在了柳七录的旁边，很尴尬被动，在席间王万佳只能用频繁敬酒，多喝献殷勤酒而壮胆。

酒喝到一半时，县委组织部副部长钱树站了起来，说："河西庄村是一个好村子，有好多历史悠久的古建筑，很有文化底蕴，社员的素质很高。现在，更应该提的是河西庄村的干部素质是很高的，像七录这样的干部，是经过了许多政治运动考验的，是我们的珍贵财富。"

"我听说你们最近把他副支书的职务给免了，把陈宏右……这是怎么回事？"

"部长，是这样的……"王万佳听到钱部长的话，心里"咯噔"一下，马上意识到，今天的饭局是鸿门宴。

"钱部长很关注我们河西庄的发展。"他用快速的话语解释了，柳彰毁林砍林犯罪事实很清楚，柳七录负领导责任。王万佳接着说"我们对干部的要求是严格了点"！

"那你王万佳也应该有一份责任啊！为什么你没损几根毛？处理干部可不能用双重标准啊！更重要的是对自己的要求

应该更严格一些。"

在座的领导看到钱部长表的态，纷纷跟着上赶子，争先发言批评王万佳。木古公社的领导也跟着挨批。他们赶忙表态，要求王万佳恢复柳七录支部副书记的职务，恢复陈宏右河西庄村大队委员会委员的职务。

"常圣桀呢？怎么没有来？"钱部长好像突然地想了起来，问道。还是柳七录脑子好使，马上回话，说："我们叫过他了，他正好有课，他也不知道钱部长你们来。我再去喊一声吧？"

"不，不，不用！上课要紧，别惊动人家！"

柳七录今天的饭局安排得很有水平，效果非常好。但是他做梦也没有想到他柳七录托人请来的这位钱部长以前他都不认识，托请人告诉他，吃请办事为一次性的。然而，这位部长大人还认识常圣桀？真是：

世界真大，七录费九牛才拔一毛，
地球真小，圣桀坐等日行八万里。

柳七录站了起来，一手拿着酒杯，另一手拿着酒瓶，走到钱部长面前，斟了满满一杯，双手端起酒杯递给了钱部长，然后自己给自己斟了满满一杯酒，说："谢谢部长，一切都在酒中了，我干三杯您随意。"

这一乡村模式的接待宴正式而热闹，档次高且接地气。酒桌上的你来我往，豪言壮语；包间里的烟雾缭绕，酒香四溢；色香味俱全的美味佳肴诱惑着嘉宾。

笑声、叫声、碰杯声，还有演说声，嘈杂声把宴会推向了一个又一个高潮。

接近零点，这个饭局才缓缓落下帷幕。

王万佳又醉了，真不知道他这是第几次大醉？

柳七录和陈宏右带着酒气把嘉宾们都送走后，七录在宏右耳根上说："效果不错吧，值得！"然后，大声说都各回各家吧！

随即，他走到趴在桌边的王万佳跟前，搀扶着王万佳走出酒店的门，朝着王万佳的家步履蹒跚跟跟跄跄地走了。

"柳兄，不是我免了你的职务吧？……是李晓轩……，对，是他要免你和陈宏右的职！"

"……这个柳七录是应该被免职的……，我不怕他，走着瞧吧！"

王万佳一遍一遍地说着酒话。突然，身子一抖"哇"的一声，吐了一大口，酒气冲天，味道刺鼻。

柳七录费了好大劲好不容易把王万佳送到了他的家门口，对王万佳说："今天，喝得太多了，我送您进屋休息吧！哎！你的门钥匙呢？"

"在裤子的口袋里，你自己拿！"

"这不是我家，是你家。"王万佳指着柳七录说，"这就是你家，你到家了，你要好好休息，睡下！"王万佳又以大人的口吻对柳七录说："好好睡觉。我看着你睡下才走。"

柳七录无奈地躺在了王万佳的床上。

王万佳又摇摇晃晃地走出了自己的家门，柳七录想小便，实在憋不住了，就用王万佳的脸盆解了个手。

这时，听到院子里有人的脚步声，声音由远慢慢地走近了，口里还嘟囔着说话，但听不到在说什么。柳七录害怕是王万佳回来了，就赶紧又躺在了王万佳的床上。

"这人今天晚上是不是又喝多了，大门也没有关。"柳七录躺在王万佳的床上，一动也不敢动，竖着耳朵听着说话声，好像是女人的声音，再仔细听声音很熟悉。"吱呀！"卧室的门被轻轻地打开了，听到脚步声轻踏轻放地着地，来人特别小心。

赵婕和王万佳的感情迅速升温，使得他们渴望着天天见面，时时想在一起。于是，他俩在学校与王万佳住宿的路途中，找了一棵很大的树，在树根部放了一块大石头，石头的下面放了一块手绢大小的塑料，塑料里包着一张小纸条，小纸条上写约会的时间，地点。

昨天，王万佳接到接待客人的通知已经较晚了，来不及通知赵婕，赵婕吃过晚饭后在家里等着天黑，她心神不宁，坐卧不安，好不容易天黑了下来，她装作到小湖边散步，路过"虎虎尤为"餐馆，看看王万佳是不是在那里接待客人？眼睛一瞟看到有陌生的汽车停在餐馆门口，她的心一下子就安稳了下来，并推定王万佳在接待客人。

好不容易等到零点以后，她悄悄溜出家门，停住了脚步向四周观望了一遍，觉得没有什么动静，就径直走向王万佳的家。

这是她和王万佳交往以来第一次一个人半夜三更出来往王万佳家去。平常都是王万佳来接她。

……

柳七录被王万佳强迫在他的被窝里睡，碰巧赵婕晚上来找王万佳约会，这给柳七录出了一道大难题。

赵婕已经进了卧室，摸黑往床的方向慢慢挪动，口里还说着：

"佳佳，今天是怎么回事，喝多了？唉！确实是，屋子里没有个人照料是不行啊！可我不能天天过来呀！"

"灯的开关在哪儿？我也找不到啊！"

"怎么不说话？睡着了？"

"佳佳！"

吓得柳七录在被窝儿里动都不敢动一下，他听着赵婕的脚步声越来越近了。

"这可怎么办？这可怎么办？"柳七录焦急地自己问自己。

赵婕的喘气声也能听到了，柳七录心一横，心里念叨："一不做二不休，该咋办就咋办吧？"

凭着这些天熟悉情况的经验，赵婕摸黑摸到了王万佳的床，好不容易才感受到床的方位。赵婕用手慢慢地摸着，摸着……，她心头一惊，再一模床上是空的，赵婕又从床头往床尾摸了一遍，还是空荡荡的。

赵婕神经非常紧张，甚至非常害怕，赶忙抽身而退，两步并做三步迅速出了王万佳的院子。

柳七录到哪儿去了？原来，在赵婕将要接近床的瞬间，柳七录一翻身就躲到了床的下面。听到赵婕的脚步声远了，他立马从床下爬了出来，急急忙忙回家去了。

赵婕只顾急匆匆往家走，不小心被一个类似麻袋的东西绊了一下，重重地摔了一跤。好半天才爬了起来。她一瘸一拐地走近绊她的东西时，一看是个人，可把她吓坏了，险些大叫起来。再仔细一看，原来是王万佳。

原来王万佳从自家院子出来后，漫无目标地，跌跌撞撞地走着，一块小砖头绊了一下，就顺势跌倒了……

赵婕费了好大的劲才把醉酒睡在大街上的王万佳扶了起来，把他送回了家。

第三十一回

万佳巧使连环计　赵婕砸了自己脚

柳七录从王万佳家出来，酒劲被赵婕吓得清醒了一半，他跌跌撞撞地加快了回家的脚步，生怕再出现什么节外生枝的糗事。

回到家里，也懒得洗漱，倒头就睡下了。但是，无论怎么样都睡不着。刚刚在王万佳家里遇到的事让他又惊又喜，他在想，看来群众的眼睛是雪亮的，赵婕和王万佳确实是有一腿。

柳七录想：王万佳啊！王万佳。你们的糗事我可有把柄在……手……耶！这把柄在哪里呀？

柳七录这才醒悟过来，他什么把柄都没有抓着。这说话得有证据啊！他的证据呢？他懊悔，他陷入了苦思冥想。

退一步讲，如果当时听到赵婕进了王万佳的卧室，自己就不该藏了起来，应该在听到赵婕说话后，自己突然把灯打开，这样，就把赵婕暴露在灯光之下。自己什么也不说，起身走出王万佳的门，这就足矣！

然而，柳七录竟是什么也没做，不过柳七录可以品到这两个人的德行也算是一种收获吧！

王万佳酒醒后，隐隐约约知道他是在半夜三更被赵婕从大街上搀扶回去的。他的内心深处对赵婕滋生出一种似爱非爱，似亲非亲，若即若离的情结。

其实，昨晚柳七录送他回家时，当他准备进入自己家门的一瞬间，突然就滋生出了不愿意回家的念头，于是就借酒撒疯说了那样的醉话，强行把柳七录安置在了他的床上。他想柳七录也喝多了，肯定一沾床就入睡。然后，他一个人回办公室去睡一夜，以此来想象醉酒在他床上睡着的柳七录，与夜间可能来家找他的赵婕一旦相遇后的精彩场面，他不由得为他暗导的恶作剧而发笑……

没想到昨晚自己却喝多了，他离开自己家门没走几步就感觉到身子一软就跌倒了……

王万佳从心灵深处就不爱赵婕，是赵婕的紧追猛贴才让王万佳着实无法抗拒。

第二天，王万佳的酒完全醒了，想起昨夜酒桌上钱部长对他的批评，公社领导们对他的微词，柳七录的"小人得志"和自己的不得已为之的屈从，又想到昨夜醉酒后雕虫小技没有得逞，心里很烦。

几天来，王万佳一直在琢磨，他需要有一个他一个人说了话算数，一手遮天的大环境，他需要走动在他周围的部下和得心应手的干事者。

然而，危险正迅猛地向他扑来，危险的人都安居在他的周围：

常圣桀，有着令人羡慕的文化水平，群众威信又高，品行端正有能力，令人羡慕的上层人脉，是睡在他身旁的一头雄狮；

柳七录，比他王万佳老资格的村干部，有群众威信，又有行政背景和社会资源，是时时站在他跟前的祖师爷；

赵婕，变成了他的老情人，时时缠着他，时不时地给他惹是生非，给他的工作和生活带来了极大的不方便，况且他今后是要结婚的。这种关系无论如何也不能够再继续下去了。

王万佳，在筹划着，在等待着。他的风格是：

心有谋略，意在天时，
顺其自然，伺机而为；
借用他力，事半功倍，
静观互斗，渔翁得利。

民办教师转为公办教师进入了白热化阶段，这几天，学校教师们之间聊天的话题，以及村干部和社员们都把"民转公"作为热议话题。

"'民转公'教师排序出来了，第一名是常圣桀老师！"

"我觉得第一名应该是常圣桀老师。"

"赵婕老师教龄长，让她转比较公平。"

"听内部消息，我们村学校仅有一个'民转公'的指标，大家都说是给常圣桀。"

贫下中农管理学校的代表梁亮一次在学校老师批改作业的办公室，被忽悠起来了，就给大家分析，说："论年轻有为，论工作能力和讲课水平我个人的意见是常老师转正比较好，特别对我们学校乃至我们每个家庭都是有好处的。这你们应该懂的！"

赵婕听到这些铺天盖地的马路消息，秒速工夫，传遍了整个木古公社。

"老王！"赵婕在只有王万佳和她两个人时，就称呼王万佳为老王，"听说公社只给了河西庄村学校一个'民转公'指标，是这样吗？""老王，你得为我出力啊！如果我们学校只有一个指标，也应该给我。他常圣桀才教了几天书？"

"村'两委'会班子还没有研究啊！不过你们学校已提交上来'民转公'的排序意见，'两委'会要改变这个排序可是不容易呀！"王万佳对赵婕说："你们学校对'民转公'教师排序的意见依次是：常圣桀，你，你是排第二位，如何改变？"

其实，王万佳已经告诉了赵婕，如果公社下达一个"民转公"指标，那只能是常圣桀转；如果公社给两个"民转公"指标那你赵婕就有机会转为公办教师。

"公社给一个指标就给常圣桀，凭什么？不行，我有意见，我要告状。"赵婕像疯了一样，朝着王万佳叫着。王万佳心里想，常圣桀的名次，我是不能动，一是学校报上来的，二是他在县里有人。

然而，他暗自高兴，让赵婕收拾常圣桀，看来这盘连环计的起步走对了。王万佳又加了一句，"你们俩表现都不错，要转一起转。"

赵婕回到家里，想："要转一起转，要转一起转！我转不了，常圣桀他也别想转！

我不能这样无动于衷地等着，我应该有所动作，让公社领导知道我赵婕在河西庄村学校"民转公"教师排序第二位，给河西庄村学校两个"民转公"指标不就好了！

赵婕在深入地想着：我来个敲山震虎，把事搞大，让公社领导不要忘记我们，就是我和常圣桀。要转两人都转，要不转都不要转。常圣桀不是先进工作者吗？我们是捆绑在一起的！

赵婕一夜没有睡觉，思过来想过去，最后决定自己行动。

周日的清晨，天刚蒙蒙亮，河西庄村还在黎明觉中做着美梦。成年人梦见自己家的庄稼丰收了，全家老少用大车拉，用小车推，怎么也运不完，醒来发现是个梦；上学的孩子们做梦在参加考试，什么也不会，准备在考试中作弊，可怎么也做不成，一觉醒来时才松了口气，一切都是梦。

全河西庄村的人都是睡着觉才会做梦，然而，赵婕，这位人民教师，身为共产党员，学校的副校长，为人师表之人却是在她自己清醒之时，做睡梦中的事情，怪也！奇也！

汪萧瑶每天清早六点准时起床，这是她好多年养成的习惯。她比常圣桀小好多，高中毕业当天就来到了河西庄村学校担任了民办教师，比常圣桀晚来不到两年。然而，因为她是从学校到学校，大家都把她看作小年轻。再加上她长相可爱，水灵灵的大眼睛和白嫩的肤色，苗条的身材和活泼开朗的性格，银铃般的笑声常常给人们带来欢乐。

汪萧瑶和王万佳是同父异母的兄妹，从小汪萧瑶就不喜欢哥哥王万佳，父亲给她起名字时，从小被娇宠的她就不愿意和王万佳姓一样的姓，父亲没办法就让她姓了她母亲的汪姓。然而，王万佳对她却特别地亲，特别地宽容和关心。

就在有钱难买黎明觉的时辰，赵婕一骨碌爬了起来，穿好衣服，收拾了一下头发，简单擦了一把脸，气冲冲地来到学校，使劲一脚就把校门上的小门子"啪"地踢了开来。把个看门的老校工张大爷着实地惊了一跳。

赵婕手里拿着几块石头，大步流星朝着常圣桀的住处走去。

"啪，啪，——啪！""常圣桀——你出来！你想转公办教师，没门！我砸死你——"

"要转我俩一起转！"

赵婕一边叫喊着，一边用石块照着常圣桀宿舍的窗户和门砸，把窗户上的玻璃，窗户纸和门窗全部砸了个稀烂。

宿舍里，常圣桀睡得正香，巨大的砸玻璃声把他从梦中惊醒了。他快速爬起来，这时外面女人喊叫的声音，连同石块砸窗户的声音，常圣桀以为是地震，再定神一观察，原来是赵婕在外面叫骂。

常圣桀顾不上穿衣服，躲到墙背面，听了一会叫骂，才渐渐地明白过来，赵婕是因为"民转公"来滋事的。

常圣桀站在墙背面，静静地等着，一面把衣服快速地穿好，一面保护好自我。赵婕砸了好大一阵子，把玻璃、窗户、门和窗户纸全部砸了个乱七八糟。

赵婕终于不砸了，常圣桀站在被砸得稀烂的门里，一句话都没说，平静得异乎寻常。面对常圣桀的举止，赵婕的神态却表现出了不知所措和万分惶恐。

发生的这一切，被站在一旁的老校工看了个一清二楚。

老校工是听到校门被用力打开，就留意到一个影子匆匆往里走，长年的看门经验告诉他进去的这人不太正常，于是他悄悄地跟在了后面……

这一天虽然是星期天，汪萧瑶和往常一样早起跑步锻炼。当她在村子的小湖沿边上跑步时，不经意看到了对岸赵婕急匆匆往学校方向走去。汪萧瑶还有点纳闷，周日赵婕还去学校？是不是学校有什么事情？

所以，她跑完步后就绕路去了一趟学校。正好同惊慌失措地从后院过来的老校工碰上了。随即，将刚刚发生的，不知为什么，赵婕平白无故砸常圣桀门窗的事一五一十地给汪萧瑶讲述了一遍。

汪萧瑶听了非常气愤，二话没说就朝着常圣桀的宿舍快步走去。与在现场的赵婕照了个迎面。赵婕看到汪萧瑶，马上愣了一下，汪萧瑶很是惊讶但平静地问道："赵校长，这是怎么了？那窗户和门可是公家财物啊！你怎么能全砸毁了？"汪萧瑶用平静得不能再平静的语气，问出了平平常常的话，赵婕的脸色瞬间由红色变成了白色，又由白色变成了铁青色，僵尸一样地立在原地一动不动，一句话都说不出来。

好半天，从常圣桀屋子里传出了声音，"是萧瑶吗？快来帮帮忙。""是我，常老师，马上就来！"汪萧瑶急忙走到被赵婕砸毁的门前，自言自语地说："咋把好好的门窗砸成这个样子？这么多玻璃碴子，明天学生到校，会把学生扎伤的，今天必须把它清理干净。"汪萧瑶一边清理一边说："门被砸坏了，开不开，常老师暂时出不来。让我把这砸毁的木板弄开，你才能出来。"汪萧瑶一只手拉住一块被砸毁的木板，使劲一拉，说："好了，可以从这里出来了。"

赵婕的脸色交替变换了好一会，一个人站在那里，走也不对站也不对，尴尬了好大一会，最后默默地走了。

常圣桀稍作整理，慢慢地从破碎的门框下钻了出来。"怎么回事？常老师！"汪萧瑶迫不及待地问道。常圣桀没有急，和平常聊天一样，说："我也不晓得怎么回事，睡得正香，梦中感觉到像地震，然后就醒了。这时才意识到有人砸窗户和门，再后来就听到赵老师的叫骂声。莫名其妙！""这，这……这怎么能这样？"汪萧瑶木讷地自言自语。

两人瞅着被砸得破烂不堪的门窗，在原地站了几分钟，常圣桀说："唉！有什么办法？天要下雨娘要嫁人，能怎么办？"汪萧瑶也没主意，只能说："……门窗不能这样子，明天学生上学来，看见了不好。我来想办法修好。您就别管了，放心！"

因为赵婕损毁的是学校的财产，老校工的责任就是看管和保护学校财产，他看到的这一切都必须如实报告给校长。

校长张银彪很快将情况向河西庄村"两委"和王万佳支书做了汇报。下午，他又将赵婕砸常圣桀门和窗户的事向公社杨恒路书记做了汇报。

张校长这一汇报，把赵婕砸常圣桀宿舍的事变成了两个教师因为"民转公"打架的事件，舆论哗然。事情越传越变味，成了赵婕和常圣桀有暧昧关系，俩人在常圣桀宿舍住着，因"民转公"谈不拢，睡到半夜打了起来，赵婕把常圣桀宿舍的玻璃给砸了。

王万佳听到了这个版本，心里暗自高兴，自言自语地嘟囔："天助我也！看她赵婕如何解释？"

王万佳年龄大了，又有继母，所以很早就搬出来独自一人吃住。偶尔，还回去同汪萧瑶和老父亲吃顿饭，他和继母的关系还算不错。

这一天，在家里吃饭的桌子上，汪萧瑶怪异地看了王万佳一眼，王万佳一下就明白了妹妹想问什么，不等她话出口，他便说："我知道你又要撑我了，我可没有说常圣桀的什么事，是街头巷尾人们咬耳朵。我觉得常圣桀不是那样的人，赵婕嘛……就说不准了。反正他俩的'民转公'肯定是泡汤了！"

"哥！"汪萧瑶急着说，"你们领导不能这样做，我知道的是赵婕一早去到学校无缘无故砸了常圣桀老师的门和窗户，常老师是被洗劫者，属于受害方。这个情况是我们学校的校工亲眼看到的，并是他亲口告诉我的，我也看到了一些情况。"

"那又能怎么样？这事能上法庭吗？谁是原告？常圣桀愿意到法庭去告吗？这样的糗事谁愿意拨开草寻蛇呢？谁又是被告？不过，证人倒有两个。哈哈！这叫本末倒置。"

砸了常圣桀门窗的赵婕于当天傍晚，到大队支委会去找王万佳，王支书办公室的灯一直关着。接着三四天王万佳消失得无影无踪，赵婕找了两天没找到。后来，她预感到王万佳是在躲她，意识到她面临三大困境：一是砸了常圣桀的门窗，在群众中她的形象一落千丈；二是"民转公"在她这里自己给自己画了个休止符；三是王万佳被震慑，彻底终断了他俩的关系。

说也奇怪，就在赵婕砸了常圣桀门窗的第一个周日，公社党委会确定了木古公社民办教师转为公办教师的名单，河西庄村转了俩人，是学校上报时排位第三第四名的黄俐珍和陈宏光。不出所料，公社不做任何调查，就用了最简单的办法，将临场肇事者赵婕和常圣桀排除在了"民转公"的名单之外，这就叫谁搬起石头砸了自己的脚，就让谁去疼吧！

常圣桀教授对于过去发生的事，至今一些细节还历历在目。因为，这件事改变了他的人生轨迹，改变了他的婚姻。

一些因素至今仍然困扰着他，比如：当时，赵婕为什么要砸他的门窗。

常圣桀教授通过"虫洞"仔细观察了当时赵婕身体周围的辉光分布特点和辉光变化的特色。反反复复地看了不下几十遍。

"刘博士，你快来看，赵婕头部的辉光内出现了两个发光点，非常地微小，而且在不停地围绕着几个特定的位点在移动。你来看！"常圣桀招呼了一声刘博士，接着说："我们大家分头在画面的人物头部观察一下。"

刘博士不紧不慢地走了过来，他通过"虫洞"，依着常圣桀看过的足迹，仔细地观察着，"噢！是有两个不同颜色的发光点。"刘博士惊讶地说。

常圣桀不由得观察起了那个时候的自我，同样，在头部的辉光中也发现了两个不同颜色的发光点。

这一发现，将把他们对辉光现象的研究向前大大地推进一步。

第三十二回
遭陷害圣桀入狱　汪萧瑶显露真情

　　河西庄村学校同大多数县城学校或规模较大村镇的学校一样，都是占用文庙而建的。校园内高大的建筑物是供奉孔子雕像的大殿，大殿两侧是供奉孔子得意门生颜回和仲由的偏殿，坐落在大殿正南面的是牌坊，牌坊两侧是鼓楼和钟楼。东南西北被大殿、偏殿、牌坊和钟楼将这座庙围成幽深的四合院。院子里靠近大殿东西两侧各有一棵上千年的柏树，两棵柏树的巨大树冠将整个院子盖了个严实。即使白天院子里的光线也十分暗淡，给整个文庙建筑群加注了森严的神秘感。

　　在庙宇的外周是空旷的操场和几间破败的教室。

　　庙宇院东北和西北角分别有一间可住两人的宿舍，常圣桀和张银彪校长合住西北角这间，但张校长家住邻村，天天骑车回家，实际上常圣桀经常一个人居住在这间房子。东北角这间房由任希民老师和罗晨文老师一起居住，罗晨文老师的爱人在邻村学校教书，所以，罗老师经常不在这房间休息。任希民老师是城里人，每逢节假日就回去过。所以，在学校假期和星期天，这么硕大的院子内只有俩人守着。就是看校门的老校工和

341

住在校园最深处的常圣桀。

最近，情况有些变化，任老师宿舍的灯经常是亮着的，不过光亮调得很小。常圣桀老师于晚间上厕所时不经意地发现了这一情况，他以为是任老师的女友黄俐珍老师在，所以就不以为意。

然而，蹊跷和令人胆寒的事才刚刚开始。

学校有一台很高级的电子管收音机，就放在任希民的住处。每天早晨六点三十分全体教师一起在这里聆听中央人民广播电台《新闻联播和报纸摘要》节目，以此来听毛主席和党中央的声音，听全国的大好形势和国际上帝国主义和修正主义社会一天天烂下去的报道。除了周日和假期以外，天天如此，雷打不动。

年轻的任希民老师，师范毕业生，脑筋灵活，善于学习新鲜事物，喜欢鼓捣一些电器之类的东西。他自制电铃供学校通知师生作息和上下课用，还自费购置材料安装了一台微型晶体管收音机。

他特别喜欢研究和操控收音机，学校的电子管收音机价格昂贵，张校长看到任希民很懂收音机的操作，就指定学校这台唯一的贵重设备由任希民老师一人负责操控。

任希民还有一个更大的爱好，喜欢国家大事和国际新闻，学校订阅的《人民日报》《光明日报》《文汇报》和《参考消息》，他几乎天天是第一读者。

看过后，常常在人多的公共场所发表议论和看法，有时因为某一国际问题和人们吵得面红耳赤。

这几天，河西庄村买回来了高音喇叭，由于经费紧张，有人出主意只买回了喇叭，用学校的收音机带动高音喇叭和麦克风。

在"两委"会上，王万佳给大家这样说："咱们村花了好多钱买了高音喇叭，为了安全把广播室设在学校，再说任希民老师会操控这玩意，这样一举三得，即：教师们每天听中央台的新闻时声音可以通过高音喇叭传遍全河西庄村，社员们都能直接听到毛主席和党中央的声音；还能向全村广播事情，代替了用铁广播筒通知社员事宜；社员们可以通过高音喇叭听到娱乐节目，活跃了我们村的群众文化生活。"

然而，在王万佳的心中这何止是一举三得。

把村里的广播器装在了任希民宿舍，作为年轻人开始感觉到非常高兴，因为任老师特别喜欢鼓捣电器类的东西。再则，村子里的广播一天仅仅用两三次，利用率很低，给他的生活也造不成多大的影响。

可黄俐珍听了这事很不高兴，任希民老师一再问她，她就是不说，把任老师搞得丈二和尚摸不着头脑。

一切事情随着时间无声无息地走过，没有什么异样，也没有什么好事或坏事发生。

常圣桀也喜欢鼓捣电器类的玩意，他自己设计，自己购置零件，自己动手安装，一部用耳机作为听筒的矿石收音机就制造出来了。

任希民制作的是晶体管收音机，这需要更多的钱，用来买二极管，三极管，电容器和若干电阻器等元件，还有线圈和小喇叭。当然了，任老师制作的收音机叫作简易晶体管收音机，收听效果非常好。

几位年轻的男老师互相影响下，人人都制作自己的收音机。经济条件好些的制作的是晶体管收音机，经济条件不好的只能制造矿石收音机，矿石收音机只能用耳机才能听到电台的节目。

在那个年代，有些文化的年轻人都喜欢制作一些小电器玩，但制作矿石收音机的最多，因为他可以听到广播里的声音。广播里的播送内容很少人在大庭广众之下谈论。

矿石收音机可以收到外国人说中国话的许多电台，如：莫斯科广播电台，英国BBC广播电台和美国的美国之音广播电台。还有台湾地区的中央广播电台以及香港和澳门的广播电台。

这些电台有时学着大陆的口气进行反大陆的宣传，有时播送歌曲，邓丽君是台湾地区中央广播电台的主打歌手，大陆这边的年轻人最喜欢邓丽君的靡靡之音。

没过几天，任希民感觉到由学校管理村广播是不合理的，甚至是危险的。村里的高音喇叭经常处于开机状态，好像有一双眼睛时时盯着他的行为举止。

"最近几天我回公社开会，大家议论的一个话题就是现在的年轻人非常喜欢鼓捣自制矿石收音机，对这种现象大家都持肯定的态度，表示应该予以鼓励和积极支持，并提议咱公社联校搞一次矿石收音机制作展览，以此来激励年轻人的创新精神，从而，带动我们公社大力开展教学创新活动。"

周一早晨，听完《新闻联播》后，张校长在布置一周工作时说："我看我们学校常圣桀老师和任希民老师制作的矿石收音机就很好，参展时一定会吸引参观者的目光。"他兴奋地朝着常圣桀和任希民问道："你们觉得你们矿石收音机制作的水平如何？"

常圣桀被张校长问了个突然，略加思考后，答道："现在的年轻人都对矿石收音机的制作很感兴趣，我俩制作得嘛还算行。"

任老师很高兴，他接着说："我们的水平算是一流的，就是没钱，如果有钱的话，我俩敢保证制造出更好的矿石收音机。"张校长笑着说："我们大家都知道，这一现象是群众自发的活动，如果我是大领导一定会安排项目鼓励大家尽情地发挥创造性！"

制作矿石收音机的潮流是在有一定文化基础的男性小年轻人群中兴起的，就像学校这样的地方，小年轻聚在一起时常常聊天和讨论的话题是矿石收音机。

"我买的矿石很便宜，但在调频时真难搞，昨晚调到十一点才找到。这是怎么回事？"陈宏光老师在教师办公室就矿石收音机制作方面向常圣桀请教，常圣桀正和赵婕讨论团日活动的事，他回答说："那是因为厂家出厂前没有把矿石的敏感点找到，或没有固定好针造成的。你虽然花时间找到了矿石上的敏感点，但是还会脱落的。今后再买矿石时一定要买将针做了固定的产品，否则，每次都会因为此事浪费许多时间去找频道。"赵婕听了常圣桀给陈宏光的解释，她一头雾水，然而看到陈宏光点头表示明白了，她有点不好意思。可是，脑子灵活的她把话题一转，对着陈宏光说：

"你们制作的收音机能听到什么？"

"听到广播、音乐和戏曲。"陈宏光不假思索地说：

"还能听到外国人说话。"

"那能听得懂？"

"嗨！外国人说中国话嘛。"

这是再普通不过的一段聊天了，然而，它被工具化了就成了捆人的绳子了。

在农村学校，冬天的寒假分外凄凉，特别是河西庄村的学校，大雪覆盖了庙顶和树冠，延续到整个校园，白茫茫一色与天相连，在这空旷无垠的白雪天地上一串从校门口到后院的脚印是能见到仅有的人迹。

冬日的寒风凛冽，落在人的身上能穿透厚厚的棉衣直达肌肤，北风摇曳着庙顶上挂着的铜铃不时地发出清脆的声音，除了这些以外便是静得能听到自己呼吸声的环境。

校园的那一串脚印是常圣桀和陈雅琴的，但随着日月的前行，印迹越来越稀疏了。

王万佳坐在自己的办公室里，嘴里叼着一支烟，烟灰长了好长一段，他都无暇磕掉，直到烟支持不住烟灰，烟灰掉落在他身上时，王万佳熟练地把剩下的烟灰磕到烟灰缸，才恢复了心神。

王万佳在想着最复杂的事情。

自从"民转公"失败后，赵婕第一次来王万佳的办公室。"我的大书记，告诉你一项重要的情报，有人在……"还没等赵婕说完，一阵急促的敲门声响起。

"王书记，不好了，昨夜你院子猪圈里的母猪跑了。"邻居大爷"砰"的一下，打开了王万佳办公室的门，把王万佳和赵婕惊了一下。大爷也不顾有人在场，接着说："还不错，它是趁夜间到河滩里找野公猪去了，今天早上自己回来了。我来告诉你一声。"说完之后，转身就离开了。

赵婕站在那儿尴尬地愣了一会，越发觉得不好意思，王万佳也无话可说。

在连空气都凝固的一瞬间，还是王万佳的脑子转得快，马上问道："刚才你说什么了？"这时赵婕赶快就坡下驴，说："我，我，我是感觉有人在用矿石收音机偷听敌台。"她说话的声音明显地比刚才小多了。

"谁？"王万佳看着赵婕问道。

赵婕怯生生地回话，说："常圣桀他们。"

"哦！"王万佳声音平平地答应了一句。

赵婕感到了抓到一些人把柄的得意，但很快被无名的羞涩替代了。别的一些想法一下子散到了九霄云外。她揣着无趣心情离开了王万佳的办公室。

一天中午，县无产阶级专政委员会的警车在河西庄村大队门口停了下来，从车里下来三个人，走进了王万佳办公室。半小时后，车子开到了学校门口，一会常圣桀和任希民被带上了车，往县城疾驶而去。

常圣桀老师和任希民老师被县无产阶级专政委员会带走了，这一消息像六月天的晴天霹雳把整个河东县都惊呆了。

什么原因？为什么把常圣桀和任希民老师带走了？

常圣桀他们俩被带走的第二天，张校长被叫到河西庄村"两委会"，村支书王万佳和他谈了几个小时的话，张校长回到学校后便召集全校人员召开了会议，在会上张校长说："常圣桀和任希民是因为偷听敌台被带走的，情节很严重，是要判刑入狱的。至于事实是怎么样的不需要咱们村来管，由县无产阶级专政委员会审理。希望大家不要谈论这件事情了，不要传谣和信谣，做好自己的工作就是对革命和毛主席的忠诚。"

陈雅琴是河西庄村里较早知道了常圣桀被带走消息的人。那一天，常圣桀和陈雅琴一起在常圣桀的宿舍。因为说起了"民转公"的事情，陈雅琴说："她赵婕又不是皇帝的女儿，为什么她平白无故施行了打砸抢，反而让被受害者陪她一起受处罚？"陈雅琴气愤地嚷着，并指着常圣桀说："你是不是和人们说的那样，和赵婕有一腿，否则你为什么不敢去向上级反映这件事的真相？惩治寻衅滋事者，还受害者一个公道。"常圣桀一听说他和赵婕有暧昧关系，心中一阵恶心，特别是这话从雅琴口里说出，他更是觉得受了极大的侮辱，马上说："你胡说八道，你侮辱我的人格。""我怎么是胡说八道，我说的不是事实？"陈雅琴急了，眼泪不由得往出掉。

　　正在此时有人敲门，随后进来了三个穿制服的人员，他们问常圣桀："你叫什么？"常圣桀说："我叫常圣桀。""有件事需要你配合我们核实一下，走吧！"他们的语调严肃，不由分辩地说。陈雅琴被这一场面整蒙了，看见来人要把常圣桀带走，前面对政府的怨气又叠加上现在的情景，突然火冒三丈，大声疾呼："光天化日之下你们竟敢无理抓人，不行，你们得说出理由才能走。要不你们把我也带上，我和他一起走。"

　　来人一看这架势，看来不说出个原委是带不走人了。其中一个人拿出了他的证件，让陈雅琴看了，他们是县无产阶级专政委员会的工作人员。他说："常圣桀和已经上了我们车的任希民涉嫌犯了偷听敌台罪。"然后，他指了一下陈雅琴说："告诉你，不能妨碍我们执行公务。"

　　"雅琴，我没有罪，相信我，别哭！"常圣桀一边往车子方向走一边对陈雅琴说："请告诉我父母一声，我很快就回来了，让他们放心！"就这样，陈雅琴含着泪送走了常圣桀。没想到，这一别竟成了他俩的跨世纪的离别！

汪萧瑶是一次在她哥哥王万佳居住的房子里看书，偶然间听到王万佳和一个来人对话。

来人问："他们是用什么工具偷听的……证人有几个？……他俩都有矿石……""是的，是的！……证据……"王万佳回答。

当时，汪萧瑶想问王万佳，来人到河西庄村谈的是什么事情？可正好下午第一节课是她给上，客人还在聊，当时没有机会问。

这事没过几天，常圣桀他们就出事了。

汪萧瑶知道了常圣桀他们被带走，后悔了一阵子，但是，她尽快找到了王万佳，劈头就问："常圣桀他们是怎么回事？"

"他们自找的，用矿石收音机偷听敌台，这可是政治问题啊！"王万佳如实地给汪萧瑶把整个事件的来龙去脉说了一遍。一来因为他对汪萧瑶从小就宠，他知道在汪萧瑶面前不能够耍小聪明，她的聪明大着呢，一切都骗不了她；二来他暗暗地观测到，发现他这个妹子暗恋上了常圣桀，这是他所不能接受的；最后他又想让陈雅琴知道萧瑶在帮常圣桀，他要借力在陈雅琴对常圣桀的感情布上撕开一个口子，他王万佳好对陈雅琴下手。

经过几天的调查和访问，汪萧瑶在自己的心中完成了搭救常圣桀的部署。常圣桀被带走的当天下午，汪萧瑶就带了一些日常生活用品去常圣桀家看望了老人，并实打实地把常圣桀出事的情况给两位老人做了讲解，并说她会尽力去想办法先联系上常圣桀。

陈雅琴急得没了主意，她也去常圣桀家看望常圣桀的父母，巧的是和汪萧瑶在常圣桀家的院子里碰了个照面。

"雅琴姐，你过来了！我过来看了一下常圣桀老师的父母，伯父母挺好的！"汪萧瑶没有任何尴尬和拘束，朝着雅琴说："您进去吧，我走了！"雅琴略显不自在，仿佛萧瑶是主人的角色雅琴是客人，雅琴点了点头，没有说一个字，目送汪萧瑶出了常圣桀家的大门。

这场事件的发生，两个女人就像各自驾驶着命运的小船航行在了惊涛骇浪的大海之中，她们自己的命运自己把控，现实注定了能够顺利到达彼岸的那一个一定是智慧和力量的结合体。

常圣桀教授两天没有吃饭了，只喝牛奶和水，他的注意力太集中了。

庆幸的是，他今天终于知晓了在他的年轻时代所经历事件的全部，特别是一些困扰了他几十年时间的盲点。对那些在眼皮底下发生的事毕竟不能全部知之经纬，现在明白了许多。

第三十三回
李晓轩创业成功　获平反荣居七品

张改英带着对新生活的向往，带着对李晓轩的眷恋，带着对儿女们的不舍离开了这个世界。她心中有太多的不平，最大的莫过于她最了解的丈夫，一个好人却被戴上了"坏分子"的帽子。

她在弥留之际，想的是快快闭眼吧！我要早一点到阎王那里和阎王评个理，为什么做好人就这么难啊！

张改英走了，给李晓轩留下无尽的内疚，内疚他没有当好一个丈夫，没有把爱全部倾注到妻子身上。

人们常说忠孝不能两全，而李晓轩他是忠爱没有两全。

虫洞中的常圣桀看到了遥远的触及灵魂的事件，回忆起与李晓轩相处的日月，过去和现在都感受到来自他身上满满的正能量。

常圣桀在想难道好人在辉光上就一点显示都没有吗？李晓轩在过去可以称得上是他的精神导师，在许多的时期和事件中，常圣桀遇到过太多的困难和人生的坎坷，好多次李晓轩的现身说法就使常圣桀的信心被激励。

"刘博士，你来看李晓轩、常圣桀和汪萧瑶头顶的发光点好像绿颜色很明显。柳七录、王万佳和赵婕的红色的多一些。"

常圣桀教授又对刘博士说："你再仔细看看，陈雅琴头顶的发光点和他们的也有区别。"刘博士没有马上表态，他在认真地听着，同时，他正在酝酿着一个大胆的方案。如果这个方案能在中国率先尝试，而且通过理论推演对这个方案予以了肯定和支持，这将会给祖国的伟大复兴事业添加重彩的一笔。

"同志们：我们今天在沙滩窝这个地方开一个启动会。就我们六七个人七八条枪，要把河西庄村祖祖辈辈的荒山野岭变成绿洲。这是大队交给我们的任务，也是县里给我们的项目。我们要完成这两项任务：一是要用三到五年时间把这块野草都不长的荒山野岭变成绿洲，二是为全县改造荒地摸索出一条路子。我还想再加一条就是按照我国森林保护法规定，谁种树谁受益的原则，如果我们产生了效益给大家分钱。"

说到这里，他自己笑了，带动着大家都笑了，都七嘴八舌地说开了："这块地自从我记忆起就没有长过庄稼。"张家成说。"我从小在咱村割草就不去那地方，那里就不长任何草。"杨绅武说。

"我们要树立信心，下定决心干，这是首要的前提条件。有了信心很好，接下来我们就是要知道怎么干，一句话就是要科学地干。"李晓轩对着人们的消极情绪启发着说。

人常说："做事难，要做好一件事更难。"在沙滩窝垦荒种树项目获批后，李晓轩就进入了"战时状态"，这件事在某种程度上转移了李晓轩对妻子的思念之情。他又以全新的姿态和百倍的信心投入到新的战斗。

李晓轩领导的六个人中年老体弱的拉不开栓，精神不佳的不愿意举枪，疾病缠身的走不动路。

"我们都是有罪之身，大队把我们从'黑帮队'抽到这里劳动，是因为我们去年劳动表现好。好几个人都想来，可我们不同意他们也来不了。如果咱们这里边有人不愿意在这儿可以回'黑帮队'去。"大家听了李晓轩的一席话，都表示要留下来好好干。

军心得到了稳定，李晓轩又提议张家成担任项目组的副组长，张家成的积极性得到了调动。全组团结一致，热情高涨。

李晓轩通过常圣桀和赵国庆老师取得了联系，赵国庆老师将河西庄村垦荒种树项目的意义向大学领导做了汇报，得到了校方的认可和支持。随即组成了专家组和垦荒种树项目组一起展开了工作。

"李叔！"专家组的董教授对李晓轩说，"今天，按照学校的要求和项目的进度，我们专家组向各位报告一下这几天我们工作的情况以及对项目的一些看法，说得不对大家纠正和补充。

"首先，你们接受的这项任务很有意义，做好了可以成为汾东县流域治理的示范工程。但是，这个项目的工作量是很大的，任务是艰巨的，你们还要做好准备，去面对失败的考验。

"还有一个要求就是项目组的每个人都要补学与项目有关的科学知识。

"下面我简单介绍一下我们怎么干：了解环境。我们这五百亩地已经形成一个小环境，这个小环境的特点就是干旱缺水，土壤贫瘠和小气候环境恶劣；我们也要知道这个小气候形成的原因，尽量消除这一因素。

"改造环境。首要的是改造土壤的条件，如增加肥力，平衡酸碱度等等。防风固沙修渠引水。

"选好树种。要选适合我们这块小气候地理条件的树种，如：杨树、柳树、文冠果树、樟子松、梭梭、白刺、沙棘、沙拐枣、柽柳、沙柳、红柳。

"设计。我们要瞄准三十年以后的人文环境，把这一小领域变成一个自然环境旅游点。

"应用劳动激励措施精心管理。可以试行劳动承包责任制。"

董教授讲完后，瞅了瞅大家，说："这就是我们垦荒种树项目的设计思路，看看大家有什么意见和建议或者不同的看法，大家提一提。"

董教授话音刚落现场响起了一阵掌声，气氛非常热烈，与其说是业务培训倒不如说成是一场奇特的动员会。

"董教授讲得好，让我们学习了不少知识，眼界突然开阔了。我想请教一下董教授，刚才讲的在我们这地方适宜种植那么多树种，可有许多品种的树是什么样子，我们都没见过，这么多种树苗从哪里来？"

"这好说，我们有树种资源库可以从那里调用。"

简单的培训后，正式的垦荒种树就开始了。

风和日丽的二月，阳光明媚，春风拂面。小河里的薄冰开始融化，鱼儿欢快地在小溪中追逐着。南方的燕子陆续回到它的爱情窝，为孵育爱情的结晶而忙碌着。耳边不断的歌声来自树上和田野，人们闻其声便感知万物都沉浸在了恋爱的美好时光里。

王万佳的心情特别好。他为自己的谋略感到骄傲，自己的口头禅"说白了"硬是被他强行戒掉了；他对权力的欲望不声不响地实现了；赵婕是他小青年时的那个她，今天的他得到了，但他顺利地又把她甩掉了；常圣桀是他政治上的强有力的竞争者，他的连环计足够地强大，老天助他一臂之力，梦想成真了；还有李晓轩这个老东西韧劲挺大的，走着瞧吧！

至于，柳七录上一次通过他大爷的老关系，请县委组织部副部长吃了一顿饭，办了一点小事，把他王万佳唬了一阵子，但后来他知道了这仅仅是一次性的。所以，你看他的心该有多大，一目了然。他王万佳是一个地地道道的政治油条！

"垦荒种树是我们村有史以来没有过的上面给的项目，我们一定要支持。这不是有钱没有钱的问题，是对上面战略部署重不重视的事！"王万佳在"两委"会上介绍垦荒种树项目，说项目批复部门要求项目主持单位配套至少百分之十的资金。他说："我们村没有那么多钱，只好用'以工代投'的办法，我们让总会计算了一下，每月派二十个青壮年劳动力到项目组参加劳动，我们大队给这些劳动力记工分。这样，我们村就是'以工代投'，我们就完成了给项目的配套资金。"

王万佳一面给大家印象是对项目大力支持，一面又在具体安排的时候暗使绊子。这样，就导致派去的劳力绝大部分人不服指挥，不干活，反而帮倒忙。以此来拖延工程的进度，使植树作业贻误了节令。而且，损毁了许多珍贵的种苗。给项目的推进带来了不可弥补的损失。

柳七录也没有闲着，他鼓动柳建成的老婆又演了一出神仙附体的闹剧，说在沙滩窝种树是违天命的，河西庄村人动了太岁的土，村里不久要起瘟疫死人了，搞得河西庄村人心惶惶，夜不敢眠。

垦荒种树项目终于由于劳动力奇缺而停工了。李晓轩也在双重压力下病倒了。

李晓轩在家整整躺了三天，没有吃一口饭，可把他两个女儿李春花和李秋雨给急坏了，日夜守候着他。张家成知道后，急忙赶来，告诉两个孩子要定时给他爸爸喂水，并留下了一颗自己藏了二十年的安宫牛黄丸，教会两个孩子如何将药丸喂给她们的父亲。就这样第三天下午，李晓轩神奇地坐起来了，口里嚷着："哎呀！可把我饿坏了，你们也不叫醒我，让我好好地睡了一觉。"他瞅了瞅站在他身边的春花和秋雨问道："现在几点了？还不赶快给爸弄口饭来，吃了得赶快去工地。"

"你已经睡了整整三天，把我们吓了个半死，爸爸，你这本领真的太大了，可以三天不睡也可以三天全睡，哈哈哈！"秋雨说话幽默，不紧不慢，亦哭亦笑地朝着父亲说。李晓轩瞪着眼，左右看了一遍，喃喃地说："今天几号了？哎呀！差点误了大事，和赵国庆老师说好明天他们带着项目的全部规划过来，让大家提意见呢！"

"爸爸，看来赵老师不来你还不准备醒了？"秋雨高声开玩笑地撑了李晓轩一句。李晓轩笑了，说："我哪有那本事？"这时，春花已经把饭做好了，端到了李晓轩面前，说："饿坏了吧，趁热吃吧。"

李晓轩狼吞虎咽地吃了饭，往起一站，伸了伸腰，自言自语地说："压不垮打不倒的李晓轩又来了，继续干。"

赵老师带着专家队和五六百名学生来到了垦荒种树工地全

面接管了工地运行，很快便展开了实质性的工作。

半年时间，该种的树苗都种上了。没想到来了一场大风，接着就是狂风骤雨，把树苗连根拔起，修好的道路被冲毁掉了。

"我李晓轩与天斗其乐无穷，与地斗其乐无穷，与人斗其乐无穷！"几年后，他在来人参观他们的垦荒种树项目向大家介绍经验时说："人是要有一股精神的，只要精神在，没有干不成的事业，没有克服不了的困难，办法总比困难多嘛。"

王万佳进入了而立之年，他轻松地在官场的道路上进入了佳境，婚姻问题才在他的心中有了一丁点迹象，他在为此绞尽脑汁，希望能随着他的意志而至。

陈雅琴受到了双重打击，一是她严重怀疑常圣桀和赵婕是否有那种关系？二是常圣桀被专政委员会的人带走了，说不好要蹲大牢。她能甘守寂寞多少年？况且她看到像张家成这样的人是如何艰难地一天天地过着日月！生下的孩子也是狗崽子，她真不敢往下想。

她心存侥幸心理，去找王万佳帮忙救一下常圣桀，一个地地道道的村姑她只能去找王万佳。

陈雅琴怯生生地敲开了王万佳办公室的门，正好只有王万佳一个人。"王叔，我是因为常圣桀的事找您，请您帮忙，救救他吧！"雅琴眼泪快要掉出来了，几乎是哀求地对着王万佳说。王万佳看到进来的是陈雅琴，脸上马上露出了笑容，说："别别，别！应该叫哥才对。你看，我虽然和你爸爸关系好，可我们和你爸是两代人，咱们是同代人。叫哥吧。好吗？"

陈雅琴觉得很尴尬，因为她记得她爸爸拉着她的小手在街上玩的时候就叫他叔，怎么现在当了村干部谦虚起来了，自己给自己降了一级。不过河西庄村的万家和陈家本来就互不隶属，怎么叫都无所谓，纯粹是一种习惯。

陈雅琴低着头，叫了一声："哥。你就帮帮常圣桀吧！"

"哎呀，雅琴，我要是能帮的话我早帮了。常圣桀是被县无产阶级专政委员会办的，他偷听敌台，问题严重着呢！谁也救不了他。你就死了这条心吧！"

"那就一点办法也没有了？"陈雅琴担心地问道，王万佳说："雅琴呀，你年轻轻的，你们也没有领结婚证，你何苦呢，自己往火坑里跳，这可是一辈子的事啊！还关联着后代，你得想想！"陈雅琴被王万佳的话震慑了一下，当时就心慌意乱地说不成一句话，她语无伦次地说："……那，我也得管他啊……他怎么办呢？"

王万佳一看，心中就有了底。对雅琴说："这样吧，你回去再想一想，明天你再来找我，好吗？"

王万佳不愧是心理学自学成才的优等生。他紧紧抓住了陈雅琴欲救常圣桀和对嫁给常圣桀会影响后代的顾虑心理，采取了步步为营的策略，牵着陈雅琴的鼻子走。让她慢慢地变成了他王万佳的猎物。

次日，陈雅琴准时来找王万佳，王万佳一边周旋一边办公，接待来找他的人，目的是让更多的人知道他和陈亚琴好上了。几天下来农村人嘀嘀咕咕的特性把陈雅琴找王万佳变成了陈雅琴和王万佳谈对象。

这一议论迅速在河西庄村传了开来。

陈雅琴逐渐成了王万佳办公室的常客。

"雅琴，你听说了吗？人们传我俩搞对象！"王万佳早就想捅破这张窗户纸，今天终于鼓起了勇气说。

陈雅琴好半天没有搭话，王万佳焦急地足足等了十多分钟，她镇定地说："你想要娶我吗？"她停了一会，接着说，"我可以嫁给你，但是，你必须答应我一个条件，你要把常圣桀救出来。"

王万佳一听，心想这条件我能答应吗？我把常圣桀救出来，你们结了婚，到时候没我什么事，我有病？再说我能救出常圣桀？他悄悄自言自语："说实话吧，我可以把他送进去，可我没有那本事把他救出来。"

王万佳对陈雅琴却说："我可以想办法把常圣桀救出来，我保证！"王万佳就是这样的一个人，言过其实。

就这样，王万佳的攻势一步步紧逼，陈雅琴一步步失守，连续十多个回合下来，他们好不容易达成了共识：王万佳救出常圣桀，陈雅琴和王万佳结婚。

李晓轩主持的垦荒种树项目，在李晓轩的坚持和赵国庆的鼎力支持下，在项目组每一位成员的奋力拼搏下，虽然遭遇了天灾人祸的洗礼和危难，但终于完成了。

项目的完成为校队合作开辟了一条全新的创新道路，为北方农村改良沙化土壤提供了宝贵的经验，说明了农村要富裕，农民要有钱，就得科学发展农业，改善农村环境。

项目的成功引起了县委的关注，县国土资源管理部门负责人带领全局工作人员和各乡镇分管国土资源的领导来到河西庄村的沙滩窝进行现场办公，让李晓轩介绍经验，李晓轩的现身说法感动了在场的所有人。

陈局长指派专人将李晓轩的人生写成了新闻报道，在报纸上进行了大篇幅刊载。市委很关注有关李晓轩的报道并派专人进行了考察。

正当其时，改革开放的东风席卷祖国大地。发现人才，大胆使用人才成了蓬勃发展各项事业的敲门砖。

李晓轩重新加入了中国共产党，被市委选拔为汾东县县长。

第三十四回
萧瑶艰辛救圣桀　万佳施计保自己

常圣桀和任希民被县无产阶级专政委员会的一辆破旧吉普车拉着，渐渐地进入了山区，车子在一个写着"五七干校"的地方停了下来。专政委员会的两人先下了车，一个人在车子边来回踱步，一个人进了门，大概是汇报去了。

就在这会，常圣桀环视了一下周围，脑子里一闪，想起这不是 8207 工程总指挥部吗！他来过这里，那是为给连队民工审批粮食关系时来过。

一会工夫，进了院子的那个人出来了，"下来吧，你们就住这里。"他指了指"五七干校"旁边的房子说："住这里，你们每个人住一间。操！待遇还挺高的，比我们还强！"

自从上了车到现在，常圣桀一句话都没说，他在想：为什么给我安上了偷听敌台这一罪名？这是从何说起的？俗话说得好无风不起浪，我常圣桀怎能莫名其妙地被戴上这个帽子！太莫须有了！

一路上，他使自己镇定了下来，将思路捋了又捋，他想：偷听敌台肯定与收音机有关，最近一段时期他们几位年轻男教师都在玩矿石收音机——学校原有的电子管收音机——大队把高音喇叭安装在学校任希民宿舍，这些因素都是关联着的。

当日晚上，几个工作人员对常圣桀和任希民进行了审问。

"你叫常圣桀吗？"

"是的，我叫常圣桀。"

"你是河西庄村的民办教师吗？"

"是的。"

"你的政治面貌是什么？"

"共产党员。"

"你知道为什么把你带到这里吗？"

"不知道！"

"平常你是一个人住在学校的宿舍吗？"

"是。"

"你喜欢玩收音机吗？""学校的收音机你喜欢动吗？"

"动过，调过台。"

"矿石收音机里能选的台不少吧？"

"是的。"

"能听音乐吧？"

"是的！"

"在矿石收音机里选出的好听的歌有哪些？你能说出十首来吗？"

《东方红》《大海航行靠舵手》《北京的金山上》《太阳最红毛主席最亲》……

"国外的歌很好听，你也选几首吧！"一个工作人员在引导常圣桀。可常圣桀好像没听见，站在那里无动于衷。待了一会，常圣桀回答："没有听过！"

"陈宏光说他听过国外的歌曲，你就没有？你一个人住在那么偏僻的地方，能不听吗？"专政委员会的工作人员提高了声音问。

常圣桀声音不高不低不急不慢地回答："我没听过，别人听没听过我不知道。"

"任希民和你经常一起讨论矿石收音机的安装工艺，说过他从他宿舍的高音喇叭传播过苏联莫斯科电台的事吗？"

"任希民说夜间你们两个人经常讨论河西庄村的奇人怪事，肯定也会讨论国家大事，是吧？"那个工作人员自感再问也不会有什么有价值的口供了，站起身拿着他的记录本走了。

半夜三更，有人进来了，说："常圣桀，我们继续问话。"问了一个多小时的时间，就撤了！

天刚刚亮，又进来了几个人，他们又问了一次。

这叫车轮战，先把你的精神搞垮，让你走向苟延残喘生狗的境地，精神崩溃的你，问什么说什么。

然而，常圣桀经受住了这种考验。审问人员一筹莫展。

自从常圣桀被带走后，汪萧瑶经常去看望常圣桀的二位老人，有时拿些吃的东西，有时不拿。一开始她和陈雅琴还不期而遇过几回，陈雅琴显得不大自在。后来，陈雅琴就来得少了，慢慢地就不来了。

汪萧瑶一边照料着常圣桀的父母亲，一边打听着常圣桀他们的案子。

一次王万佳喝醉了，躺在家里的沙发上说着醉话的时候，汪萧瑶引导着他说出了常圣桀他们被带走的真相。

"哎呀！肚子真难受！……我厉害吧！喝酒谁是我……我

的对手！你们都不是我的对手。"王万佳说着醉话。萧瑶问："谁不是你的对手？""……谁？那还用问！常圣桀，就是常圣桀。"

"常圣桀他们偷听敌台，是被我判断出来的……哈哈，哈哈！我把广播安放在任希民宿舍，喇叭一天二十四小时都开着，任希民夜里玩他的那个矿石收音机时，竟然把莫斯科广播电台的节目播出去了。是罗晨文老师向大队反映了这件事。

"常圣桀他俩常在一块儿，任希民听敌台，常圣桀能不听吗？谁信！我看连他们自己都不信。"这时的王万佳酒醒了一半。他半醉半醒地把自己想说的一股脑儿地都倒了出来，感到痛快极了。

他就是要让河西庄村的老百姓知晓他王万佳是将帅之才！

等他的酒完全醒了，隐隐约约想起他和一个人在说话，好像是个女的，是陈雅琴？不是，她不可能来。是赵婕？不是，她再也不好意思来了。那会是谁？肯定是老妹子萧瑶了。嗨！我怎么能和她说这些话！他后悔至极。但又一想，没有什么，醉话不算话。

汪萧瑶不止一次去到县城打听常圣桀和任希民被关到哪里了，可始终没有结果地返了回来。但是，她越跑信心越足，因为她了解的情况也愈来愈多。

她感知到形势在往好的方向发展，好像人的精神面貌也在发生着变化。

学校开始整顿教学秩序，要求教师自己发挥主观能动性充实教学内容，开始提多年不提的一些话题，如：提高教学质量，学好文化课等等。

她多次找李晓轩，一开始李晓轩不多和汪萧瑶说些什么，后来，汪萧瑶找他的次数多了，他才观察到汪萧瑶在暗恋常圣桀，这才放心地和她讨论如何帮常圣桀。

"李叔，我今天听到我哥说了，常圣桀老师根本就没有偷听什么敌台，是他们推测的。"汪萧瑶找到李晓轩，情绪化地给李晓轩说。李晓轩伸了一下腰，显露出了急切的心情，语速很快地问道："是吗？确凿！""确凿，没问题！"汪萧瑶回答得很干脆。

李晓轩担任了县长在木古公社引起了很大的政治气旋波。

"李晓轩担任县长了，应该，是老天的眼睛开了！"

"听说李晓轩又入党了。"

"人家可不是同大批'五类分子'平反一起恢复了党籍，而是因为他表现好，在大批'五类分子'平反前就入党了。"

"听说像他这样第二次入党在我们县只有他一个人是这种情况。"

"李晓轩县长是经过严格的程序选拔出来的。"

"李县长当过兵，种过地，栽过树，吃过苦，一定能带领全县人过上好日子！"

汪萧瑶失眠了，夜里睡不着觉，她在想常圣桀这些天在干什么？他知道是谁害的他吗？他应该为他自己鸣冤啊！突然她想起几位教师在办公室聊天时常圣桀说过李晓轩垦荒种树工程遇到了缺乏资金和无技术的问题时，提到请国土资源管理部门陈轩连长帮忙解决的事。她想来想去就决意明天一早进城找陈轩局长试一试。

早晨，天还没有亮，夜空中闪亮的星星还在忽明忽暗地在天空中做游戏，一会藏入了天空的深处不见了，一会又跑了出来朝着早起的人们眨两下眼又藏起来了。

东方渐渐地显出鱼肚白，汪萧瑶骑着一辆不错的永久牌自行车已经走了五六华里的路程。她计划一上班就站在陈连长的办公室门口。

进了城，汪萧瑶费了好大的劲才找到了县国土资源管理部门，那个时候国土资源管理部门还没有正式成立，仅仅是农业局的一部分业务，所以难找。不过，国土资源筹备局的牌子已经挂出来了。汪萧瑶找到了局长的办公室，站到那儿不到五分钟，一位中年干部样的人走到局长办公室门口，正准备开门，汪萧瑶上前一步，朝着开门的人问道："您是陈连长吗？"正专注开门的人被问得愣了一会，迟疑了几秒钟后说："同我说话吗？""是的，我是河西庄村的，我叫汪萧瑶，和常圣桀是朋友。"汪萧瑶生怕误下其中哪一句话，一股脑地把要说的话全部倒了出来，接下来眼巴巴地瞅着陈局长。

陈局长一听是河西庄村的，又是常圣桀的朋友，马上说："河西庄村来的，这么早就到了，来，进我屋子吧！"说着他用手示意了一下，让汪萧瑶先进屋。汪萧瑶客气了一下就先进了陈轩的办公室。

陈轩把汪萧瑶让进了自己的办公室，说："你叫汪萧瑶吧，我听常圣桀说过你。这么早，有事吗？""有事，有大事！"汪萧瑶很着急地说，"常圣桀前些日子被专政委员会的人带走了，不知道在什么地方。理由是说常圣桀偷听敌台！"汪萧瑶接着又说："我敢担保常圣桀，他绝不会偷听什么BBC、美国之音这些敌台。"

陈局长知道了这件事，感到非常突然。

就在陈局长和汪萧瑶分析这件事的时候，国土资源管理部门办公室来电话，说有一位中年男子自称陈局长的旧部下，有急事要见陈局长，陈局长没有犹豫，说："让他来我办公室吧。"一会，一位打扮很朴素的中年人被带进了陈局长的办公室，陈局长一眼就认出了他的战友李虎成，情不自禁地叫了一声："虎成，是你？没想到。"李虎成说："陈连长变成陈局长了，好不容易找到你。"他一边和陈局长寒暄着一边问陈局长："这位是？"陈局长这时才发现他忘记了给汪萧瑶和李虎成相互介绍了。他马上朝着李虎成说："你猜这位美女是谁？"李虎成这才注意到汪萧瑶的漂亮，他先是眼睛一亮，后来稳定了一下情绪，笑着说："是从云端飘下来的天仙吧。"这一句玩笑话把个汪萧瑶说得满脸通红，不好意思地说："我们农村人这番打扮，土气得很，别取笑了。"

陈局长插话说："虎成，我给你介绍一下，这位是常圣桀的朋友，叫汪萧瑶。"他接着说："你说找我有什么事，都是一家人，你就说吧！"

李虎成又恢复了着急的情绪，说："常圣桀在我们原来8207工程的总部，现在叫'五七'干校。我现在在那里种菜。"

"昨天早晨，我起得早给县委招待所摘菜，一些'五七'干校被管制的人员下了夜班回来，从菜地旁边走过，我偶尔抬头一看，正好与一个人打了一个照面，我仔细一看，把我惊了一下，这不是常圣桀吗？他怎么在这里？他也认出了我，但是我们互相都没说话。"

"我也不晓得这是怎么回事？也不知道该怎么办？这不，今天一早起来，就找陈连长来了。"

"我可以见到他吗？"汪萧瑶焦急地问道。

"我回去可以想办法，你听我的信吧。"李虎成胸有成竹地回答说："我去过你们村，还是和常圣桀一起到他家时去玩过。"

"现在我还记得，他家住在一幢老房子的二层楼里，你们村的学校是在一座庙里。""我就在学校教书，你要是和常圣桀联系上了，可以来我们村学校直接找我。"

陈局长很严肃地告诉他俩："要保密，小心有人作梗。其余的事我找李晓轩县长汇报。遇到什么事直接找我。"

汪萧瑶和陈轩局长道别了，也和李虎成说了再见，就匆匆忙忙地回河西庄村学校了，因为下午第一节就是她的课。

今天的汪萧瑶心情特别舒畅，这是自从常圣桀被带走后第一次感觉心身爽快。这时，她才意识到马上就要过清明节了，天气暖和起来了，春天的脚步越来越近了，绿色悄悄地装扮着阳光明媚的人间，万花盛开的季节还远吗？

汪萧瑶赶紧回到家，换了一身与这风和日丽时令相宜的衣着，心境平和地走上了讲台。

常圣桀被审问后的第二天一早，管理人员不顾他在前夜被审问了几次，第二天照样让他去参加体力劳动。劳动的活计是在一个建材厂开压砖机。这种活儿对常圣桀来讲是轻车熟路，做起来得心应手。

强制性劳动的时间安排在夜里八点到第二天早晨六点，共十个小时。

常圣桀出于求生的本能，刚被他们押来就知道了这儿原来是8207的领地，所以一切的一切常圣桀是非常熟悉的。

那一天，早晨收工回来，常圣桀意外地发现李虎成在菜地里摘菜，他虽然愣了一下，但在外表一点儿也没有露出来。隔了两天，常圣桀正在洗衣间洗衣服，李虎成假装也去洗衣，两人就这样接上了头。

李虎成快速地把外面的情况、学校和陈雅琴的情况概要地给常圣桀说了，并告诉了他这些消息都是汪萧瑶提供的。

常圣桀听到陈雅琴移情别恋时无论如何不愿意相信。他感觉是不是大家的错觉？他推测过多种情况，就是想看看陈雅琴变心的可能性有多大，推测的结果是五比五。常圣桀很心焦，这种情绪胜过一切向往。

王万佳对李晓轩被选拔为干部并被提拔的消息很早就有耳闻，但是，他万万没想到的是李晓轩竟然被选拔为汾东县县长。王万佳的心一下好像丢了魂似的，然而，自我保护的本能油然而生，他首要的止损目标是保住马上到手的媳妇。

王万佳在和陈雅琴约会的地方早早地就等上了，陈雅琴迟到了。王万佳一见陈雅琴来了，一把就把她抱在怀里，说："宝贝，你迟到了！""我迟到了？仅仅一次，你天天迟到，我都没说，你好意思！"陈雅琴拨开王万佳的双臂不满意地撑了王万佳一句。王万佳马上解释，说："我是跟你开玩笑，宝贝！别生气了！"他伸开长臂又想抱雅琴，雅琴挣开了他的手坐在了一边。

王万佳好没意思。但是他做事的目的性很强，于是，他静了静，自己镇定了一下，慢声慢气地说："对不起，雅琴，我的玩笑开大了，我道歉，以后绝不开这样的玩笑了。""对不起！""对不起！"王万佳突然高兴了起来，说话的声音也提高了，说："雅琴，我有个好消息要告诉你。"

"你能有什么好消息？"雅琴反问了一句。王万佳说："我们可以马上结婚了。""你的承诺还没有兑现，结什么婚？"陈雅琴平静地说。"常圣桀在一周内就可以被释放回来了，这可是我花费了九牛二虎的力气，动用了我许多关系才办到的，上面答应提前释放他，但偷听敌台的罪名还得背着，要背一辈子，还是挺可怜的。雅琴你不会食言吧？"

陈雅琴听了王万佳的这一番话，心中不知道是什么滋味，是痛！是悲！是喜！是疑还是怕，真是五味俱全。

"要是我确认了常圣桀能回来了，我就嫁给你，姑奶奶我绝不食言！"陈雅琴天不怕地不怕，任性的性格在大是大非面前表现得淋漓尽致。

第二天，陈雅琴主动找到了汪萧瑶，直面就问："常圣桀能回来了吗？"她这么一问，有谁能立即回答了这个问题呢？汪萧瑶迟疑了一下，正准备回答，陈雅琴马上说："说真的，说你知道的。我声明：我不会和你抢常圣桀。"

第三十五回
圣桀返村再创业　雅琴自酿苦酒吃

自从常圣桀出事后，陈雅琴观察到汪萧瑶真心喜欢常圣桀，她也晓得汪萧瑶不仅有文化而且德貌兼备，所以，她选来选去觉得汪萧瑶最能准确地告诉她，常圣桀是否可以在近期内被放回来。如果能得到肯定的回答，她也就了却了一桩心事，她认为她陈雅琴是为救出常圣桀而嫁给王万佳的；她的骨子里还有自私的一面，如果嫁给常圣桀，他成了释放分子，明摆着今后就得过像张家成一家那样的生活，这样她是受不了的。

汪萧瑶给她的答复说常圣桀是被冤枉的，肯定能回来。陈雅琴听到了常圣桀能回来，也就相信了王万佳的话了，王万佳毕竟是村干部。

另一方面，王万佳每天守着陈雅琴，死缠活缠，软硬兼施，终于，陈雅琴同意和王万佳领取结婚证。陈雅琴的父母也同意将女儿嫁给王万佳。理由是王万佳比陈雅琴大些岁数，肯定男方疼爱女方多；二是王万佳还是村干部，今后在村里没有人敢欺负。

王万佳抓住了这一千载难逢的好时机，骑自行车带着陈雅琴，去到公社就把结婚证领取了，王万佳和陈雅琴成了合法的夫妻，美得王万佳做梦都笑出了声音。

汪萧瑶接到李虎成捎来的信，让她第二天给常圣桀带上些衣物，去到陈轩局长那里，然后一起去看望常圣桀。

汪萧瑶一早到邻近的镇上按照常圣桀身体的尺寸，买了里里外外全身的衣物，回到家全部都洗得干干净净。第二天，天没亮她就骑着自行车带着衣物怀着期待的心情赶往县城去找陈轩局长。

汪萧瑶到达国土资源筹备局时，李虎成已在门口了。"李哥……，虎哥，哎呀！我也不知该怎么称呼您了，看您比我大些，我就叫您哥吧！"汪萧瑶一早就骑车往城里赶路，全身热乎乎的，脸蛋儿红红的，说起话来抑扬顿挫好听得很："你说行吗？"

李虎成说："你是常圣桀的女朋友，常圣桀比我大半个月，我叫他哥，应该叫你声嫂子。"汪萧瑶的脸马上红到了耳根，害羞地低下了头，轻声细语地说："这不，还不是嘛！"

"早啊！你们二位早来了？"陈轩局长远远地看见了汪萧瑶和李虎成他俩，高声说道："很好！先告诉你们一个好消息。昨天，李晓轩县长专门召集有关部门，了解了常圣桀和任希民案件的情况。已经查明常圣桀根本没有偷听敌台这事情，纯粹是一种怀疑性的推测和臆想。

"今天就宣布常圣桀无罪解除管制，恢复一切政治权利，国家给予经济损失赔偿。

"任希民是个人操控自制矿石收音机时遇到国外电台，是正常的。只是他在国外电台波段滞留时间长了些，但不构成犯罪。至于，敌台声音通过扩音机播出这件事，责任不完全在他，他的宿舍就不应该放置扩音机，责令河西庄村大队尽快将扩音机撤出任希民宿舍。

"择日，对任希民案件宣布无罪处理。

"虎成，萧瑶，走！先到我们员工食堂吃早餐，我请客。现在我们不用担心什么了，可以大大方方地说事情了。"

早餐后，陈轩局长带路，李虎成用自行车载着汪萧瑶，往原8207工程指挥部方向骑去。李虎成耐心地给汪萧瑶讲解当年他们连队在连长的带领下战胜了许多困难，练就了他们遇到困难如何面对的本领，讲到了常圣桀和战友们在涵洞内遇险后，常圣桀如何临危不惧，果断决策，巧避险情，把大家安全带回地面的往事。

他们一路走李虎成一路讲，没有一点倦意。他们从城市走到了农村，从平原走到了山区，走入了曲径小道，简直是路难走难于上青天。

终于，他们到达了挂着"汾东县'五七'干校"牌子的一个地方。

进入了会见室，他们见到了常圣桀。

"常老师，这是让你换的衣物，收好！"汪萧瑶把准备好的衣物双手抱着递给了常圣桀，右手做了个动作，常圣桀一下子就明白了，微微点了点头。

"常圣桀，瘦了，精气神还不错！很长时间没有见，比以前更成熟了！"陈轩局长看着常圣桀，像长兄看着小弟一样亲切，说，"一切都会好起来，这仅仅是经受了一次特殊的锻炼嘛！是好事。李晓轩县长很关心你，让我代他问你好。""李晓轩当县长了？"常圣桀惊讶地问道。陈局长说："你的案子就是在李县长的亲自过问下才这么快就搞清楚了。"

李虎成和常圣桀说了明天可以出去，并已经安排好了出去的一切准备。告诉了常圣桀明天由汪萧瑶一人骑车来接他。

常圣桀回到屋子，按照汪萧瑶手势的暗示，找到了藏在汪萧瑶送来衣服口袋里的一封信。信口是被封上的，叠得齐齐整整，信封正面写着"尊敬的常圣桀老师亲启"，字迹清秀，干净有力，略带柔润。

常圣桀带着不安和焦急的心情打开了汪萧瑶，一个豆蔻年华女孩子给他的第一封信。

尊敬的常圣桀老师：

我觉得我这样称呼您才得体自然，亲切和尊敬。

今天我有机会给您写这封信不知是缘分使然还是苍天的安排？

我想，今后您一定会知晓，我是顺其自然来到您身边的，但这确是我梦寐以求的愿望。感谢我至今还不知道应该感谢的那个人或是神，给我们创造了这个机缘！

喜欢上您，是我的青春之门刚刚被打开豁口的瞬间，看到了风华正茂的您从我的眼前走过；恋上了您，是我已经是亭亭玉立的少女，在挥汗如雨的田间和优雅而健谈的课堂上和您相遇；想要爱您，是我已努力和您站在了同一平面上时，您的选择已经就绪却无意间拨动了我的心弦。

今天，我向您表白是我一生的心愿。我爱您，但我尊重您的选择，等候您的选择！

但愿我的美梦成真！

萧瑶

夜深了，常圣桀还是没有一丝丝睡意。天亮时，他看汪萧瑶的信不下十多次，现在闭上眼都能背了出来。他对陈雅琴的爱是真诚的，可爱是相互的。他的第六感告诉他，陈雅琴已远离他而去，留恋也无济于事，但是，他就是想自己落到实处。

对汪萧瑶他是仰慕的，但是，上升到爱情层面还不敢去想。

果不其然，正像王万佳给陈雅琴说的那样，汪萧瑶把常圣桀接回来了，而且通过组织告知了河西庄村"两委"，常圣桀是被冤枉的，恢复其政治权利并补偿其经济损失。

木古公社党委鉴于王万佳在有关偷听敌台事件中的拙劣表现，决定撤销王万佳党支部委员、书记的职务，并责成他写出深刻检查，以观后效。

并决定任命常圣桀为河西庄村党支部委员、书记。

陈雅琴怎能接受得了这样的现实，她找到了王万佳，口口声声说王万佳欺骗了她，是骗婚，扬言要和王万佳离婚。把个王万佳弄得东躲西藏地回避着她。

在家里，陈雅琴的父亲陈师傅虽然半身瘫痪在床，但是坚决反对陈雅琴的做法，陈师傅说："……王万佳还是原来的……王万佳，没有变，王万佳……对雅琴很好，……对我们家也不错，……为什么要离……婚，别做伤天害理的事。"

陈雅琴任何人的任何意见都听不进去，执意要和王万佳离婚，王万佳无计可施，真是秀才跳井——明白人办下了糊涂事，只好答应和陈雅琴办了离婚手续，俩人的婚期不到一周时间。

陈老三陈师傅接受不了他宝贝女儿的做法，一气之下没有缓过气来，结束了自己的一生。真是：

> 前世谁欠谁，很难说得清，
> 今世还人情，谁还谁欠谁；
> 天下诸事情，谁来讲得清？
> 一物降一物，一切均公平！

接回常圣桀后，汪萧瑶帮忙收拾好了常圣桀的宿舍，然后，就离开了。常圣桀躺在了自己的床上，感觉到特别地累，想闭着眼小睡一会，可怎么也睡不着。

陈雅琴始终没有出现，问题的一切都明白了，她已离他而去了。想问个为什么，可问谁去？回过头来说，又有谁比自己更了解陈雅琴。所以还是自己问自己吧！

该结束了，大是大非面前谁进谁退不就是试金石吗？今天的结果已经告诉了常圣桀谁真的爱你，谁才是与你白头偕老的另一半？

常圣桀清醒了，完完全全地醒了过来。他决心选择汪萧瑶，这成了他这一生唯一的选择。

常圣桀回村仅仅休息了半天，第二天一早就有三三两两的人找上门来解决问题。

"我还没有接受组织任命，这些事还不能管。"常圣桀给大家解释，有人问："什么时候就能管事了？"常圣桀只能照实回话，说："通知今天下午开党员大会，也许在会上宣布。"

下午，在河西庄村全体党员大会上对常圣桀任党支部书记和免去王万佳职务的决定进行了宣布，常圣桀正式开始了他在河西庄村的创业事业。

河西庄村如何发展，常圣桀心中早有一本蓝图。

"我们村近期要铺开并完成以下三项工作：第一项，全面推行土地联产承包责任制，向安徽省小岗村学习，这项工作由宏右同志负责，务必于种小麦前完成。让社员们今年就能把小麦种子种入自己家的责任田里，明年夏收获得承包责任制的第一份成果。

"第二项工作是由七录同志负责，把咱们村的木工、泥瓦匠、水工、铁工、醋工、酒工和粮工都组织起来，成立河西集团。

"先从制造业和加工业起步，然后再走出去，寻找创新行业的时机。我们要走独立自主，创新为先的道路，将河西品牌创出来、保得住、打出去。

"今年，要把集团成立起来，确定几样产品，先干起来。

"我问一个问题，请七录同志回答，资金从哪里来？"

"……啊，啊，啊！……嗯，嗯！"

柳七录被这一问给问住了。常圣桀很平和地说："大家在这里开会，是坐着的，屁股不动，脑袋可不能不动啊！人常说脑袋决定屁股嘛！你在这儿听会，是跟着我的思路走？还是开小差，一问便知！

"同志们，我们要把会议精神落到实处，还得看你的脑袋有没有指挥屁股的智慧啊！

"回过头来再说资金从哪里来？大家可以讨论，群策群力。我有一个建议，社员集资，股份制管理。大家说行不行？"

"行！"大家齐声回答！

"这第三项任务就是管好老支书给我们留下的沙滩窝，开放旅游业，由赵婕同志负责。我已和张校长打过招呼，把赵婕同志调回大队工作。"

常圣桀胸怀宽广，激情昂扬，敢作敢为，赏罚分明的性格在此展示得酣畅淋漓，他今天的工作安排，信口而言，出自肺腑，堪称一篇就职演讲，一幅发展蓝图，又是一声动员令。给河西庄村人带来了福音，鼓起了干劲，让社员们看到了希望。

赵国庆在大学里，科研教学做得风生水起，他和陈轩保持着良好的往来，由常圣桀牵线赵国庆和李晓轩也成了朋友，他们音问相继互通讯息，形成了友谊圈、文化圈和正能量的源泉。常圣桀的遭遇他们都为之揪心，常圣桀回村主政让他们都为之高兴和鼓劲。

赵国庆对常圣桀的发展潜力很早就有独特的预测和见解，认为他应该继续深造，到更广阔的领域去发展，为国家为世界做更大的贡献。

李晓轩爱才惜才，他主张常圣桀在基层发展，直接为当地的改革开放，经济发展做贡献。

陈轩和赵国庆的意见接近，力主常圣桀考农业大学，毕业后回家乡服务。

"常圣桀，现在的形势对你报考大学还是很有利，招生政策对考生的年龄要求还是放宽，优先录取有社会经验的考生。"赵国庆通过电话对常圣桀说。

"要为自己的将来定好位，有目标地发展。"这是李晓轩对常圣桀提出的新希望。

常圣桀和汪萧瑶进入了热恋阶段，常圣桀尝到了文化对女性的影响力是多么地强大。无论是和汪萧瑶谈话、聊天，还是做事情，常圣桀都感到了汪萧瑶身上散发出来的睿智和灵气。

"萧瑶，大学每年都招生，你的人生发展规划有没有读大学的愿望？"常圣桀试探性地问汪萧瑶。汪萧瑶一笑，用柔情的眼光瞟了常圣桀一下，说："你这是下决心了，准备报考大学了吧？"常圣桀一把把萧瑶搂在了怀里，眼睛对着汪萧瑶的眼睛说："这不是在征求你的意见嘛！真机灵！让你猜到了。"

"桀哥，放心！我支持你的一切决定，而且会和你一起做到双轮驱动，并驾齐驱。"汪萧瑶给了常圣桀极大的鼓舞，是他下定决心继续深造的最大动力。

他俩约定常圣桀先报考，汪萧瑶后面再报考，这样更能集中精力搞好备战复习。

与此同时，在常圣桀的有效带领下，全村面貌发生了大的变化，民风得到了改善，村民的精气神儿焕然一新。

"今年小麦估产已经出来了，亩产有望突破千斤，稳创历史新高。这都得益于联产承包责任制的成功实现。"陈宏右在村"两委"会上报告了这一喜讯。

柳七录也向"两委"会汇报了筹建河西集团的进展情况，说："河西集团总公司"的资料全部准备就绪，投资资金都落实到位，共集资二十万元。敲定了先上家具制造产品。注册家具制造有限公司，采取股份制独立营运。销售市场是依托我们以前的客户群体，已经预订出半年的产品。"

"农业林业旅游业也不会拖大家的后腿！"赵婕的性格还

是那样地强势，说话刻薄尖锐带刺。大家习惯了她的个性，在座的人好像没有听见她在说什么。她做了汇报："共设置了两种旅游路线，可以呈一条观赏线路也可以分成三条各自独立的线路，分别针对年轻力壮以及儿童群体和年老体弱的群体。已经进行了试营业，反映良好。要求大队协助解决一个问题，就是车辆停放的问题，现在问题不大，预测未来五年会出现车位紧缺的问题。汇报完毕！"

柳彰被判了一年零七个月有期徒刑，出狱后回到了河西庄村，村容村貌的变化震惊了他。

但是，柳彰是谁？他很快了解了情况，迅速地融入了河西庄村的群体中了。他找到了赵婕毛遂自荐要跟随她搞旅游业，并提出组建马戏团在沙滩窝表演吸引游客。

赵婕愉快地接受了柳彰的请求，她在想，我得为我在逮捕柳彰会上领呼口号埋单，这样，她的心好像安静多了！

河西庄村的发展进入了快车道，民风淳朴，厚道善良的社员们，积极性日益高涨。在这事业蒸蒸日上，民心所向的大好时刻，常圣桀考上大学的讯息快速地在村子里传了开来。

人们惊讶，人们喜悦！

人们不知道该用什么感情来面对这件事，也不知道该用什么方法来对待这事！

村民们先是笑了，为常圣桀的前途无量而高兴，笑着笑着流眼泪了，表现出了极大的不舍。不舍得河西庄村人的优秀儿子离他们而去！

第三十六回

"虫洞"阅尽人间情　辉光堪比照妖镜

仲春的早晨，东方的亮光还藏在地平线下的时候，河西庄村大队高音喇叭里响起了逼真而优雅的公鸡打鸣声，有打鸣的引领者，有和音者，奏起了一曲"晨曦曲"。

怀揣各种期盼的人们陆续起床了。

阳光踏着时间的脚步来到了人间，也许没有云层遮挡它的光芒，于是，它愉悦地将温柔的晨晖洒在了人们的身上，射在了生机勃勃的大地上。

常圣桀他们在"虫洞"中，突然观察到一柱辉光轮廓顶端蓝绿两个闪光点好像交替发亮。依据他们研究的结果，经验告诉他们，此人心情复杂，痛苦缠身，他们仔细一看是张家成。张家成骑着他的破车正往城里去。

常圣桀领导的团队对过去十年间发生在河西庄村一些普通人身上的事件，进行了观察。

常圣桀进行了总结："虽然通过虫洞可以观察到过去，但是，这个过去是围绕一个议题，一宗特定的事件或一群人而呈现的。

"地球上所发生的所有事件，地球上所有生物存在时留下的痕迹，所有人在地球上活动过的印迹都是永存的，但只有在虫洞中才能看到。

"在虫洞中可以清楚地看到人身体周围的辉光，仔细看可以通过观察辉光的厚度、密度、色泽和头顶辉光中的亮点颜色来判断人体的健康情况和心理状态是否正常，但辉光这种现象就像海市蜃楼，不是静态的而是动态的，时时刻刻都处在变化之中。

"然而，每个人都有它特定的辉光色谱带，通过色谱带大致可以了解到一个人的性格、兴趣、志向、情绪和爱心，通过头顶辉光中的亮点颜色可以判断出某一个人在此时此刻，内心深处是愉悦，高兴，平常还是悲哀！

"我们研究团队依据对辉光规律的研究，将我们所观察过的人的辉光绘制成了辉光色谱带，以数据形式保存了下来，为今后的此类研究提供理论资料。"

刘博士接着总结，说："我们将人体头部辉光中的亮点进行了命名，叫作'中国之光（Light of China，LOC）'。因为我们这个团队的骨干科学家大多是来自中国，我们的研究对象也是中国人和中国事。

"研究团队认为每个人的 LOC 都可以反映出他（她）心理即时的变化。

"根据这一结论，首先观察了赵婕那一天清晨去到常圣桀的住处，将常圣桀的门窗砸了个乱七八糟。

"我们观察到赵婕在砸门窗前后十多个小时内，她头顶上出现了两个 LOC 点，一个红点持续亮着，一个蓝点呈浅颜色闪烁着；作为对照组，那个时候常圣桀的 LOC 点，一个是绿色点，亮着，另一个是深蓝色，呈闪烁状。

"同时，我们观察到王万佳在安排把高音喇叭装到任希民宿舍期间，他的 LOC 恒定亮点就是红色的，闪烁蓝色亮点很浅。这与我们了解的事实相符。"

常圣桀最后总结："本研究小组通过在虫洞中观察发现人体外周辉光中的中国之光（LOC）与即时的心理关系规律是：

"恒定的绿色亮点出现，为健康正能量心理；

"恒定的红色亮点出现，为不健康负能量心理。

"闪烁的蓝色亮点颜色愈深则心态愈从容；

"闪烁的蓝色亮点颜色愈浅则心态愈紧张。

"当然，一切的状态都不是静止的，也不存在非黑即白。

"在人间，爱是主旋律，宽容是和音，争论是高音和低音，只有这样人生才能奏出优雅动听和波澜壮阔的音乐大篇章。

"以科学和发展的思维对待每一个人和每一件事情是我们倡导的。"

常圣桀在虫洞中看着张家成的一生，心中泛起一阵阵的灼痛。他记得张家成大学刚毕业，回村休假时的天之骄子形象，谈吐文雅自信，知识渊博持重。在他年幼的心中张家成便成了人生路上的偶像。不几天，村里人传说张家成被打成"右派分子"回村了。

回村了！成了"右派分子"，这些在当时的常圣桀心中没有激起多少浪花。

可是，一场运动的洗礼持续了十年，将张家成变成了"黑帮"。受尽了人间苦难和屈辱，前途一落千丈，毁了他的一生。

后来，全社会的"右派分子"平反时，张家成却被回话说他并没有被打成"右派分子"。

就这样，张家成在不同时期都有自己被冤屈的事，无形中张家成一生都与告状寻求平反的路途相伴。

被冤枉应该是找我不应该被划成"右派分子"的证据，张家成却相反，他找的是他当年就应该被划成"右派分子"的证据。他去到地委档案部门，管理档案的一位老同志接待了他，问："你的名字叫什么？分配来到这里工作的年月，哪年被处理的？"张家成一一做了回答，因为对这些年份的记忆他是不会忘记的。

管理档案的老同志很认真地查了所有想到的该查的地方，他一手拿着老花镜，另一只手揉一揉眼睛，遗憾地说："哎呀，很遗憾，没有找到你的任何在地委和行署工作过的资料。"

老同志坐下来又问张家成："当年和你一起工作的同志你还记得名字吗？"

"李大年、吴右和王霞。"张家成脱口说出了这几个人的名字。"没有！"老同志又就这几个名字找了一遍，说："你记得清楚吗？你是被分配到这儿工作的？"

"是的，一定是，这错不了！"张家成有点儿泄气，回答说。

张家成自己在想，别人认为自己是个骗子，嗨！也许自己的命就是这样的吧！

"认命吧！唉！"张家成自言自语地嘟囔了一句，没精打采地正要走，管档案的老同志说："地委和行署的个人档案在'文革'前期被红卫兵烧了一部分，当时通过个人填表的办法做了补救，是不是你的档案资料被烧了没有补上？"

"我想起来了，我问你，你认识刚才你提供名字的那个王霞吗？"老同志问张家成："她是哪里人？她是哪个学校毕业的？她有姐妹弟兄吗？"

张家成快速地做了回答，准确无误。"你是不是突然失踪的王霞的男朋友？""是啊！我是王霞的男朋友。她在哪？王霞在哪？"张家成着急地问老同志，老同志说："你可把霞姐害苦了。"

老同志也坐了下来，喝了一口水，刚才的那种遥远的悲伤情绪渐渐地发散了开来，他缓缓地追忆着那位漂亮的好姑娘王霞。王霞和这位老同志是老乡，他们都是来自老山区，老同志比王霞小几岁，他叫王霞霞姐。

老同志追忆说："你们谈恋爱的事，我一清二楚，王霞从不避讳。她十分爱张家成，在他们恋爱期间王霞每天都高高兴兴地，口里经常哼着小曲。可是，突然有一天，我发现王霞哭过了。这种情况从来没过。我年龄小，不敢问。"

"我观察出来了，好像张家成不在了，去哪里了，她也没有说。"老同志回忆说，"我记得有几天，霞姐的情绪明显好起来了。可不知为什么，过了一个多月霞姐的情绪一下子变得十分低沉，经常偷偷地哭。"

"后来我发现她好像哪儿不对劲？再后来她就不辞而别了，没有和我打一声招呼就走了。当时，也不知她去了哪里了。"老同志喝了一口水，停止了讲述。张家成着急地问："后来呢？""没有后来！"老同志有些生气，回答说。

等了好长时间，那位老同志才接着说："几个月以后，有人传说她怀孕了，肚子里的孩子处理不掉，在社会和家庭双重压力下，一个女孩子实在经受不住啊！最后自杀了。真的好可惜啊！"

老同志悲愤地问道："张家成，孩子是你的吧？你有罪呀！"

张家成被老同志所讲的情况震惊了，他站了起来，一会又坐下，这样的动作反反复复多次，他嘴里念叨着："王霞，我对不住你啊！我混蛋，我真混蛋……"

事情已经过去了二十多年，时间可以消磨掉一切，然而，有些灵空飘逸的记忆会永远与载体相伴，随存而在，随灭而亡。

常圣桀交接了村里的工作，正值汪萧瑶放暑假，他俩说好一起到大学里走一走，希望对大学先有个感性的认识。

常圣桀和赵国庆取得了联系，赵国庆来信说："非常高兴你们俩一起到大学来看一看，我们学校位于大学区，区内共有十多所大学，涵盖了工、农、文、理、艺和商六大领域，这次来你们可以都参观一下。"

大学校园古木参天，大园小园，园园通连，静雅别致，书香扑面，青春年华，莘莘学子，昭示明天。眼前的一切，给人以信心，给人以未来，像号角像战鼓，常圣桀和汪萧瑶的心弦被震撼了，两个年轻人的志向被改写了，他们约定大学校园再牵手。

在校园思想湖畔，竖立着一块巨石，正面雕着"思想湖"三个大字，巨石的背面雕着"足下路千条，适合你一条，逢人千千万，随你惟一人"这样一句话，常圣桀和汪萧瑶一起看到一起情不自禁地念出了声，然后感慨而默默地点着头。

校园的一览，为他们追求卓越，超越自我打好了基石，增添了信念，称得上是一次跨越阶层的飞跃。

他们在赵国庆的引导下参观了教育学，农学，工学和传媒类学科，最后他们到了综合院校，赵国庆建议他们参观一下校史馆。在那里，常圣桀饶有兴趣地认真地看着每一组老照片和文字介绍。第一部分是展示学校的悠久历史，常圣桀和赵国庆讨论，说："你看，咱们省办立高等院校历史还是很悠久的，开始于一九零二年。""是啊！当时，我国最早的四所大学当中有一所就是我们省的。"

第二部分是师资队伍，第三部分是科研成果，这个学校在光学领域的研究是国内领先水平。

学生党团学工作是第四部分。赵国庆介绍说："在大学，学生工作是很重要的，校党委和行政都很重视。培养年轻人嘛！国之大事。"

"哎！常圣桀，你来看，照片上的这个人好面熟，哦！咱们村的张家成。"汪萧瑶自言自语地说，她又仔仔细细地看了一遍，朝着常圣桀说道，"常圣桀，你来看咱们村的张家成，你看，就是张家成。"

常圣桀走了过来看了一下，端详了一会，摇摇头，说："不太像。那还是个娃娃呢！不好说。"他补充了一句，"来看看图注。"赵国庆也过来了，说："看图注嘛，在这里：文学系大三班学生张家成参加省大学生辩论赛获一等奖。""是啊！"常圣桀笑着说："萧瑶眼力好厉害。说明判断力强！"

"来，我给拍个照吧，给张家成做个纪念。"常圣桀举起他的照相机，给张家成提供最关键的资料留下了证明。

陈雅琴陷入了前所未有的窘地，她去找陈宏右，说："宏哥！你也不管小妹了。"陈宏右耐心地对着陈雅琴说："婚姻就像下棋一样，有人落子不悔，有人一盘就后悔不已，不能太放在心上。"陈宏右说完了话，自己也感觉到这话多么地苍白无力，说了等于白说，因为他自己也不相信。

实际上陈雅琴这次来找陈宏右的目的并不是听他给自己讲几句没用的话，她是来探听常圣桀的信息来的。因为，陈宏右和常圣桀是老同学，他一定会知道常圣桀的消息。

陈雅琴说："这一切都是我自己的选择，无论成还是败后果我承受。"陈雅琴就是陈雅琴，她的梁山好汉的性子没有一点变化，她说："最近，有人给我介绍对象，男方是国营煤矿的工人，市民户口，符合我的要求。但是人长得有点黑，身段五大三粗的。"

"我父亲让我给气死了，我没有亲兄哥，你是堂哥，你给我把把关，行吗？"她接着说："我父亲从小就宠我，不放心我，害怕我孤独，没人保护我，想方设法把他的人脉留给我，不惜自己的安危，结果还不是人一走茶就凉了嘛！"

陈宏右虽然是陈雅琴的堂兄，可陈宏右的性格就决定了他绝不会为陈雅琴"把这一关"的。陈雅琴就知道陈宏右不会告诉她，现在的这个男人，能不能和她成为一家人，其实她也并没有把这种期望真正放在心上。她仅仅是为了寻求面子上的一种平衡。

陈雅琴纯洁的爱情，像一塘干干净净的清水，时不时滴入几滴颜色，渐渐地无声无息的清水就变得有颜色了。

她觉得人活在世上不都是在追求完美和幸福嘛！爱情的完美就是幸福？没有经济条件怎么能幸福？贫贱夫妻百事哀。这就是她的爱情观。她的精神已经变色，她的玉体还能纯洁几时？

李晓轩主政汾东县以来，国家发生了许多大事，全国人民的注意力转移到社会主义现代化建设上来，工作千头万绪，但是他精气神儿足，心里很踏实。

他在河西庄村工作了好多年，被改造了好多年，结交了好多人，有性格好的，有差一些的，有宽宏大量的，也有斤斤计较的，有活得富富裕裕的，有衣衫褴褛的，张家成是他最怀念的一位。

张家成究竟是不是"右派分子"？他记得很清楚，那一年那个下午，两个穿干部服模样的人把张家成带到大队，说了一句他是"右派"，你们要好好管制他。当时，社会很乱，他们没有带着任何书面材料。好像我向来人提起要资料，来人回答说很快就寄过来。

就这样，在不正常的社会形势下，河西庄村就这样糊里糊涂管治了他几十年，赶上现在平反，没有资料怎么办？

常圣桀从大学回来后，带来了赵国庆对李晓轩的问候，并祝贺李晓轩的工作旗开得胜！

李晓轩见到常圣桀不由得说起了张家成的事，常圣桀把他拍的照片拿了出来，问李晓轩："照片上的这个人是谁？"

李晓轩判断了半天说不认得。"像不像张家成？"常圣桀问道。李晓轩再仔细一看，大声地说："就是张家成。""从哪儿弄的？"李晓轩问常圣桀。

常圣桀详细地把照片是如何拍下来的说了一遍，李晓轩听完后，手一拍大腿，给常圣桀说出了他的计划。常圣桀马上肯定地说："好办法，好办法！"

张家成自从那天从地委档案室回来后，自责和内疚的心理折磨得他身心疲惫。他病倒了！祸不单行，老伴由于承受不了巨大的生活压力，年年月月活在了苟且偷生的日子里，心情抑郁，积劳成疾而亡。

张家成回想自己的一生，再看看眼前的现状，完全失去了再活下去的勇气和力气。

"张家成，张家成，听到广播后，尽快去一趟公社！"大队的高音喇叭接连广播了三次。张家成这一生最怕的就是这个高音喇叭叫他的名字，因为这一叫紧随来的不是游街就是捆绑。今天又是让他去公社，心想，肯定不会有什么好果子吃。有什么办法呢？该咋就咋吧，反正这样了，死猪不怕开水烫，烫吧！

来到公社，公务员在大门口等着，公务员看到张家成到了，马上迎了上来，说："您来了，杨书记在他办公室等您。"

您？这一生还没有人这样称呼过我。这个字根本就不属于我张家成，这小年轻是不是说错了？还是我听错了？张家成正想着，杨恒路书记急忙从他的办公室迎了出来，说："张……家……成，您来了，快进来。"杨恒路不知道该怎么称呼张家成了。一边给张家成掀门帘，一手比画着让张家成进门的手势。

张家成有些茫然，进了杨恒路的办公室坐定后，服务员端上了茶水，杨书记说话了："刚刚接到县委的电话通知：第一，纠正多年来把你按'右派分子'对待的错误做法，恢复您国家公务员身份和工作；第二，请您明天到县政府办报到。"

李晓轩看到了常圣桀拍下的张家成在大学受表彰的照片

后，他有个起码的认定，张家成是大学本科生，且成绩优秀。于是，他安排县里有关部门到张家成就读过的大学进行外调，同时安排了人事部门就张家成劳改情况进行调查并写出说明书。很快一份大学的证明信和河西庄村关于张家成被押送回村劳动改造情况的说明书放到了李晓轩的办公桌上。

张家成，大学本科毕业，文学专业，毕业后被派遣到岳中地区行署办公厅秘书处工作。

李晓轩向县委呈报了张家成的情况，在常委会上，县委王重书记心情沉重地说："我们的失误啊！自己培养出来的人才没有用，这是极大的浪费。我们现在一定得用起来，还能挽回一些损失。"

会议决定，张家成恢复工作，任县政府办公室副主任。其他手续按程序办理。

王万佳写了一份深刻的检查书，在全体党员大会上声泪俱下地进行了批评和自我批评，得到了大多数与会者的谅解。公社党委认为王万佳虽然犯了一些错误，认识深刻到位，建议河西庄村党支部的工作暂时由王万佳负责，以观后效。

夏至过了，人们等着入伏，骄阳似火，炙烤着大地。

"……再过二十年，我们来相会……"鼓舞人心的不仅仅是歌声，是过往，是经历，是矛盾，更是和谐，信任和宽容。

通过"虫洞"观察到河西庄村几十载的斗转星移，春夏秋冬，功过是非和荣辱沉浮，随着时光隧道渐渐远离我们而去了，虽然"永存"，却消失在茫茫宇宙之中。

正是：

谋功名争权夺利一粒微尘，
持正道忍辱负重浩气长存；
听故事情节复杂曲折离奇，
在人间此人诸事海市蜃楼。

后 记

今天，夜晚十一点刚过，我在计算机键盘上，敲出了最后一个字符，停下了这双颤抖的手，伸了伸似乎有点坚硬的臂和腰，舒了一口气，好像如释重负，又好像做完了一个成功的实验，取得一点可喜的进展，心情豁然感觉到了一种满意的轻松，顺手端起放在书桌角边上的一杯水一饮而尽，感到醉心的痛快……

退休已经十年有余，毫未顾忌自己能否操控计算机，就上机了；也没过多寻思，自己一个满脑子理科规程的思维定式能否有美好的语言和地道的叙事方式来写作；更没想到有一天写不下去了的窘样。就这么来了个老虎背上要把戏，使着这浑身的解数敲响了计算机的键盘。

书中所写全部来源于自己的所见所闻，在脑海中装了四十余载，常常在有意无意中会想起这些人和事，特别是一些正能量的人，经常鞭策着我在人生道路上不越轨不停步地前行，可以说受益匪浅。

于是，不时地闪出一个念头，将这些轶事和元素以文学的形式和语言奉献给广大读者，得以共赏，要比枯燥无味的伦理说教影响人的效果会好一些，这便是我伏案敲键盘的初衷。

然而，日月如白驹过隙，眨眼间，蓦然回首，已过壮年！忙于工作是理所当然的"要事"，日日月月，岁岁年年排在了优先的位置，将这打内心深处都梦想成文的愿望一拖再拖，一直拖到了老年。

让自己魂牵梦萦，立意成文的动力还来自自身是一个教育工作者，是铸造灵魂的使者，自我的责任感使然。将这些真实经历，准确地说是想把这些经历之中的人物品格，讲述给愿意听并能听懂的人鉴赏。

书中的这些人物，在他们的春风得意之年被不测风云劈了个不大不小的雷电，这种不测改变了他们的人生轨迹。最具代表的是书中所叙的张家成和李晓轩，这两个人在现实生活中并没有其人。但发生在他们俩身上的事却比本书中见到的悲惨程度有过之而无不及，他们的遭遇蹊跷而险恶程度罄竹难书，恰似一部血泪史，令人痛惜，令人心酸更令人刻骨铭心。

按书中故事情节伸延李晓轩的原型，被戴上"坏分子"帽子后，经历了二十年被批斗和改造，他顽强地与命运抗争，与现实拼搏，最终，在年近六十岁时被全村社员共同评价，一致认可他表现优秀，全村社员都同意为他改正。第二年，他凭自己的卓越表现又重新加入了中国共产党。后又被选为村党支部书记。

书中张家成原型的遭遇更是令人哭笑不得，无奈又悲哀。像书中所讲的，按"右派分子"的管制措施将他惩罚了近二十年，我亲身见到了他被非人般地对待，他无人格无尊严地度过了多少痛苦的不眠之夜。每一天起床，都不晓得今天会遭遇到什么样的惩罚和侮辱。然而，他顽强地面对了每一天的劫难。

为了申冤，他几乎天天往县城跑，有时就干脆在县政府落实政策办公室的楼道里过夜，为的是第二天一早能见上领导一面。就这样锲而不舍地找领导，讲冤情，一遍一遍地找，一遍一遍声泪俱下地哀求，义愤填膺地据理力争，终于在大批"五类分子"都享受到落实政策待遇的一年后，他的冤案才得以平反。恢复了名誉，补偿了损失。然而，对于他来讲，一生命运颠倒的累累伤痕，只怕是乾坤倒转也很难抚平。

平反后的他，被政府安排到离家四十余华里的一个山区乡担任乡联校校长，每个周六下班后，自己一人骑着自行车回家一次。就这样辛苦地奔忙了三年，盖起了三间瓦房。原本一年后就达到退休的年龄了，他计划着安度晚年，了此一生。

然而，命途多舛，在一次家庭拌嘴中被二婚妻子带来的男孩误伤致死。就这样，他顽强地走完了本该辉煌却落寞坎坷的一生，他的人生旅途崎岖不平，人所共知。他的人生态度，不屈不挠，战胜一切艰难和困苦，平淡以对危机的态度令人折服！

我们身处一个千变万化的社会中，我们的工作，我们的生活，我们的人生旅途崎岖，环境变化多端，如何面对？首要的就是世界观、人生观和价值观的确立。三观正确与否决定着人的品格，左右着人的一生。三观正确的人可以战胜一切困难，化解一切矛盾，体味着高质量的精神生活和物质生活。反之，将会坎坷一生，艰辛一生。

这部小说奉献给各位读者，还有一点就是活跃读者的业余文化生活，着力在读者的茶余饭后，给大家带来愉悦和笑声。

这部小说立意总的思路就是不涉及社会中的具体人。如果所叙内容与现实中出现若干相似度，纯粹属于巧合。

笔者真诚地感谢民盟中央专职副主席，中国文联副主席作家张平为本书作序，对本书予以高度评价，实不敢当。在此，对张平先生再一次表示深深的敬意！

本书的撰写过程中，我的老伴郭瑞英给予了极大的支持，她孜孜不倦地阅读每一章节，对故事的结构，叙述方式和文字的校对付出了辛勤的劳动；董硕在全书故事设计、人物描述和情节把控以及文字编辑方面做了大量的工作；董宇对全书主题思想的彰显和事件的写作技巧提出了建设性的建议，在此一并表示真诚的感谢！

董常生

2022 年 10 月于北京

图书在版编目（CIP）数据

辉光 / 董常生著 .—北京 : 作家出版社，2024.5
ISBN 978-7-5212-2603-4

Ⅰ . ①辉…　 Ⅱ . ①董…　 Ⅲ . ①长篇小说—中国—当代
Ⅳ . ① I247.5

中国国家版本馆 CIP 数据核字（2023）第 227284 号

辉光

作　　者 : 董常生
责任编辑 : 秦　悦
装帧设计 : 周思陶
出版发行 : 作家出版社有限公司
社　　址 : 北京农展馆南里 10 号　　　邮　　编 : 100125
电话传真 : 86-10-65067186（发行中心及邮购部）
　　　　　 86-10-65004079（总编室）
E-mail:zuojia @ zuojia.net.cn
http://www.zuojiachubanshe.com
印　　刷 : 北京中科印刷有限公司
成品尺寸 : 145×210
字　　数 : 295 千
印　　张 : 12.875
版　　次 : 2024 年 5 月第 1 版
印　　次 : 2024 年 5 月第 1 次印刷
ISBN 978-7-5212-2603-4
定　　价 : 88.00 元